MALDITA ETERNIDAD

MALDITA ETERNIDAD

RENÉE AHDIEH

Traducción de Estíbaliz Montero Iniesta

Argentina – Chile – Colombia – España
Estados Unidos – México – Perú – Uruguay

Título original: *The Damned*
Editor original: G. P. Putnam's Sons, un sello de Penguin Random House LLC,
New York
Traductora: Estíbaliz Montero Iniesta

1.ª edición: noviembre 2022

Copyright © 2020 *by* Renée Ahdieh
Publicado en virtud de un acuerdo con el autor, en conjunto con BAROR
INTERNATIONAL, INC., Armonk, New York, U.S.A.
All Rights Reserved
© Ilustración del mapa 2019 *by* Jessica Khoury
© de la traducción 2022 *by* Estíbaliz Montero Iniesta
© 2022 by Ediciones Urano, S.A.U.
    Plaza de los Reyes Magos, 8, piso 1.º C y D – 28007 Madrid
    www.mundopuck.com

ISBN: 978-84-17854-21-8
E-ISBN: 978-84-18480-25-6
Depósito legal: B-17.040-2022

Fotocomposición: Ediciones Urano, S.A.U.

Impreso por: Rodesa, S.A. – Polígono Industrial San Miguel
Parcelas E7-E8 – 31132 Villatuerta (Navarra)

Impreso en España – *Printed in Spain*

Para todos aquellos que desafiaron nuevos mundos
en busca de algo más.

Y a Victor, siempre.

Nuev
BARRI
BURGUNDY
DAUPHINE
BOURBON
ROYAL
CHARTRES
DECATUR
N. PETERS
CLAY
FRONT
BIENVILLE
CONTI
ST. LOUIS
TOULOUSE
ST. PETER
Teatro Ópera Francesa
Jacques'
Casa del Estado
Comis
Aduana
Refinería de Azúcar
Depósito de Azúcar
RÍO
18

Cada Noche y cada Mañana
algunos nacen para la Miseria.
Cada Mañana y cada Noche
algunos nacen para el Dulce Deleite,
algunos nacen para la Noche Interminable.

De «Canciones de experiencia»
de William Blake

Comme au jeu le joueur têtu,
Comme à la bouteille l'ivrogne,
Comme aux vermines la charogne
—Maudite, maudite sois-tu!

Como al juego el jugador empedernido,
como a la botella el borracho,
como a los gusanos la carroña,
—¡Maldita, maldita seas!

De «El vampiro»
de Charles Baudelaire

El Despertar

Al principio no hay nada. Solo silencio. Un mar de olvido. Luego, algunos recuerdos fugaces toman forma. Fragmentos de sonido. La risa de un ser querido, el estallido de la savia de la leña en una chimenea, el olor de la mantequilla derritiéndose sobre el pan recién hecho.

Una imagen emerge del caos, perfilándose más y más con cada segundo que pasa. Una joven llorosa, con ojos como esmeraldas y cabello como tinta derramada, está inclinada sobre él, le agarra la mano ensangrentada, le suplica en voz baja.

¿Quién soy?, se pregunta.

Una diversión oscura lo recorre como una brisa.

Él no es nada. No es nadie. Nadie.

El olor a sangre inunda sus fosas nasales, embriagadoramente dulce. Como una papaya en un puesto de frutas en San Juan, cuyo jugo le gotea por las mangas de la camisa.

Se convierte en hambre. No es un tipo de hambre que haya conocido antes, sino un vacío que lo consume todo. Un dolor sordo alrededor de su corazón muerto, un estallido de sed de sangre que hace arder sus venas. Le atraviesa el estómago como las garras de un ave de rapiña. La rabia se le acumula en el pecho. El deseo de buscar y destruir. De consumir vida. Permite que llene el vacío de su interior. Donde una vez hubo un mar de olvido, ahora hay un lienzo pintado de rojo, y el color gotea como lluvia a sus pies, incendiando su mundo.

Mi ciudad. Mi familia. Mi amor.

¿Quién soy?

De los fuegos de su furia surge un nombre.

Bastien. Me llamo Sébastien Saint Germain.

BASTIEN

M e quedo quieto; mi cuerpo, ingrávido. Inmóvil. Me siento
como si estuviera encerrado en una habitación a oscuras,
incapaz de hablar, asfixiándome con el humo de mi propia locura.

Mi tío me hizo esto una vez, cuando tenía nueve años. Mi
mejor amigo, Michael, y yo robamos una caja de cigarros liados a
mano por una señora mayor de La Habana que trabajaba en la
esquina de Burgundy y Saint Louis. Cuando el tío Nico nos sorprendió fumándolos en el callejón que queda detrás de Jacques',
envió a Michael a casa, con un tono de voz mortalmente tranquilo. Rebosante de presagios.

Luego, mi tío me encerró en un armario del vestíbulo con la
caja de puros y una lata de cerillas. Me dijo que no podría salir
hasta que me terminara el último de ellos.

Esa fue la última vez que fumé un puro.

Me llevó semanas perdonar al tío Nico. Años soportar el olor
a tabaco quemado a mi alrededor. Media vida entender por qué
había sentido la necesidad de enseñarme esa lección en particular.

Intento tragarme esta bilis fantasmal. Y fracaso.

Sé lo que ha hecho Nicodemus. Aunque el recuerdo no sea
nítido todavía, aunque esté empañado por la debilidad de mi
cuerpo moribundo, sé que me ha convertido en uno de ellos.
Ahora soy un vampiro, como mi tío antes que yo. Como mi madre antes que yo, quien se enfrentó de buena gana a la muerte

definitiva, con los labios teñidos de rojo y un cuerpo sin vida en brazos.

Soy el hijo desalmado de la Muerte, condenado a beber la sangre de los vivos hasta el fin de los tiempos.

Suena ridículo incluso para mí, un niño criado en la verdad sobre los monstruos. Como un chiste contado por una tía sin gracia con predilección por el melodrama. Una mujer que se corta a sí misma con su brazalete de diamantes y llora mientras la sangre gotea sobre sus faldas de seda.

Y así de fácil, me siento hambriento una vez más. Con cada punzada, me vuelvo menos humano. Menos de lo que una vez fui y más de lo que siempre seré. Un demonio hecho de pura necesidad, que simplemente anhela más, pero que nunca queda saciado.

Una ira candente da caza a la sed de sangre, se enciende como el rastro de salitre de un barril de pólvora. Entiendo por qué lo ha hecho el tío Nico, aunque me llevará muchas vidas perdonarlo. Solo las peores circunstancias lo impulsarían a convertir al último miembro vivo de su familia mortal, el único heredero de la fortuna de los Saint Germain, en un demonio del Otro Mundo.

Su linaje ha muerto conmigo, mi vida humana ha llegado a su fin de forma demasiado repentina. Esta elección debe de ser el último recurso. Una voz resuena en mi mente. Una voz femenina, de ecos trémulos.

Por favor. Sálvalo. ¿Qué puedo decir para convencerte de salvarlo? ¿Tenemos un trato?

Cuando me doy cuenta de a quién pertenece, de lo que debe de haber hecho, lanzo un aullido silencioso, cuyo eco resuena en los huecos de mi alma perdida. No puedo pensar en eso ahora.

Mi fracaso no me lo permite.

Basta saber que yo, Sébastien Saint Germain, hijo de un mendigo y una ladrona, de dieciocho años, he sido convertido en un miembro de los Caídos. Una raza de bebedores de sangre desterrados del lugar que les corresponde en el Otro Mundo por culpa de su propia codicia. Criaturas de la noche enzarzadas en una guerra de siglos con su archienemigo, una sociedad de hombres lobo.

Intento hablar, pero no lo logro, tengo un nudo en la garganta y los párpados cerrados. Después de todo, la Muerte es una poderosa enemiga a la que derrotar.

Una seda fina susurra junto a mi oído, una brisa perfumada se enrosca en el aire. Aceite de neroli y agua de rosas. El inconfundible perfume de Odette Valmont, una de mis más queridas amigas. Durante casi diez años, fue mi protectora en vida. Ahora es una hermana de sangre. Una vampiresa, engendrada por el mismo creador.

El pulgar derecho me tiembla en respuesta a su cercanía. Todavía no puedo hablar ni moverme con libertad. Sigo encerrado en una habitación a oscuras, con nada más que una caja de puros y una lata de cerillas, el temor corre por mis venas, el hambre me provoca un hormigueo en la lengua.

Un suspiro escapa de los labios de Odette.

—Está empezando a despertar. —Hace una pausa, la lástima se filtra en su voz—. Va a enfurecerse.

Como siempre, Odette no se equivoca. Pero hay consuelo en mi furia. Hay libertad en saber que pronto buscaré la liberación de mi ira.

—Y tiene derecho a ello —dice mi tío—. Esto es lo más egoísta que he hecho. Si logra sobrevivir al cambio, llegará a odiarme… igual que le pasó a Nigel.

Nigel. La mera mención de ese nombre reaviva mi ira. Nigel Fitzroy, la razón de mi muerte prematura. Él, junto con Odette y otros cuatro miembros de la progenie vampírica de mi tío, me protegió de los enemigos de Nicodemus Saint Germain, entre ellos, los de la Hermandad. Durante años, Nigel esperó su momento. Cultivó su plan de venganza contra el vampiro que lo arrancó de su hogar y lo convirtió en un demonio de la noche. Bajo el pretexto de la lealtad, Nigel puso en marcha una serie de acontecimientos destinados a destruir lo que Nicodemus más apreciaba: su legado viviente.

He sido traicionado con anterioridad, al igual que yo mismo he traicionado a otros. Así son las cosas cuando vives entre inmortales caprichosos y los muchos ilusionistas que revolotean como moscas a su alrededor. Hace tan solo dos años, mi pasatiempo favorito consistía en despojar a los brujos más notorios de la Ciudad de la Luna Creciente de sus ganancias ilícitas. Los peores de entre los de su calaña siempre estaban muy seguros de que un simple mortal nunca podría vencerlos. Me producía un inmenso placer demostrarles que estaban equivocados.

Pero nunca he traicionado a mi familia. Y nunca había sido traicionado por un vampiro que hubiera jurado protegerme. Alguien a quien quería como a un hermano. Los recuerdos se agitan en mi mente. Imágenes de risas y una década de fidelidad. Quiero gritar y maldecir. Despotricar contra los cielos, como un demonio poseído.

Por desgracia, sé lo bien que Dios escucha las oraciones de los condenados.

—Llamaré a los demás —murmura Odette—. Cuando se despierte, debería vernos a todos unidos.

—Déjalos en paz —responde Nicodemus—, que aún no estamos fuera de peligro. —Por primera vez, siento una pizca de angustia en sus palabras, está ahí y luego desaparece en un instante—. Más de un tercio de mis hijos inmortales no sobrevivieron a la transformación. Perdí a muchos durante su primer año por culpa de la necedad de la juventud inmortal. Puede… que esto no funcione.

—Funcionará —afirma Odette sin dudarlo.

—Sébastien podría sucumbir a la locura, como lo hizo su madre —dice Nicodemus—. En su búsqueda por ser deshecha,

Philomène lo destruyó todo a su paso, hasta que la única posibilidad que quedó fue poner fin al terror.

—Ese no es el destino de Bastien.

—No seas tonta. Podría serlo perfectamente.

La respuesta de Odette es fría.

—Un riesgo que estabas dispuesto a correr.

—Pero un riesgo, al fin y al cabo. Por eso rechacé a su hermana hace años, cuando me pidió que la convirtiera. —Suelta un suspiro—. Al final, el fuego nos la arrebató de todos modos.

—No perderemos a Bastien como perdimos a Émilie. Y tampoco sucumbirá al destino de Philomène.

—Hablas con mucha seguridad, pequeño oráculo. —Hace una pausa—. ¿Te ha otorgado tu segunda vista semejante convicción?

—No. Hace años, le prometí a Bastien que no miraría su futuro. No he faltado a mi palabra. Pero, en mi corazón, creo que la esperanza prevalecerá. Simplemente… debe ser así.

A pesar de su fe aparentemente inquebrantable, la preocupación de Odette es palpable. Desearía poder darle la mano. Ofrecerle palabras de consuelo. Pero continúo encerrado dentro de mí mismo, mi ira supera a todo lo demás. Se convierte en ceniza en mi lengua, hasta que lo único que me queda es *deseo*. La necesidad de ser amado. Sentirme saciado. Pero, sobre todo, el deseo de destruir.

Nicodemus permanece callado durante un rato.

—Ya se verá. Su enfado será considerable, de eso no cabe duda. Sébastien nunca quiso convertirse en uno de nosotros. Fue testigo del precio del cambio a una edad muy temprana.

Mi tío me conoce bien. Su mundo me arrebató a mi familia. Pienso en mis padres, que murieron hace años, tratando de mantenerme a salvo. Pienso en mi hermana, que murió intentando protegerme. Pienso en Celine, la chica a la que amé en vida, que no se acordará de mí.

Nunca he traicionado a nadie a quien ame.

Pero nunca es mucho tiempo cuando tienes la eternidad por delante.

—Puede que también se sienta agradecido —dice Odette—. Algún día.

Mi tío no responde.

ODETTE

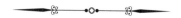

Odette Valmont se inclinó hacia el viento. Dejó que hiciera revolotear sus rizos castaños alrededor de la cara y que agitara con frenesí los faldones de su chaqueta. Se deleitó en aquella sensación de ingravidez mientras miraba hacia abajo, a Jackson Square, con la mano derecha rodeando el frío chapitel de metal, su bota izquierda suspendida en el aire de la tarde.

—Veo que volvemos a estar a solas tú y yo, *n'est-ce pas?* —bromeó con el crucifijo de metal que quedaba sobre ella.

La figura de Cristo observó a Odette en un silencio contemplativo.

Odette suspiró.

—No te preocupes, *mon Sauveur*. Sabes que tengo tu consejo en la más alta estima. No todos los días una criatura como yo tiene la suerte de contarte entre sus amigos más cercanos. —Sonrió.

Quizás fuera una blasfemia que un demonio de la noche se dirigiera al Salvador de la humanidad con tanta familiaridad. Pero Odette necesitaba orientación, ahora más que nunca.

—Me gustaría pensar que escuchas mis oraciones —continuó—. Después de todo, cuando estaba viva, me esforcé en asistir a misa con regularidad. —Inclinó la oreja hacia la cruz—. ¿Cómo dices? —Una risa brotó de su pálida garganta—. *Mais oui, bien sûr!* Lo sabía. Abrazaste al pecador. Por supuesto que ibas a recibirme con los brazos abiertos. —El afecto tornó más cálida su mirada—. Por eso siempre seremos amigos, hasta el amargo final. —Hizo una pausa, como si estuviera escuchando una respuesta destinada solo a sus oídos—. Eres demasiado gentil —dijo—. Y nunca te culparía por los pecados de los hombres que han convertido tus palabras puras y tus actos generosos en instrumentos de poder y control. —Una vez más, Odette giró alrededor del chapitel—. ¡Perdónalos, porque no saben lo que hacen! —cantó, con los ojos cerrados, mientras una ráfaga de viento corría hacia su rostro.

Odette se fijó en el mundo del Vieux Carré que se extendía más abajo y centró la atención en el camafeo que llevaba encajado debajo de la garganta, en la zona de color marfil cremoso rodeada por un halo de rubíes rojo sangre. Su amuleto, que tenía dos propósitos, igual que su vida tenía dos lados. Funcionaba como un talismán que la protegía de la luz del sol y al mismo tiempo servía como un recordatorio siempre presente de su pasado.

Contemplarlo hizo que se pusiera seria. Junto con la gran cantidad de recuerdos que despertó.

La alta sociedad de Nueva Orleans creía que Odette Valmont era el tipo de jovencita despreocupada que prosperaba en compañía de los demás. Una joven cuya mayor alegría consistía en estar en el centro del escenario en una sala llena de gente, cuyas miradas absortas debían estar fijas en ella.

—Pero ¿quién no iba a adorar que le presten atención? —preguntó Odette—. ¿Seré hallada culpable incluso de la más humana de las emociones? ¡Después de todo, una belleza como la nuestra está destinada a ser admirada! —Era una de las cosas que convertían a los vampiros en depredadores tan peligrosos: su *beauté inégalée*, como le gustaba llamarla. Gracias a esa belleza sin igual, atraían a sus víctimas a un abrazo eterno.

Pero no mucho después de que los suspiros de admiración se desvanecieran, Odette se ponía su par de pantalones favoritos de piel de ante. Al amparo de la noche, subía por la parte trasera de la catedral, abriéndose paso con seguridad con los dedos de las manos y de los pies por el centro del edificio hasta la torre más alta de las tres, con el oscuro obsequio corriendo por sus venas. Una vez que llegaba al ápice de la torre, se regodeaba en el silencio de la soledad.

En el esplendor de estar sola, bajo la mirada atenta de su Salvador.

Siempre le había parecido extraño que la gente creyera que era inevitable que en las fiestas con música a todo volumen, risas estridentes y champán a raudales sucedieran cosas emocionantes. Esa seguridad era lo que los atraía a tales eventos desde un principio. Odette creía que el lugar más emocionante era el interior de su propia mente. Su imaginación solía ser mucho mejor que la vida real. Con algunas excepciones notables, por supuesto.

Como su primer beso de verdad. El sabor del algodón de azúcar en los labios suaves de Marie; el corazón mortal de Odette acelerándosele en el pecho. La forma en que les habían temblado las manos. La forma en que se les había acelerado la respiración.

Se volvió hacia el joven clavado en la cruz. El hijo de Dios.

—¿Es mi amor un pecado? —le preguntó sin inmutarse, como había hecho en innumerables otras ocasiones. De nuevo, le dio la misma respuesta. Odette asintió con satisfacción y repitió el mantra—. Tu mensaje era de amor. Y el odio nunca debe prevalecer sobre el amor.

Una vez más, sus recuerdos vacilaron en las esquinas de su mente. Recordó su primer roce con la muerte, el día en que su padre fue conducido a la guillotina, las burlas que habían acompañado cada uno de sus pasos. Cómo todavía llevaba su peluca empolvada, incluso al caer la hoja. El resbaladizo sonido de su sangre salpicando las piedras, que le recordaba a su primera muerte, la noche después de recibir a su creador con los brazos abiertos. La emoción de tener semejante poder divino en sus manos.

Los dedos de Odette se quedaron blancos alrededor de la aguja de metal. Contrariamente a la opinión popular, ya no estaba enfadada. No con los hombres y mujeres sedientos de sangre que la habían dejado huérfana y temblando. No con sus padres por no poder defenderse. No con Nicodemus por despojar a Odette de los restos de su vida anterior. No con Marie, que había roto el corazón de Odette como tantos primeros amores hacían.

—Gracias a todo lo que pasó, he aprendido a amarme más a mí misma —dijo—. ¿Y no es ese el mejor regalo que puede proporcionarnos cualquiera de las pruebas de la vida? El poder de amarse a uno mismo más que el día anterior.

Odette inclinó la barbilla hacia un cielo violeta salpicado de estrellas. Arriba, las nubes se movieron como plumas hechas de niebla en una brisa pasajera. Nigel solía decir que el cielo de Nueva Orleans estaba lleno del humo de las fechorías de la ciudad. Los errores de juicio tan a menudo celebrados por los turistas adinerados del *Vieux Carré*, quienes ayudaban a hacer de Nueva Orleans una de las ciudades más ricas de todo el país, a pesar de la reciente guerra entre estados. Cada vez que Nigel se sentaba a compartir sus chismes semanales más salaces, su acento cockney se volvía más profundo a causa de la lascivia.

Algo apretó el corazón muerto de Odette.

Esa vez, dudó antes de mirar hacia la cruz de metal situada en su periferia.

—Sé que no debería pensar en Nigel Fitzroy con algo parecido a la calidez —susurró—. Nos traicionó. —Tragó saliva—. *Me* traicionó. —La incredulidad estalló en su rostro—. Y pensar que sucedió hace solo un día. Que la salida y puesta de una sola luna ha cambiado todas nuestras vidas de una forma tan irrevocable. —En una sola noche, Odette había perdido a un hermano al que había amado durante una década debido a una traición escalofriante. Sentía esa pérdida en lo más profundo, aunque no se atrevía a llorarla abiertamente. Hacerlo sería *une erreur fatale*, en especial en presencia de Nicodemus. La pérdida de un traidor no era la pérdida de nadie en absoluto.

Y aun así…

Había llorado en su habitación esa mañana. Había corrido las cortinas de terciopelo alrededor de su cama con dosel y dejado que lágrimas teñidas de sangre mancharan sus almohadas de seda color marfil. Nadie le había visto el pelo a Boone en todo el día. Jae había llegado poco después de la puesta del sol, su cabello negro, mojado, su expresión, sombría. Al regresar a Jacques', Hortense había empezado a tocar las suites para violonchelo de Bach a una velocidad inhumana en su Stradivarius, mientras su hermana, Madeleine, había permanecido cerca de ella, escribiendo en un diario encuadernado en cuero. En resumen, todos los miembros de *La Cour des Lions* habían llorado a su manera.

A simple vista, todo había sido como siempre. Habían intercambiado bromas forzadas. Habían actuado como si no pasara nada, ninguno de ellos deseaba dar voz a su angustia o vida a la peor de las ofensas de Nigel, cuyo resultado no tardaría en hacerse patente.

¿La peor ofensa de Nigel?

La pérdida del alma de Sébastien. La destrucción de su humanidad. Puede que Nigel los hubiera traicionado, pero había *matado* a Bastien. Le había desgarrado la garganta frente a la única chica a la que Bastien había amado.

Odette se estremeció, a pesar de que no había sentido auténtico frío en décadas. Dejó que su visión se nublara mientras cruzaba la plaza hacia las resplandecientes aguas del Misisipi. Más allá de los barcos centelleantes que se extendían a lo largo del horizonte.

—¿Debería contarles mi papel en esta sórdida historia? —preguntó.

La figura de la cruz permaneció contemplativa. En silencio.

—Seguro que dirías que la honestidad es la mejor política. —Odette se colocó un rizo azabache detrás de la oreja—. Pero preferiría tragarme un puñado de clavos que enfrentarme a la ira de Nicodemus. Y fue un error *sin mala intención*, eso debería contar para algo, ¿no?

Una vez más, su Salvador guardó un silencio frustrante.

Apenas una hora antes de la muerte de Bastien, Odette le había permitido actuar por su cuenta, a sabiendas de que un asesino les pisaba los talones. Había ido tan lejos como para distraer a sus hermanos inmortales para que no lo detuvieran en su tarea de encontrar a Celine, cuya seguridad había sido amenazada momentos antes.

¿Debería confesar el papel que había jugado en aquello?

¿Qué le haría Nicodemus una vez que se enterara?

Al último vampiro que se había atrevido a importunar a Nicodemus Saint Germain le habían arrancado los colmillos de la boca.

Odette tragó saliva. No era necesariamente un destino peor que la muerte, pero, por otro lado, tampoco inspiraba honestidad exactamente. No era que temiera al dolor. Ni siquiera la asustaba la idea de la muerte definitiva. Había sido testigo del auge y la caída de varios imperios. Había bailado con un delfín bajo la luz de la luna llena.

La suya era una historia digna de ser contada.

—Es solo que... Bueno, me gusta mi aspecto, ¡maldita sea! —Le gustaban su nariz elegante y su sonrisa traviesa. Lo más seguro era que unos colmillos ausentes estropearan el conjunto—. Supongo que al menos no me moriré de hambre —reflexionó—. Ese es el don de la familia, entre otras cosas.

Si la gula y la vanidad hacían de ella una malvada, entonces *tant pis*. Criaturas peores la habían llamado cosas peores.

Odette dio vueltas alrededor de la aguja de metal, el crucifijo que había en la parte superior crujió por el cambio de peso. Las lámparas de gas bailaban en las sombras de abajo. Sus sentidos vampíricos quedaron inundados del aroma de una tarde de primavera en Nueva Orleans. Flores dulces, hierro penetrante, viento bochornoso. El latir de los corazones. El relinchar de los caballos, el golpeteo de los cascos contra los adoquines.

Belleza oscura por todas partes a su alrededor. Lo bastante madura para arrancarla.

Un suspiro triste salió volando de los labios de Odette. Nunca debería haber permitido que Bastien se fuera, aunque la vida de Celine pendiera de un hilo. Odette tenía que haber sido más lista. Donde había sangre, acababa llegando el asesinato. Simplemente, había permitido que sus sentimientos guiaran sus acciones.

Nunca más.

Durante años, Odette había evitado el uso de su don especial, inusual entre los inmortales. La capacidad de vislumbrar el futuro de otro ser, solo con el contacto de su piel con la de ellos. Lo evitaba porque a menudo veía destellos de desgracia en aquellos lo bastante temerarios como para satisfacer su curiosidad.

Igual que había pasado cuando Celine Rousseau le había pedido que mirara, el día en que se habían conocido.

La historia había enseñado a Odette que informar a una persona de su muerte inminente no despertaba cariño exactamente. A menudo, el individuo en cuestión preguntaba cómo podía evitar su destino. Daba igual lo mucho que Odette se esforzara en explicar que su don no funcionaba así, que ella no era, en realidad, una obradora de milagros, continuaban presionándola hasta la exasperación. La habían abordado dos veces. La habían amenazado con infligirle daño físico, un cuchillo había destellado frente a su rostro, un revólver le había apuntado al pecho.

¡Cuánta audacia!

Una sonrisa amarga curvó un lado de su rostro. Los imbéciles en cuestión habían encontrado destinos acordes con su locura. Jae, el asesino residente de *La Cour des Lions*, la había ayudado. Había acechado a esos hombres en la oscuridad. Los había aterrorizado durante horas. Se había asegurado de que sus últimos momentos estuvieran empapados en miedo.

—Nunca sospecharon que fui yo quien orquestó sus muertes —murmuró.

Por supuesto, en teoría, saber si iba a suceder algo desafortunado estaba muy bien. Pero ¿y si ese conocimiento se correspondía con alguien a quien Odette amaba? *Bien sûr*, podría apartar a un amigo si un carruaje con un caballo desbocado se dirigiera hacia ellos. Pero rara vez era tan simple.

Por esa y muchas otras razones, Odette había mentido cuando le habían preguntado qué había visto en el futuro de Celine. En efecto, Celine sería la domadora de bestias, como había divulgado Odette. Pero Odette nunca olvidaría las palabras amortiguadas que había oído a continuación, susurradas en su oído como un secreto perverso:

Uno debe morir para que el otro pueda vivir.

Putain de merde. Otra profecía ridícula, del tipo que Odette había odiado durante la mayor parte de su vida inmortal. Todas eran intolerablemente vagas. ¿Por qué no podían limitarse a decir lo que querían decir? «Este *connard* matará a este otro *connard* en este momento y lugar específicos. Así es como puedes evitarles este destino. *Allons-y*!». ¿Acaso era pedir demasiado?

¿A quién se refería esa profecía? ¿A Celine y Bastien? ¿O a Celine y a alguien completamente diferente? Era imposible estar segura. Por lo tanto, en opinión de Odette, era mejor que nadie lo supiera.

Pero la opinión de Odette había cambiado la noche anterior. Aunque le causara dolor, ayudaría a sus seres queridos a evitar el desastre.

Con el ceño fruncido con determinación, Odette miró a su guardián silencioso e hizo una promesa.

—Arreglaré las cosas —juró—. No solo por Bastien. Sino por *mí*.

Nunca le había sentado bien el fracaso de cualquier tipo.

Odette envolvió sus dedos con más fuerza alrededor de la aguja de metal en el vértice de la catedral.

—*C'est assez* —dijo. Era hora de que hiciera lo que le habían pedido. Saciar su hambre antes de que Bastien despertara de verdad, porque cuando ese momento llegara, Nicodemus necesitaría que todos sus hijos contaran con la plenitud de sus fuerzas.

Solo podía intentar adivinar qué tipo de vampiro recién nacido sería Bastien. Había sido difícil de niño, propenso a los arrebatos de mal genio. Era probable que resolviera los desacuerdos con los puños en lugar de con las palabras. Esa tendencia había provocado su expulsión de la academia militar de West Point, una plaza que Nicodemus había trabajado durante años para conseguir. Después de todo, el hijo de una cuarterona y un taíno no ostentaba el pedigrí necesario para tan elevada institución.

Si Bastien sobrevivía al cambio, Nicodemus creía que sería el más fuerte de sus hijos, por el sencillo hecho de que los dos compartían sangre en ambas vidas, la mortal y la inmortal. Compartir sangre era como lanzar una moneda al aire. En algunas ocasiones, un inmortal brillante y poderoso resurgía de sus cenizas.

¿En otros?

Salía un asesino loco, como Vlad Ţepeş. O la condesa Isabel Báthory, que se había bañado en la sangre de sus víctimas. O Katō Danzō, que había aterrorizado los cielos con unas alas gigantes parecidas a las de un murciélago.

Odette quería creer que nada de aquello hablaba de lo que podría ser el carácter de Bastien. ¿Se aficionaría a los libros como Madeleine? ¿Caería en el hedonismo, como Hortense? ¿Estaría siempre malhumorado como Jae o sería juguetón y malicioso como Boone?

—*Assez* —anunció al cielo nocturno.

Odette dejó que su atención vagara por Jackson Square, sus ojos revolotearon sobre las muchas calles cercanas, en busca de una figura solitaria que se embarcara en un paseo por su cuenta. Clavó la mirada en alguien que pasaba junto a una lámpara de gas parpadeante en la Rue de Chartres.

Sin dudarlo, Odette se despidió de su Salvador antes de soltar el chapitel. Cerró los ojos mientras caía, saboreando la ráfaga de aire fresco y el silbido del viento en sus oídos. Justo cuando estaba a punto de impactar contra los adoquines, su cuerpo se enroscó sobre sí mismo y rodó. Cayó al suelo con un ruido sordo, su hombro recibió la peor parte del impacto, lo que le permitió girar para estar de pie al siguiente instante. Se enderezó y miró a su alrededor antes de meter las manos en los bolsillos de sus pantalones de ante. Tarareó mientras paseaba por el callejón oscuro conocido por los lugareños como «el callejón de los piratas». La letra de *La Marseillaise* adornaba el cielo nocturno, el sonido de sus tacones resonaba en la oscuridad.

—*Allons! Enfants de la Patrie* —cantó Odette en voz baja.

Se deslizó entre los barrotes de hierro junto a los que se sabía que el famoso pirata Jean Lafitte había vendido lo que adquiría de forma ilícita a principios de siglo. Unas vidrieras oscuras brillaban en la periferia. Odette habría jurado que en el interior de la iglesia podía ver al fantasma de Père Antoine balanceando su incensario, el humo lo envolvía. O tal vez se tratara de una aparición del monje que había residido bajo su techo cavernoso hacía cien años, a menudo se escuchaba cantar el Kyrie en las noches tormentosas.

—*Le jour de gloire est arrivé* —continuó cantando.

Las historias de ese callejón embrujado ubicado en el corazón del *Vieux Carré* siempre habían fascinado a Odette. Al igual que los innumerables cuentos sobre esa maravillosa tierra conocida como América a menudo encubrían las partes más oscuras de su historia. En el caso de Nueva Orleans, enmascaraban cientos de años como ciudad portuaria clave en el comercio de esclavos. Las muertes no contadas de aquellos que habían vivido, respirado y amado a lo largo de aquella estratégica medialuna de tierra mucho antes de que los conquistadores navegaran por su puerto para clavar sus banderas en el suelo y clamarlo como propio.

Una oscuridad hirviente. Sombras que se movían y alargaban detrás de toda esa belleza resplandeciente.

Odette repitió la siguiente línea de la canción dos veces, su voz clara como el tañido de una campana.

—*L'étenard sanglant est levé!* —Dobló la esquina y apresuró el paso para girar en dirección a la figura solitaria que se veía en la distancia, dos calles por delante.

Cuando la mujer escuchó el sonido de los pasos constantes de Odette detrás de ella, se detuvo. Ladeó la cabeza, la plata de sus sienes centelleó a la luz de una llama parpadeante. Luego se irguió, su elegante sombrero se inclinó hacia el cielo como si estuviera ofreciendo una oración a Dios.

Qué tonterías hacen los mortales, pensó Odette. *Tu Dios no te ayudará ahora.*

No era que ella encontrara tonta la noción de Dios. Contaba a Cristo entre sus confidentes más cercanos. Además, la esperanza era una fuerza poderosa.

Pero no tan poderosa como Odette Valmont. No para aquella mujer. No en aquel momento.

Esperó hasta que la mujer siguió caminando. Entonces, Odette se colocó detrás de ella. Muchos vampiros prolongarían la cacería hasta el último segundo posible para permitir que el terror invadiera a su víctima. Para hacerla esperar hasta que estuviera jadeando, tropezara con sus pies, rogara misericordia. Boone disfrutaba haciéndolo. Pero Boone era un cazador profesional. Y Odette nunca había sido esa clase de inmortal.

En vez de eso, echó un último vistazo a su alrededor para asegurarse de que estaban solas. Antes de que la mujer pudiera parpadear, Odette se adelantó y la agarró por detrás, cubrió los labios de la mujer con una mano y tiró de ella hacia un callejón estrecho con la otra.

Odette inclinó la barbilla de la mujer hacia atrás para poder mirarla a los ojos.

—No tengas miedo —susurró, entretejiendo su oscuro don con sus palabras para imbuirlas de una magia relajante. El pánico en los ojos de la mujer se suavizó en las esquinas—. Te prometo que no recordarás nada —canturreó Odette, estabilizándola con un abrazo.

—¿Quién… quién eres? —susurró la mujer.

—¿Quién eres *tú*?

Las pestañas de la mujer revolotearon como si estuviera a punto de quedarse dormida.

—Francine —dijo—. Francine Hofstadter.

—*Bonsoir*, señora Hofstadter. —Odette apartó la mano de la boca de Francine para acunarle la mandíbula. Hizo una pausa para estudiar sus cálidos ojos marrones—. Me recuerdas a mi madre, preciosa Francine.

—¿Cómo se llamaba?

Una fina sonrisa torció los labios de Odette.

—Louise d'Armagnac.

—Qué nombre tan *encantador* —dijo Francine arrastrando las palabras—. Adorable… igual que tú.

—Era una duquesa.

—¿Eres duquesa?

—Quizás podría haberlo sido. —Odette acarició la barbilla de Francine con el dedo índice—. Pero es probable que mi madre se hubiera opuesto. Ella nunca habría renunciado al título, no sin luchar. Podría decirse que… perdió la cabeza por él.

—Lo siento —dijo Francine, su cuerpo se relajó en los brazos de Odette—. Parece que no te amaba como debería hacerlo una madre.

—Oh, sí que lo hacía. De eso estoy bastante segura. —La diversión impregnó el tono de Odette—. Simplemente, se quería más a sí misma. A eso no puedo poner objeciones. Mi madre es una heroína para mí. Se mantuvo fiel a sí misma hasta que llegó el amargo final.

—Pero ¿cómo podía quererse más a sí misma, teniendo una hija como tú? Eso no está bien. —Francine imitó el gesto de Odette y levantó la mano derecha para enmarcar la cara de Odette—. Ojalá tuviera una hija. Podría haberla amado. Podría haberte amado. —Se sorprendió, sus ojos relucieron como charcos de agua—. A lo mejor… ya te quiero.

—¿Y quién no, *ma chérie*? —Odette entrelazó los dedos de Francine con los suyos. Llevó sus palmas unidas hacia sus labios—. Yo también te quiero —susurró contra la piel cálida y perfumada a vainilla de Francine.

Antes de que Francine pudiera parpadear, Odette hundió los dientes en la delicada carne de su muñeca. Un jadeo perforó el aire de la noche, pero Francine no luchó. La languidez invadió sus miembros. Se quedó peligrosamente sumisa. Odette inspiró por la nariz mientras aspiraba otro chorro de sangre caliente. Cerró los ojos. Varias imágenes oscilaron en su mente. Los recuerdos de Francine. Toda la historia de su vida, coloreada por innumerables recuerdos, que, como Odette sabía, podían ser poco fiables, incluso entre los mortales más sinceros.

La gente tendía a recordar las cosas no como eran, sino como deseaban que fueran.

Un recuerdo de una celebración de cumpleaños cuando Francine era niña, con glaseado de praliné untado en los labios. La muerte de una abuela amada, Francine siguiendo el carruaje fúnebre por una calle ancha en el distrito de los jardines, una sombrilla de encaje filtrando la cálida luz del sol. Una boda con un chico que creía que era su único amor verdadero. Años más tarde, otro hombre que había hecho añicos esa creencia.

Entre esas anécdotas, Odette vio destellos de un posible futuro. De un hijo que la visitaba cada año en Navidad junto con su esposa, que deseaba estar en cualquier otro lugar. De un marido distante que moría agarrándose el pecho, y de años crepusculares pasados arrepintiéndose.

Aquello rompió lo que quedaba del corazón de Odette. Esa vida que una vez fue tan prometedora.

No importaba. El destino de esa mujer no era asunto suyo.

En todo momento, Francine siguió siendo la heroína de su propia historia. Como debería ser. Como mínimo, cada mortal debería ser el héroe de esa historia en particular.

Pero los mejores héroes poseían defectos. Y los mejores mortales nunca olvidaban ese detalle.

Bebió sin parar, dejando que Francine volviera a caer en sus brazos, como una amante vencida por la emoción.

A diferencia de la segunda vista de Odette, esa capacidad de vislumbrar detrás de la cortina de la vida de una víctima la compartían todos los bebedores de sangre en posesión del don oscuro. Como tal, Odette nunca bebía de los hombres. Le resultaba demasiado íntimo entrar en la mente de su presa. Una vez, cuando ella misma era una vampiresa recién nacida, pensó en beber de un hombre que mataba a otros por deporte. Había creído que era apropiado dejar que encontrara en ella a su igual.

Pero los recuerdos del hombre habían sido violentos. Se había deleitado con los horrores que había llevado a cabo. Las imágenes que habían parpadeado en la mente de Odette habían creado un nudo en su garganta, asfixiándola, quemándola de dentro hacia fuera.

Esa noche, había jurado no volver a entrar nunca más en la mente de un hombre.

Los hombres eran el peor tipo de héroe. Plagados de defectos que se negaban a ver.

En el instante en que Odette sintió que los latidos del corazón de Francine empezaban a ralentizarse, se echó hacia atrás. No sería conveniente ahogarse en la muerte de Francine. Muchos vampiros habían perdido la cabeza en ese tramo de oscuridad entre mundos.

Odette se humedeció los labios con movimientos lánguidos. Luego presionó con el pulgar las heridas punzantes de la muñeca de Francine y esperó a que el flujo de sangre se detuviera.

—Tan pronto como nos separemos —dijo—, olvidarás lo que ha pasado esta noche. Nunca te perseguiré en tus sueños. Regresarás a casa y pasarás el día de mañana descansando, porque te ha mordido un bicho y no te sientes bien. Pídele a tu familia que te prepare bistec y espinacas. —Con cuidado, Odette dobló el puño de la manga de Francine sobre las heridas—. Cuando camines por estas calles solo por la noche, camina con la cabeza bien alta, incluso si crees que la muerte podría estar a la vuelta de la esquina. —Su sonrisa era como el borde curvo de una hoja—. Es la única forma de vivir, encantadora Francine.

Francine asintió.

—Eres un ángel, querida. —Las lágrimas brotaron de sus ojos—. Y nunca podría olvidarte.

—No soy ningún ángel. Los ángeles me aburren. Prefiero a un demonio en cualquier momento.

—Eres un ángel —insistió Francine—. La criatura más hermosa que he visto. —Cuando Odette la soltó, Francine le agarró el brazo con fuerza, negándose a soltarla. Las lágrimas se deslizaban por sus mejillas, la confusión tallaba líneas en su frente—. Por favor —dijo—, llévame contigo.

—Donde voy, no puedes seguirme.

—Puedo, si me llevas contigo. Si me conviertes en un ángel como tú.

Odette inclinó la cabeza, las cavilaciones de la hermosa criatura que era ahora en guerra con las creencias de la chica mortal que alguna vez había sido. En sus manos tenía el poder de dar vida. De tomarla.

De saborearla. Despacio.

Francine sonrió a Odette, su mirada, trémula, sus dedos todavía entrelazados en las mangas de la camisa de Odette.

—Por favor, ángel. Por favor. No me dejes sola en la oscuridad.

—Ya te lo he dicho, *ma chérie*. —Con su mano libre, Odette acarició un lado de la cara de Francine—. No soy un ángel. —Tras eso, le rompió el cuello a Francine. Sintió los huesos quebradizos romperse entre sus dedos de fuerza inhumana. Dejó que el cuerpo de Francine se desplomara sin gloria, sin vida, hasta los adoquines agrietados a sus pies.

Permaneció así durante un rato. Esperó a ver si el Dios de Francine la derribaba. Después de todo, Odette se lo merecía. Podía justificar sus acciones como quisiera. Podría decir que le había ahorrado a Francine la decepción de un futuro triste. Podría decir que había sido un acto de bondad. Algún tipo de piedad retorcida.

Pero ¿quién era ella para ofrecer misericordia a nadie?

Odette esperó, mirando fijamente a la luna, apartándose de la larga sombra proyectada por la cruz en lo alto. A su alrededor, no llovió granizo ardiente ni azufre. Todo estaba como siempre. Vida y muerte en un solo suspiro.

—Lo siento, *ma chérie* —susurró Odette—. Te merecías algo mejor. —Se miró los pies, dejando que el arrepentimiento rodara por su espalda hasta los dedos de los pies, para desaparecer entre las grietas de los adoquines. Lo que había hecho, esa vida que había robado, estaba mal. Odette lo sabía.

Era solo que… a veces se cansaba de esforzarse tanto por ser buena.

Con un suspiro, Odette comenzó a alejarse, con las manos en los bolsillos.

—*Ils viennent jusque dans nos bras* —cantó, la melodía teñida de una dulce tristeza—. *Égorger nos fils, nos compagnes.* —El eco de «La Marsellesa» subió hacia arriba, mezclándose con el humo de las interminables fechorías de Odette.

BASTIEN

De niño, soñaba a menudo con ser un héroe, como los de mis historias favoritas. D'Artagnan uniéndose a los mosqueteros, intrépido ante el peligro. El rey Leónidas y sus valientes trescientos, manteniéndose firmes contra unas probabilidades imposibles. Ulises en un viaje épico, luchando contra monstruos mitológicos y salvando a hermosas doncellas.

Luego supe que vivía entre monstruos. Y que tales historias a menudo no fueron escritas por los propios héroes, sino por aquellos que quedaron en pie para contarlas. Quizás no hubiera mucho que recomendar de un personaje como D'Artagnan. Después de todo, ¿acaso no era, sencillamente, un afortunado?

La suerte no es una habilidad. El tío Nico me lo repetía una y otra vez, cuando me lamentaba de mi instrucción en materia de guerra, puntería, equitación y en todos los talentos que se esperan de un supuesto caballero.

Tal vez debería haber reverenciado a Athos, un dechado de misterio. O a Aramis, amante de la vida. O a Milady de Winter, la más astuta de las espías.

Al final, los monstruos eran los que acababan en posesión de las mejores historias.

Abro los ojos con un sobresalto. Unas motas de polvo flotan en el aire que queda sobre mi cabeza, dan vueltas en el resplandor ámbar de una única vela. Por un momento, las observo bailar, estudiando cada una de sus formas como si fueran estrellas en un cielo infinito.

El infinito nos cautiva porque nos permite creer que todo es posible. Que el amor verdadero puede perdurar más allá del tiempo.

Celine me dijo eso la noche en que me di cuenta por primera vez de que sentía algo auténtico por ella. Ya no era algo tan simple como sentirme atraído por su belleza, que tiraba de mí como la orilla hace con la marea. Se había convertido en más que eso. Un consuelo. Una comprensión. Algún tipo de magia.

La vi bailar una cuadrilla en mitad de un desfile del carnaval. La melodía no tardó mucho en conquistarla, como suele hacer la música. Se saltó muchos de los pasos y no le importó. Aquella visión me pilló desprevenido. No era solo por su aspecto. Era por cómo hacía sentir a las personas que la rodeaban. Su sonrisa iluminaba las de sus compañeros. Hizo que los hombres y mujeres que se tambaleaban a su alrededor rieran con abandono.

Durante un instante, perdí todo sentido del tiempo y el espacio. Solo existía ella, una vela solitaria en una habitación a oscuras. Pero detrás de esa sonrisa seductora vi algo más. Un mundo de secretos, escondido detrás de un par de ojos verdes afligidos.

Como chico que tenía sus propios secretos, un dolor se desplegó en mi pecho. En ese momento, supe cuánto deseaba que compartiéramos nuestras verdades. Daba igual que ambas pudieran estar plagadas de monstruos. Una semana después, la palabra *amor* tanteó los límites de mi mente. La ignoré. Me consideraba demasiado cansado del mundo para caer presa de la locura del amor de juventud.

Me equivoqué. Y eso trajo consecuencias desastrosas.

Pero ya no importa. Porque la nuestra no es una historia de amor.

El dolor que rodea mi corazón muerto se extiende hasta mi garganta.

Suficiente.

Siento a Toussaint antes de verlo. Mi cuerpo entero se tensa como si se enroscara para saltar. La gigantesca pitón birmana se desliza sobre la mesa y serpentea desde mis pies hacia mi cabeza. Lo observo moverse desde donde mi familia me ha dejado, sobre la mesa, como un cuerpo en un velorio irlandés. Su lengua agita el aire frente a él, sus ojos amarillos están entrecerrados, inseguros. Se detiene en mi pecho, su cabeza flota sobre mi esternón. Le sostengo la mirada. Él frunce el ceño.

Dos depredadores que se evalúan el uno al otro, decidiendo si atacar o no.

Después de un segundo, Toussaint suspira con resignación. Luego se desliza sobre mi hombro, arrastrando tras de sí el resto de su largo cuerpo, sus escamas relucen sobre la seda manchada de sangre de mi chaleco marfil. Siempre he pensado que las serpientes son proféticas. El tipo de criatura omnisciente que prospera en el espacio entre mundos.

Al menos, mi mascota oráculo parece haber aceptado este desafortunado giro del destino.

Me incorporo para sentarme, mis movimientos desdibujados. Inhumanamente rápidos. Habría sido desconcertante si no estuviera acostumbrado a ver a los inmortales moverse de esta manera. Al instante siguiente, apago la vela solitaria entre las yemas de mis dedos, deseando sentir que el fuego me chamusque la piel.

No siento nada. Ni siquiera un susurro de dolor. Tampoco necesito tiempo para aclimatarme a la oscuridad. Sin la luz, a través de varias capas de sombras, veo hasta el último detalle de mi entorno, incluso las láminas de oro sobre el papel pintado y los dieciséis rubíes brillantes del camafeo de Odette. Cada mechón del cabello negro de mi tío y los cuarenta y ocho remaches de latón en la reluciente mesa de madera que tengo debajo.

La repugnancia se apodera de mí cuando la verdad se asienta sobre mis hombros como un manto de plomo. Mi lugar ya no está entre los vivos. Soy un demonio maldecido a vivir en las sombras. No hay nada que pueda hacer para alterar este giro del destino.

No hay oración que rezar. No hay búsqueda que emprender. No hay trato que hacer.

Supongo que este siempre ha sido mi destino.

Mi tío se aclara la garganta y da un paso adelante.

La visión de esas siete criaturas de otro mundo reunidas en un círculo a mi alrededor debería ser alarmante, tanto para los mortales como para los inmortales, pero mantengo la cabeza fría, midiendo por primera vez a mis hermanos inmortales con la mirada de un vampiro.

Odette Valmont, con su cabello castaño y sus ojos negros, me observa con atención, con expresión cautelosa. Va vestida con ropas de hombre, una corbata de seda suelta alrededor de su garganta pálida, su amuleto colgando de ella. A primera vista, parece una chica de no más de veinte años con un rostro capaz de hechizar al diablo.

Pero las apariencias engañan adrede.

La ira corre por mis venas, mi sangre fría se pierde en los vientos. Si Odette poseía algún conocimiento de mi destino y me lo estaba ocultando, lo pagará con creces. Lo hizo una vez en el pasado, en un intento equivocado de guiarme por el camino que ella consideraba correcto, como si fuera juez, jurado y verdugo.

Antes de arremeter contra Odette, miro más allá de ella mientras deseo no sentir nada.

Shin Jaehyuk, el principal asesino de Nicodemus, permanece oculto en una cascada de oscuridad a espaldas de Odette. Jae fue el segundo vampiro al que Nicodemus convirtió, y gobernó la noche en el apogeo de la dinastía Joseon de Corea. Experto en armas y juegos de manos, este vampiro, con su afición por las hojas de todas las formas y tamaños, era el que más me asustaba cuando era niño. La forma que tenía de estar siempre presente, su piel pálida estropeada por innumerables cicatrices, por una historia que me contó en retazos.

—Bienvenido para siempre, hermano mío —entona otra voz con su característico acento de Carolina. Boone Ravenel tiene apoyado el hombro izquierdo contra el papel tapiz de damasco mientras me dedica una sonrisa despreocupada, sus rasgos, bronceados, su expresión, el vivo retrato del encanto. Pero debajo de su semblante angelical se esconde un demonio con el sentido del olfato de un tiburón y la vista de un halcón para rastrear. Hace cincuenta años, Odette lo apodó «sabueso del infierno», por una gran variedad de razones. Como pasa con muchas de estas cosas, se quedó con ese mote.

Justo a la derecha de Nicodemus se encuentra Madeleine de Morny, con los ojos y la piel del color de la teca oscura y una expresión de cuarzo. La primera de los hijos no muertos de mi tío en ser convertida, Madeleine también es la vampiresa a la que Nicodemus consulta antes que a cualquier otro. Durante los últimos cien años, se ha convertido en su igual en muchos aspectos, aunque nunca me atrevería a decirlo en presencia de mi tío. Por desgracia, sé muy poco sobre el pasado de Madeleine en Costa de Marfil, más allá del hecho de que le rogó a Nicodemus que convirtiera a su hermana menor, Hortense, a cambio de su eterna lealtad. Y de que su mayor pasión en la vida, aparte de su familia, es perderse en las páginas de un buen libro.

Hortense de Morny está recostada en un diván de terciopelo de nudo y juega con las puntas de su cabello largo y espeso, peinado como la melena de un león. La diversión se propaga por su rostro, un brillo travieso en sus ojos rojizos. Lleva un vestido de tul translúcido teñido del color exacto de su piel oscura. De todos los hijos no muertos de Nicodemus, Hortense es la que más disfruta de la inmortalidad. Amante de las artes, sus pasatiempos favoritos incluyen una velada en el palco de Nicodemus en la Ópera Francesa, escandalizando a los miembros blancos de la sociedad de Nueva Orleans con su presencia, seguida de una muestra de los mejores músicos de la ciudad. Siente predilección por los violinistas. *Su canción es como el azúcar hilado*, le gusta decir con una sonrisa afectada.

Uno de estos inmortales permanece fuera del círculo. Aunque no resulta evidente, ya que sus ojos color avellana poseen un brillo inhumano similar y su piel morena tiene el mismo brillo sutil, Arjun Desai no es un vampiro. Llegó a Nueva Orleans el año pasado a instancias de Jae. Formado como abogado bajo los auspicios de la Corona británica, a Arjun se le negó el acceso a los sagrados salones de la profesión como consecuencia de su ascendencia. Nacido hace diecinueve años en Maharashtra, un estado de las Indias Orientales, Arjun es un etéreo, hijo de un hombre mortal y una cazadora feérica del Valle Silvano. Otro ser a caballo entre los mundos. Su llegada a la Ciudad de la Luna Creciente resolvió dos problemas: el interés de mi tío en la industria hotelera de Nueva Orleans requería un abogado con un conjunto particular de habilidades, y el hecho de que los Caídos tenían prohibido traer más vampiros a la ciudad para cumplir el tratado firmado con la Hermandad hace una década. En menos de un año, Arjun se ha establecido como miembro propiamente dicho de *La Cour des Lions*.

Aquí están todos, de todas partes del mundo y de todas las clases sociales. Cada uno de ellos, un león por derecho propio. Dos de mis hermanos de sangre, tres de mis hermanas de sangre y uno mitad féerico.

El desgarbado Nigel Fitzroy, el vampiro responsable de mi muerte, permanece deslumbrantemente ausente de este retorcido cuadro.

La rabia se amotina en mi cuerpo. Trago saliva mientras me quema las venas, mientras los dientes me rechinan en el interior del cráneo. A mi alrededor, todo se vuelve más nítido. Todo se aclara, como un punto de luz en una neblina de oscuridad.

No es un sentimiento desagradable. Quiero perderme en él. Abandonar todo sentido de la lógica, preocuparme solo por la destrucción. Existe cierta pureza en tal sentimiento. Razón en su sencillez.

Echo los hombros hacia atrás y tomo una respiración innecesaria. Cuando miro alrededor una vez más, mi vista se ve atraída hacia mi tío, sus ojos dorados brillan en las sombras como los de una pantera.

Nicodemus me estudia, su rostro esculpido en mármol. Una sola espiral diabólica de cabello negro le roza la frente.

—Sébastien —dice—. ¿Sabes quién soy? —Me analiza como si fuera uno de los muchos especímenes alados de su colección. Como una mariposa con rayas iridiscentes y un largo alfiler de metal atravesándole el abdomen.

La rabia estalla de nuevo en mi pecho.

—¿De verdad le preocupaba que no lo recordara, *Monsieur le Comte*? —Espero que mi voz suene áspera por el desuso, pero una magia oscura redondea el tono y la convierte en una exquisita melodía.

Ningún rastro de alivio pasa por las facciones de Nicodemus, a pesar de la prueba de que mi mente ha sobrevivido al cambio.

—Era una posibilidad evidente. Estabas peligrosamente cerca de la muerte cuando comencé a convertirte. —Hace una pausa—. Y siempre es un riesgo mezclar sangre mortal con la de un antepasado inmortal, como bien sabes.

Lo sé. Hago desaparecer con un parpadeo el recuerdo de mi madre, que fue consumida por la locura. Envenenada por la pena. Se obsesionó con el deseo de ser deshecha y volver a su forma mortal. No respondo. Esos recuerdos no sirven de nada ahora, excepto para provocar mi ira.

—¿Cómo te sientes? —Nicodemus da un paso adelante. Todo en él, desde su cabello engominado hasta sus zapatos relucientes, se corresponde con la apariencia de un caballero. El tipo de caballero que yo aspiraba a ser desde niño. Pero hay una extraña vacilación en su pregunta.

Mi tío no es de los que vacilan.

Eso me desconcierta. Sin querer mostrarle ningún signo de mi propia confusión, digo lo primero que me viene a la cabeza.

—Me siento poderoso.

Espero que mis hermanos y hermanas se rían de la trivialidad de mi respuesta.

—No estas... ¿enfadado? —Odette habla con voz suave—. Sé que esto no es lo que...

—No —miento sin ni siquiera detenerme a considerarlo—. No estoy enfadado.

Más silencio.

Madeleine se gira hacia mí en un borrón de movimiento, luego se detiene en seco como si se lo pensara mejor, con las palmas de las manos por delante, en un ademán apaciguador.

—¿Tienes alguna pregunta? ¿Necesitas algo? *Il y a des moment où…*

—Creo que entiendo la esencia general de las cosas, Madeleine.

Reprimo otra oleada de ira, una diversión amarga ocupa rápidamente su lugar.

—Beber sangre y vivir para siempre. —Sonrío a mi familia inmortal, luego me arreglo los puños manchados.

—Basta —dice Jae. Esas dos sílabas se abren paso a través de la oscuridad como un disparo de advertencia.

Madeleine mira a Jae, intentando silenciarlo solo con una mirada.

Él se mantiene impasible. No se disculpa.

—Enfádate —gruñe—. Entristécete. Cualquier cosa menos esto.

Enarco una ceja.

—Miedo —aclara Jae—. Tienes tanto miedo que podría cortarlo con un cuchillo. Cortarlo en tiras. —Con la barbilla, hace un gesto hacia Odette—. Puede ponérselas en el pelo.

Trago saliva y me esfuerzo por aferrarme a mi sonrisa. Sopeso si atacar o no a Jae.

Él no tarda nada en responder a mi desafío tácito. Como un espíritu maligno, Jae se desliza hacia delante, su abrigo se arremolina a su alrededor. Saca dos hojas de sendas fundas ocultas en su chaqueta. Las hace girar una vez, desafiándome a responder a su amenaza silenciosa.

Me pongo derecho, cierro las manos en puños, el fuego me purifica desde el interior.

Ganará él. De eso no hay duda. Pero no voy a esconder el rabo entre las piernas y echar a correr. Le plantaré cara hasta que se vea obligado a cortarme. Tal vez, si me hace un corte lo bastante profundo, encontraré lo que queda de mi humanidad. O tal vez me limitaré a sucumbir a otra de las lecciones de mi tío: destruir o ser destruido.

¿Asustado? ¿Jae cree que estoy asustado? Que vea lo que es el miedo de verdad. Justo antes de cumplir esa promesa, mi tío da un aplauso como si fuera un juez con un mazo, exigiendo orden. Casi me hace reír, porque *Le Comte de Saint Germain* es cualquier cosa menos el correcto caballero que desea que el mundo mortal vea.

Nicodemus es conocido en todos los círculos del Otro Mundo, tanto por su riqueza e influencia como por su brutalidad. Estuvo allí al principio, cuando los vampiros y los hombres lobo residían en castillos tallados en hielo, en lo profundo de un bosque en plena noche perpetua. Cuando los bebedores de sangre y los cambiaformas vivían entre sus hermanos feéricos, como los dioses en la cima del monte Olimpo, jugando con los humanos solo por deporte. Jugaba con las ninfas, los duendes, los ogros, los pucas y los trasgos lejos del mundo de los mortales, en un lugar donde reina el invierno eterno, conocido como la Espesura Silvana. Nicodemus aún recuerda una época en la que no ocultaban su naturaleza élfica, sino que disfrutaban de ella. Hasta que, en su búsqueda de poder, los vampiros se aliaron con los hombres lobo y cometieron un gran error de juicio: intentaron intercambiar su bien más preciado con los humanos.

Su inmortalidad.

Nicodemus es uno de los pocos vampiros que quedan que presenció los acontecimientos del Destierro, la época en la que los vampiros y los hombres lobo fueron exiliados de la corte invernal silvana por dichas transgresiones. Cuando se vieron obligados a ceder sus posesiones a la corte estival del Valle Silvano.

—Jae —dice Nicodemus en tono cansado—, ya es suficiente.

Jae enfunda sus armas con dos movimientos rápidos de sus muñecas. Me irrita lo rápido que obedece, aparentando frialdad, como si estuviera a punto de soltar un comentario sobre el tiempo. Mi tío me mira, esperando que me comporte de la misma manera.

—Bastien —dice—. Harás lo que tu Hacedor ordene, en esto y en todas las cosas. —Aunque su tono no admite réplica, presiento que es otra prueba. Otra ronda en el proverbial cuadrilátero.

Yo era un crío pequeño. Me sentía más cómodo con los libros y la música que con las personas. En un intento por enseñarme a mantenerme erguido en una habitación llena de gente, mi tío pagó para que entrenara con el mejor pugilista de Nueva Orleans. A pesar de mis protestas, aprendí a boxear. A fintar. A esquivar. A recibir golpes y darlos a partes iguales.

No he subido a un cuadrilátero en años, pero mi tío ha intercambiado golpes figurativos conmigo desde que era un niño. Si obedezco sin dudarlo, soy una oveja, como Jae. Una criatura destinada únicamente a servir. Si me resisto, soy un niño con una rabieta. Un gusano retorcido que no sabe nada del respeto.

Los términos de esta batalla cambian como las estaciones, sin previo aviso.

Es una lucha imposible. Una que suelo perder.

Tal vez sea porque hace solo unos momentos, Jae me ha acusado de tener miedo. Tal vez sea porque me importan un bledo las consecuencias. Tal vez solo desee intercambiar más golpes, hasta que mi oponente grite «mea culpa» y su sangre manche mis puños.

Me río, el sonido rebota en el techo artesonado.

Algo parecido a la aprobación brilla en la mirada de Nicodemus. Mi tío desdeña cualquier atisbo de debilidad. Al menos, no he fallado en ese aspecto. Mis hermanos y hermanas intercambian miradas. Arquean las cejas. Reprimen sus réplicas.

Antes de que la tensión de mi risa se extinga, ataco.

Bastien

El alboroto estalla en el instante en que mi puño golpea el costado de la mandíbula de Jae.

Nuestro asesino particular está tan aturdido que tarda un segundo en reaccionar. Pero solo un segundo. Me esquiva antes de que logre lanzar mi gancho de derecha. Cuando Boone y Madeleine intentan intervenir, Nicodemus los detiene.

Al instante siguiente, Jae se aleja de mí mientras agarra la parte trasera de mi levita manchada de sangre. Me la pasa por encima de la cabeza, intentando desorientarme. Con un quiebro, me deshago de la prenda y le lanzo una serie de puñetazos al abdomen. No me da tiempo a maravillarme de la rapidez de mis reflejos. De la fuerza inhumana en cada golpe. Incluso antes de que haga contacto, Jae da una vuelta en el aire, burlándose de la gravedad, y luego vira hacia mí hasta que acabamos en la lujosa alfombra persa. Parpadeo y su brazo está alrededor de mi cuello, su rodilla me presiona la columna.

Todo termina en menos de cinco segundos. Considero forcejear. En vez de eso, vuelvo a reírme como un loco.

Al momento siguiente, Toussaint emerge de la oscuridad, sus colmillos relucientes, su puntería, precisa.

Hortense se interpone en el camino de la serpiente y se posiciona frente a Jae, sus ojos muy abiertos en señal de advertencia.

—No —ordena—. *Tu ne vas pas lui faire mal.*

Toussaint retrocede con un siseo resentido.

Siempre sospeché que la maldita serpiente quería más a Hortense que a mí.

Mi tío da un paso adelante; su expresión, ilegible, sus ojos, brillantes. La escena que tengo ante mí es casi cómica. Mi ropa está cubierta de sangre seca, los restos de mi disfraz blanco para la mascarada son una burla de todo lo que sucedió a continuación. Tengo la cara presionada contra una alfombra de seda que cuesta más de lo que ganan la mayoría de los hombres en un año de trabajo honesto. Un vampiro me retiene con una llave. Una serpiente gigante piensa vengar mi honor.

Anoche, amé y viví. Esta noche, bailo en un cuadrilátero con la Muerte.

Mis emociones se despliegan por mi cuerpo una vez más, castigándome con su intensidad. Casi imposibles de controlar. Como lenguas de fuego lamiendo charcos de queroseno.

—Quítate de encima —exijo en voz baja, luchando por mantener la compostura. De nuevo, Jae espera el permiso de mi tío, siempre la oveja necesitada de un pastor.

En el instante en que Jae me suelta, le doy un codazo y rechazo la ayuda de Odette mientras me pongo de pie. Respiro hondo, odiando la fuerza de la costumbre. El aire que llena mis pulmones ya no me calma.

—¿Qué te dio Celine a cambio de convertirme? —le pregunto a mi tío.

Él no dice nada.

Flexiono las manos con rabia, inquieto por la potencia de esta.

—Ya sé lo que hiciste. Quiero oírte decirlo. ¿Qué precio le exigiste a la chica a la que amé en vida? —Mis palabras apuñalan la oscuridad con una precisión despiadada y provocan que tanto Odette como Arjun se estremezcan.

—Bien —dice Nicodemus—. Estás enfadado. Deja que la furia te consuele. Espero que algún día te conceda un propósito.

Madeleine frunce el ceño como si quisiera decir algo. Jae mira en su dirección y niega con la cabeza. Todos son ovejas. Hasta el último de ellos.

—Pero tendrás que perfeccionarla primero —continúa Nicodemus—. En este momento, es la ira de un niño mimado, no la de un hombre. —Su sonrisa es burlona—. ¿Estás enfadado porque no se te permitió morir en tus propios términos, Sébastien? —se mofa—. ¿A quién de nosotros se le concede tal recompensa? Fue decisión de Celine Rousseau hacer un trato conmigo. Su sacrificio te otorgó el poder de vencer a la muerte. Ella merece tu gratitud, al igual que yo merezco tu respeto.

Una risa amarga corre por mis labios.

—No pienses en evadir mi pregunta, *Monsieur le Comte*. —Me muevo hacia él con fluidez, mi cara a un centímetro de la suya—. *¿Qué te dio Celine?*

—Una oportunidad para que aprendas de tus errores y empieces de nuevo. Ofreció sus recuerdos de vuestro tiempo juntos a cambio de un nuevo comienzo para ambos. —Nicodemus entrecierra los ojos—. Honra su elección. Es lo mínimo que se merece.

Quiero reírme de él por fingir que se preocupa por Celine. Arremeter contra él por obligarla a tomar una decisión bajo coacción. Mi tío no negocia con nadie a menos que esté seguro de que tiene las de ganar. Pero no le veo ningún sentido a hostigarlo. Sé lo que quería Nicodemus. Lo mismo que quiere de cualquier mortal lo bastante desafortunado como para formar un vínculo con cualquiera de nosotros: la rendición total. Se me hinchan las venas a lo largo de los antebrazos, mis dedos parecen garras. Necesito destruir algo antes de que estas verdades me destruyan a mí.

—Olvida y sé olvidado —logro decir. Mi tío asiente.

Pasamos otro momento tenso en silencio. Algo susurra en las sombras al otro lado de la habitación. Es probable que sea Toussaint, pero estiro el cuello en su dirección de todos modos.

Los ojos de Madeleine se convierten en rendijas. Boone se aparta de la pared, un brillo salvaje en su mirada.

Todos nosotros estamos ansiosos por pelear. Tenemos ganas de destrozar algo con nuestras propias manos, como los asesinos que somos.

—Bueno, ha sido un *rendez-vous charmant* —dice Odette, alargando el francés con su particular ademán ostentoso—. Pero, a menos que haya objeciones, me gustaría arrojar un poco de luz sobre todo este pesimismo. —Después de eso, enciende una cerilla y empieza a acercar la llama a todas las velas de la estancia, el olor a azufre impregna el aire—. Debo decir que no me sorprende que tu primera preocupación sea Celine, *mon petit frère* —me dice—. Pero hoy, temprano, he ido a verla en secreto. Estaba rodeada de amigos y bajo el cuidado de los mejores médicos de la ciudad, quienes me han asegurado que se recuperará por completo —parlotea mientras trabaja—. Puedes estar seguro de que está a salvo. No hay duda de que un día, dentro de poco, será... feliz... otra vez. —Se detiene, sus cejas finas se juntan sobre el puente de su nariz respingona—. O al menos, encontrará cierto grado de satisfacción mortal. —Las llamas crecen largas y delgadas, bañando la habitación con su cálido resplandor.

La risa de Boone es intensa cuando entra en un charco de luz de velas.

—Amén a eso. Lo cierto es que es todo para bien, mi hermano. Sé que la herida no ha cicatrizado aún, pero tú sabes mejor que nadie que Celine nunca podría haberse hecho un hueco en nuestro mundo. Dios sabe lo que podría haberle pasado.

—Ya pasó algo —dice Jae en voz baja—. Nigel casi los mata a ambos.

—De hecho, a mí *sí* me mató. —Endurezco la expresión, mi dolor es demasiado reciente para reflejarlo de forma adecuada. Me detengo antes de volver a inspirar de forma innecesaria, frustrado de nuevo por mi incapacidad para controlar la tempestad de mi mente. Sé por qué sigo recurriendo a esta táctica, que tan a menudo me proporcionó consuelo como mortal.

No mucho después de perder a mi hermana y a mis padres, Madeleine me dijo que cada vez que estuviera a punto de perder el control, debía cerrar los ojos. Inhalar por la nariz. Exhalar el doble de despacio por la boca.

Aunque sé que es un ejercicio inútil, recurro a ello una vez más. A una última bocanada de mi humanidad. Cierro los ojos. Me concentro mientras respiro.

Una gran cantidad de olores inunda mis fosas nasales. La cera utilizada para pulir los muebles; el agua de rosas del perfume de Odette; el carísimo aceite de mirra que Hortense usa para alisar su larga melena; el bronce penetrante del bastón de Nicodemus; incluso el olor rancio del polvo acumulado en las cortinas de terciopelo. Pero un aroma se eleva por encima de los demás, serpenteando a través de mi mente, atrapando todos mis sentidos, guiándome hacia delante como en un trance.

Algo tibio y salado y… delicioso.

Antes de ser consciente de ello, me dirijo hacia las ventanas que dan a la calle y arranco las pesadas cortinas índigo, sin pensar en la seguridad.

Por fortuna, ya está anocheciendo, los últimos rayos de sol se desvanecen en la distancia. En los adoquines al otro lado de la calle, un niño de no más de cinco años está tirado sobre las piedras después de tropezar con unos zapatos demasiado grandes. Mira a su madre, luego procede a gemir como si estuviera en los estertores de la muerte. Unas gotas de un carmesí brillante caen por su rodilla raspada y gotean hasta las piedras grises a sus pies.

Su olor me hechiza. Quema todo lo demás que hay en mi mente. Soy Moisés en el desierto. Jonás con la ballena. No es redención lo que busco. Las almas perdidas no buscan la redención.

Se me hace la boca agua. Una energía de otro mundo fluye debajo de mi piel. Dentro de mí, algo empieza a tomar forma. Un monstruo al que no puedo contener. Aunque sea incongruente, es como luchar por respirar. Como intentar alcanzar la superficie del mar, cuando cada segundo es aún más precioso. En mi boca, mis dientes se alargan, me cortan el labio inferior. Mi mandíbula y mis dedos se endurecen hasta parecer de bronce. Si tuviera pulso, estaría martilleándome en el pecho como una ametralladora Gatling.

Presiono una palma contra el cristal de la ventana con parteluz. Comienza a agrietarse bajo la fuerza de mi contacto, se astilla desde las yemas de mis dedos como una telaraña.

Boone aparece a mi lado en un santiamén y me agarra del brazo. Le gruño como una bestia indómita. Con una leve sonrisa, me clava la mano con fuerza en el bíceps, para anclarme donde estoy.

—Hermano —dice en tono tranquilizador—. Tienes que controlar el hambre antes de que te consuma.

Me deshago del agarre de Boone con una fuerza que lo toma por sorpresa. Retrocede medio paso antes de que una sombría determinación se asiente en su rostro. Vuelve a alcanzarme, pero atrapo a mi hermano por el cuello y lo golpeo contra la pared que hay junto a la ventana, provocando que un retrato de marco dorado se estrelle contra el suelo.

Sangre oscura cae de la parte posterior de la cabeza de Boone, dos gotas manchan su cuello prístino antes de que la herida cicatrice, el sonido es como el del papel rasgado. A pesar de que parece indiferente, no puedo pasar por alto la conmoción que se enciende en su rostro, está ahí y desaparece en un abrir y cerrar de ojos.

Hasta a mí me pilla desprevenido. Herir a un inmortal como Boone no es poca cosa. Soy… fuerte. Más fuerte de lo que pensaba. Mi ira se ha convertido en una criatura demasiado grande para que la contenga. Debería dejarlo ir. Disculparme.

En vez de eso, aprieto más, la rabia se despliega sobre mi cuerpo como una segunda piel.

Las disculpas son para las ovejas. Que todos vean en lo que me he convertido. Que me teman.

Algo se mueve a mi espalda.

—No —exige Madeleine—. Quédate donde estás, Arjun. Un golpe como ese podría matarte.

—Puedo ayudar —responde Arjun con cuidado—. Por lo menos, puedo ganar algo de tiempo.

—Puedes intentarlo —susurro sin mirar hacia el mestizo féerico. Es una tontería por mi parte provocar a un etéreo. El contacto de Arjun podría inmovilizarme. Dejarme a merced de mis hermanos. Pero estoy más centrado en lo que pasará a continuación, en si se molestará en intentarlo.

No pueden acorralarme para siempre.

—Sé que crees que no tienes miedo —dice Arjun—. Que en vez de eso, todos deberíamos temerte a ti.

No digo nada, aunque siento que una punzada me atraviesa.

—Mi padre mortal solía decir que la ira y el miedo son dos caras de la misma moneda —continúa Arjun—. Ambos hacen que nos comportemos en contra de nuestra naturaleza.

—O tal vez, simplemente nos destilan hasta nuestra esencia. Tal vez esta *sea* mi naturaleza ahora. —Miro con furia a Boone, que tiene los brazos levantados como el Hombre de Vitruvio de Leonardo.

—Yo no me creo eso. —La voz de Boone suena ronca, pero suave—. Ni por asomo.

Madeleine se acerca más a mí en un borrón y se detiene a mi izquierda.

—Sébastien. —Su tono rebosa advertencia. Sus dientes empiezan a alargarse, ordenándome sin palabras que me retire—. No hagas esto, *mon enfant*.

Mon enfant. Mi niño. Madeleine es lo más parecido a una madre que he conocido desde que mi propia madre falleció hace diez años. Sin embargo, la ignoro, la sed de sangre corre por mis venas. El deseo de matar y consumir es de la mayor importancia.

Un susurro de tul a la derecha de Madeleine.

—*Écoute-moi, mon petit diable* —ordena su hermana, Hortense, con el tono cantarín de una médium dirigiendo una sesión de espiritismo—. *Nous ne sommes pas vos ennemis.*

—Hazle caso, hermano —dice Boone mientras sus manos avanzan poco a poco hacia sus sienes—. Nuestros enemigos son reales. Si perdemos el tiempo peleándonos entre nosotros, no quedará nada para cuando llegue la verdadera pelea.

La parte racional de mí sabe que Boone tiene razón. Pero respondo apretando mi agarre hasta que ya no puede hablar. El yeso alrededor de su cabeza empieza a pulverizarse, provocando que una lluvia de polvo blanco descienda sobre sus rizos angelicales.

Otro movimiento rapidísimo.

—Suéltalo —exige Jae, agarrándome del hombro derecho. Cada una de sus palabras se me clava en la espalda como la punta de un puñal—. *Ahora.*

—¿Todavía crees que tengo miedo? —Le echo una mirada helada al asesino. Una destinada a transmitir únicamente desprecio.

Él frunce aún más el ceño.

Todo es mentira. Todo lo que he hecho o dicho hasta este instante ha sido para dar un espectáculo.

Tengo miedo. Estoy muerto de miedo. Desde el momento en que he comprendido lo que me había sucedido. Pero el miedo no puede ser todo lo que conozco. *No dejaré que sea lo único que conozco.*

Jae permanece en silencio. Mi miedo amenaza con eclipsar todo lo demás. Avivo mi ira hasta que quema el resto. El color huye de la piel de Boone, la tinta de sus ojos se arremolina y se extiende hasta que el blanco es completamente negro. Sus dedos se convierten en puños.

Sé que se está preparando para contraatacar. Debería liberarlo antes de que la situación empeore. Pero la ira continúa fluyendo por mis brazos, subiendo por mi estómago, enterrándose en mis huesos. Me hace sentir poderoso. Como si yo tuviera el control. No quiero perder esta sensación. No puedo tener miedo. No puedo ser débil.

¿Qué clase de bestia se rinde a sus instintos más bajos?

La que no tiene nada que temer.

Que así sea.

Aprieto con más fuerza, hasta que siento que los huesos de la garganta de Boone comienzan a astillarse bajo mi agarre.

No veo a Madeleine moverse hasta que ya me ha destrozado la muñeca con un solo golpe de su brazo. Suelto un rugido y salgo volando hacia atrás hasta que choco contra la pared del fondo. Mi cuerpo aterriza en una posición defensiva, agazapado como una pantera. Toussaint se enrosca a mis pies y enseña los colmillos, desafiando a cualquiera de mis hermanos a acercarse.

Me agarro la mano herida y siento que los huesos aplastados vuelven a unirse como el fuego de una antorcha a través de la yesca. La sensación debería ser maravillosa, porque es una prueba más de mi indestructibilidad; en cambio, solo enfatiza mi monstruosidad. La pérdida total de mi humanidad.

Mientras tanto, nadie se mueve. Madeleine monta guardia ante un Boone caído, que se agarra la garganta y tose mientras le brota sangre de los labios. Sus ojos destellan cuando Madeleine me muestra los colmillos y sisea entre dientes.

A su lado, Arjun espera con las manos en los bolsillos y el monóculo colgando de la cadena de oro. Hortense se cierne detrás de Madeleine, sus labios forman el comienzo de una sonrisa. Jae tiene la vista clavada en mí, su expresión es como la de un padre que desaprueba mi actitud. Odette parece... triste.

—Tal como sospechaba —dice Nicodemus. Un espectador distraído podría creer que está preocupado por este giro de los acontecimientos, pero conozco demasiado bien a mi tío. No ha hecho nada para evitar que hiriera a Boone, ni ha intentado intervenir cuando el resto de su descendencia ha hecho un movimiento en mi contra. En sus ojos ambarinos detecto un brillo. Uno de placer supremo.

Nicodemus quería ver qué podía pasar. Sospecho que le ha encantado constatar lo fuerte que soy. Lo invencible que me ha hecho su sangre inmortal.

Con Nicodemus Saint Germain, todo es una prueba.

Ignoro el mundo que me rodea y cierro los ojos con fuerza.

Entra por la nariz. Sale por la boca.

El olor de la sangre más allá de la ventana me provoca de nuevo. Rodeado como estoy de otros vampiros, mis hermanos y hermanas, sé que no puedo liberarme y saciar mi hambre. Aunque he atacado a uno de los suyos, todavía cargan con el manto de la responsabilidad. Todavía luchan para salvarme de mí mismo.

Aunque casi le aplasto la garganta a Boone con el puño hace un momento.

Echo un vistazo alrededor de la habitación. Busco dentro de mí algo más. No encuentro nada. No es gratitud lo que siento por mis hermanos inmortales. Solo desesperación.

Asfixiado por la neblina de sed de sangre, retrocedo. Con el pecho palpitante, fijo la vista en mi tío, que no se ha movido de su posición junto a la mesa de madera nudosa. Que sigue observando cómo se desarrolla la escena con un brillo desconcertante.

—Esta noche, irás con Jae y Boone a cazar —dice Nicodemus como si estuviera prescribiendo una tintura para un resfriado común—. Te enseñarán cómo marcar a tus víctimas. Luego, te mostrarán cómo deshacerte de todos los rastros, para que no nos pongas a ninguno en peligro con un comportamiento imprudente.

—No —respondo—. No voy a ir a ninguna parte con ninguno de vosotros.

—Si te niegas a aprender nuestras costumbres, entonces se te prohibirá salir de este lugar —responde Nicodemus sin perder el ritmo—. No puedo arriesgarme a que montes una escena.

La repugnancia se apodera de mí por un momento. Mi tío está más preocupado porque llame la atención sobre nuestro aquelarre que por la difícil situación de los humanos que estén cerca de mí.

Podría matar hasta al último de ellos y a él no le importaría, siempre que limpiara lo ensuciado.

Tomo una decisión sin darle ni siquiera una vuelta.

—Entonces, permaneceré aquí confinado.

Al menos en Jacques', acomodado en el edificio de tres pisos que posee mi tío en Rue Royale, no seré una amenaza para ninguno de los desventurados mortales que tengan la mala suerte de acercarse demasiado. Si me dejara vagar por las calles de la Ciudad de la Luna Creciente, ese niño y su madre y todas las personas que haya cerca serían asesinados antes de que yo desperdiciara un mísero aliento reflexionando sobre las consecuencias.

La expresión de Nicodemus se hunde. Arquea una ceja.

—¿Y qué vas a hacer para comer?

Casi palidezco.

—Traedme lo que necesite para sobrevivir. Nada más. —Si sueno lo bastante imperioso, quizás no discuta.

La ira nubla su expresión.

—Esa no es la forma de hacer las cosas, Sébastien.

—Ahora lo es.

—Esos sacos de sangre de ahí abajo no deberían...

—Nunca los vuelvas a llamar así en mi presencia —interrumpo, indignado por el insulto. Uno que nunca antes había usado en mi presencia.

Él entrecierra los ojos todavía más.

—¿Y qué harás entonces? Estás empezando a comprender lo que eres. ¿Los aplastarás en tus brazos? ¿Los escucharás gritar y suplicar clemencia? ¿O aprenderás nuestras costumbres y dominarás tus emociones, sin olvidar nunca permanecer en las sombras?

La repugnancia que siento aumenta. Ya me está enseñando a ver a los mortales como a seres inferiores. Anoche, yo vagaba entre ellos, un joven con la promesa de un futuro lleno de luz. Un chico con alma. Ahora soy el demonio de las sombras, subsisto a base de sangre robada.

No quiero que me recuerden el precio pagado por mi inmortalidad. El precio que ha pagado Celine. El precio que he pagado yo.

—Mantenlos alejados —digo—. Si no saben en lo que me he convertido, no los quiero cerca de mí.

Nicodemus da un paso para acercarse más a mí. Hay peligro en la forma en que agarra el león rugiente tallado en el mango de bronce de su bastón. Me cree débil.

Sin embargo, me niego a acobardarme bajo su escrutinio.

—Yo puedo traerle sangre por ahora —interviene Odette—. No me supone ningún problema. Mañana a primera hora haré un pedido de lo mejor del Hada Verde.

Miro en su dirección, perplejo.

—Una tapa llena de absenta evita que la sangre se espese demasiado para beberla —explica—. Cuando la sangre se enfría o se deja reposar demasiado tiempo, se coagula. —Me lo explica todo en un tono muy relajante.

Por supuesto. Un detalle que nunca tuve ocasión de considerar. Nicodemus mira a Madeleine.

Ella asiente a su vez.

—Muy bien —dice Nicodemus—. Pero no permitiré que este trato se alargue mucho en el tiempo. Aprenderás nuestras costumbres, por mucho que las desprecies. —Me apunta al pecho con el extremo de su bastón—. Y obedecerás a tu Hacedor sin dudar, como tus hermanos y hermanas, o serás desterrado de la ciudad. —Después de eso, sale de la habitación en un remolino de oscuridad.

Tras un rato de silencio forzado, Odette suspira. A continuación, una brillante sonrisa atraviesa su cara.

—¿A alguien le apetece jugar a las charadas?

Jae gruñe.

—Eres… agotadora

—Y tú eres un incomparable creador de palabras, Jaehyuk-*ah* —replica Odette con una sonrisa.

—No lo provoques —ordena Madeleine con expresión cansada antes de que puedan continuar con su discusión—. Ya hemos tenido suficiente por una noche.

Odette se cruza de brazos y frunce los labios.

—Ha empezado el *chat grincheux*.

—Esperaba apelar a tu buena voluntad —dice Jae.

—Niño tonto —responde Odette—. Sabes que no tengo de eso.

—¡Suficiente! —exclama Madeleine. Me mira—. Siéntate, Bastien. Te espera una charla, *tout de suite*.

Hortense bosteza. Se deja caer en el diván más cercano y cruza los tobillos desnudos sobre el borde de una mesa de té esculpida.

—*Ça sera un grand ennui* —canturrea para nadie en específico.

—No estoy de humor para tu sermón —digo.

—Casi le arrancas la cabeza a Boone, viejo amigo. —El acento británico de Arjun impregna sus palabras—. Aprende de los errores de hoy para no volver a cometerlos mañana.

—No tengo intención de cometer errores hoy, mañana ni ningún día después de ese —respondo, tragándome el sabor de mi propia sangre. El hambre que azota a su paso—. Supongo que solo necesito aceptar —me miro las manos, aún tengo los dedos curvados como garras de bronce— este destino. Mi nuevo futuro. No importa cuánto desee que no hubiera pasado.

—¿Incluso si eso implica la muerte definitiva? —Odette habla en voz muy baja.

No dudo en responder.

—Sí.

Durante un rato, ninguno de ellos dice una palabra.

Entonces, Jae avanza.

—No sirve de nada pensar en las cosas que no podemos cambiar. —Se le tensan los músculos de la mandíbula—. Y deberías aprender cómo se comporta un vampiro lo antes posible.

Las reglas son claras, Sébastien. Si no puedes refrenar tu apetito, si tu violencia indiscriminada llama indebidamente la atención sobre nosotros, serás desterrado de Nueva Orleans. La paz es primordial.

Boone finge toser, como para aclararse la garganta.

—No se puede repetir lo que sucedió en Dubrovnik o Valaquia hace cientos de años, cuando perdimos a muchos de los nuestros por culpa del caos supersticioso que se desató. Incluso recuerdo cuando…

Dejo que sus palabras se desvanezcan en un zumbido mientras observo la ventana rota al otro lado de la habitación y el yeso dañado que hay junto a ella y me fijo en cómo el borde de la cortina de terciopelo azul continúa balanceándose como un péndulo. Dejo que me sumerja en un trance. Por costumbre, me llevo las yemas de los dedos a un lado del cuello para comprobar mi pulso, una acción que siempre sirvió para recordarme mi humanidad.

La ausencia de latido me atraviesa como un golpe en el pecho. Giro sobre mí mismo y me retiro a los recovecos de la estancia. Por el rabillo del ojo, detecto los bordes de un espejo con marco dorado brillando a la luz de las velas. Doy varias zancadas hacia la superficie argentada como un mortal, un pie delante del otro, los dedos flexionados a los costados.

—No, *mon cher* —advierte Odette, arrastrándose detrás de mí—. Hoy no. Date tiempo. *Un moment de grâce.* —Sonríe ante nuestro reflejo compartido, un brillo sospechoso en sus ojos—. A todos nos vendría bien ser un poco más indulgentes con nosotros mismos, *n'est-ce pas?*

Desestimo sus palabras. Hay algo en su afecto fraternal que me irrita y me pone de los nervios como nunca antes. Observo mi apariencia, negándome a apartarme del espejo, sin importar lo inquietante que sea su verdad. Mis colmillos brillan como dagas de marfil; mis ojos arden y centellean, bañados por una luz de otro mundo. Delgados riachuelos de sangre brotan de mi labio inferior, donde mis colmillos han perforado mi piel morena.

Parezco un monstruo del infierno. Una criatura de un cuento de hadas de los Grimm que cobra vida.

Y... *odio* en lo que me he convertido. Lo desprecio como nunca he despreciado nada antes. Quiero despojarme de esta nueva realidad como una serpiente hace con su piel. Dejarla en el polvo para poder pasear bajo la luz del sol y respirar el aire con los pulmones de un hombre mortal. Quiero amar y tener esperanza y morir con todas las limitaciones que hacen que valga la pena vivir una vida así.

Qué no daría por la oportunidad de volver a ser un mortal, de pie frente a la chica a la que ama, esperando que tome mi mano y camine conmigo hacia un futuro desconocido.

La amargura se filtra hasta la médula de mis huesos. Dejo que la sed de sangre me llene de nuevo, observo cómo mis ojos dan vueltas hasta convertirse en obsidiana, mis orejas se alargan hasta ser puntiagudas y mis colmillos se despliegan como garras, cortando mi carne una vez más, hasta que una humedad carmesí se arrastra por mi cuello para mancharme la camisa.

—Bastien —ordena Madeleine por encima de mi hombro, con expresión pétrea—. Demasiados vampiros recién nacidos se pierden a sí mismos por culpa del hambre, ahogan sus penas en sangre, destruyen todo sentido de quiénes fueron en vida —dice—. Rara vez sobreviven una década antes de caminar hacia el sol o ser eliminados por sus mayores. Aléjate de ese camino de destrucción, no importa lo tentador que sea. —Se inclina para acercarse más al espejo, mirándome todo el rato—. Los mejores entre nosotros nunca abandonan su humanidad.

—Cuanto más arde el odio, más destruye —dice Arjun—. Mi padre es la prueba de eso.

—Siente tu ira, pero no sucumbas a ella —continúa Madeleine—, porque será tu final.

—¿Y a qué quieres que me aferre en su lugar? —pregunto a mi reflejo, mis palabras son un susurro áspero.

Odette hace un gesto para señalar al puñado de inmortales reunidos ante mí.

—Queremos que abraces el amor.

—¿Amor? —repito, agarrando los bordes del espejo dorado con ambas manos, mis ojos más negros que el hollín.

Odette asiente.

—Esto no es una historia de amor. —Retiro los dedos del espejo, dejando abolladuras en la filigrana dorada. Lo único que quiero es enfurecerme como un demonio desatado. Desafiar a la luna, las estrellas y a todos los tormentos de un cielo infinito.

Pero, sobre todo, quiero olvidar todo lo que he amado. A cada uno de los inmortales que montan guardia a mi alrededor. A mi maldito tío por traer esta plaga a nuestra familia. A Nigel, por traicionarnos y dejar que me ahogara en un charco de mi propia sangre.

Pero sobre todo la maldigo a *ella*. Quiero olvidar su rostro. Su nombre. Su ingenio. Su risa. Cómo me hizo tener esperanza y desear y sentir. En lo que a mí respecta, Celine Rousseau murió esa noche en la catedral de Saint Louis. Al igual que yo.

Un verdadero héroe encontraría el camino de vuelta a ella. Buscaría la redención para su alma perdida. Una oportunidad de caminar una vez más bajo la luz.

No existe tal camino. Y yo no soy el héroe de nadie. Así que elijo el camino de la destrucción.

ÉMILIE

Se llamaban espigas de Romeo.

Bajo la luz de la madre luna, parecían coronas de hierro montadas cerca de la parte superior de las estrechas columnas que sostenían el balcón. Pedazos de metal negro retorcido cuyas púas apuntaban hacia el cielo, destinadas a disuadir a los intrusos no deseados.

Émilie sonrió para sí misma.

En realidad, no estaban destinadas a ahuyentar a cualquier tipo de intruso no deseado. Habían sido diseñadas específicamente para Romeos con la misión de cortejar a sus bellas Julietas. Solo había que imaginarlo… un joven de sangre caliente que busca escalar el balcón, ansioso por ganarse el afecto de su joven dama. Esos pinchos lo atraparían por los testículos, literalmente. Un castigo espantoso y del todo apropiado para una ciudad con un pasado horrendo y embrujado.

En otras palabras, Émilie las encontraba absolutamente deliciosas.

Esperó hasta que los sonidos de los últimos transeúntes se desvanecieron en la distancia. Hasta que lo único que quedó fue el susurro de las ramas y el canto de las cigarras. La sinfonía de una tarde de principios de marzo.

Esos picos no la disuadirían. Ella no era un Romeo tonto, y Julieta era un hierbajo entre las rosas, especialmente si se comparaba con otras. Émilie se agarró a la esbelta columna de metal calentado por el sol y comenzó a ascender. Una vez que llegó al primer balcón, se agazapó en las sombras detrás de la barandilla, las hojas de los helechos le hacían cosquillas en la nuca y se enganchaban en sus rizos de un castaño oscuro. Dentro de la casa que tenía a su espalda, el olor de los sirvientes que se afanaban preparándose para la comida de esa noche, el olor de su sudor tanto salado como dulce, flotaba hacia ella.

Con cuidado de hacer menos ruido que un fantasma, Émilie trepó por el siguiente conjunto de estrechas columnas de hierro hacia el tercer piso de la estructura. De nuevo, esperó en las sombras hasta que estuvo segura de que nadie iba a detectarla. Luego se puso de pie y se quedó mirando el edificio de enfrente, estudiándolo con atención.

Habían pasado dos semanas desde el incidente en la catedral de San Luis. Según los informes, su hermano menor, Sébastien, el único heredero vivo del linaje Saint Germain, había resultado gravemente herido en la escaramuza, casi le habían arrancado la garganta del cuerpo. Hacía una semana, los chismes del Barrio Francés insinuaban que monseñor había acudido y se había marchado después de administrar los últimos ritos, aunque aún no se habían hecho los preparativos para la procesión callejera típica de un funeral en Nueva Orleans.

Toda esa situación inquietaba a Émilie, un sentimiento que aborrecía. Quería que sus preguntas obtuvieran respuesta, para poder pasar a la siguiente fase del plan. Razón por la cual se había aficionado a situarse en aquel balcón desierto y observar Jacques' desde el otro lado de la calle. En busca de cualquier señal de su hermano. Cualquier posibilidad de que pudiera haber sobrevivido a sus heridas.

Pasó una hora, Émilie endureció la mirada. Cruzó los brazos sobre su pecho esbelto. Era imposible que Bastien hubiera sobrevivido a una casi decapitación llevada a cabo por un vampiro tan fuerte como Nigel. Ningún simple mortal podría capear tal tormenta. Quizás hubiera sido más poético que Bastien pereciera en un incendio, pero ese era un destino que Émilie no le deseaba ni a su peor enemigo. El fuego no mataba como cabría esperar. Era una muerte lenta a base de humo y gritos ahogados.

Rozó con los dedos la piel arrugada que le recorría un lateral del cuello. Ni siquiera la magia oscura adquirida al convertirse en una loba podía curar este tipo de herida. Su resolución se hizo más firme.

Algunas heridas no marcaban la piel, sino el alma.

No. Su hermano no podía haber sobrevivido al ataque que ella había orquestado con Nigel Fitzroy. Y Nicodemus preferiría experimentar la muerte final que convertir a Sébastien en un vampiro. El riesgo de que su hermano se volviera loco era simplemente demasiado elevado, en especial si se tenía en cuenta lo que les había sucedido a los padres de ambos. Sin mencionar el tratado de los Caídos con la Hermandad. Si su tío traía a otro vampiro a la ciudad sin el permiso previo de Luca, se desataría la guerra.

Nicodemus no podía arriesgarse a provocar una guerra. Esa era la lección que había aprendido la última vez. Una que lo hacía débil. Previsible. Que lo llenaba de miedo. Una pena que su tío aún no hubiera aprendido la mayor lección vital: una criatura sin miedo es una criatura capaz de cualquier cosa.

Un movimiento llamó la atención de Émilie en el último piso del edificio al otro lado de la calle. Las cortinas de terciopelo azul se descorrieron y revelaron una figura que reconoció de pasada.

Odette Valmont.

La ira se apoderó de las entrañas de Émilie como un nudo helado. Aspiró una bocanada de aire, que olía a jazmín, deseando calmarse. Habría sido un regalo inestimable contar con una vampiresa tan leal como Odette entre sus confidentes. Cuánto habría mitigado los miedos mortales de Émilie tener cerca a una inmortal tan formidable que la protegiera en vida.

Quizás si hubiera tenido una tutora como Odette Valmont, nada de aquello habría sucedido. No se habría arriesgado para salvar a su hermano pequeño de un incendio. No habría quedado atrapada en su lugar. No habría tenido que renunciar a la familia en la que había nacido y cambiarla por la que había elegido en la muerte.

Sébastien no merecía tanta devoción. No había hecho nada para merecerlo, excepto haber nacido con buena estrella.

Durante casi una década, el hermano pequeño de Émilie había dado por sentada la protección y la lealtad de Odette. El servicio de tantos vampiros a su entera disposición. Bastien tenía todo lo que Émilie siempre había querido para sí misma: lealtad, la mejor educación que el dinero podría proporcionar, un futuro lleno de promesas. Una oportunidad de gobernar el reino de su tío, aunque afirmaba que nunca lo había deseado.

Apropiado. Porque lo cierto era que no se lo merecía.

El muy tonto incluso había hecho que lo expulsaran de West Point, todo por el bien de su ego.

Émilie nunca habría desperdiciado tales oportunidades. Podría haberlos liderado a todos, si le hubieran concedido esa opción. Pero esa posición nunca había sido para ella. Solo estaba destinada al hijo favorecido. Todo era para Bastien. Al final, su propia vida había sido entregada a cambio de la de él.

Durante más de diez años, Émilie se había mantenido a distancia. Había observado y esperado para ver lo que su hermano haría consigo mismo. Mientras viajaba por el mundo, había leído los informes que Luca le pasaba y estos habían avivado su ira. Endurecido su amargura.

Sébastien estaba destinado a convertirse en todo lo que Émilie despreciaba de su tío. Un hombre preocupado ante todo por el dinero y la influencia, mientras da por sentadas a su familia y la miríada de oportunidades que se le brindan.

Émilie frunció el ceño mientras observaba la hermosa silueta de Odette moverse por la opulenta estancia. La chica de pelo negro se volvió hacia la ventana con expresión triste. Preocupada.

Una sonrisa apareció en las comisuras de los labios de Émilie.

Le encantaría consolar a la bella sanguijuela. Apaciguar sus preocupaciones. Suavizar su plumaje erizado. Justo antes de rajarle ese cuello de cisne.

Un momento después, el asesino de *La Cour des Lions* se colocó en la línea de visión de Émilie, justo por encima del hombro de Odette.

La diversión de Émilie se desvaneció. Shin Jaehyuk la tenía preocupada. La investigación que el contacto de Luca en Creta había hecho en las entrañas de los archivos griegos de la Hermandad indicaba que el asesino del Lejano Oriente representaba una amenaza significativa. Era hábil con todo tipo de espadas, pero sabía cómo matar de innumerables formas, usando únicamente sus dos manos. Tres facciones diferentes de lobos habían intentado ya despachar a Jae, solo para conseguir la aniquilación de sus manadas y que el asesino enmascarado desapareciera sin dejar rastro. Si Jae se enterara de la participación de Émilie en la muerte de Bastien, y que la Hermandad le había proporcionado refugio, ningún tratado los salvaría de su ira.

Émilie siguió mirando a Odette y Jae mientras los celos cavaban un pozo profundo en su estómago.

Se obligó a cuadrar los hombros. Estiró el cuello a un lado y al otro.

Los celos eran una emoción mezquina. Los poderosos no sucumbían a ellos.

En vez de eso, nivelaban el terreno.

Examinó los tres pisos de la estructura, como había hecho durante la última semana. Seguía sin haber señales de Bastien. Ni rastro de ningún recién nacido imprudente en ningún lugar cercano a Jacques'. No había cadáveres que se necesitara hacer desaparecer en la oscuridad de la noche. Ningún grupo de criaturas inmortales esperando entre bastidores, listas para enseñar a Bastien sus costumbres desalmadas y bebedoras de sangre.

Si de verdad su hermano hubiera sido convertido, estaría confinado en la oscuridad. La tarde siguiente a los acontecimientos de la catedral, dos semanas atrás, Émilie había apostado hombres lobo en las calles cercanas a la perfumería de Valeria Henri, el único lugar en toda Luisiana donde Bastien podía obtener un amuleto, un talismán creado para protegerlo de la luz del sol.

Su hermano no se había aventurado en ningún momento cerca de la tienda. Todo le decía a Émilie que su plan había tenido éxito. Su tío ya no tenía ningún heredero a quien otorgar su legado. Había sido derrotado por la mano de la sobrina a la que había descartado y debía atenerse a las consecuencias.

Entonces, ¿por qué Nicodemus no había enterrado los huesos de Sébastien en la cripta familiar? ¿Y por qué Émilie seguía sintiéndose tan inquieta?

Si Luca supiera lo que había hecho, le diría que no tenía nada que temer. Su antiguo amante diría que su tío no se atrevería a violar el tratado. Pero Émilie no podía contárselo. Todavía no. Podría estar de acuerdo en que ya era hora de que se vengara, pero no estaría de acuerdo con sus métodos. Y se enfadaría con ella por provocar a los Caídos después de una década de paz, poniendo en riesgo a la Hermandad.

En cualquier caso, lo hecho, hecho estaba. Aunque Nicodemus poseía muchos defectos, nunca lo había visto desafiar sus propios principios retorcidos. De hecho, la había visto arder con sus propios ojos, sin mover un dedo para salvarla. Había guardado silencio la noche en que su padre había sido ejecutado. Aunque una sola lágrima se había deslizado por su mejilla cuando la madre de Émilie, Philomène, había sucumbido al sol, no había impedido que ella se rindiera a la muerte final.

Émilie quería creer que Nicodemus no había convertido a Sébastien en vampiro.

Pero, en el pasado, se habían hecho excepciones con su hermano.

Y hasta que Émilie pudiera estar de pie ante la tumba de Bastien bajo el ardiente sol de Nueva Orleans, hasta que supiera que él se estaba pudriendo dentro del mausoleo de piedra, dejando que su cuerpo ardiera en el calor que se avecinaba, esa sensación de inquietud no la abandonaría.

Así que volvería al día siguiente por la noche. Y la noche siguiente.

Hasta que la última de sus preguntas fuera respondida.

ODETTE

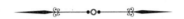

La escena que Odette tenía ante sí era muy animada.

Tres mujeres jóvenes quedaban enmarcadas por el escaparate de una tienda, el resplandor del sol de la tarde doraba todo lo que tocaba. Las risas ahogadas inundaban el aire, seguidas del sonido de paquetes desenvueltos y papeles de estraza arrojados a cualquier rincón de aquel espacio escasamente decorado. De vez en cuando, un cachorro corgi atrapaba un trozo de cuerda suelta o un envoltorio desechado con un ladrido agudo, solo para lanzarlo al aire con un pequeño ladrido de alegría.

La rubia pequeña con la cara en forma de corazón y los ojos azules brillantes (de nombre, Philippa Montrose) había asumido una posición de autoridad, con las manos en las caderas y una expresión de determinación en el rostro, mientras que la chica desconocida con la piel cobriza y el intenso cabello castaño tarareaba para sí misma mientras se movía con eficiencia detrás del mostrador improvisado, haciendo inventario de las cintas sin empaquetar y los rollos de tela colorida. Aunque ambas jóvenes estaban ocupadas, se las arreglaban para mantener un ojo vigilante sobre la figura pálida sentada en la esquina, con una sonrisa cansada en su rostro magullado.

Odette suspiró para sus adentros mientras observaba cómo se desarrollaba aquel cuadro vivo desde debajo de la sombra de un toldo al otro lado de la calle.

Celine había mejorado mucho en la semana que había transcurrido desde que Odette había ido en secreto a ver cómo estaba. Pero la preciosa joven había perdido todavía más peso, sus curvas continuaban desapareciendo en la nada. Seguía moviéndose con cuidado y se estremecía de vez en cuando, la herida que tenía en un lado del cuello estaba cerrada con puntos limpios, llevaba el brazo derecho en cabestrillo.

—Solo han pasado dos semanas —dijo una voz masculina detrás del hombro de Odette—. Dale tiempo. —Shin Jaehyuk se colocó a su lado—. A pesar de las apariencias, se está recuperando. Los humanos somos más resistentes de lo que nos gusta creer.

—¿Fuiste tú quien preguntó por Celine en el hospital la semana pasada? —murmuró.

Él no dijo nada.

Odette le sonrió.

—Me dijeron que un caballero que no se identificó hizo preguntas sobre la salud de *mademoiselle* Rousseau. —Aunque la diversión teñía su voz, sus ojos negros rebosaban amabilidad—. No esperaba tal muestra de preocupación por una simple mortal, Jaehyuk-*ah*.

—Ella significa mucho para Bastien. —Los nudillos de la mano izquierda de Jae se pusieron blancos—. Y Nigel nunca debería haber podido hacer lo que hizo, a ninguno de los dos.

Odette tragó saliva, la culpa la corroía por dentro.

—No fue culpa tuya.

—Aun así. —Inhaló—. ¿Ya duerme mejor?

—Todavía tiene pesadillas. El camillero del hospital me dijo que se despertaba gritando al menos una noche de cada dos antes de que le dieran de alta hace tres días.

Jae frunció el ceño.

—El mismísimo Nicodemus le aplicó el glamour. A la chica no deberían atormentarla los recuerdos de esa terrible experiencia.

—He oído hablar de hombres que perdieron una pierna o un brazo en el campo de batalla y aún sienten que el fantasma de su extremidad los persigue después del suceso. —Odette se quedó mirando mientras Celine se levantaba para ayudar a Pippa con un paquete difícil de manejar, solo para ser criticada duramente por su amiga por atreverse a hacer algo más que mover un dedo—. Tal vez ella perdiera demasiado —terminó.

Ambos se dieron la vuelta cuando un niño se precipitó entre ellos, sacudiendo las faldas de organdí de Odette y el dobladillo del abrigo de Jae al pasar. Una carcajada argentina salió de los labios del chico, al que sus amigos pisaban los talones. Al otro lado de la calle, la morena que tarareaba dentro de la tienda se asomó para ser testigo del alboroto.

—Deberíamos irnos antes de que alguien se percate de nuestro interés —murmuró Jae.

—Un minuto más.

Su expresión se suavizó.

—Por supuesto. El tiempo que desees.

Odette enarcó una ceja.

—Cuidado, *mon chat grincheux*. Uno de estos días, podría acusarte de sentimentalismo.

—No es por ella por quien espero.

—¿De verdad? —bromeó ella.

Él se miró las cicatrices que le cubrían el dorso de las manos.

—¿Recuerdas la noche que fui a buscar a Mo Gwai?

Odette asintió con expresión sombría.

—Dijiste que registrarías el mundo conmigo. Que harías arder a ese brujo hasta convertirlo en polvo por lo que hizo —continuó Jae—. Porque yo era tu hermano.

Odette volvió a asentir, con un nudo en la garganta.

—Celine Rousseau te importaba. —Hizo una pausa—. Tú eres mi hermana, Odette Valmont. Hasta el fin de los tiempos.

Sin una palabra, Odette cruzó el espacio entre ellos y tomó su mano. Él se estremeció, pero entrelazó sus dedos llenos de cicatrices con los de ella. Era un gesto tan poco característico de Shin Jaehyuk que conmovió a Odette en el lugar donde solía latir su corazón, la magia de su oscuro don movió la sangre a través de su pecho.

—¿Alguna vez has deseado poder recuperar algo? —preguntó mientras volvían a observar a las tres jóvenes en su intento de montar una tienda—. ¿Hay algo de lo que te arrepientas?

—Una vida inmortal es demasiado larga para arrepentirse.

—Le di la bienvenida a Celine a nuestro mundo. —Odette suspiró—. Quizás si no lo hubiera hecho, nada de esto habría sucedido.

—Quizás. Pero fue decisión de la chica renunciar a sus recuerdos.

—¿Lo fue? —preguntó en voz baja—. Bastien dijo que ella hubiera preferido la verdadera muerte.

—Todavía es solo un chico. Un hombre no se esconde de sus miedos. Se enfrenta a ellos.

—Ojalá pudiera convertirlo en un chico otra vez.

—Así que deseas revertirlo. —La voz de Jae era dura.

—¿Nunca lo has deseado? ¿Volver a tiempos más sencillos, más fáciles?

—No. —Le sostuvo la mirada, la luz en sus ojos oscuros era feroz—. Porque entonces nunca hubiera encontrado a mi familia. Mi propósito. Para mí, eso vale cien mil cortes y cada pedazo de mi alma perdida.

Odette le apretó la mano.

—¿Lo ves? —dijo—. Muy sentimental.

Un asomo de sonrisa apareció en los labios de Jae. Luego, tomados del brazo, caminaron desde la esquina de la calle hacia la comodidad de la creciente oscuridad.

JAE

Shin Jaehyuk fulminó con la mirada al chico que estaba a su cargo desde el otro lado de la habitación.

Corrección. Ya no estaba a su cargo. Ahora era su hermano de sangre.

Sébastien Saint Germain. El vampiro más reciente de La Corte de los Leones apenas contaba un mes de vida.

Era una pena que los castigos corporales estuvieran mal vistos entre sus hermanos. A Jae no se le ocurría nadie que lo mereciera más.

Como si Bastien pudiera escuchar los pensamientos de Jae, una sonrisa hosca curvó un lado de la cara del joven vampiro, que tenía los ojos entrecerrados. Vidriosos por culpa del desenfreno. Acarició a Toussaint debajo de la barbilla con el dedo índice mientras la maldita serpiente azotaba la cola de un lado a otro como el péndulo de un reloj antes de posarse en una espiral de escamas a los pies de Bastien.

Jae consideró ponerse de pie para soltar otro sermón, pero una mujer joven y morena con orejas puntiagudas y la punta de la nariz hacia arriba (probablemente descendiente de un mortal y algún tipo de dokkaebi), pasó brincando junto a él, y de sus dedos finos cayeron, junto a sus pies descalzos, unas uvas orondas que mancharon la alfombra de valor incalculable. Un hechicero demacrado que la seguía se agachó para recuperar la fruta pisoteada y se lamió los dedos con un brillo peligroso en sus ojos morados.

A Jae le aletearon las fosas nasales. Ya se había hartado de aquellos invitados no deseados. Cierto, la familia Saint Germain a menudo proporcionaba refugio a la gente mágica de la ciudad. Los exiliados, los mestizos, los brujos y sus acólitos de ojos hundidos. Era mejor tenerlos a todos reunidos bajo los auspicios de los Caídos que buscando el socorro de la Hermandad.

Pero aquel despliegue interminable de depravación era del todo inaceptable. Hacía tan solo un mes, no habían sido más que noches tranquilas de juegos y apuestas. Unos tragos entre amigos. Tratos mágicos negociados en medio de risas apagadas y el tintineo ocasional de los vasos.

En aquel momento, la escena que Jae tenía ante sí rivalizaba con un evento organizado por el mismísimo Dioniso. Decantadores descartados y cristales rotos cubrían el suelo, junto con prendas de vestir arrugadas y algún que otro corazón de manzana o piel de naranja. De un aparador estrecho goteaba un chorro de vino tinto, el líquido oscuro manchaba el frío mármol de Carrara como si se tratara de sangre seca. El aire caliente se acumulaba cerca del techo artesonado de caoba y se mezclaba con el humo gris azulado del opio y el sospechoso toque dulce de la absenta.

Unas gotas de champán cayeron sobre los hombros de Jae cuando un joven de piel oscura al que Jae nunca había visto descorchó otra botella. La mitad de su contenido quedó esparcido por la habitación, manchó los paneles de las paredes y goteó desde la esquina de un cuadro de valor incalculable que Nicodemus había adquirido en Madrid hacía dos meses.

Jae se recostó en la silla más incómoda de la estancia y siguió fulminando con la mirada a Bastien, que estaba tumbado junto a la pared del fondo en un diván cubierto de seda azul marino, con el champán goteando por su corto pelo negro y una copa de sangre caliente y absenta colgando de las puntas de sus dedos.

Un duende cobold a medio vestir, desterrado de la Espesura Sylvana por vender deseos vacíos a mortales desprevenidos, y una spriggan que reía como una tonta y que llevaba una corona de laurel yacían en el suelo junto a la pila de escamas enrolladas de Toussaint, ebrios más allá de toda razón. Detrás de Bastien, una multitud de admiradores (dos medio duendes, un chico con el pelo blanco de un puca y una chica con los delatores ojos zorrunos de una gumiho) holgazaneaban en un semicírculo alrededor del diván, intercambiando sin tapujos expresiones hambrientas.

Ingenuos. Sabían lo que era Bastien. Lo que un vampiro podía hacer. Todos los invitados de *La Cour des Lions* debían saber la verdad, según las órdenes de Bastien. Lo que pasara con sus recuerdos después no era de su incumbencia. Solo debían entrar en aquel lugar conscientes del peligro presente. Sabían lo que un vampiro recién nacido era capaz de hacer. Y, aun así, trepaban por la atención de Bastien.

La madera tallada contra la que Jae apoyaba la espalda crujió cuando se movió hacia delante con una mirada asesina. Aquella silla era de veras extremadamente incómoda, pero él la prefería porque no hacía juego con su apariencia. Su respaldo curvo y los lujosos cojines de seda, teñidos de un rosa intenso, parecían atractivos. Pero debajo de la superficie, estaba llena de bultos y deformidades. Si Jae se sentaba en ella el tiempo suficiente, la estructura de castaño se le hundía en la parte baja de la espalda y detrás de las rodillas. Aun así, se negaba a renunciar a ella o reemplazarla. Le parecía que era un asiento adecuado para un asesino como él. Uno cuya apariencia no coincidía con el interior.

—¿Habéis empezado la celebración de esta noche sin mí? Qué poco caritativo. —Boone se posicionó en el brazo acolchado de la silla de Jae, con la corbata desabrochada y los rizos rubios angelicales despeinados—. ¿A quién vamos a beber esta noche? —Echó una mirada lasciva alrededor y la mancha de sangre junto a su boca lo hizo parecer aún más sádico.

Jae no dijo nada. Se limitó a mirar a Boone. Luego bajó la vista a donde estaba sentado. Él se puso de pie de inmediato, su sonrisa maliciosa aún más ancha que antes.

—Once mil millones de disculpas —dijo arrastrando las palabras con su marcado acento de Charleston—. A veces olvido cuánto adoras esta porquería de silla vieja.

Jae permaneció en silencio. Boone se encogió de hombros y se giró hacia Arjun, que estaba sentado en un diván cercano, haciendo girar un vaso de cristal en la mano derecha. El mestizo tomó un trago del licor ámbar con la fluidez de un experto.

—Entonces —Boone aplaudió—, ¿qué tenemos planeado para esta noche?

—Bourbon. —Arjun inclinó su vaso y estudió las facetas cortadas a través de la lente de su monóculo—. Del bueno, y fuerte. Infalible.

—¿De dónde?

—De Kentucky, por supuesto.

—Una ruta infalible a mi corazón. —Boone acercó un vaso vacío a Arjun.

Con una risa refinada, el etéreo sirvió a Boone un chorrito de licor. Sabía que no debía ofrecerle nada a Jae.

Algunos vampiros disfrutaban del sabor de las bebidas espirituosas. No saciaban en absoluto su sed de sangre, pero muchos inmortales disfrutaban al sentir el líquido ardiente deslizándose por sus gargantas. Si ingerían la cantidad suficiente, a veces una agradable sensación de desorientación se asentaba en sus extremidades durante un corto período de tiempo.

Jae no podía permitirse el lujo de estar menos alerta a cualquier hora del día y de la noche. Contempló las innumerables cicatrices que tenía en el dorso de la mano derecha, que brillaban blancas a la luz de la lámpara. Un recuerdo se posicionó al frente de sus pensamientos. De esa terrible noche, cuando un brujo de la provincia de Hunan había atrapado a Jae y lo había torturado con una hoja de plata en un intento de obtener información sobre

Nicodemus. Esa noche, Jae casi había sucumbido a la Muerte de los Mil Cortes. Tras lograr escapar, le había llevado un año entero recuperar su fuerza.

Una luz maligna había invadido su mirada. Al año siguiente, Jae se había recreado en su propia venganza particular contra el brujo. Todavía disfrutaba del recuerdo de la sangre de Mo Gwai manchando su rostro y goteando por las paredes de la cueva. La forma en que los gritos del brujo habían resonado alrededor de Jae en una sinfonía retorcida.

El alcohol adormecía los sentidos de Jae. Y nunca más volvería a ser presa de un momento de debilidad.

Odette se deslizó hacia el centro de la habitación. Apoyó la barbilla en una mano enguantada y examinó a los dos vampiros y al etéreo sentados alrededor de la mesa de té adornada con filigranas.

—Menuda fiesta de pepinillos. —Sus ojos se movieron de izquierda a derecha—. ¿Dónde están Hortense y Madeleine?

—Madeleine está con Nicodemus —respondió Arjun, estudiando la forma en que la luz de la lámpara de aceite caramelizaba el licor en su vaso de cristal tallado.

—Es probable que Hortense esté en el tejado, cantándole a la luna —aportó Boone.

La atención de Odette se desvió hacia el fondo de la estancia. Varias arrugas de consternación se asentaron en su frente. Jae no necesitaba adivinar qué le preocupaba. En el mes transcurrido desde que Bastien había sido convertido, ella había pasado más tiempo incluso que Jae tratando de moderar las peores inclinaciones del vampiro neófito. Su ferviente deseo de ahogar todo rastro de su humanidad en el vicio y el pecado.

Por mucho que Jae y Odette intentaran desviar a Bastien de ese camino, el joven vampiro se negaba a seguir sus consejos. Nada cambiaría esa noche, de eso, Jae estaba seguro. En aquel momento, había demasiada magia, demasiados elementos impredecibles en aquella habitación. Hacía que Jae se sintiera más incómodo de lo que quería admitir. Le ponía los colmillos de punta.

Oyó una fuerte tos detrás de él.

—¿Algún estimado caballero está interesado en ganar algo de dinero extra por apenas una hora de trabajo? —preguntó un joven sorprendentemente alto, con sus largos brazos abiertos, como un vendedor ambulante de mercancías robadas.

Jae cerró las manos en puños.

Nathaniel Villiers.

—¿Qué está haciendo ese *machaar* grasiento aquí? —maldijo Arjun antes de beberse el resto de su alcohol.

A Villiers se le había prohibido la entrada a *La Cour des Lions* hacía seis meses. Era un medio gigante con cierta inclinación por los planes mal concebidos que había tratado de sobornar a Boone para que le vendiera sangre de vampiro, que supuestamente otorgaba a sus consumidores sueños lúcidos cuando se mezclaba con una cantidad precisa de peyote. El brebaje se había convertido en un producto cada vez más valioso en los círculos europeos, y estaba claro que Villiers había puesto la mira en el mercado estadounidense.

—Su madre era una mujer honorable. La mejor giganta de mi limitado círculo de conocidos —dijo Boone con un resoplido desdeñoso—. Desataría hasta el último rayo de hielo de la Espesura Silvana sobre él si supiera en lo que se ha convertido.

Con los ojos brillantes de malicia, Odette apoyó los brazos en jarras.

—¿Quién ha permitido que ese sinvergüenza demasiado grande entre esta noche?

—Te doy dos oportunidades para adivinarlo. —Boone inclinó la cabeza hacia el trono improvisado de Bastien.

Con un gemido, Odette levantó las manos con desesperación. Jae se reclinó y se mordió los carrillos.

¿Qué podía haber llevado a Bastien a permitirle la entrada a Villiers? Peor aún, parecía que el granuja en cuestión había llegado

79

acompañado de un trío de brujos de Atlanta que le resultaba familiar. Por rutina, engañaban a los jóvenes descendientes de familias ricas del sur para que «donaran» una buena suma de sus herencias a organizaciones caritativas inexistentes.

Jae no era capaz de decidir qué odiaba más. A los brujos. O Atlanta.

—¿Desde cuándo dejamos entrar aquí a los de su calaña? —preguntó Boone mientras clavaba la mirada en los taimados brujos, con un músculo palpitándole junto a la hendidura de la barbilla.

—Te doy dos oportunidades para adivinarlo —replicó Jae antes de que la puerta cerca de la parte trasera de la habitación se abriera como si una tormenta hubiera entrado en el edificio. Al segundo siguiente, Hortense de Morny se deslizó por el umbral, con los brazos envueltos en una nube de velo color crema y la falda color marfil arremolinándose a su alrededor. Se detuvo en seco cuando vio a Villiers. Inclinó la cabeza hacia un lado.

—*Non* —dijo con un movimiento de sus rizos—. *Je n'ai pas assez faim pour ça.* —Luego se dejó caer en el otro extremo del sofá y alcanzó el vaso de Arjun. Después de oler su contenido, arrugó la nariz y miró a su alrededor hasta posar la mirada en una jarra de sangre y absenta que se estaba calentando sobre una vela de té colocada a la derecha de Jae.

—Sírveme un vaso, *mon chaton* —intervino Hortense, acercándole un vaso vacío a Jae—. Después de todo, es lo menos que puedes hacer. —Su aura parecía hervir a fuego lento, como el vapor que sale de una tetera.

Jae casi hizo lo que le había dicho. Su brazo se estiró por voluntad propia antes de detenerse y mirar a Hortense con el ceño fruncido.

Ella sonrió como un lince, con las cejas arqueadas, el vaso vacío todavía colgando de su mano.

Jae odiaba lo mucho que Hortense se parecía a Madeleine en apariencia, aunque en realidad las dos hermanas no podían ser más diferentes. Hortense se había aprovechado de esas similitudes físicas en innumerables ocasiones y había engatusado a Jae para que cumpliera sus órdenes con un simple movimiento de pestañas y una expresión implorante.

Después de todo, la culpa era una poderosa motivación.

Odette golpeó el dorso de la mano de Hortense como una maestra de escuela.

—Eso no es para ti.

—Yo que tú no me arriesgaría a pegarme otra vez, *sorcière blanche* —dijo Hortense. Tras una mirada hacia el fondo de la habitación, resopló una vez mientras enroscaba un dedo en un rizo oscuro—. De todos modos, ya tienes suficientes problemas *maintenant*. —Señaló a Bastien con la barbilla—. Sigue alimentándolo como a un dios en un banquete y nunca aprenderá a valerse por sí mismo. Es hora de que aprenda nuestras costumbres. Ya ha transcurrido un mes entero.

—Todo sigue siendo nuevo para él —protestó Odette—. Deseo que Bastien aprenda a sobrevivir por su cuenta tanto como cualquiera de vosotros, pero…

—¿Quieres que el que no hace nada bien aprenda a sobrevivir? —preguntó Boone, en voz baja—. Entonces deja de mimarlo como a un bebé envuelto en pañales.

La indignación talló hendiduras en la frente de Odette.

—¡No lo estoy mimando!

Jae apoyó los codos en las rodillas y la miró desde detrás de su largo cabello negro.

Odette se sonrojó, la sangre que había consumido recientemente le calentó las mejillas.

—Nadie ha pedido tu opinión, *chat grincheux*.

—No he dicho nada —resopló Jae.

—Y, aun así, has cortado.

Boone resopló.

—A lo mejor solo pretendía rascar.

Odette se puso de pie en un torbellino de seda color pastel.

—Vuelve a fruncir el ceño a la nada, gato gruñón —le dijo a Jae—. Y ahórranos tus concisas réplicas, *lord* Sabueso del infierno. —Dirigió una mirada fulminante a Boone.

La risa de Hortense rebotó en el techo lleno de humo. Otra brisa recorrió la habitación, acompañada del aroma a lavanda francesa y tinta ferrogálica. Jae aspiró aquel perfume familiar, armándose de valor, antes de saludar a la última en llegar a la Corte. Cuando se giró, sus ojos se encontraron con la mirada inigualable de Madeleine de Morny. El calor que encontró allí desapareció al instante siguiente. Jae se aclaró la garganta. Miró hacia otro lado.

Algunas cosas no podían cambiarse, ni siquiera después de más de un siglo.

Jae buscó a su alrededor una distracción. Como el tonto que era.

Sébastien Saint Germain había descendido más en su trono improvisado, con una única bota apoyada sobre uno de los brazos del sillón mientras su arrugada camisa blanca era lentamente desabotonada por una chica cuya abuela había sido una célebre ninfa del Valle Silvano antes de ser desterrada por su gobernante, la infame Dama del Valle, por razones aún desconocidas.

Hacía apenas una semana, la chica (se llamaba Jessamine) había puesto la mira en el sobrino de Nicodemus Saint Germain, un objetivo inalcanzable para ella un mes antes. Nicodemus no habría permitido que su único heredero vivo coqueteara abiertamente con ninguna mujer joven a menos que proviniera de los escalafones más altos de la sociedad de Nueva Orleans. Pero los tiempos y las circunstancias habían cambiado. Bastien ya no era mortal, por lo que la posibilidad de engendrar un hijo para continuar el linaje Saint Germain había desaparecido, junto con la mayoría de los sueños más preciados de su creador.

En resumen, Bastien ya no estaba sujeto a las expectativas de nadie. Ni siquiera a las suyas propias.

El disgusto se enroscó en la parte posterior de la garganta de Jae cuando Jessamine se sentó a horcajadas sobre Bastien, sujetándose las faldas con una mano pálida y descansando los delgados dedos de la otra sobre el pecho broncíneo de él, sobre el lugar donde solía latir su corazón.

Bastien no dijo nada. No hizo nada. Se limitó a mirarla, con los ojos entrecerrados, las pupilas negras.

Jessamine aflojó los lazos en la parte delantera de su vestido de lino azul y se bajó el corpiño con una expresión traviesa en sus rasgos. Luego pasó un dedo desde la parte superior de uno de sus senos expuestos hasta el lateral de su esbelto cuello, con la cabeza inclinada hacia un lado, como para ofrecerle una degustación. Bastien le empujó la barbilla hacia arriba con el pulgar, con los dedos en el cabello castaño rojizo de ella. Luego se inclinó hacia delante y arrastró la punta de la nariz a lo largo de su clavícula.

Sin pensarlo dos veces, Jae cruzó la habitación en tres zancadas y agarró a Jessamine por la muñeca. Ella gritó una protesta fingida cuando Jae la ayudó a levantarse como si no pesara más que una pluma.

—Vete de aquí —exigió mientras la ira exacerbaba su acento—. Mientras aún respiras.

—Creo que no, vampiro —respondió Jessamine en tono remilgado—. ¿Tienes la más mínima idea de quién soy? Mi abuela pertenecía a la nobleza de la corte estival del Valle Silvano, mi madre era una etérea del más alto nivel. Soy la invitada especial de Sébastien. Si él desea que me quede a su lado, entonces…

—Quédate por tu cuenta y riesgo, pequeño y estúpido saco de sangre. —Él la acercó más—. Pero te prometo una cosa: si él no te mata, *lo haré yo*. Para un vampiro, no hay nada más dulce que la sangre del Valle.

El color desapareció de la bonita cara de Jessamine, los ojos aguamarina de su abuela parpadearon como los de un conejo acorralado. Sin una palabra, se enderezó el corpiño y salió corriendo por la escalera de caracol hacia el bullicioso restaurante de abajo.

—Levántate.

Jae giró sobre sus talones ante el sonido de esa voz. La voz de su creador. La voz que estaban obligados a obedecer por sangre. Nicodemus se colocó frente a Bastien, quien continuaba despatarrado en su diván y bebía de su macabra copa como si nada importante hubiera ocurrido.

—Levántate —repitió Nicodemus, en un tono más suave. Más peligroso.

A Jae le preocupaba que Bastien siguiera desafiando a Nicodemus, como había hecho con todos los demás durante el último mes. Sin embargo, Bastien levantó su copa a modo de brindis y la vació antes de dejarla, sus movimientos como una gota de miel en una fría víspera de diciembre. Luego se puso de pie cuan alto era, con la camisa desabrochada colgándole de un hombro y el anillo de sello que llevaba en la mano derecha brillando a la luz de la lámpara.

—Como ordene mi creador —dijo Bastien con una sonrisa gélida.

Nicodemus lo estudió en silencio durante un instante.

—Recoge tu abrigo y tu sombrero.

Bastien frunció los labios y tensó la mandíbula.

Nicodemus lo imitó, cara a cara.

—Esta noche aprenderás quién estás destinado a ser.

Bastien

Más allá de la ciudad se encuentra un pantano que se extiende hasta donde alcanza la vista.

Es casi imposible que un caballo o un carruaje viajen con libertad por este terreno. El lodo llega demasiado arriba, el camino es demasiado impredecible. Durante siglos, esta barrera natural ha protegido a Nueva Orleans de los intrusos, al igual que las aguas del Misisipi.

No he deambulado por el pantano desde que era un niño. La última vez que recuerdo haber caminado trabajosamente por el fango y el lodo fue el día en que mi mejor amigo, Michael Grimaldi, y yo tramamos un plan para tender trampas a las ranas toro. Más tarde, ese mismo día, me vi obligado a correr de regreso a la casa de su primo Luca en Marigny, para que pudiéramos salvar a Michael de un alud de lodo. A los once años, yo era demasiado pequeño y nervudo para sacarlo sin ayuda, y sabía que no podía recurrir ni a Boone ni a Odette, ya que les había mentido sobre a dónde iba y qué estaba haciendo.

Madeleine se habría negado a salvar a Michael simplemente porque era un Grimaldi maldito. Hortense se habría reído de mí por pedirlo. ¿Y Jae? No habría podido soportar otro breve sermón del demonio con ojos de fantasma. Así que decidí tragarme mi orgullo y pedirle ayuda a Luca. Cuando regresamos, Michael estaba enterrado en el barro hasta la cintura, aterrorizado por la posibilidad de que un caimán lo encontrara y se diera un festín con sus huesos.

Una vez que liberamos a Michael, Luca nos prohibió ser amigos. Sus palabras deberían haberme asustado. Después de todo, Luca sería el siguiente en liderar la Hermandad algún día. A sus dieciocho años, medía casi metro ochenta, tenía dos brazos como troncos de árbol y su voz parecía un trueno.

Decidí que mostraría miedo si Michael lo mostraba primero. Como no parecía preocupado en lo más mínimo, continuamos desafiando a nuestras dos familias. Hasta otra tarde de otoño, cuatro años después, cuando Michael me encontró en nuestro baile de cotillón besando a la chica por la que llevaba meses suspirando.

No fue mi mejor momento, lo admito.

Mi pie atraviesa un montón de hojas y lodo mientras sigo a mi tío a través del oscuro pantano y escucho a las criaturas gemir y murmurar a mi alrededor, tratando de decidir si soy comida o un enemigo.

Debería haberme disculpado con Michael esa noche. En cambio, discutí con él. Me retraté a mí mismo como una *víctima*, de entre todas las cosas.

Ella me ha besado primero.

¡Qué más da! ¿Dónde está tu lealtad, Bastien? Debería habérmelo pensado mejor antes de confiar en uno de los ladrones Saint Germain.

No es mi culpa que ella me prefiera a ti, Grimaldi. ¿Quién puede culparla?

Me estremezco al recordar la forma en que la sangre abandonó la cara de Michael cuando dije eso. Cómo me tiré del pelo con los dedos, la única indicación de la culpa que se arremolinaba en mi estómago. Recuerdo que nunca más confió en mí. Que ambos nos recluimos en nosotros mismos. A la mañana siguiente, me corté el pelo y lo he llevado así desde entonces.

Perdí más que un amigo esa noche. Perdí un hermano. No importa la forma en la que Michael tomó represalias en los años siguientes, intentando socavarme. Cómo se posicionó el primero de nuestra clase mientras yo ganaba todos los premios de puntería y equitación, ambos tratando de superar al otro.

Un día, todos verán a través de ti, Sébastien. Y ninguna cantidad de dinero o influencia impedirá que vean lo que yo he tardado demasiados años en ver. No eres nada sin tu tío. Nada.

Incluso ahora, las palabras de Michael abren heridas que nunca sanan.

Debería haberle confesado que ese beso en el cotillón había sido culpa mía y solo mía. Sabía que no debería haberlo hecho. Creía que perdonaría mis modales de golfo, como siempre había hecho antes. Me equivoqué.

Pero arderé en el infierno antes que admitirlo ahora, en especial ante un Grimaldi santurrón.

—¿Sabes por qué nos llaman los Caídos? —Nicodemus se detiene de repente en mitad del páramo acuoso, arrancándome de mi ensoñación.

Cuando era mortal, habría sopesado mi respuesta antes de darla. Puesto que ahora no tengo nada que perder, suelto lo primero que me viene a la cabeza.

—Nunca he conocido a ningún vampiro modesto, así que debo suponer que tiene que ver con que Lucifer sea un ángel caído.

Nicodemus gira sobre los talones. Me irrita cómo se las sigue arreglando para parecer regio, aunque sus pantalones oscuros y su bastón estén cubiertos de barro.

—Esa es la opinión generalizada, sí. —Sus labios forman una fina línea—. Pero no es la única razón.

Espero.

Reanuda el paseo, con zancadas decididas.

—Hace mil años, el Valle Silvano y la Espesura Silvana no estaban separados —comienza, las palabras apenas audibles para el oído humano. Como el susurro de un insecto—. Eran parte de un todo. Un lugar cuyo nombre ya no pronunciamos por angustia, gobernado por un rey y una reina que se sentaban en un trono con cuernos. Los mortales de otro mundo cantaban sobre él en canciones infantiles y los poetas lo mencionaban en sus sonetos. Tír na nÓg, el país de las hadas, Asgard, el Valle de la Luna, se le otorgaron todo tipo de nombres fantásticos a lo largo de los siglos.

—Escucho la sonrisa en su voz—. Pero quienes vivían allí se limitaban a llamarlo hogar. —Una inconfundible melancolía suaviza su tono.

No digo nada, aunque estoy desesperado por oír más. Mi tío nunca ha hablado de su pasado en términos que no fueran generales. Recuerdo una vez en que mi hermana, Émilie, rogó a Nicodemus que le contara cómo era el misterioso Otro Mundo antes de que los vampiros y los lobos fueran exiliados durante el Destierro. Que describiera los castillos tallados en hielo y los bosques de noche interminable. Él denegó su petición, su risa distante. Casi cruel.

En su memoria, me niego a rogar a mi tío que continúe.

Nicodemus avanza con paso firme a través de la oscuridad, hacia un haz de luz cálida que parpadea en la distancia. Dejamos atrás una arboleda de tupelos retorcidos y un buitre ladea la cabeza hacia mí desde su posición en una rama esquelética, sus ojos brillantes ni pestañean. A mi derecha, los caimanes anidan en los pantanos y las ranas toro croan una melodía disonante.

Dondequiera que miro, veo los ojos vigilantes de los depredadores. La picadura de los insectos, el frenesí de las lenguas azotando el aire como relámpagos, seguido por el crujido de unas alas o el chasquido de unas mandíbulas. Es extraño, pero aquí me siento como en casa. Como si yo también fuera un depredador de este pantano ancestral.

Quizás lo sea. Tal vez este páramo busca tragarme por completo.

Le doy la bienvenida.

El olor a sangre mortal se enrosca en mis fosas nasales, obligándome a detenerme a medio camino. Unos gritos humanos distantes se abren paso a través de esta cacofonía de sonidos. A medida que me acerco, se convierten en maldiciones y gritos de coraje.

Permanezco en silencio, aunque el olor a sal cálida y cobriza se apodera de mi garganta, el hambre palpita en mis venas. Entrecierro los ojos. Hay algo en este olor que es… diferente. Como si se tratara de miel tibia en lugar de azúcar derretido.

Nicodemus vuelve a detenerse. Se gira hacia mí.

—¿Pasa algo?

Otro desafío tácito.

No lo pienso por más de un instante.

—No. —Cuadro los hombros—. Por favor, continúa. —Indico con una mano extendida.

Una sonrisa de complicidad curva el rostro de Nicodemus.

—Cuando el último gobernante del Otro Mundo pereció sin un heredero al trono enastado, dos familias prominentes empezaron a competir por la corona. Una era una familia de bebedores de sangre, la otra, una familia de hechiceras.

Escucho y espero, aunque los gritos y la sangre en la distancia me invitan a avanzar como una abeja atraída por el néctar.

—Los vampiros eran astutos. —Nicodemus me mira sin verme, perdido en sus pensamientos—. Habían logrado acumular una inmensa riqueza a lo largo de los siglos. Tierras y cultivos, así como la fuente de riqueza más deseable tanto en el mundo de los mortales como en el Otro Mundo: piedras preciosas, enterradas en lo profundo de una montaña de hielo. —Inhala, absorbiendo los olores a su alrededor—. Los vampiros se creían invencibles, ya que era casi imposible matarlos o tomarlos por sorpresa. Se desdibujaban a través del tiempo y el espacio, y la magia oscura de su sangre curaba sus heridas a una velocidad impredecible. De hecho, solo un golpe que acertara de lleno en el pecho o en la garganta con una hoja hecha de plata sólida podía dejarlos completamente indefensos.

El tumulto en el horizonte se vuelve salvaje, el aire se llena de sed de sangre. Nicodemus camina hacia allí una vez más, la luz de las toscas antorchas baila a través del musgo español.

—Por el contrario —prosigue por encima del hombro—, las hechiceras controlaban todas las formas de magia elemental, lo cual es una hazaña en sí misma. Las portadoras de tales dones se habían vuelto más escasas con cada generación que pasaba. Hoy en día, el nacimiento de una hechicera elemental justifica una gran celebración. Algunas canalizan el fuego. Otras manipulan el agua o el aire o hacen temblar la tierra bajo sus pies. Las hechiceras creían que esta magia tan rara las hacía poderosas, ya que las habituaba a las criaturas del Otro Mundo. Cultivos regados con agua. Metal forjado al fuego. Pero más que nada, esa magia proporcionó conocimiento a estas hechiceras. La gente mágica de todo el territorio recurría a estas mujeres, porque su sabiduría les permitía crear armas y fabricar armaduras a partir de piezas sólidas de plata. Les dio la capacidad de conquistar en lugar de ser conquistadas.

Me acerco más a mi tío mientras escucho, como un pilluelo de la calle que sigue un carrito de comida a lo largo de la Rue Bourbon.

—Se libró una guerra entre los vampiros y las hechiceras por el control del trono enastado —dice Nicodemus—. Los lobos, los duendes y la mayoría de las criaturas nocturnas se pusieron del lado de los vampiros, mientras que los que disfrutaban de la luz del sol lucharon junto a las hechiceras. —Su expresión se volvió contemplativa—. Se perdieron muchas vidas. Después de medio siglo de derramamiento de sangre, aún no había surgido un claro vencedor. Cansados por toda la muerte y destrucción, los jefes de estas dos familias acordaron llegar a un punto muerto. La tierra se dividió en dos mitades, la invernal Espesura Silvana, que sería gobernada por los vampiros, y el veraniego Valle Silvano, gobernado por las hechiceras.

»Durante un tiempo, vivieron en paz. Hasta que los bebedores de sangre comenzaron a hacerse un hueco en el mundo de los mortales. —Un brillo alcanza sus ojos—. Comenzaron por cosas pequeñas. Deseos tontos. Simples demostraciones de adivinación.

Piedras preciosas demasiado insignificantes para tener un valor real, pero que valían su peso en oro para los humanos estúpidos que competían por ellas. Los lobos, cambiaformas que habían ascendido de rango para convertirse en los guardianes de la Espesura, inauguraron negocios en todo el mundo mortal, creando un mercado más amplio para productos mágicos en ciudades como Nueva Orleans, Jaipur, Dublín, Luxor, Hanseong y Angkor, ciudades donde el velo entre mundos siempre ha sido más fino. Ciudades que nuestra especie está destinada a gobernar. —Su mirada se vuelve más afilada—. Fue en esa época cuando mi creador compartió conmigo el obsequio oscuro. Impresionado por mi perspicacia para los negocios, me convirtió en vampiro y me llevó con él a la Espesura, donde viví durante cincuenta años mortales... hasta el Destierro.

No dice nada más mientras serpenteamos entre los árboles. Los aullidos se vuelven más fuertes, el olor de la violencia alarga mis colmillos, la sangre se me calienta con cada paso. Nos acercamos al círculo de fuego de la antorcha, alrededor del cual hay reunida una variedad de criaturas que no había visto en mi vida. En el centro de esta extraña asamblea hay un cuadrilátero de boxeo rudimentario, el barro apisonado lleno de grumos de serrín inmundo.

Respiro hondo.

—Destrípalo como a un pez —grita un duende tuerto mientras sus puños acabados en garras golpean el aire.

Esa extraña fragancia mezclada con sangre y sudor cobra sentido mientras examino a los dos hombres del cuadrilátero. Uno es inhumanamente alto, su rostro moreno es alargado y delgado. El otro es fornido y con el pecho en forma de barril, su postura es como la de una cabra, con las piernas arqueadas hacia fuera a la altura de los muslos. Los muñones de dos cuernos malformados sobresalen de su masa de pelo escarlata.

Sigo escaneando a la multitud y lo que veo confirma mis sospechas.

La mayoría de las criaturas que se han reunido en el pantano para una noche de espectáculo son mestizas. Los hijos o nietos de parejas formadas por mortales e inmortales. Los que carecen de la magia necesaria para mantener un glamour, el cual ayudaría a ocultar sus verdaderas naturalezas de la humanidad. Esa debe de ser la razón por la que se ven obligados a reunirse en la oscuridad, lejos de las luces de la civilización.

La lucha se vuelve feroz cuando el medio gigante alza al medio duende y lo arrastra por el barro. Lleva el torso desnudo y se desliza hasta chocar con un grupo de hombres dispuestos a lo largo de los laterales que se derrumban como piezas de ajedrez mientras lanzan improperios vulgares al cielo nocturno. El duende se quita los pegotes de serrín ensangrentado de su cara barbuda antes de cargar contra el gigante, sus manos son como garrotes mientras golpean la delgada cara de su oponente.

—¡Arráncale los cuernos, saco de huesos inútil! —gruñe entre la multitud un anciano con la mandíbula canosa de un cambiaformas—. No pienso volver a perder el dinero que he ganado con tanto esfuerzo, maldita sea.

Los ojos de mi tío relucen como el oro mientras observa cómo el medio gigante escupe en el lodo un montón de dientes.

Quiero preguntarle por qué estamos aquí. Pero lo sé demasiado bien.

La lucha continúa mientras una daga oxidada es arrojada al cuadrilátero. Tanto el medio gigante como el medio duende se abalanzan sobre ella, y la lucha se convierte en un caos.

—Cuando las hechiceras descubrieron lo que estaban haciendo los bebedores de sangre, la riqueza y la influencia que los vampiros estaban acumulando, aguardaron su momento —continúa Nicodemus, en tono ameno, a pesar de los gritos de incitación a la violencia que se elevan a nuestro alrededor.

Escucho, los ojos vidriosos, los labios fruncidos.

Inclina la cabeza hacia mí.

—En lugar de instigar una rebelión abierta, las hechiceras empezaron a difundir mentiras sobre los bebedores de sangre. Cómo los vampiros le habían dado la espalda a nuestro mundo, favoreciendo el de los mortales. Con el tiempo, afirmaron que preferíamos a los mortales porque los humanos eran más fáciles de controlar, porque nos trataban como a la realeza. Nos reverenciaban como a dioses. —En su tono burlón hay mezclada algo de amargura—. Y todos saben que eso es lo que más anhela un vampiro... ser amado por encima de todo. —Se vuelve hacia mí, con expresión feroz—. Dime, Sébastien, ¿cuál es el arma más elegante del mundo?

Respondo sin pensar, mis ojos fijos en los suyos.

—El amor.

—Una sabia suposición. —Asiente—. Pero no. Es el miedo. Con él, puedes enviar ejércitos a la muerte y gobernar un reino desde la cima. —Una sonrisa se enrosca en su rostro—. Con suficiente miedo, puedes avivar el odio hasta que se convierta en un incendio forestal, quemando todo lo que se interponga en tu camino.

Gritos de triunfo resuenan a mi alrededor. Me doy la vuelta justo cuando el medio gigante retira la daga oxidada de entre las costillas del medio duende, cuya sangre brota a borbotones de la herida mientras brama.

Los colmillos de mi tío brillan a la luz de las antorchas, sus iris se ennegrecen.

—Blandiendo la más elegante de las armas, las hechiceras declararon que, si los bebedores de sangre anhelaban el amor de criaturas tan desdichadas con tanta desesperación, entonces su lugar estaba en el mundo de los mortales. —Se detiene para aplaudir cuando el duende se derrumba sobre el serrín, con el pecho agitado. El dinero cambia de manos alrededor del cuadrilátero, los gritos se vuelven aún más feroces. Una pelea estalla a nuestra derecha, cuerpos sudorosos chapotean en el fango.

Nicodemus ignora el tumulto y se sacude el barro de los hombros.

—Entonces, la líder de las hechiceras, la Dama del Valle, descubrió cierta información que sabía que podría arruinarnos. Un vampiro se había ofrecido a venderle el don de la inmortalidad a un humano poderoso, por un precio exorbitante. Por la oportunidad de gobernar el reino que deseaba más que nada —susurra, con los ojos carentes de toda luz—. Una ofensa muy grave. La inmortalidad es un regalo que se otorga a los que más lo merecen, no se intercambia como si fuera un bien mueble. No pasó mucho tiempo antes de que el Otro Mundo al completo se uniera para exiliar a los vampiros de la Espesura Sylvana, junto con los lobos traidores que nos habían protegido durante siglos. Nuestros perros guardianes —dice, lanzando las palabras al aire como un epíteto.

Un hombre rechoncho con la barriga redonda como la luna marcha hacia el centro del cuadrilátero de serrín, aplastando los montículos del suelo mientras camina. Levanta los brazos y los abre ampliamente, suplicando a la multitud que guarde silencio.

—Y ahora —hace una pausa para lograr un efecto dramático, y el bigote aceitado le tiembla—, llegamos a la pelea que todos habéis estado esperando.

Cierro las manos en puños a los costados. No soy tonto.

—Por la gloria de su especie y una considerable participación en las ganancias, nuestro *invicto* Cambion del Pantano ha sido desafiado por un forastero —continúa el hombre corpulento—, ¡en un combate para la posteridad!

La multitud se separa a su espalda cuando un joven alto con brazos como cañones se abre camino hacia el centro del cuadrilátero. Sus ojos negros tienen sendas líneas amarillas en el centro, su cabello es rojo fuego, su piel, del color de la leche agria. En lugar de dedos, sus manos terminan en garras afiladas que brillan como azabache pulido al fuego de una antorcha.

Observo a mi tío, la rabia me quema la garganta, el miedo se apodera de mis entrañas.

—¿Y su contrincante? —continúa el locutor con una floritura—. ¡Un elegante bebedor de sangre del mismísimo corazón del *Vieux Carré*! —canturrea. Burlas de desdén resuenan tras su grito.

Nicodemus se gira hacia mí, con una mirada de placer supremo en la cara.

Lo miro de reojo.

—Me niego a…

—Esta es tu primera lección —interrumpe con un gesto desdeñoso—. Mi creador fue Mehmed, señor de la Espesura Silvana. Es *tu familia* la que se vio obligada a ceder su territorio. Es *tu sangre real* la que fue declarada caída. Nos exiliaron de nuestro hogar, a pesar de haber gobernado la Espesura durante casi quinientos años. Lo perdimos todo. Somos los únicos inmortales condenados a matar para crear más de nuestra especie. Condenados a la oscuridad por toda la eternidad.

Los vítores se hacen más fuertes a nuestro alrededor, es como si las burlas arrastraran unas garras sobre mi piel.

Mi tío me toma por los hombros, los colmillos curvos de su boca se asemejan a los de una serpiente.

—No quería creer que podría haber un propósito en tu muerte mortal. Para el final de mi linaje en el mundo humano. Pero ahora sé la verdad. *Tú* nos lo devolverás todo, Sébastien. *Tú* nos devolverás al lugar que nos corresponde en el trono enastado. Esto es solo el comienzo. Muéstrales lo poderoso que eres. Haz que te teman.

Luego me empuja hacia el cuadrilátero.

BASTIEN

No me da tiempo a pensar o discutir.

En el instante en el que pongo un pie en el cuadrilátero, Cambion carga hacia mí, sus pupilas amarillas convertidas en dos rendijas verticales. Me aparto hacia un lado antes de que sus garras corten el aire a un centímetro de distancia de donde estaba antes. Mi mente es un revoltijo de pensamientos, ninguno de ellos coherente, todos ellos envueltos en furia.

Es mucho más grande que yo, pero la ventaja de la velocidad es mía. Intento abalanzarme sobre su espalda, pensando en ponerlo de rodillas, pero mi abrigo restringe mis movimientos. Me lo arranco mientras evado otro ataque. La rabia tiñe mi visión de rojo, mi camisa blanca y mi chaleco caen al barro en tiras andrajosas de lino y lana.

Pensar es para los tontos. Si deseo ganar, debo convertirme en miedo. Debo convertirme en la Muerte.

Cambion me asesta un puñetazo en el estómago. Me las arreglo para alejarme, mis movimientos son como los de un áspid. No reconozco su finta hasta que es demasiado tarde. Antes de que pueda redirigir mi movimiento, el gancho derecho de Cambion aterriza contra mi mandíbula con un crujido atronador cuyas reverberaciones me resuenan en el cráneo. Me escabullo hacia atrás para ganar un momento para despejar la mente, fingiendo tropezar y sobrecompensar en el proceso. Entonces cargo contra él, enseñando los colmillos.

Él es treinta centímetros más alto que yo. Ancho como un buey, su sangre mezclada con la de un demonio que no reconozco.

Pero yo soy un Saint Germain. Por mis venas corre la sangre del inmortal más antiguo del sur de Estados Unidos. La sangre de la realeza vampírica.

Y nunca he huido de una pelea, en ninguna de mis vidas.

Con la furia borboteándome debajo de la piel, lanzo una serie de puñetazos hacia su estómago, obligándolo a doblarse y con la intención de hundir mis dientes en su garganta y arrancarle la tráquea del cuerpo. Pero cuando lo acerco, me agarra por la cintura y me levanta por encima de su cabeza. El cielo nocturno y todas sus estrellas centelleantes destellan ante mis ojos cuando retiro los dedos de su mano izquierda, una oscura satisfacción me recorre las extremidades mientras los huesos se le rompen bajo mi agarre. Él aúlla, el sonido hace temblar las ramas de los cipreses de los pantanos que nos rodean. Cambion gira sobre sí mismo y me lanza al cálido aire de mediados de marzo. En el momento en que me suelta, arrastro las garras de mi mano por su hombro carnoso, haciéndolo sangrar mientras salgo volando por encima del cuadrilátero lleno de barro. Aterrizo erguido en una pila de serrín, mis pies se deslizan por el lodo, levanto los brazos a los costados.

Él se mira con incredulidad los cortes en la parte superior del brazo. Las tiras de carne desgarrada que cuelgan de su hombro. Los dedos destrozados de su mano izquierda.

Entonces, las heridas de su hombro comienzan a oscurecerse. Empiezan a convertirse en rayas, que crecen y se multiplican por la espalda y los brazos. Las líneas de sus ojos se convierten en destellos negros y dorados. Ambas filas de dientes comienzan a alargarse y a formar colmillos. Se le ensancha el cráneo. Su pelo escarlata se aclara hasta convertirse en cobre bruñido, unos bigotes brotan junto a sus labios. Cuando aúlla de nuevo, ya no es el aullido de un hombre.

Es el rugido de un tigre.

Incrédulo, doy un paso atrás.

Concéntrate, Sébastien.

Una voz resuena en mi mente, como si fuera mi antigua conciencia, aunque sé que eso está lejos de la verdad. Es una voz que conozco demasiado bien. Parpadeo de nuevo, conmocionado.

¡Concéntrate!, exige la voz una vez más.

Mi tío. Dado que es mi creador, somos capaces de comunicarnos sin palabras. Lo he visto dar órdenes a Odette, Jae y Madeleine de esta forma, aunque nunca ha intentado hacerlo conmigo en el mes que llevo convertido en vampiro.

No sé por qué, de entre todos los momentos, tiene que elegir este para hacerlo.

¿Qué rayos es esta cosa?, le grito sin palabras. Porque nunca he visto a alguien mitad hombre, mitad bestia. Los cambiaformas que conozco, los lobos Grimaldi, toman forma completa cuando se transforman, se parecen a las criaturas terrestres que cazan en los bosques en manadas. Por eso pueden perderse en la noche y moverse sin que nadie se dé cuenta.

Pero Cambion no es un tigre. Tampoco es humano. Es una criatura de ambos mundos, una con la cara y los colmillos de un gato de la selva y el cuerpo de un hombre.

Una cosa del pantano.

No importa lo que sea, responde mi tío. *Debes destruirlo o ser destruido.*

Un día de estos, le daré a mi tío la sana paliza que se merece.

Cambion ruge de nuevo. Sus garras, más largas y afiladas que antes, brillan como si las hubiera sumergido en vidrio fundido, un líquido tan oscuro como la tinta gotea de sus puntas afiladas como navajas. Vuelve a cargar contra mí y me quedo petrificado durante medio segundo.

¡Maldito seas, muévete!, me grita mi tío en la cabeza. *No como hombre, sino como* vampiro.

Recuerdo cómo me esquivó Jae la noche en que desperté por primera vez a mi segunda vida. Cómo voló en espiral por el aire, desafiando la gravedad. Cierro los ojos y salto. Durante un segundo, me encuentro suspendido en la oscuridad, las ramas del pantano destellan a mi alrededor, el cielo nocturno centellea más allá. Entonces, arqueo el cuerpo en mitad del calor húmedo y aterrizo en una posición agachada, enseñando los colmillos, mientras un silbido inhumano me desgarra la garganta.

Cambion gruñe y ataca, sus colmillos chorrean saliva. Chocamos en mitad del cuadrilátero; a nuestro alrededor, la multitud se pone frenética. Él gruñe y chasquea la mandíbula en mi dirección. Envuelvo sus gruesas muñecas con los dedos y evito que me corte la piel con sus garras negras.

Es estimulante, permitir que la furia me controle. Otorgarle permiso al monstruo que hay en mi sangre para que tome el control. No hay nada que desee más que desgarrar a Cambion miembro a miembro. Aplastar sus huesos con mis manos y dejarlo seco. Destruir antes de ser destruido.

Escucho la risa de mi tío dentro del cráneo.

Mi sangre canta mientras el demonio enjaulado dentro se desata por completo. Se me hinchan las venas de los brazos y otro aullido bestial perfora la noche.

El mío.

Luego hago un movimiento brusco a un lado y escucho cómo la muñeca izquierda de Cambion se rompe entre mis manos. Su grito de dolor provoca que una sonrisa acuda a mi rostro. Antes de que pueda retroceder, salto sobre su espalda a rayas y entierro los colmillos en su cuello, listo para cumplir todas mis promesas. Él me golpea con la mano sana y, cuando sus garras me atraviesan la piel del antebrazo, disfruto del dolor. Me río mientras tomo un trago caliente de su sangre.

Bien, dice mi tío. *Bebe, hijo mío. Bebe. Piérdete en los recuerdos de esta criatura. Deja que su vida se convierta en la tuya.*

Cierro los ojos, listo para ahogarme en pensamientos de sangre y furia. Pero no son imágenes de violencia lo que veo en los recuerdos de Cambion.

Veo a una mujer con ojos de tigre y una sonrisa amable. Una que le lleva comida y le canta canciones en un idioma que no reconozco. Es el recuerdo de su madre, que escondió a su hijo de un padre furioso y borracho. De una mujer cansada que cargó con las cicatrices de la ira de su marido para que su hijo no se viera sometido a ella. Observo mientras enseña a un Cambion más joven y pequeño a controlar sus transformaciones. A luchar solo en caso de necesidad. A proteger.

A través de sus ojos, la veo sucumbir a una enfermedad debilitante. Escucho mientras ella le dice, con su último aliento, cuánto lo ama. Que debería buscar a su tía abuela Alia o a su amigo Sunan, el Destructor Inmortal, si alguna vez necesita orientación.

Veo su funeral en los recuerdos de Cambion, su vista humedecida por las lágrimas y la desesperación. La forma en que las llamas lamieron el cuerpo de su madre desde lo alto de la pira, en lo profundo del pantano. Soy testigo de cómo busca y busca otra familia. Otro lugar al que llamar hogar. Tomo nota de todas las personas que lo rechazaron, tanto en el mundo mortal como en el de los mestizos. Porque no es uno de ellos y nunca lo será. Mundos que le dieron la espalda a Cambion por ser la mitad de una cosa y no lo suficiente de la otra.

A través de los ojos de la bestia, veo la humanidad.

Parpadeo, un temblor me recorre la columna, el calor de su sangre hierve bajo mi piel.

Detente cuando su ritmo cardíaco disminuya, dice mi tío. *Solo entonces podrás asegurar su muerte sin perderte tú en ella. Si tu mente se pierde en el páramo de la muerte, es difícil regresar.*

Con problemas para dominar los pensamientos de Cambion, tomo otro trago. Un rastro de algo húmedo se desliza por una de mis mejillas. Cuando desvío la mirada, veo el coquí tatuado sobre mi muñeca izquierda, un diseño que simboliza la herencia taína de mi padre. Me tiemblan los brazos, se me quedan los dedos blancos mientras agarro los hombros de Cambion en una retorcida aproximación de un abrazo.

Quería a su madre como yo quería a la mía.

Buscó otra familia como yo busqué la mía.

Ninguno de nuestros padres quería esta vida para nosotros.

Me tiembla el cuerpo. Dejo de beber, dejo que Cambion caiga al suelo. Se le agita el pecho mientras se esfuerza por respirar, las rayas se desvanecen de su piel, su cabello se vuelve rojo fuego una vez más. Un icor negro mancha sus dedos cuando retrae las garras.

Sé que vivirá.

—¿Qué estás haciendo? —exige saber mi tío en voz alta.

Me giro hacia él, veo borroso en los bordes, lágrimas de sangre corren por mis mejillas. Los cortes de mi antebrazo supuran, el olor es extraño. Nocivo.

—No quiero esto —digo con voz áspera.

—¿Qué? —Da un paso hacia mí, la ira afila los ángulos de su perfil. Su mirada se centra en mis heridas abiertas y abre los ojos dorados como platos. Ya deberían haberse curado.

Me tambaleo, inestable sobre mis pies, y parpadeo con fuerza.

—Esta vida que deseas que lleve —digo a través de los gritos que claman sangre y que brotan de la multitud que nos rodea—. Quítamela. No la quiero. Llévatelo todo —grito a los cielos—. No quiero ser parte de esto.

Luego caigo al suelo, envuelto en una cálida manta de oscuridad.

CELINE

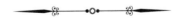

Era demasiado pronto para que Celine deambulara por las calles de Nueva Orleans aquella tarde de finales de marzo. Cada esquina en la que giraba, cada pisada que escuchaba por encima de su hombro, causaba un temblor que se extendía por su columna vertebral.

Celine se detuvo en mitad de un paso. Levantó la barbilla. Enderezó la espalda.

Estaba cansada de dejar que el miedo la dominara en cada momento de su vida. Era Viernes Santo. Habían pasado casi seis semanas desde que había sido secuestrada por el ahora infame asesino de la Ciudad de la Luna Creciente. Cuarenta días con sus noches desde la noche en que había sufrido múltiples heridas, atada sobre el altar de la catedral de Saint Louis. Contusiones en la cabeza, un corte desagradable en el lateral del cuello, tres costillas rotas y un hombro dislocado.

Todos decían que era un milagro que hubiera sobrevivido. Una bendición que las heridas de su cabeza le impidieran recordar cualquier detalle. Que la noche entera pareciera envuelta en sombras, la luz de las velas y el incienso oscilando en su mente.

—¿Celine? —preguntó una voz paciente a su lado.

Michael Grimaldi. El detective más joven de la Policía Metropolitana de Nueva Orleans, que también había sido quien había rescatado a Celíne de las garras de un asesino loco. En el tumulto resultante, Michael había disparado al atacante desconocido de Celine en la cara. Por ello, había sido coronado como héroe más reciente de la Ciudad de la Luna Creciente. Dondequiera que fuera Michael, lo seguían miradas de agradecimiento. Los hombres le estrechaban la mano. Las mujeres lo miraban con codicia. Esa noche, Celine ya había recibido miradas asesinas de algunas de las jóvenes que pasaban junto a ellos en dos ocasiones. Un hecho que no había pasado desapercibido para el atractivo escolta de Celine, aunque parecía no prestarles atención.

—¿Estás bien? —preguntó Michael, en tono preocupado.

Celine sacudió sus rizos de ébano y esbozó una sonrisa en su dirección.

—Estoy bien. Solo me he sentido momentáneamente… desorientada. Pero ya se me ha pasado —terminó a toda prisa, entrelazando su brazo con el de él, y a la porra con las jovencitas contrariadas.

Michael la estudió durante un momento. Podía ver que estaba considerando si insistir o no en el asunto. A decir verdad, había habido varias ocasiones en las últimas semanas en las que los mareos habían superado a Celine. Dos veces se había tropezado con nada o se había perdido en un destello de sensaciones, atrapada en un recuerdo extraño. La última vez, Michael había estado allí para atraparla, como si Celine fuera una pusilánime miedosa. Un personaje de alguna novelucha, destinada a morir.

Exasperante. ¿Qué clase de tonta no podía sostenerse sobre ambos pies?

Justo esa tarde, su amiga Antonia había comentado lo romántico que era ser atrapada tras un desmayo por el apuesto joven detective. La portuguesa se había dedicado a tararear una canción de amor mientras arreglaba cajas de groguén en la nueva tienda de vestidos de Celine. El comportamiento de Antonia había irritado a Celine más allá de lo imaginable. Pero no tanto como su propia incapacidad para recordar incluso el detalle más insignificante de esa noche.

Como si Michael pudiera sentir la creciente agitación de Celine, asintió y reanudaron su paseo vespertino por la Rue Royale.

Celine miró a su alrededor y dejó que el ajetreo y el bullicio de la concurrida calle calmaran la tempestad de su mente. Aunque ya había atardecido, las familias seguían arremolinándose en la calle, deteniéndose para examinar las ofertas de los escaparates, charlar con conocidos o sumergirse en las panaderías para conseguir una caja de pralinés tibios o una bolsa de papel con buñuelos calientes. El aire de principios de primavera traía consigo el aroma de la mantequilla derretida y las flores de magnolia. Junto a ellos pasó un carruaje con la capota adornada con una delicada franja blanca.

—Es mi calle favorita de todo el *Vieux Carré* —comentó Michael, sus ojos pálidos, casi incoloros, recorriendo el camino, deteniéndose para observar cada detalle, como Celine había llegado a esperar de él.

—Es todo un espectáculo para la vista —coincidió Celine—. Dondequiera que miro, veo algo encantador. —*Junto con la insinuación de algo siniestro*, pensó.

—Sí. —Él asintió—. Encantador es justo la palabra correcta. —El tenor de su voz bajó, volviéndose casi ronco.

El temor recorrió el cuerpo de Celine. Miró en dirección a Michael y se dio cuenta de que él todavía la estudiaba con atención. El pulso le palpitó con fuerza en las venas, más por temor que por excitación. No era la primera vez que la miraba así. Con una chispa de esperanza iluminando su hermoso rostro.

—Gracias por ser tan persistente —soltó Celine.

Un surco se formó en la frente de él.

—¿De nada?

—Ya sabes a lo que me refiero. —Agitó su mano enguantada como una tonta—. Aprecio que me invites a dar un paseo todas las noches, en especial después de haberte rechazado todas esas veces. —Celine se dio cuenta de lo que estaba diciendo mientras lo decía—. Lo que quiero decir es… bueno, *putain de merde* —maldijo—. No importa.

Michael se rio.

La forma en que el sonido retumbó en sus labios fue… placentera. A pesar de que su memoria era peor que la de una efímera, parecía recordar que él no se reía demasiado a menudo.

Y era agradable cuando lo hacía.

El calor inundó las mejillas de Celine.

—No debería haber dicho eso —murmuró.

—¿Las palabrotas o la parte sobre rechazar mis invitaciones en repetidas ocasiones?

—¿Ambas cosas?

Su risa continuó.

—Me gusta que ya no tengas cuidado con lo que me dices o cómo lo dices.

Celine frunció el ceño. Sabía que Michael lo decía como un cumplido, pero aun así fue un recordatorio de cuánto había perdido esa noche en la catedral de Saint Louis. De hecho, había momentos en los que sentía que había perdido partes intrínsecas de sí misma.

La exasperación se aferró a ella como un manto empapado por la lluvia.

Ya era suficiente de tanta tontería. Estaba allí esa noche, a salvo, en compañía de un buen joven que le había salvado la vida, poniendo la suya en gran peligro. Celine debería sentirse agradecida de haber olvidado esa terrible experiencia, escapando así de los horrores que habrían oscurecido sus días y perseguido sus noches durante Dios sabía cuánto tiempo.

Era solo que… *debería* recordar algo de lo que le había pasado, ¿no?

El tipo de lesiones que había sufrido no eran comunes. Las cicatrices de su cuello seguían rosadas y arrugadas. El pecho le escocía cada vez que respiraba hondo, como si le hubieran clavado una hoja delgada entre las costillas.

Cuando Celine tenía doce años, se había quemado sacando una hogaza de pan de la estufa de hierro en el piso de su familia. A día de hoy, seguía llevando la cicatriz de esa horrible mañana: una delgada línea roja en el dorso de la mano izquierda, cerca de la muñeca. Le servía como un recordatorio constante de que debía proceder con precaución en torno a cualquier tipo de fuego.

No habría aprendido la lección de no ser por esa cicatriz.

—¿Cómo ha ido tu primera semana completa trabajando en la nueva tienda? —preguntó Michael en un tono muy ameno.

Celine se animó, agradecida por el cambio de tema.

—Debo admitir que ha sido una distracción bienvenida. Y es maravilloso ver que todo encaja en su sitio de forma tan perfecta.

—Bueno, fue una idea excelente traer la moda parisina a Nueva Orleans, en especial para la mujer de a pie. —Michael sonrió, la admiración calentaba su expresión—. Eres digna de elogio en todos los aspectos.

—Agradezco tus elogios, pero la verdad es que no podría haberlo logrado sin la ayuda de Pippa y Antonia. Lo que han conseguido en las últimas semanas es poco menos que un milagro. —Mientras Celine hablaba, ella y Michael pasaron ante una sombrerería, y el tendero se quitó el sombrero—. Y, por supuesto, nada de esto sería posible sin el generoso patrocinio de *mademoiselle* Valmont.

Un ceño fruncido sombreó el rostro de Michael, apareció y desapareció en un instante.

—¿Has hablado con tu misteriosa benefactora?

—Hemos mantenido correspondencia por carta y ha prometido visitarme tan pronto como regrese de Charleston.

Caminaron media calle más antes de que Michael respondiera, sus facciones tostadas perdidas en sus pensamientos. Celine pudo verlo sopesar sus palabras de la misma forma en que ajustaba su paso para que coincidiera con el de ella. Calculador, pero preocupado.

—¿Tienes algún… recuerdo de la señorita Valmont, antes de esa terrible experiencia? —Su pregunta fue cuidadosa. Demasiado cuidadosa para pasar por mera curiosidad.

Celine consideró preguntarle por qué. Michael nunca parecía complacido cuando alguien mencionaba a la inversora silenciosa de su tienda de ropa.

—Sé que diseñé un disfraz de mascarada para *mademoiselle* Valmont, pero sigo sin recordar la mayoría de nuestras interacciones. Y nada digno de mención, más allá de que va a la moda, es divertida y más rica que el rey Midas. —Aplastó una oleada de frustración—. Sin embargo, me alegro de que le haya gustado mi trabajo lo suficiente como para apoyar nuestra empresa. Ella también fue quien me puso en contacto la semana pasada con mi nueva empleada, Eloise Henri, que ha sido una bendición en lo que respecta a la administración de las finanzas. —Se obligó a sonreír—. Yo llevo los libros tan bien como horneo pasteles, es decir, soy pésima.

—Eloise… ¿*Henri*? —Michael torció la boca hacia un lado.

—Sí, ¿la conoces?

Él hizo una pausa y luego negó con la cabeza.

Está mintiendo, pensó Celine, desconcertada, al darse cuenta. No era propio de Michael no ser directo. A veces ofrecía su opinión no solicitada en perjuicio propio.

Le echó un vistazo de reojo.

—¿Por qué estás…?

—¿Confías en la señorita Valmont, Celine? —la interrumpió Michael.

—¿No debería?

—Creo que sería mejor que no confiaras en alguien tan… misterioso.

—Michael, ¿sabes algo sobre ella que pudiera hacerme reconsiderar la situación?

Otra vacilación.

—No. —Se pasó la mano libre por el cabello oscuro y ondulado, despeinándolo.

Estaba mintiendo de nuevo, y Celine se irritó lo suficiente como para responder sin piedad.

—No te preocupes por eso. No *dependeré* de nadie durante mucho tiempo. Con el aval de *mademoiselle* Valmont y la cabeza de Eloise para los números, el banco ha otorgado a la tienda una excelente línea de crédito, a pesar de las preocupaciones de Pippa de que no desearían apoyar un negocio dirigido únicamente por mujeres. —Soltó una risa amarga—. ¡Muerte a la idea de prestar dinero a cualquier miembro del sexo débil!

Micahel se aclaró la garganta.

—Supongo que *sí* es inusual.

—Pero como hombre, ¿cómo ibas a saberlo?

Parpadeó, pero no antes de que Celine viera el dolor en sus ojos. Una oleada de arrepentimiento se extendió por su pecho. ¿Que estaba haciendo? De entre todas las personas posibles, Michael no se merecía su despecho. Desde el momento en que Celine se había despertado en la cama del hospital, él había estado ahí, atendiendo todas sus necesidades, leyéndole para hacerle compañía y llevándole tazones de la deliciosa sopa de su abuela.

Celine se detuvo bajo el toldo de una tienda. Michael se detuvo junto a ella, siempre paciente. Firme, como el mástil de un barco en mitad de una tormenta.

—Eso ha sido poco amable por mi parte. Lo lamento, Michael. Eres la última persona que debería sufrir el peor de mis estados de ánimo.

—Sabes que no me importa. —Su tono era suave—. Has pasado por una experiencia terrible. Me considero afortunado de que estés aquí conmigo esta noche, sana y salva.

Celine tragó saliva. Asintió.

—Tal vez un ángel de la guarda me esté cuidando, lo cual sería un buen cambio de rutina —dijo, intentando bromear, mientras su mano libre jugueteaba con los pliegues de su falda rojo rubí. Era raro. Nunca antes había sentido inclinación por jugar con las cosas, pero se había dado cuenta de que en las últimas semanas lo hacía cada vez más. Como si sus dedos buscaran algo a lo que agarrarse. Algo que la anclara, como si fuera un barco sin amarras, a la deriva.

De nuevo, Michael pareció discernir su estado de ánimo sin que Celine tuviera que decir una sola palabra. Le agarró la mano que ella tenía apoyada en su brazo mientras reanudaban el paseo.

—A riesgo de sonar ridículo, debes saber que estoy aquí si alguna vez me necesitas. No importan la hora ni las circunstancias.

—Lo sé, Michael. Lo sé. —Celine debería decir algo más. Debería decirle que no estaría viva si él no hubiera acudido a salvarla. Que su gratitud no conocía límites. Que deseaba estar lista para corresponder a sus sentimientos, en todos los sentidos.

Pero estaría mal dejar que Michael creyera que ella quería lo mismo que él. Al menos, en ese momento. Era demasiado pronto después de... todo.

Así que, en vez de eso, Celine le ofreció una sonrisa. El brazo de él rozó el de ella mientras se acercaba aún más, su mirada inundada de calor. Una sensación de hormigueo le recorrió la columna, seguida de una llamarada de sorpresa. Tal vez aquella era la atracción que había estado esperando sentir. Esa emoción de ser deseada por quien ella deseaba. De ver y ser vista.

La sensación de hormigueo se desarrolló en su estómago. Se calentó y se extendió. Y entonces algo se apoderó de su corazón, y le robó el aliento del cuerpo.

Una imagen brilló ante sus ojos. Un charco de sangre se extendía alrededor del dobladillo de sus faldas de tafetán negro. Sus dedos teñidos de carmesí agarraban una mano sin vida, un anillo de sello brillaba en el dedo de un caballero, la sangre estropeaba el grabado de su superficie dorada.

Sálvalo. Por favor. Sálvalo.

Celine podía escucharse a sí misma gritar. Se detuvo en seco en mitad de la acera, lo que provocó que las personas que tenía detrás murmuraran por lo bajo mientras la rodeaban. Cerró los ojos. Un escalofrío le hizo juntar los omóplatos.

—¿Celine? —Michael le rodeó la cintura con un brazo para estabilizarla. Celine tropezó, su pulso acelerado en las sienes. El olor a incienso y cera de vela derretida le atravesó la nariz. El miedo pasó una mano helada por su piel.

Sálvalo. Por favor. ¿Tenemos un trato?

—Celine. —Michael la atrajo hacia sí.

Abrió los ojos e inclinó la barbilla hacia arriba. Michael la rodeó con ambos brazos, su toque, su calidez, inquebrantables. Unas arrugas surcaron su frente, los ojos le brillaban de preocupación.

—¿Estás bien? —susurró él.

—Creo… —Endureció la voz para alejar el temblor—. Creo que debería volver a casa ya.

Michael asintió sin cuestionarlo, y la colocó bajo su brazo en ademán protector antes de emprender el camino de vuelta.

A Celine, la cabeza le palpitaba con fuerza, y se presionó la sien con los dedos. Su visión se volvió borrosa en las esquinas, luego se fijó en las ruedas de un carruaje que chapoteaba en un charco cercano. El agua se volvió plateada, luego se oscureció y, por un instante, Celine vio un par de ojos grises como el acero recorriendo su superficie. Luego se desvanecieron como humo en el viento.

Michael la estabilizó. La devolvió a la tierra. Con su ayuda, Celine se apresuró a recorrer la calle.

¿Qué estaba pasando? ¿A quién le estaba rogando?

¿Y quién era el chico sin rostro con el anillo ensangrentado?

Una voz tranquilizadora calentó su mente con acento extranjero. Profundo. Le pidió que se relajara. La arrulló, como una canción cantada por los labios de una madre. Permitió que se asentara en sus pensamientos, su pulso comenzó a relajarse.

Le dio la bienvenida. Cualquier cosa era mejor que esas agudas puñaladas de miedo agonizante.

¿Verdad?

BASTIEN

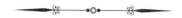

Hay un momento que divide para siempre tu vida en un antes y un después.

Para un vampiro, supongo que ese momento es obvio. Pero no deseo ser definido por la pérdida de mi humanidad, como tampoco deseo ser definido por los innumerables rostros que me veo obligado a usar cada día. El rostro del hijo obediente. El del hermano benévolo. El del líder sereno. El del vampiro vengativo. El del alma perdida. El del amante olvidado.

El problema de usar tantas caras es que olvidas cuál es la real.

Prefiero definir mi vida por las cosas que debería haber hecho. Las palabras que debería haber dicho. Los momentos que debería haber saboreado. Las vidas que debería haber protegido.

Esa noche en el pantano de hace dos semanas, debí haberme alejado del cuadrilátero, al igual que debí haberme dado la vuelta en el instante en el que vi a Celine caminando por el lado opuesto de la Rue Royale.

Pero tenía más hambre de ella, incluso desde la distancia.

Supe que era Celine el instante antes de fijarme en el destello de su brillante vestido rojo. La noche que la vi por primera vez, hace meses, me recordó a un verso de un poema que Boone recita a menudo bajo el resplandor de la luna llena:

Ella camina hermosa, como la noche...

Antes, me parecía una ridiculez. Era de idiotas pensar en poesía cuando das con una cara bonita. La poesía era propia de encaprichamientos tontos. Y yo no era un tonto.

Ahora pienso a menudo en ese poema. En el delirio que siguió a mi pelea con Cambion en el pantano, los dos últimos versos pasaron por mi cabeza en un estribillo interminable:

Una mente en paz con todo lo de abajo, / ¡un corazón cuyo amor es inocente!

No estoy en paz ni soy inocente, por mucho que pueda desearlo. Tales cosas son heredad de los mortales, no de los demonios. En los momentos a solas, todavía siento el veneno de tinta de las garras de Cambion arder bajo mi piel. Habría matado a un humano en cuestión de segundos. Tal vez debería sentirme agradecido de que lo único que hiciera fuera incapacitarme por una sola noche.

El agarre de Jae sobre mi brazo izquierdo es férreo.

—Bastien. —Una advertencia en voz baja.

Sé que ha visto a Celine caminando hacia nosotros por el lado opuesto de la calle, con el brazo entrelazado con el de mi amigo de la infancia, Michael Grimaldi.

Boone se acerca, sonriendo como un tiburón, con los ojos brillantes.

—Vamos a Jackson Square y comámonos con los ojos a los estúpidos turistas que juegan al gato del ministro. —Me da un golpecito en el hombro con el suyo—. Podemos guardar esas miradas asesinas para un juego más justo.

Me los sacudo a ambos de encima, mis ojos fijos en la pareja que se acerca cada vez más a nosotros.

Jae se coloca frente a mí, bloqueándome la vista.

—Si no te vas, tendré que alejarte por la fuerza.

—Inténtalo —susurro, acercándome más—. Porque siento que se me debe al menos este momento de gracia. —Me hago eco de las palabras de Odette la noche en que me convirtieron.

Otro momento. Y otro. Mi vida se reduce a estos momentos robados.

Boone nos rodea el cuello a ambos con los brazos.

—Si Bastien se queda en las sombras, no creo que haya nada de malo en que la vea desde lejos.

Jae lo fulmina con la mirada. Aprovecho la distracción para deslizarme hacia un espacio cercano entre dos edificios estrechos. Cuando Jae y Boone cambian de posición y se colocan detrás de mí, inclino mi sombrero Panamá sobre la frente y sigo observando a Celine y Michael caminar por Royale.

Al principio, no es ira lo que siento. Más bien es una clase particular de dolor. Uno entremezclado con cierta diversión. Hace muchos años, en el cotillón, le robé un beso a la chica que le gustaba a Michael. Resulta apropiado que ahora deba quedarme al margen y ver cómo roba el corazón de la única chica a la que he amado.

Michael habla con Celine como si compartieran un secreto. A su vez, ella le ofrece una sonrisa e incluso desde lejos, puedo ver cuánto aligera el alma de él. Michael se inclina más cerca de ella y el demonio en mi interior quiere desmontarlo como un reloj, pieza por pieza, diente por diente. Es el mismo demonio que casi mató a Cambion en el pantano. El que mi tío quiere que tome el control, sin importar cuánto desee deshacerme de él de una vez por todas.

Michael flexiona los dedos a los costados mientras intenta superar una emoción no expresada.

Solo un tonto negaría lo obvio.

Michael Grimaldi está enamorado de Celine Rousseau. Se ve en cada palabra que dice, en cada mirada que le dedica, en cada inclinación de su cabeza hacia la de ella.

Me trago la ira, tenso los tendones de los nudillos.

Aunque he sido forjado en la furia, no tengo derecho a morar en ella.

Necesito deshacer esta ira. Deshacer esto en lo que me he convertido. Buscar a Sunan, el Destructor Inmortal, cuyo nombre me ha perseguido desde que lo escuché por primera vez en los pensamientos de Cambion.

Un deshacedor inmortal. Uno que podría devolverme a mi forma mortal. La idea de tal poder me tienta, como a mi madre.

No se me escapa la ironía de todo esto.

Michael y Celine pasan junto a nosotros por el lado opuesto de la calle. En el instante en que entra en mi línea de visión directa, Celine se detiene. Parece balancearse como si fuera a desmayarse. Me doy cuenta de que me he movido hacia la luz de la lámpara como una polilla atraída por una llama mortífera cuando Jae me agarra del hombro y me devuelve a la oscuridad.

—Sébastien. —Aunque la voz de Jae es firme, hay simpatía en la forma en que dice mi nombre.

No me importa. Tiro de su agarre hasta que se ve obligado a contenerme. Algo va mal con Celine. Puedo verlo en los ojos de Michael. En la forma en la que tiene que sostenerla erguida, como si fuera una especie de flor delicada. Un sentimiento que sé que Celine odiaría.

Inspiro por la nariz. Cuando exhalo por la boca, los músculos de mi pecho se tensan contra el agarre férreo de Jae. Celine le dice a Michael que desea volver a casa. Me giro para seguirlos, despreocupándome de todo lo que me rodea.

Boone me agarra del otro hombro.

—Me aseguraré de que esté segura en su casa. —Me retiene con más fuerza—. Deberías quedarte aquí con Jae.

Sé que tiene razón. En lugar de eso, doy vueltas, con las fosas nasales dilatadas.

—Que me aspen si…

—Esto no es una sugerencia, Sébastien —interrumpe Boone—. No debes saber dónde vive Celine, bajo ninguna circunstancia. No se trata de lo que necesitas tú. Se trata de protegerla a ella. —Unas líneas surcan su frente—. Por el amor de Dios, piensa con la cabeza y no con el corazón, hermano. Sus recuerdos de ti se han perdido. Ya no formas parte de su mundo. ¿Qué esperas traerle ahora si no dolor y miseria?

La rabia se torna amarga en mi garganta. No digo nada, solo lo miro, mi angustia un yugo alrededor del cuello.

—No te corresponde a ti protegerla, Bastien —continúa Boone—. Si te preocupas por Celine, déjala vivir y amar entre los de su propia especie.

El dolor es tan agudo que no puedo hablar. Estiro los tendones de los puños hasta que los dedos se me quedan sin sangre. Por mucho que desee que sea mentira, sé que Boone dice la verdad. No tengo derecho a sentir nada en lo que respecta a Celine Rousseau. Pidió ser olvidada, tal como pidió olvidar. Es egoísta por mi parte desear algo más. Renunció a sus recuerdos para salvarme. Le debo respetar esa decisión.

Pero ese sentimiento, ese sentimiento de querer deshacer el mundo, me desgarra el pecho. Si el tal Sunan es real, lo encontraré. Le pediré que me deshaga. No importa el precio.

—Odio a la Hermandad incluso más que tú —dice Jae, sus ojos negros como la obsidiana—. Pero Michael Grimaldi la mantendrá a salvo. Y siempre velaremos por ella. No te equivoques.

Incluso mientras asiento y me trago el sabor de la bilis, deseo desafiarlos. Deseo colocarme frente a Celine y decirle todo lo que siento. Deseo destrozar a Michael con mis propias manos.

Deseo. Deseo. Deseo.

ÉMILIE

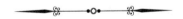

El lobo habló en un gruñido bajo, a meros milímetros del oído de Émilie.

Sus palabras resonaron en su mente como el tañido de una campana, pero se cuidó de no reaccionar. Ella estaba más allá de la ira. Más allá de la retribución. El suyo era un fuego de llama azul. Puro e inflexible.

Cuando el espía de Émilie salió del pequeño y oscuro jardín, se enderezó y empezó a caminar.

Su hermano vivía. Sébastien Saint Germain estaba vivo.

El lobo que espiaba para ella, el que escuchaba e informaba sobre los murmullos de la gente mágica en toda la ciudad, acababa de informarle que Bastien había sido visto la noche anterior, caminando por la Rue Royale como si no pasara nada. Como si no hubiera sido atacado por un vampiro y le hubieran arrancado la garganta hacía apenas seis semanas.

Incrédula, se detuvo y miró hacia un cielo nocturno salpicado de estrellas. A su derecha se alzaba un imponente ciprés calvo, cuyas ramas superiores estaban envueltas en hebras de musgo español.

Aunque a mucha gente le encantaba el aspecto embrujado del musgo, a Émilie la irritaba desde la infancia. El musgo español era una mala hierba. Si no se tenía cuidado, podía suponer un peso excesivo sobre las ramas incluso del árbol más saludable y asfixiarlo con el tiempo.

Émilie se rio para sí misma y siguió paseando.

Sébastien era como esa mala hierba. No importaba la de veces que el destino hubiera intentado arrancarlo de raíz, envenenarlo o privarlo de la luz del sol, seguía floreciendo. Para ahogar la vida de todo lo que lo rodeaba, incluso la de los miembros de su propia familia y su primer amor verdadero.

Émilie se tocó la cicatriz abultada de la quemadura que se extendía a lo largo de su clavícula. Una quemadura del fuego que su hermano había iniciado sin darse cuenta hacía doce años, el día en que su vida humana había llegado a un abrupto final. El cielo sabía cómo había sucedido. Suponía que tal cosa no importaba. Los niños pequeños jugaban con fuego y, cuando lo hacían, otras personas se quemaban.

Al darse cuenta Émilie de que su hermano menor seguía atrapado en el último piso del edificio en llamas, había sido ella quien se había abierto paso entre la hilera de hombres y mujeres que luchaban por extinguir las llamas. Un joven de la brigada de bomberos había intentado detenerla, pero a Émilie, de quince años, no le había importado el peligro. No se lo había pensado dos veces.

Su hermano pequeño podría morir. No podía permitir que eso sucediera.

Después de una búsqueda agonizante, había encontrado a Bastien, de seis años, escondido en un armario del tercer piso. Había corrido hacia las escaleras con él en brazos, solo para darse cuenta de que el rellano de madera y la barandilla estaban envueltos en llamas. Como último recurso, había arrojado a su hermano por la ventana mientras el humo le impedía respirar. Había aterrizado en una sábana que un grupo de hombres había extendido en el patio de abajo. Había sido un milagro que Bastien no hubiera resultado herido, aunque el humo lo había dejado inconsciente. Un momento después, el alero sobre la ventana se derrumbó, impidiendo que Émilie escapara de la misma forma. Pero no antes de que viera a su tío Nicodemus mirándola con aspecto sombrío desde el mundo de abajo, aferrando con fuerza su bastón con una mano.

Émilie se había encontrado en una tumba de fuego. Había retrocedido hasta una esquina, los ojos le ardían, el pelo le había empezado a echar humo. Cuando una llamarada había tocado la manga de su vestido, este se prendió fuego antes de que pudiera gritar. El fuego le había chamuscado la piel, le había rugido en la cabeza, igual que había rugido su corazón, rogando ser liberado.

El miedo la había vencido. Había tomado una profunda bocanada de aire ardiente y había dejado que incendiara sus pulmones mientras rezaba por un indulto.

No había visto las figuras desplazándose a través de las llamas hasta el último instante. Hasta que le había parecido que eran ángeles enviados desde arriba. Ningún ser humano podría moverse así. Con tanta gracia y velocidad, ni siquiera al verse amenazado por las llamas del mismísimo infierno.

Al despertar, había estado al borde de la muerte, con el cuerpo destrozado por el dolor.

—Émilie —había dicho una voz ronca—. No te queda mucho tiempo.

Le había costado abrir los ojos.

—Te estás muriendo, pero puedo detenerlo —había continuado—. Puedo darte el poder de engañar a la muerte.

—¿T-tío?

—No. No soy el cobarde que se ha quedado al margen y te ha visto morir pasto de las llamas. Pero estoy aquí para darte lo que querías de él. Lo que se ha negado a darte. —El hombre se había inclinado hasta que su boca había quedado junto a su oreja—. El poder de superar tus debilidades. Lo único que tienes que hacer es asentir.

Émilie no había tenido que pensárselo dos veces. Las quemaduras le habían dejado la piel en carne viva. Cada movimiento que hacía le resultaba insoportable, pero se las había apañado para dedicarle un único asentimiento. El hombre le había mordido el brazo y el dolor que se había extendido por sus extremidades le había hecho perder el conocimiento. La siguiente vez que había despertado, era una mujer lobo. Destinada a dejar de lado sus deseos mundanos junto con todas sus lealtades terrenales.

A partir de ese momento, Émilie había dejado de ser una Saint Germain. La mera mención de ese nombre provocaba que una angustia ardiente corriera por sus venas. Los Saint Germain no le habían traído nada más que muerte y sufrimiento, tal como habían hecho con los lobos, quienes lo habían perdido todo por ligar su suerte a la de los vampiros. Al final, su tío, el que se suponía que debía protegerlos a todos, se había quedado al margen y la había visto morir.

La visión de los ojos dorados de Nicodemus mirándola a través del humo había quedado grabada en cada uno de los recuerdos de Émilie durante más de una década. La alimentaba. Sostenía su odio.

Al final, fueron Luca y su familia, en especial su padre, que la había convertido, quienes le habían dado lo que había deseado durante tanto tiempo. Un lugar al que llamar suyo. Habían respondido a todas y cada una de sus preguntas. Todas las cosas que Nicodemus le había negado, se las habían entregado sin reservas.

Y Émilie se había convertido en una de ellos.

De Luca, había aprendido que los vampiros y los hombres lobo habían vivido una vez en el Otro Mundo, en una tierra de noche perpetua conocida como la Espesura Silvana. Él le había contado cómo se habían asociado los vampiros y los hombres lobo para dominar el territorio de los mortales. Cómo los vampiros habían intentado vender la inmortalidad al mejor postor. Cómo los habían desterrado a todos de la Espesura Silvana por culpa de los actos de los vampiros.

Cómo los vampiros habían acabado abandonando a los lobos en su búsqueda por lograr dominar el reino de los mortales.

Con el tiempo, Luca le había profesado su amor. Y Émilie se lo había devuelto, a su manera. Ella lo amaba por ser su familia. Por ponerla siempre primero. Pero Luca quería casarse con ella, y una mujer como Émilie no estaba hecha para ser contenida. Cuando daba amor, lo hacía sin restricciones, tanto a hombres como a mujeres. Y cualquier cosa que ella ofreciera era suya para dar, a quien ella eligiera, cuando ella eligiera darlo. Algo que hombres como Luca o su tío, o incluso su hermano menor, nunca entenderían.

La ira se apoderó de Émilie y casi la ahogó. ¿Qué tenían los jóvenes como Sébastien Saint Germain que los bendecía con las siete vidas de un gato? Ningún mortal podría haber sobrevivido a sus heridas. Esa noche, Émilie había sido específica al ordenar a Nigel Fitzroy que asesinara a su hermano en la catedral de Saint Louis. A pesar de todo lo que su tío Nicodemus le había hecho a Émilie en vida, todo lo que Bastien le había quitado, su hermano pequeño no volvería a respirar en la libertad de la luz del día nunca más.

Si es necesario, sepárale la cabeza del cuerpo. Pero asegúrate de que no sobreviva.

Esas habían sido sus palabras exactas.

Volvió a detenerse en seco.

Si la intención había sido que las heridas de Bastien mataran a un hombre mortal, eso solo podía significar una cosa. Nicodemus había convertido al último ser vivo de su sangre en un vampiro.

Lo que significaba que había roto el tratado con la Hermandad.

Una lenta sonrisa se desplegó en el rostro de Émilie. Debería contárselo a Luca de inmediato. Hacerle saber a su antiguo amante que su década de paz con los Caídos había llegado a un final ignominioso. Lo que seguiría aseguraría al menos varios años de guerra entre vampiros y hombres lobo. Y la guerra era tiempo de dar grandes pasos, especialmente para los diligentes.

Entre los que Émilie se contaba y siempre lo haría.

Dado que durante su vida nadie había prestado atención a su miríada de talentos, sería ella quien lo haría ahora. Si un joven mediocre puede alardear ante el mundo de su mediocridad, ¿por qué una joven superior no debería hacer lo mismo?

Sí. Émilie debería contárselo a Luca. Ya era hora.

Pero no lo haría. No en aquel momento. No cuando todavía tenía una mano ganadora que jugar.

Su sonrisa se ensanchó. Su espía lobo le había dicho algo más. Michael, el primo menor de Luca, se estaba enamorando de Celine Rousseau, la chica por la que Bastien había muerto al tratar de protegerla.

Era cierto que la fortuna sonreía a los audaces.

Una mente simple podría considerar suficiente alterar el equilibrio entre esos enemigos inmortales contándole a Luca lo que había descubierto. Pero Émilie deseaba causar más que estragos temporales. Deseaba destruir los cimientos mismos. Unos cimientos que la colocaban en segundo lugar, sin importar que fuera más talentosa o valiosa que aquellos a los que elogiaban por encima de ella.

Atraer a Michael a su mundo sería una victoria digna de saborear. Un mundo del que Luca se había esforzado por salvar a su primo durante toda la vida del joven detective. Aunque la sangre de lobo corría por las venas de Michael, se las había arreglado para evadir la maldición otorgada a los de su especie por el Destierro. Todavía no se había transformado, ni había muchas posibilidades de que lo hiciera. Si las cosas continuaban tal y como estaban, Michael podría vivir toda su vida alejado de aquel mundo de magia oscura.

Émilie no tenía intención de mantener alejado a Michael, sobre todo, después de lo que había descubierto. Cierto, era injusto para el chico. Pero los chicos como él jugaban con fuego, y cuando lo hacían, otras personas acababan quemándose.

Ahora que habían cambiado las tornas, ¿debería ser diferente?

Era delicioso pensar que el heredero de Nicodemus Saint Germain y el primo más joven de Luca Grimaldi podrían estar encaminados hacia la destrucción mutua. Sería maravilloso presenciar y explotar los acontecimientos que seguramente seguirían.

Pero primero... pero primero... Émilie tenía mucho en lo que pensar.

A diferencia de los vampiros, había tres formas de crear a un lobo.

La primera era ser el heredero inmediato del legado. El macho de más edad de la línea de sangre, que era como Luca había heredado la posición, tras la muerte de su padre durante la última guerra con los Caídos. De hecho, el padre de Luca solo había conseguido el puesto unos años antes, después de que el padre de Michael muriera en plena batalla.

La segunda forma de convertirse era ser mordido por un lobo. Así era como Émilie se había convertido en miembro de la manada. Era arriesgado y doloroso, porque el mortal en cuestión tenía que renunciar a su vida humana para poder sufrir el cambio. Muchos sucumbían a sus heridas o morían durante la agonía de su primera luna llena.

Era un riesgo que Émilie había asumido con gusto. Era necesario el fuego para forjar un arma de acero.

La última y más atroz de todas las formas de convertirse en lobo era matar a un miembro de tu propia familia dentro de la línea de sangre. A menudo, los lobos que se convertían de esa forma eran rechazados. Perseguidos por el resto de la manada por atreverse a asesinar a uno de los suyos.

Émilie inclinó la cabeza hacia el cielo.

Qué... perspectiva tan emocionante.

Y en el caos subsiguiente, si una estrella surgiera de detrás de la sombra de una luna menguante, ¿quién dudaría en contemplar su luz?

Émilie la Loup tenía planes. Planes y más planes. Y era hora de que los ejecutara, en más de un sentido.

Puede que empezara con una boda.

BASTIEN

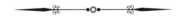

No puedo dormir, así que no sueño.
Tal vez sea imposible que un vampiro tan atribulado como yo sueñe. Puede que tal cosa sea potestad de los vivos: imaginar una vida separada de la realidad. Para esperar algo mejor y más valioso que el penoso presente.

Me quedo despierto en mi cama con dosel, con las cortinas de terciopelo corridas. Observo el medallón de un león dorado situado en el dosel copetudo sobre mí, mis pensamientos toman forma en la oscuridad como sombras que cobran vida.

Sin previo aviso, me incorporo.

Sunan, el Destructor Inmortal.

Si volviera al pantano y pidiera hablar con Cambion, ¿qué podría pasar?

Una risa oscura retumba en mi pecho.

Superé a la bestia-tigre en el cuadrilátero por pura casualidad. Lo avergoncé frente a sus compañeros. Frente a los que consideraba su familia. Cambion del Pantano no me recibiría con los brazos abiertos, a pesar de que le perdoné la vida. En el preciso momento en que el corpulento maestro de ceremonias anunció nuestro combate, quedó claro que aquellos que moran en las profundidades del pantano no sentían nada más que desdén por los vampiros que gobiernan la ciudad desde sus tronos dorados.

Pero ese deseo continúa creciendo en mi interior día tras día.

Quiero saber más cosas sobre el tal Sunan. ¿Existe una magia como esa? ¿De verdad me sería posible devolver el obsequio oscuro que me convirtió en vampiro? ¿Cuál sería el precio?

¿Es posible volver a ser humano?

Estas incógnitas me acosan. Me roen las entrañas. O tal vez sean solo distracciones.

Puede que estos sean los tipos de sueños que tengo permitidos ahora. Una oportunidad de volver a caminar sin trabas bajo el sol. De ir con Celine. De ganarme su corazón una vez más. De encontrar una forma de devolverle sus recuerdos robados. O de esforzarme para ganarme su amor una segunda, una tercera, una milésima vez.

El amor es una bestia extraña. No es tan diferente del miedo. Ambos nos hacen sentir inseguros y nerviosos. Incómodos en nuestra propia piel. Calor y frío al mismo tiempo.

Pero solo uno de ellos se basa en la esperanza.

Pienso en lo que me atrajo de Celine en primer lugar. Mentiría si dijera que no me impresionó su belleza. Pero la Ciudad de la Luna Creciente tiene las jóvenes debutantes más encantadoras de todo el sur. Bellezas en cada proverbial baile. En los últimos años, mi tío me ha presentado a varias hijas de hombres importantes de Luisiana. Cada una de las jóvenes estaba dotada y era elocuente, hablaba varios idiomas y entendía cuál era su supuesto lugar. Quizás por eso no encontré atractiva a ninguna de ellas.

No quiero a alguien que entienda y acepte el mundo que le dan. Quiero a alguien que espere más. Que luche por ello y no tenga miedo de ensuciarse las manos en el proceso.

Quiero una chica como Celine Rousseau. No, no *como* ella. La quiero *a ella*.

La necesidad me consume.

De nuevo, me río en la oscuridad.

Qué pensamientos tan egoístas. Incluso en mis ensoñaciones, pienso solo en lo que yo quiero.

Vuelvo a pensar en Sunan. Si existe un deshacedor como él, podría encontrar algo al respecto en las historias escritas. La antigua biblioteca en el corazón del *Vieux Carré* contiene muchos de los relatos más conocidos sobre criaturas feéricas de este lado del Misisipi. Además, hay un bokor en Dumaine que posee una famosa colección de tomos místicos. Por desgracia, es poco probable que ese sacerdote vudú en particular se los preste a un vampiro, ya que se sabe que sirve al bien y no al mal.

Tal vez sea hora de que me hagan el amuleto para poder caminar a la luz del día y defender mi caso en persona. O tal vez debería preguntarle a uno de los sirvientes mortales de la casa de mi tío si le importaría tomar prestados algunos libros de la biblioteca para mí.

También podría limitarme a seguir usando la máscara que he usado durante las últimas seis semanas, una de disolución y libertinaje. Es lo más fácil y lo que más se espera de un vampiro recién nacido.

Si llevo esa máscara el tiempo suficiente, tal vez olvide que alguna vez quise algo más.

CELINE

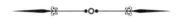

La cachorra saltaba por la tienda, sus cortas patas hacían que tropezara cada tres pasos. No obstante, se enderezaba todas las veces, meneaba su cola rechoncha con alegría y sus alegres ladridos llenaban el espacio con el sonido de la felicidad.

Luego, la pequeña corgi se puso en cuclillas justo en el centro de la alfombra nueva, le sacó la lengua a Celine y comenzó a orinar.

—Pippa —gimió Celine hacia la trastienda—. Atiende a tu pequeño terror o, de lo contrario, es probable que arruine todo el establecimiento antes de que hayamos abierto las puertas.

—¡Reina Isabel! —la regañó Pippa mientras entraba corriendo en la tienda en un torbellino de lino verde pálido, arrastrando su fajín de seda blanca detrás de ella. En el momento en que la corgi vio a Pippa, se dio la vuelta y ladró una vez, con sus cuatro pequeñas patas en el aire—. Isabel —Pippa señaló con un dedo al perro sonriente—, ya lo hemos hablado. Tu comportamiento es impropio de una monarca de Inglaterra. —Con una mirada de disculpa a Celine, Pippa levantó del suelo a la quejumbrosa realeza y le pasó la cachorra a Antonia, que acababa de terminar de hacer el inventario de la mercancía suelta que tendrían que examinar al día siguiente.

—Qué *cadela* tan traviesa —arrulló Antonia. La palabra portuguesa rodó por su lengua—. Ven y siéntate a mi lado en el almacén,

126

minha filha. Si te portas bien, te prometo un trozo de jamón y tal vez un poco de pan y queso.

—Nada de jamón —imploró Pippa—. O luego será una bestia.

Una risa retumbó desde el almacén.

—*Quelle surprise,* porque ya es una bestia ahora. —Eloise Henri entró por la puerta, limpiándose las manos en un delantal por lo demás impoluto. El olor a miel y lavanda inundaba la habitación con cada paso que daba la hermosa criolla. Su piel oscura brillaba debajo de la tela colorida que envolvía su cabeza, cuyos extremos estaban doblados de una forma intrincada que hacía que se asemejara a las puntas de una corona.

—¿Antonia? —preguntó Eloise—. ¿Te importaría venir a probar el último lote de crema fría, *tout de suite*? He añadido más aceite de lavanda y creo que es una gran mejora, en especial tras tu sugerencia de una infusión de rosa mosqueta.

—Por supuesto —dijo Antonia, dejando a la reina Isabel en el suelo junto a la caja.

—No veo la hora de probarlo —intervino Pippa—. ¿Te gustaría que te diera mi opinión?

Eloise esbozó una cálida sonrisa.

—Por supuesto. Me gustaría que todas lo probéis cuando esté listo. Simplemente, no domino del todo la receta de mi madre, y los consejos de Antonia sobre las hierbas medicinales han sido *une révélation*. ¿Te importaría esperar hasta la próxima tanda?

Pippa asintió justo cuando la traviesa corgi intentó huir. Una breve avalancha caótica resonó por toda la tienda cuando las tres jóvenes intentaron acorralar a la cachorra, quien decidió que toda aquella empresa era un juego muy divertido. Antonia pronto logró capturar a la pequeña reina y sujetó a la corgi con fuerza mientras seguía a Eloise al almacén con Pippa pisándoles los talones. Un momento después, la perra soltó un ladrido indignado. Lo más probable era que la hubieran devuelto a su pequeña caja en la esquina para que reflexionara sobre su actitud. Antonia se puso a cantar una canción de cuna portuguesa y su rico tono de contralto se arremolinó en el aire junto con los llantos de la cachorra.

Celine reprimió una sonrisa mientras ajustaba las cortinas de cretona del escaparte de la tienda hasta que colgaron a la altura correcta. Dio un paso atrás, satisfecha con el efecto general. Estaba rodeada de telas suaves y colores que recordaban a las joyas. En la pared del fondo había un diván capitoné cubierto de damasco color marfil, junto con cuatro taburetes a juego, uno para cada esquina. Enmarcando tres de las paredes de la tienda había estantes recién pintados cubiertos de rollos de tela, rollos de cinta y montones de ilustraciones de la última moda de París, encuadernadas en libros por la siempre laboriosa Eloise. Unas escaleras engrasadas se deslizaban sobre ruedas de latón, lo cual le recordaba a Celine su biblioteca favorita en la Rue de Richelieu en París.

Su tienda era casi perfecta.

Sin duda, quedaban algunos problemas persistentes. El letrero frontal de la tienda aún no estaba colgado. Dos de las cubiertas de las lámparas de gas se habían roto durante el transporte y estaba programado que los reemplazos llegaran a finales de semana. Pero incluso antes de la apertura oficial de las puertas, ya habían recibido seis pedidos. Habían contratado a dos costureras en Marigny para que empezaran a trabajar siguiendo los diseños de Celine. De vez en cuando, un cliente potencial tocaba el timbre de fuera o golpeaba las estrechas puertas dobles para hacer una consulta.

Cargada con un trapo y una cubeta de agua con jabón, Pippa salió del almacén para empezar a limpiar el desaguisado de la reina Isabel de la alfombra.

—Es agradable verte sonreír —comentó Pippa mientras se arremangaba.

Celine giró sobre los talones.

—Hoy ha sido un día bastante bueno.

Pippa sonrió.

—Estoy de acuerdo. —Mojó el trapo en el agua y lo escurrió—. ¿Y qué tal anoche? ¿Dormiste bien?

La sonrisa de Celine vaciló.

—Por supuesto.

—No me mientas, querida. Te escuché dar vueltas y más vueltas a través de las paredes de nuestro piso —respondió Pippa, su acento de Yorkshire patente en cada palabra—. ¿Fue por culpa del mismo sueño?

La inquietud llevó color a las mejillas de Celine.

—Creo que sí. Pero es... difícil de recordar. Como intentar atrapar el agua con la mano.

—Los sueños a menudo son así. —La expresión de Pippa se volvió pensativa. Se mordió el labio inferior mientras fregaba la alfombra—. Y el médico dijo que tendrías problemas de memoria durante los próximos meses debido a la lesión en la cabeza.

Celine se presionó la sien con los dedos mientras la irritación juntaba sus cejas oscuras.

Pippa se puso de pie de inmediato, de sus manos goteaban algunas burbujas.

—¿Te duele la cabeza?

—No. Solo me siento... frustrada.

—Por supuesto que sí. ¿Quién no lo estaría, dada la situación? —Se mordió el labio de nuevo.

—No hay necesidad de parecer tan culpable, Pippa —bromeó Celine—. Tú no me golpeaste en el cráneo ni me rompiste las costillas.

Pippa jugueteó con la cadena de la cruz dorada que le rodeaba el cuello.

—Tienes razón. Pero quizás... Podría haber hecho más para protegerte. Y desearía... desearía poder restaurar tus recuerdos. O al menos, rellenar algunos de los agujeros.

—Eso haría las cosas más fáciles —estuvo de acuerdo Celine—. Pero el doctor dice que es mejor que los encuentre por mi cuenta, para que mi mente pueda buscar el orden por sí misma a su debido tiempo… o lo que sea que eso signifique. —Soltó un suspiro triste—. La abuela de Michael está de acuerdo. Me dijo que cuando Luca regresó de luchar con las fuerzas de la Unión en la guerra, no lo presionó para que le contara todo lo que había visto o sufrido. Esperó a que él acudiera a ella cuando estuvo listo. Tal vez debería hacer lo mismo y esperar hasta que mi mente esté preparada.

Pippa asintió.

—Tiene mucho sentido. En cualquier caso, lo mejor es seguir el consejo del médico. —Tomó una respiración profunda. Luego forzó una sonrisa aún más brillante antes de agacharse para terminar el trabajo—. ¿Te he contado que Phoebus me ha invitado a cenar esta noche?

Celine se sentó en la alfombra junto a Pippa, sus faldas color amatista formaron un charco a su alrededor.

—Pues no. ¿A dónde te va a llevar?

—Lo único que ha dicho ha sido que sería en el comedor del establecimiento más célebre del *Vieux Carré*.

Celine abrió los ojos como platos.

—No pensarás que podría…

—¿Declarárseme? —Una risa nerviosa salió volando de los labios de Pippa—. Claro que no. Solo me ha prometido una cena con cristalería tallada, candelabros brillantes y centros de mesa con gloriosas flores de invernadero. Quizás ese famoso postre al que le prenden fuego. Nada más.

Una imagen repentina, de champán siendo vertido en un recipiente de latón lleno de pétalos de rosa, de islas de merengue flotando en un mar de crema azucarada, de caramelo y bourbon estallando en llamas azules, cruzó por la mente de Celine. Cerró los ojos con fuerza. Cuando los abrió una vez más, un nombre parpadeó en la periferia, un letrero escrito en una letra elegante con un símbolo borroso debajo.

—¿Estás hablando de Jacques'?

Pippa palideció.

—Yo… ¿Cómo…? Es decir, sí.

—¿He comido antes allí?

—No, no. No has comido allí. —Pippa hizo un gesto desdeñoso con la mano—. Fuimos una vez, durante un rato corto, para tomar medidas para el disfraz de la mascarada de la señorita Valmont. —Otra sonrisa floreció en su rostro—. Sin embargo, es maravilloso que lo recuerdes. Estás haciendo progresos.

—Es extraño —dijo Celine en voz baja—. Podría haber jurado que he comido allí. Casi puedo saborear la comida en la lengua.

—¿A lo mejor escuchaste a alguien hablar de ello? —Pippa recogió el cubo y el trapo—. Jacques' es famoso incluso fuera de la ciudad. Si la comida es tan maravillosa como anuncian, deberíamos ir alguna vez. Quizás incluso podríamos celebrar allí la apertura de la tienda.

Los balbuceos de Pippa le parecieron inusuales a Celine, ya que no eran algo propio de ella. Junto con la forma extraña en la que Pippa seguía mordiéndose el labio, Celine quedó convencida de que su amiga le estaba ocultando algo, de la misma forma que había sentido que Michael le había estado mintiendo hacía tres noches, en la Rue Royale.

Infierno y condenación.

¿Por qué todos actuaban como si Celine fuera demasiado frágil para soportar la verdad?

La irritación la hizo sentir calor en el estómago. Estaba a punto de acorralar a Pippa y exigirle sinceridad cuando sonó el timbre de la puerta de la tienda. Celine se dio la vuelta para contestar, pero Pippa pasó corriendo junto a ella, claramente agradecida por la distracción.

El caballero que cruzó el umbral poseía un porte que recordaba al de una pintura. Una que representa a un vencedor inspeccionando un campo de batalla. Aunque no era alto, algo en él le pareció majestuoso a Celine. Incluso la forma en la que entró en la tienda exigía respeto.

Le resultó… familiar.

El joven la estudió sin hablar. Celine lo miró a los ojos, segura de que lo recordaría si lo miraba el tiempo suficiente.

Parecía ser del Lejano Oriente. Cuando la luz del sol poniente le tocó la frente, Celine tuvo la extraña sensación de que a él no le gustaba. Como si los rayos de sol le causaran dolor. Parecía tener poco más de veinte años, aunque sus facciones conservaban un indicio de juventud. Sus ojos, de un marrón profundo y oscuro, resplandecían con una luz brillante, casi como si tuviera fiebre. Le dio la espalda a la ventana y le hizo una breve reverencia, con el sombrero de copa en la mano.

—Buenas noches —lo saludó Celine con una sonrisa—. ¿En qué podemos ayudarlo?

—Me gustaría encargar un regalo, por favor.

—¿Está buscando algo en particular, señor? —Las palabras de Pippa fueron cortantes. Con un extraño deje irritado. Como si no quisiera dar la bienvenida al joven a su establecimiento.

Él ignoró a Pippa y optó por ofrecerle a Celine una especie de sonrisa rígida.

—¿Quizás unos guantes, un sombrero o un juego de pañuelos de encaje?

—Por supuesto —respondió Celine. Se dio la vuelta y se encontró a Pippa vacilando a su lado, con una expresión ansiosa en la frente. Celine la ahuyentó.

—Tendrá que perdonar a mi compañera —le dijo Celine a su cliente—. Es inusual que un caballero entre solo en nuestra tienda. ¿Prefiere algún color o tipo de tela en especial? Podemos ayudarle con los guantes y los pañuelos, pero la sombrerería que hay dos calles más allá se adapta mejor a sus necesidades si está interesado en un sombrero o una cofia.

El cliente, inusualmente lacónico, se dirigió hacia una pequeña mesa blanca en la que había una pulcra muestra de guantes bordados. Cuando los alcanzó, Celine se fijó en un conjunto despiadado de cicatrices en el dorso de su mano. Un jadeo escapó de sus labios.

Él se giró de inmediato, entrecerrando los ojos.

—¿Va todo bien?

Cuando Celine volvió a mirarle las manos, la piel parecía intacta una vez más. Como si la primera vez se hubiera imaginado las cicatrices.

—Lo lamento —se disculpó ella—. Me pareció haber visto algo.

—¿Puedo preguntar el qué? —Sus labios formaron una fina línea.

—Por favor, disculpe mi extraño comportamiento. Está claro que necesito descansar.

El caballero siguió observándola. Ladeó la cabeza hacia un lado, como un pájaro. Luego, los contornos de su rostro empezaron a brillar como la superficie de una piedra que se cuece bajo el sol de verano.

Celine parpadeó. Dio un paso atrás, sobresaltada.

Por un instante, el caballero que tenía delante le pareció completamente diferente. Como si todo su cuerpo estuviera estropeado por culpa de las mismas cicatrices entrecruzadas que ella había visto en sus manos. Incluso su rostro tenía las mismas marcas. Sus facciones se volvieron más angulosas, los extremos de sus orejas se estrecharon hasta convertirse en puntas. Cuando un lado de su boca se levantó, sugiriendo una sonrisa, Celine podría haber jurado que tenía colmillos, como los de un demonio.

Sacudió la cabeza. Cerró los ojos con fuerza. Cuando volvió a abrirlos, parecía ser un hombre normal una vez más. El miedo rebotó en su sangre.

Celine parpadeó de nuevo.

—Lo lamento. Por favor, discúlpeme —tartamudeó—. Pippa, ¿te importaría atender al caballero en la caja? —Luego huyó al almacén mientras sentía la inquietante mirada del joven caballero siguiéndola a cada paso.

I

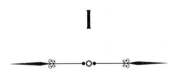

Sin que los que estaban dentro lo supieran, un extraño con un bombín estudió la escena que se desarrollaba en el interior de la tienda de ropa. Hizo crujir sus nudillos enguantados una vez, luego se sacó un lápiz de grafito y un bloc de papel del bolsillo izquierdo del pecho.

No dedicó más de un minuto a anotar las observaciones del día. Luego, el extraño se alisó el bigote francés y desapareció tras girar en la esquina más cercana.

JAE

—Ahí está, ese chino tan extraño.

Jae estaba tan perdido en sus pensamientos que casi ignoró el odio dirigido hacia él como el cañón de un arma. Se detuvo justo ante la entrada de su edificio, escuchando a la anciana hablar desde la galería de arriba.

Sabía que era ella. Siempre era ella.

—Todavía me cuesta creer que se les concediera permiso a esos muchachos para que se instalaran aquí —continuó la mujer, sus palabras empapadas de despecho.

La amiga que estaba a su lado chasqueó la lengua para demostrar que coincidía con ella.

—No se pudo evitar. *Le comte de Saint Germain* es propietario de este edificio. Les dio permiso para residir aquí, sabe Dios por qué razón.

—Al conde debería importarle lo que piensen los vecinos. Dejar vivir entre nosotros a un chino y a ese moreno tan peculiar de las Indias Orientales… —Emitió un ruidito despectivo—. No son cristianos, te lo digo yo —susurró—. Estoy casi segura de que vi una de esas estatuas profanas en su pasillo.

—Ese chico indio cultiva hierbas extrañas en su balcón. Huelen mal y atraen moscas.

—No es tan malo como el chino. Es como un fantasma, camina sin hacer ruido. Una vez…

Jae escuchó su conversación en curso, una variación del tema de hacía tres días. Se concentró en eso. En dejar que su ignorancia fluyera a través de él y a su alrededor, en bañarse en el calor de su odio.

Luego, lo dejó ir. Permitió que se alejara volando, como los pétalos de una flor en una brisa pasajera.

Había sido igual en todas partes. Era una lección que había aprendido en cuanto había pisado suelo occidental. Si luchaba contra esas falsedades, si trataba de razonar con lo irrazonable, las cosas solo se intensificarían, para satisfacción de nadie.

Una vez, en Dubrovnik, había asesinado a un hombre por llevar con orgullo la insignia de su prejuicio. En ese momento, Jae había disfrutado la sensación de aplastar la tráquea del hombre con el puño después de dejarlo seco. Pero la noche siguiente, había descubierto otro saco pútrido de odio en su lugar.

No se trataba de los individuos. Se trataba del colectivo.

Hasta que no se desaprendiera el odio que se había enseñado, aquella sería la suerte de Jae en la vida. La suerte de Arjun en la vida. Las suertes de Hortense y Madeleine en la vida. De hecho, incluso Odette, con su piel pálida y su sonrisa radiante, había sido objeto de odio por amar como lo hacía, en contra de las creencias de otra persona.

Por extraño que pareciera, a Jae aquel pensamiento le resultaba reconfortante. El único lugar en el que había vivido donde no había tenido que dar explicaciones era en Nueva Orleans, entre sus hermanos de La Corte de los Leones. Y se sentía agradecido por cada miembro de la familia que había elegido. Por los lazos que habían formado juntos como extraños, en más de un sentido.

Jae subió los escalones de tres en tres. Se detuvo en el rellano junto al piso de la anciana. Asintió una vez en un saludo burlón antes de reanudar su ascenso hasta el último piso del edificio de cuatro plantas. Usando una llave ornamentada, abrió la puerta del apartamento de dos dormitorios que compartía con Arjun. Las protecciones mágicas del suelo junto a sus pies brillaron en señal de bienvenida cuando cruzó el umbral. Una de las dos únicas personas que tenían permitida la entrada en solitario.

A continuación, Jae se quitó la gorra y comprobó que las pequeñas cuchillas escondidas en los puños de su camisa estuvieran accesibles. Que el revólver que llevaba en la pistolera del hombro aún estaba cargado con balas de plata. Era su ritual. Lo había sido durante años. Lo primero que hacía antes de bajar la guardia en casa era revisar y asegurarse de que hasta la última de sus armas estuviera preparada y al alcance de la mano.

Jae pasó junto a la estatua de Arjun de Ganesha —la cabeza de elefante de la deva inclinada hacia un lado— en dirección al espejo de cuerpo entero que estaba apoyado contra la pared del fondo. Algo extraño en esa época para dos jóvenes de medios aparentemente modestos. Enmarcado en latón deslustrado, la superficie del espejo parecía envejecida, la plata salpicada de motas oscuras.

Se quedó mirando su reflejo. Reflexionó sobre lo que había sucedido esa tarde con Celine Rousseau. Había atravesado su glamour. De eso, Jae estaba seguro. La pregunta era cómo.

Mientras contemplaba las cicatrices en su mejilla derecha, resiguiéndolas con los ojos, como siempre hacía, su reflejo brilló. La superficie del espejo se convirtió en mercurio líquido, como un lago perturbado por una brisa repentina.

Jae no se alarmó al ver aquello. Más bien lo esperaba. Era hora de que respondiera por sus transgresiones más recientes. Esperó hasta que la superficie del espejo se asentó. Hasta que ya no reflejó la imagen de su propio rostro. En cambio, un gran serbal cobró vida, flanqueado por un bosquecillo de fresnos de color esmeralda, sus troncos cubiertos de diminutas flores. Peonías de color verde pálido, rosa, púrpura y azul cubrían la base del serbal retorcido. Los bordes de cada pétalo parecían estar espolvoreados con escamas de oro. Cuando una brisa se enredó en las ramas de arriba, un polvo hecho de diamantes triturados cayó a su paso. Las plumas del pájaro solitario que revoloteaba por allí resplandecieron desde dentro, su pico brilló como el hierro afilado y sus ojos se manifestaron del siniestro rojo de los rubíes.

Una única mirada fue todo lo necesario para darse cuenta de que aquel no era el tipo de bosque que existía en el plano mortal.

De detrás del serbal emergió una mujer deslumbrante, las capas de su vestido de organza fina susurraban alrededor de sus pies descalzos. No dijo nada mientras flotaba hasta estar a la vista, sus delgados hombros cubiertos con una capa de seda blanca ribeteada con piel de zorro. Una corona de plata descansaba sobre su frente pálida, su rostro resplandecía tras haberse aplicado perlas trituradas, sus labios barnizados de negro. Su largo cabello color ébano colgaba más allá de su cintura, sus ojos en forma de endrinas estaban alerta. Centrados.

—Me has estado evitando —dijo en el idioma de la infancia de Jae, las palabras coreanas fueron un bálsamo para sus oídos—. Lo encuentro imperdonable. Si fueras una criatura menor, te habría dado de comer a mis ratas topo. Disfrutan de una comida decepcionante.

Jae hizo una profunda reverencia.

—Mis más profundas disculpas, mi señora. No existe excusa para mi comportamiento. Por favor, no dudéis en convocarme cuando lo deseéis, para cualquier castigo que consideréis apropiado.

Ella parpadeó una vez. Examinó su rostro, su barbilla inclinada hacia la derecha. Una sonrisa dulce suavizó su expresión, el polvo de perlas a lo largo de sus pómulos resplandeció.

—Nuestra última interacción dejó mucho que desear. Tal vez yo también te haya estado evitando. —Su sonrisa se ensanchó, haciendo que sus ojos color negro azabache se fruncieran en los bordes—. Disculpa mis imprudentes palabras, Jaehyuk-*ah*. Poco podías haber hecho para mantener a Celine a salvo. Ha estado mal por mi parte culparte.

—Fracasé en mi tarea de protegerla, mi señora. Vuestro enfado está justificado.

Un surco se formó en su regia frente.

—Mi ira no debe ser para ti. Los Caídos me han enfadado demasiadas veces. Que Nicodemus se tome libertades con la memoria de una hija del Valle es algo que no puedo permitir. —Su voz se elevó mientras hablaba, su tono dulce se entremezcló con las ramas sobre su cabeza, liberando una cascada de hojas. Después, de repente, sus facciones volvieron a transmitir serenidad—. Pero ese es un asunto para otro momento. Deseo acelerar nuestros planes. Debes traerme a Celine de inmediato.

Un parpadeo de alarma surcó el rostro de Jae.

—Mi señora, con todos mis respetos, no creo que sea prudente. La niebla desaparecerá pronto de su vista. Faltan menos de tres meses para su decimoctavo cumpleaños. ¿No sería mejor esperar y...?

La ira de la hermosa mujer hizo que todos los pétalos a sus pies se dispersaran. Se enroscaron entre sus dedos y alrededor de sus muñecas antes de desaparecer en la nada.

—Celine no es una mera mortal. No permitiré que sus recuerdos le sean robados de nuevo por un bebedor de sangre maldito. Tráemela de inmediato, Shin Jaehyuk.

Jae se armó de valor. Había pocas criaturas en ambos mundos que lo asustaran de verdad. La poderosa Dama del Valle era una de ellas.

—Mi preocupación por el bienestar de Celine no es infundada, mi señora. Esta noche he obtenido pruebas de que el influjo sobre sus recuerdos empieza a resquebrajarse. El control de Nicodemus sobre ella se está desvaneciendo. Temo lo que pueda pasar si la presionamos demasiado. Ha soportado mucho en los últimos meses. Si presionamos su mente en exceso, puede que le dé la espalda a nuestro mundo por completo. —Hizo una pausa—. Y nunca regresará por propia voluntad a la corte estival del Valle Silvano.

La preocupación trazó un sendero en el semblante de la mujer hada.

—Fue una locura por mi parte hacerle esa promesa a su padre. Me arrepentí en el momento en que lo hice. —Levantó la barbilla—. Pero una promesa es una promesa, no importa cuánto desee que no fuera así.

—Hicisteis lo que había que hacer para mantener a Celine a salvo de los monstruos de nuestro mundo.

—Y con ello, la entregué a los monstruos de la tierra. ¿No le habría ido mejor en nuestro mundo, después de todo? Porque parece que estaba destinada a hallarse rodeada de monstruos desde el día de su nacimiento. Quizás en mi intento de protegerla, la he hecho más vulnerable.

—Ella solo sospecha que podría haber monstruos, mi señora. —Jae habló en tono compasivo.

—¿Y no hubiera sido mejor que estuviera segura de ello?

Jae se inclinó una vez más.

—Mis disculpas, mi señora, pero sospechar que los monstruos pueden existir no es lo mismo que conocerlos en persona. Celine es una joven intrépida. Gran parte de la fuerza que posee se debe a que se le permitió florecer con su padre en el mundo de los mortales. —Frunció más el ceño—. A los etéreos no les va bien en nuestro mundo, como ya sabéis. Arjun Desai es prueba de ello. Sufrió una gran cantidad de tormentos cuando era niño y crecía en el Valle.

Después de un rato, la mujer del espejo asintió.

—Muy bien, Jaehyuk-*ah*. Esperaremos hasta el decimoctavo cumpleaños de Celine. Entonces, me traerás a mi hija. Ya es hora de que sepa quién es en realidad.

—Sí, dama Silla. —Jae hizo una profunda reverencia—. Como siempre, estoy en deuda con vos.

CELINE

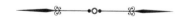

Era el tipo de noche que te hechizaba.

El cielo estaba lleno de estrellas parpadeantes. Una extraña luna azul inundaba de un resplandor plateado las calles mojadas de Nueva Orleans. A lo largo de Royale, las lámparas de gas bailaban en sus jaulas de hierro, y el sonido de las risas y el repiqueteo de los cascos de los caballos resonaban en el aire de principios de abril.

Celine había leído sobre noches que la hechizaban a una en los libros que devoraba cuando era niña. En su mayoría, cuentos de hadas de los hermanos Grimm o Hans Christian Andersen. Su padre había preferido los cuentos moralistas y más ligeros de Andersen, pero Celine había encontrado mucho más atractivas las historias más oscuras de los Grimm. Había algo en ellas con lo que conectaba. La atraían a un pozo profundo y oscuro lleno de deliciosos secretos.

A partir de ahí, había coleccionado tomos románticos sobre veladas encantadoras en bosques prohibidos. Muchos de ellos habían sido prohibidos por su erudito padre. Pero Celine los había tomado prestados en secreto de su amiga Josephine. Los que más había disfrutado habían sido sobre enemigos jurados que se enamoraban. Sobre príncipes y princesas misteriosos. Bailes de máscaras y criaturas mágicas. Historias llenas de sangre, asesinatos y represalias.

Entre ellas, estaban las novelas escritas por Alexandre Dumas padre. La fascinación de Celine con el hombre de la máscara de hierro había sido tan grande que había releído *El vizconde de Bragelonne* las veces suficientes como para que las costuras del libro comenzaran a deshilacharse. Su amor solo se había visto incrementado después de la muerte de Dumas dos años atrás, cuando Celine se había enterado de que era un escritor de ascendencia mixta. Un hombre con un noble francés por padre y una esclava haitiana por abuela. Alguien con un linaje de dos mundos diferentes, como ella. Se preguntaba si Dumas sabía mucho sobre la historia de su abuela, o si su padre lo había apartado de ella como había hecho el padre de Celine. En sus momentos más fantasiosos, se había preguntado si podrían haber sido amigos.

Había pasado una eternidad desde que Celine había leído un libro. Un año atrás, su padre había descubierto su alijo de novelas prohibidas y las había destruido, alegando que el cerebro se le estaba pudriendo con esas tonterías. El único tomo que había sobrevivido era el frágil ejemplar de Celine de *El vizconde de Bragelonne*. Lo había dejado atrás al huir de París en enero, después de asesinar a un chico rico que había intentado forzarla una noche que todavía tenía problemas para recordar por completo.

Celine había perdido mucho. A su propia madre. Sus propios recuerdos.

La oscuridad se cernía sobre ella como un espectro que amenaza con descender.

Tragó saliva. Contempló las estrellas parpadeantes, decidida a no dejar que esas preocupaciones empañaran sus ánimos más de lo que ya lo habían hecho. Una sensación cálida, similar a lo que sentía al darse un baño caliente, se extendió por su piel. Quizás fuera mejor para ella olvidar las circunstancias que le causaban dolor. Celine no sentía remordimiento alguno por lo que había hecho para protegerse del chico que la había agredido, pero no era tan tonta como para ignorar las consecuencias que podría acarrearle algún día. Era probable que pasara el resto de su vida mirando por encima del hombro.

Cuando Celine dobló la esquina y vio el letrero ornamentado que colgaba en lo alto, se prometió a sí misma que esa noche ignoraría la oscuridad que descendía y se preocuparía por esas cosas mañana. Luego dedicó una sonrisa al joven que estaba a su lado.

—¿No te parece el lugar adecuado? —le preguntó a Michael mientras contemplaba el edificio de ladrillo rojo de tres pisos, con sus estrechas puertas dobles y contraventanas lacadas que relucían como peltre pulido.

Michael tenía la boca fruncida, sus ojos pálidos recorrieron el rostro de ella con lenta deliberación. Asintió.

Celine alcanzó su brazo.

—No te preocupes por el precio. Te he invitado yo, lo cual es un mísero pago en comparación con todo lo que has hecho por mí en las últimas siete semanas.

—No tiene nada que ver con el precio. —Michael se molestó—. Y no hay necesidad de que pagues por mí.

—Tú, Nonna y Luca me habéis tratado como a alguien de la familia. No, mejor que a alguien de la familia. Ojalá hubieran aceptado mi invitación para venir con nosotros esta noche.

Michael resopló.

—Nonna se niega a pagar por comida preparada, incluso en los mejores restaurantes. No cree que nadie pueda cocinar mejor que ella.

La risa burbujeó en los labios de Celine.

—Es probable que tenga razón.

—Y te tratan como a alguien de la familia porque así es como lo sienten.

Las palabras de Michael fueron suaves. Cuidadosas.

Celine sonrió con igual cuidado, aunque algo se le tensó dentro del pecho. Tiró del brazo de Michael pero, aun así, él permaneció inmóvil sobre los adoquines, justo más allá del umbral.

—Yo me siento de la misma manera —dijo.

—Entonces, ¿no me dejarás invitarte a la mejor cocina de Nueva Orleans?

—Como he dicho antes, no es necesario.

—Pippa me dijo que es la comida más deliciosa que ha probado en su vida.

—A mí me han dicho lo mismo. —A pesar de la reticencia de Michael, una sonrisa apareció en sus labios—. Y nunca he conocido a alguien a quien la comida le apasione tanto como a ti.

Los ojos verdes de ella danzaron.

—La comida es vida, después de todo.

—La comida *permite* la vida —la corrigió—. Debemos comer para vivir, no vivir para comer.

La expresión de Celine se volvió grave.

—Nunca me había sentido tan decepcionada con alguien. Es hora de que cambiemos tu perspectiva para mejor, detective Grimaldi. —Tiró de él hacia las puertas abiertas.

Michael se contuvo un momento más. Respiró hondo. Luego la siguió al interior de aquel espacio cálido y bien iluminado.

En el instante en que cruzaron el umbral, otra extraña sensación calentó el estómago de Celine. Una sensación de ser empujada hacia atrás y hacia delante, todo a la vez. Como si una parte de ella quisiera huir y la otra quisiera hincar el diente en aquel mundo de cristal tallado, porcelana fina y decadencia embriagadora.

Celine inhaló el rico aroma del vino rojo sangre, las especias calientes y la mantequilla derretida.

—¿No es maravilloso? —preguntó mientras sus ojos revoloteaban alrededor de la resplandeciente estancia.

—Lo cierto es que sí —respondió Michael, aunque su ceño se acentuó.

—Te preocupas demasiado. —Entrelazó su brazo con el de él de un modo tranquilizador, la manga de su vestido de lino francés revoloteó con el movimiento—. La benefactora de nuestra tienda, *mademoiselle* Valmont, me dijo que se aseguraría de reservar la mejor mesa de la casa para nosotros. Conoce bien al propietario y dice que le debe un favor.

Michael entrecerró los ojos.

—No sabía que le habías contado a la señorita Valmont nuestros planes de venir a cenar aquí.

—Fue sugerencia suya que viniera a Jacques' esta noche.

—Por supuesto que sí —murmuró Michael por lo bajo.

Celine le lanzó una mirada fulminante justo cuando un caballero con guantes blancos y un esmoquin color marfil les hacía una reverencia.

—¿Señorita Rousseau? —dijo, con una mirada cálida en sus ojos marrones—. He recibido órdenes de acompañarla a su mesa. —Condujo a Celine y Michael hacia el extremo izquierdo de la amplia sala. Era obvio para cualquiera que estuviera en el establecimiento que aquel era un lugar de honor, pensado para que los invitados lo vieran todo y fueran vistos. En el centro cubierto de damasco de la mesa había un hermoso ramo de rosas de invernadero, sus pétalos como terciopelo carmesí, su aroma le recordó a Celine a una famosa perfumería en la Avenue des Champs-Élysées. Un candelabro de cristal y latón resplandecía sobre ellos, su luz refractada incendiaba la porcelana Wedgwood y los cubiertos de plata maciza.

El deleite atravesó en oleadas a Celine. Nunca había disfrutado de una experiencia tan lujosa en toda su vida.

Cerca, otro camarero retiró una tapa abombada de una bandeja de comida humeante. El olor que flotó en su dirección sobresaltó a Celine, ya que provocó que una ráfaga de pensamientos se tornaran más nítidos. De las mismas flores con el mismo perfume chispeante. De otra mesa en una habitación en penumbra. De una tenue risa femenina. De champán espumoso y codorniz asada.

De sentirse segura, cálida y querida.

Celine negó con la cabeza y cerró los ojos con fuerza como para desterrar el falso recuerdo. Nunca había comido en Jacques'.

Era lo que Pippa había dicho y no tenía sentido que su amiga mintiera al respecto. Celine no permitiría que su mente la traicionara esa noche.

Otro camarero elegante colocó dos copas aflautadas delante de Michael y Celine, y se detuvo para servirles a cada uno el champán burbujeante. Luego, con una floritura, colocó dos servilletas de lino fino color marfil en el regazo de ambos.

Una sonrisa incómoda curvó un lado de la cara de Michael. Alzó su copa y la sostuvo en alto.

—Por todo lo que has logrado. Y por todo lo que *lograrás*.

La sonrisa de Celine fue brillante y fácil. Llena de gratitud sin restricciones. Le gustaba Michael Grimaldi más de lo que recordaba que le hubiera gustado ningún otro joven. Era amable y considerado. Concienzudo y atento. Todo lo que debía ser un caballero deseable.

Entonces, ¿por qué seguía dudando sobre sus sentimientos?

Debería enamorarse de él. Sería fácil enamorarse de él.

Mientras Celine lo estudiaba desde el otro lado de la mesa, una intensidad abrasadora perfeccionó los rasgos de Michael, enviando un torrente de emociones a través de sus venas. No había tenido la intención de recrearse en sus sentimientos como lo había hecho. Solo serviría para alentarlo, y ella no estaba lista para ese tipo de compromiso. Todavía no.

Celine se aclaró la garganta y dijo:

—¿No es encantador? Nunca he comido en ningún establecimiento tan extravagante.

—¿Ni siquiera en París?

Ella sacudió la cabeza.

—A mi padre le encanta la buena cocina tanto como a mí, pero nunca hubiéramos podido permitirnos algo así. Siempre ha sido un hombre pragmático. Un estudioso de la lengua y la lingüística. —Celine sonrió—. Pero eso no impedía que me comprara mi pastel favorito todos los años por mi cumpleaños.

Una luz afectuosa iluminó la mirada de Michael.

—Me gusta oírte hablar de tu padre. Rara vez mencionas algo sobre tu pasado.

—Supongo —Celine sopesó la respuesta antes de darla— que es porque no dejé París en las mejores circunstancias. Extraño mucho a mi padre y pensar en él me causa dolor. —No dijo más, esperando que Michael no la presionara para obtener más información. Casi seis meses después del hecho, era probable que su padre hubiera sido informado de lo que había sucedido esa fatídica noche en París el invierno pasado. Lo que significaba que Guillaume Rousseau pensaría que su única hija era una asesina.

¿Creería él su historia? *¿Algún* hombre la creería?

No era un tema sobre el que Celine deseara reflexionar largo y tendido. Así que, en vez de eso, apoyó los codos en el borde de la mesa y reposó la barbilla sobre las manos cruzadas.

—Tendremos que decirle a Luca que traiga a su nueva esposa a Jacques' una vez que regresen de Europa.

Michael gimió.

—No me recuerdes esa parodia. Todavía me irrita cómo mi hasta ahora responsable primo ha podido hacer algo tan imprudente.

—Está enamorado. —Celine sonrió—. No sé por qué Nonna se enfada tanto por eso.

—Luca sabe cuánto deseaba Nonna asistir a su boda. En una iglesia apropiada. Con un sacerdote apropiado.

—Pero una fuga a Londres es algo muy romántico, ¿no crees?

—No estoy a favor de la idea de la fuga. Parece bastante egoísta. Pero… Supongo que si mi futura esposa quisiera —Michael fijó sus penetrantes ojos en los de ella—, podría considerarlo.

Celine vació su copa de champán. Ambos pisaban terreno peligroso. ¿Era demasiado esperar una noche más sin el peso del futuro hundiendo sus hombros? Se enfrentaría a lo inevitable mañana, juró que lo haría. Michael había sido paciente con ella. Era hora de que le comunicara en términos inequívocos si correspondía o no a sus sentimientos.

—¿Alguna vez te has permitido un comportamiento imprudente de algún tipo? —preguntó Celine.

Michael jugueteó con el mango festoneado de su cuchillo para la mantequilla.

—Cuando era niño. Mi amigo de la infancia y yo cometimos bastantes errores de juicio. Una tarde ideamos una forma bastante ingeniosa de atrapar ranas toro en el pantano, más allá de la ciudad, y quedé atrapado por un corrimiento de tierra. —Se estremeció ante el recuerdo—. Olía a azufre y madera podrida. Mi amigo corrió a buscar a Luca para que pudieran sacarme. Durante una horrenda hora más o menos, estuve convencido de que los caimanes me arrancarían la piel de los huesos. —Hizo una pausa, con expresión malhumorada—. De hecho, la mayoría de las peores cosas que hice cuando era niño fueron en compañía de ese amigo en particular, un joven egoísta de una familia prominente. Agradezco que nos peleáramos hace algunos años, antes de que se fuera a West Point. Quizás no me habría propuesto entrar en la policía si esa distancia no me hubiera proporcionado la claridad de mente necesaria. —Su tono fue cortante. Preciso. Un rasgo que Celine había llegado a esperar del joven detective.

—¿Cuál fue el motivo de la pelea? Si se me permite preguntar —presionó.

—Tenía una vena de maldad que ya no podía permitirme ignorar.

—Sin mencionar el egoísmo, una característica que desprecias.

—Creo que hay momentos en los que ser egoísta y momentos en los que ser desinteresado. Un hombre se mide por el camino que elige en cada momento.

—Muy sabio, detective Grimaldi. —Celine sonrió—. Pero hay momentos en los que tal vez podrías permitirte ser un poco travieso, si quisieras. —Se inclinó hacia delante como si estuviera charlando con un amigo.

Y eso era lo que hacía, ¿no? Pasara lo que pasara, seguirían siendo amigos.

Fue un error por su parte acercarse más. Por un brevísimo instante, la mirada de Michael descendió hasta el pecho de Celine. Se sonrojó hasta adquirir un tono carmesí cuando ella se echó hacia atrás, su vergüenza era evidente.

—Supongo que podría. —Michael miró a la derecha y su atención se centró en una figura que se acercaba por detrás de Celine—. Ese tipo corpulento que camina hacia nosotros es el inspector de policía. Querrá hablar conmigo. —Gimió.

—Por supuesto que sí —dijo Celine, agradecida por la distracción—. Eres el héroe que atrapó al asesino de la Ciudad de la Luna Creciente. —Aunque sonrió mientras hablaba, una punzada de incomodidad le atravesó el estómago. Se puso de pie con un movimiento ágil, su silla capitoné se deslizó por el suelo de madera junto a sus zapatillas de raso.

—Le rogaré que se vaya. —Michael tomó su mano mientras se ponía de pie.

—Tonterías —dijo Celine mientras se deshacía de su agarre. Se secó las comisuras de los labios con el borde de la servilleta de lino—. Iré a refrescarme al tocador y volveré en unos minutos.

Michael se enderezó el chaleco azul marino.

—Celine, por favor…

—No te preocupes por mí. —Sin una sola mirada más, se abrió paso entre la multitud, buscando en todas direcciones la entrada al tocador de las damas. A su izquierda, en la esquina opuesta, había una escalera de caracol acordonada con postes de latón y una cuerda de terciopelo negro. Un caballero de piel color caoba y un aro de oro en la oreja derecha la observaba de cerca, con la cabeza inclinada hacia un lado, los ojos perdidos en sus pensamientos.

Celine le devolvió la mirada calculada, pero él no apartó la suya. Al contrario, levantó la barbilla como si la desafiara. Ella se acercó, su curiosidad disparada. En respuesta, el caballero inclinó la cabeza hacia arriba, sus solapas de raso prístinas y lustrosas.

Se quedó sin aliento cuando algo la atrajo desde la oscuridad de arriba. Un rugido sordo por encima del alegre estruendo. Esa misma sensación de ser empujada hacia atrás y hacia delante indicó a Celine que se acercara más. Lo ignoró. Se alejó de la escalera. Luego, una brisa fresca pasó flotando junto a ella, acariciándole la piel desnuda de la garganta y los antebrazos.

Reconoció el olor, aunque no sabía de dónde.

Celine dio un paso vacilante hacia las escaleras. El imponente caballero que estaba de pie ante la sencilla barricada siguió observando. Una sonrisa apareció en sus labios cuando ella tocó la cuerda de terciopelo. Sin una palabra, la desanudó de su poste y se hizo a un lado, como si supiera exactamente quién era ella. Como si su sitio estuviera justo ahí, justo en ese momento.

Los labios de Celine quedaron suspendidos entre el silencio y el habla durante el lapso de una respiración. Consideró preguntarle si la conocía. O peor aún, si ella lo conocía. Pero ese mismo algo le rodeó la columna, convocándola hacia las sombras de arriba.

La llamó de nuevo, sin palabras.

Al principio, los pasos de Celine eran vacilantes. Mientras subía, miró por encima del hombro más de una vez y se encontró con el caballero del pendiente allí de pie, con la mirada expectante. El ruido a su alrededor comenzó a reducirse a un murmullo, el aire se enfrió como si las paredes estuvieran revestidas con vidrio esmerilado. El camino por delante estaba oscuro, la luz se desvanecía a su alrededor. Debería haber sido desconcertante, pero un delicioso escalofrío le recorrió la espalda. Cuando Celine se acercó a la parte superior de la escalera circular, notó que la barandilla estaba adornada con el mismo símbolo que colgaba en el letrero del exterior del establecimiento: una flor de lis en la boca de un león rugiente.

Unas tenues lámparas de gas ardían a ambos lados de la barandilla. Celine tardó un momento en aclimatarse a la oscuridad.

Cuando dio un paso adelante, la zapatilla de tela que calzaba su pie se hundió en una alfombra lujosa.

Levantó la mirada. Y jadeó.

La habitación en sombras ante ella era un antro de pura inmoralidad. Un mundo completamente separado del de abajo.

Hombres y mujeres jóvenes e impresionantes descansaban en varios estados de desnudez en sillones cubiertos de seda y sofás de terciopelo, sosteniendo copas de champán y vasos de vino tinto de un tono intenso. En un diván colocado contra una pared con paneles oscuros, había tres figuras pálidas sentadas que bebían sorbos de un licor verde brillante. Un tenue humo plateado que desprendía un aroma floral se acumulaba cerca del techo artesonado. En el centro de la estancia, una chica de la edad de Celine estaba tumbada encima de un chico, los lazos de su vestido color marfil sueltos, una mancha de colorete en el hueco de la garganta, una mirada febril en sus ojos marrones.

Al principio, la mirada de Celine quedó atrapada en la chica. Nunca había visto a otra mujer joven en semejante estado, a medio vestir. Jamás había visto a una muchacha tan encantadora, sus miembros eran largos y ágiles, sus pies descalzos se balanceaban de forma perezosa sobre la alfombra Aubusson.

Luego, el chico que yacía debajo de ella giró la cabeza hacia Celine.

Casi tropezó donde estaba. Un dolor punzante irradió desde el centro de su pecho.

A lo largo de sus casi dieciocho años, Celine nunca había visto a un joven más atractivo.

Su rostro estaba esculpido en bronce, sus pómulos, tallados en cristal. Sus ojos entrecerrados seguían los zarcillos de humo de arriba, enmarcados por pestañas negras como el hollín. Un rastro de barba incipiente ensombrecía su mandíbula, sus cejas pobladas y bajas sobre su frente. Pero fue su boca perfecta lo que cautivó a Celine. Hizo que contuviera la respiración y su corazón latiera con fuerza.

Todo en él sugería pecado. Insinuado en un completo desprecio por el decoro. No llevaba corbata ni chaleco, y se había afeitado el cabello a ras del cuero cabelludo, desafiando la moda actual. Un vaso de cristal lleno de vino tinto colgaba de sus dedos, su mano derecha trazaba lentos círculos en la espalda de la chica. Cuando vio que Celine no apartaba la vista de ella, la chica le dedicó una sonrisa mordaz, luego agarró la barbilla de él y presionó la boca contra la suya.

La ira se acumuló en la garganta de Celine. Un extraño tipo de rabia posesiva, la piel le hormigueó al percatarse. Cuando la mirada del chico se deslizó hacia ella, la rabia se convirtió en desesperación.

Él se separó de la chica y se puso en pie de inmediato, sus labios perfectos, fruncidos, su expresión, extraña. Casi salvaje.

—¿Qué estás haciendo aquí? —exigió saber.

Celine permaneció petrificada donde estaba, los dedos le temblaban en los pliegues de su falda de lino azul. Una parte enloquecida de ella quería correr hacia él. Su voz parecía incitarla a acercarse más, era un sonido cargado de una música arrulladora.

—Yo… Estoy… —Pensó en disculparse, pero se detuvo. Se enderezó, con las manos apretadas a los costados.

Él se deslizó hacia ella con movimientos líquidos. Sus ojos eran del color más extraño, el gris del metal fundido. Otra emoción ilegible cruzó su rostro, haciendo que sus pupilas destellaran como si fuera una pantera.

—Este no es tu sitio —dijo, su susurro como hielo contra su piel. Extendió la mano hacia ella, luego la retiró, con los dedos cerrados en un puño—. ¿Quién te envía?

Aunque le temblaban las rodillas y la voz, Celine no titubeó ni apartó la mirada.

—El caballero de abajo.

—Ten por seguro que tendré unas palabras con él más tarde.

—No lo hará. —Celine dio un paso adelante—. Si está enfadado con alguien, enójese conmigo. Yo he elegido subir. Nadie me ha obligado a hacer nada.

Una mujer de piel oscura y anillos enjoyados del tamaño de nueces inclinó la cabeza hacia atrás y se rio con voz ronca; un caballero joven, de piel bronceada y rizos angelicales, sonrió como un zorro.

La frustración cruzó el rostro del atractivo joven. Los músculos de sus antebrazos se tensaron. Celine tuvo la clara sensación de que él quería llegar a ella tanto como ella quería llegar a él. Deseaba tocarla tanto como ella deseaba tocarlo a él. Cuanto más miraba al chico, más se limitaba a anhelar, el deseo cobraba vida propia.

Por encima de su hombro, la chica desmadejada en el diván le frunció el ceño a Celine.

—¿Por qué me duele verte besarla? —preguntó Celine sin pensar. Tan pronto como la pregunta salió de sus labios, algo se resquebrajó detrás de su corazón.

Él se estremeció como si lo hubiera abofeteado. Luego, endureció la expresión.

—¿Por qué debería importarme un carajo si algo te hace daño?

Su rudeza debería haber sorprendido a Celine. Pero no fue así.

—¿La amas?

—Eso no te incumbe.

—Tienes razón. No debería importar. Pero, aun así, me gustaría saberlo —dijo, con otra punzada que le pareció una cuchillada entre las costillas. ¿Por qué se sentía tan cautivada por él? Por la línea de su mandíbula, la piel bronceada de su pecho desnudo y esa maldita, maldita boca.

—Vete. Ahora. —Caminó hacia ella, lo cual los colocó a un brazo de distancia el uno del otro.

—Estás tratando de asustarme. No funcionará. —Celine empezó a levantar una mano hacia su cara. Entonces se detuvo, herida por la profundidad de su deseo—. ¿Quién eres?

Él tragó saliva, sin pestañear. Entonces, de repente, la intensidad de su mirada disminuyó. Dejó que su voz se desvaneciera hasta convertirse en un zumbido hipnótico.

—Bajarás de inmediato, Celine Rousseau. No recordarás haber venido aquí, ni repetirás esta intrusión.

Sus huesos parecieron vibrar dentro de su cuerpo cuando sus extremidades comenzaron a moverse por propia voluntad. Celine giró sobre los talones, una nube se asentó sobre su mente. Luchó por orientarse, apretó los dientes. Luego se dio la vuelta, obligando a la bruma que rodeaba sus pensamientos a despejarse.

—No tengo por qué hacerte caso. —Tensó la mandíbula para desafiarlo. La ira corría por sus venas—. ¿Y cómo diablos sabes mi nombre?

Todo movimiento se detuvo en aquella estancia. Innumerables pares de ojos se posaron sobre ella, todos inmóviles y sin pestañear. Era como si Celine hubiera entrado en una pintura de un maestro holandés, una de luces y sombras, cada trazo embrujado.

—Bueno, que me aspen —murmuró el joven con la sonrisa de zorro mientras sus angelicales rizos rubios caían sobre su frente—. Te ha superado, Bastien.

¿Bastien?

Ella… conocía ese nombre. ¿No era cierto? Corrieron por su mente destellos de cáscaras de frutos secos en un callejón oscuro, de ser perseguida por una calle sombría, de sentir alivio por el olor a cuero y bergamota.

Con una mirada que habría derretido la piedra, el atractivo joven giró la cabeza, su camisa arrugada se movió sobre su torso esbelto, exponiendo más aquella piel bronceada que le cubría el pecho.

—Vete al infierno, Boone. Y llévatela contigo.

Unos pasos resonaron por las escaleras a la espalda de Celine. Se dio la vuelta justo cuando Michael la agarraba del brazo, con expresión frenética. Incluso por el rabillo del ojo, notó que el chico llamado Bastien bajaba la barbilla de forma peligrosa, con un músculo palpitándole en la mandíbula.

La preocupación había hecho palidecer el rostro tostado de Michael.

—¿Qué vas a…? —Su voz se apagó, sus ojos se agrandaron al ver lo que tenía ante él. Como si se sintiera conmocionado hasta la médula. Se recuperó al instante siguiente y dijo—: Perdón por la intrusión. Por favor, discúlpennos. —Luego entrelazó la mano de Celine con la suya y la condujo por la escalera de caracol.

Mientras avanzaban hacia la luz y el sonido del mundo de abajo, Celine no pudo evitar mirar por encima del hombro por última vez.

El chico llamado Bastien los observaba por encima de la barandilla, sus ojos brillaban como un par de dagas afiladas.

Bastien

El tiempo se congela durante un segundo. Luego, se descongela todo a la vez.

La culpa comienza a volar por la habitación como una bandada de estorninos.

—Esto es obra de Kassamir —acusa Odette, cada una de sus palabras una ardiente diatriba—. Es un romántico empedernido.

Hortense señala con el dedo a Odette.

—*Ne t'avise pas de le blamer.* Fuiste tú quien invitó a la chiquilla y a su perrito faldero a cenar. *Nous savons que c'était toi!*

Odette se gira, los faldones de su vestido barroco se arremolinan a su alrededor.

—Yo *no* le dije que trajera a ese mestizo sin pelo a nuestra casa.

No digo nada, las palabras me hacen un nudo en la garganta. El aire frente a mí sigue lleno del aroma de Celine. Todavía no puedo anular el deseo incontenible de correr tras ella. Para abrazarla, aunque solo sea por un instante. Para enviarla lejos. Para obligarla a no volver jamás.

La repugnancia me recorre el pecho, me deja un sabor amargo en la lengua. He intentado echarle un glamour a Celine. He intentado obligarla a irse en contra de su voluntad.

Soy el monstruo egoísta en el que mi tío esperaba que me convirtiera.

Madeleine se interpone entre Odette y Hortense justo cuando Kassamir llega a lo alto de las escaleras, con expresión mansa. Sin remordimientos.

—*Pourquoi voudriez-vous faire une telle chose, Kassamir?* —exige Odette.

—Porque no quiero perpetuar una mentira —replica con su acento criollo áspero—. La chica sabía que este es su sitio. Se dio cuenta en el mismo instante en que cruzó el umbral. ¿Quién soy yo para decirle lo contrario?

La risa de Boone es seca.

—Bueno, tal vez no tenías que ponérselo tan fácil. Una advertencia hubiera sido agradable. —Él lanza su voz más fuerte—. ¡Cuidado, gente hermosa, envío a la diosa de la locura y el caos en vuestra dirección!

Kassamir frunce el ceño.

—No tengo ninguna obligación con ninguno de vosotros a este respecto. Tampoco deseo mantener el muro de ignorancia que tú y los de tu clase habéis construido alrededor de esa pobre chica. No soy uno de vosotros. Como tal, no me inclinaré ante las demandas de ningún inmortal, ni siquiera de las de Nicodemus, que ya debería saberlo. —Se le ensanchan las fosas nasales—. Si me disculpáis, tengo un establecimiento que administrar.

Odette levanta ambas manos, como para aplacarlo.

—Sabemos que tenías buenas intenciones, Kassamir.

—No las tenía —dice—. Sin embargo, tengo razón, y eso es lo que importa.

Madeleine suspira.

—¿Sabes el peligro en el que pones a Celine Rousseau al interferir en estos asuntos?

—No soy vidente. Eso tendrías que preguntárselo a Odette.

Odette se retuerce las manos enguantadas.

—Como he dicho una y otra vez, ya no puedo ver el futuro en lo que respecta a Celine. Cuando interferimos con sus recuerdos, cambiamos el curso de su destino. Llevará tiempo que el nuevo camino se aclare.

Varias líneas de irritación marcan la frente de Kassamir.

—Lo que habéis permitido que Nicodemus le haga a la mente de *mademoiselle* Rousseau es criminal. Permitir que Sébastien sea testigo de ello es el castigo más cruel posible. —Está más enfadado de lo que nunca lo he visto. El rostro me arde mientras habla. La repulsión continúa extendiéndose por mi pecho. Hasta llenar el vacío alrededor de mi corazón como agua vertida sobre hielo.

»Tal vez lo hayáis olvidado —continúa Kassamir—, pero he trabajado junto a Nicodemus durante décadas. Estaba aquí cuando nos trajo a Bastien por primera vez. Recuerdo lo triste y solitario que era de niño. Cuánto deseaba amar y ser amado. En él, me vi a mí mismo. Un chico arrancado de todo lo que conoce. De todo lo que ama. Ha perdido a todos sus seres queridos. ¿Debe perder también a esta joven? No seré…

—*Mademoiselle* Rousseau me pidió que le sustrajera los recuerdos que podrían causarle dolor, amigo mío —interviene una voz desde el fondo de la estancia.

Kassamir se pone bien derecho. Se niega a desviar la mirada, incluso al enfrentarse al semblante inquebrantable de mi tío.

—Se le planteó una elección imposible —dice—. Una decisión tomada con un revólver proverbial apuntándole a la cabeza. Te aprovechaste de su dolor, Nicodemus. Estuvo mal por tu parte.

Observo mientras mi tío cruza la habitación, nuestros invitados se separan a su alrededor como hizo el mar Rojo con Moisés. Las palabras permanecen alojadas en mi garganta, aunque sé que debería defender a mis hermanos y hermanas, a mi tío, contra las acusaciones de Kassamir.

Pero no puedo. No puedo pensar en otra cosa que no sea el eco de la pregunta de Celine.

¿Por qué me duele verte besarla?

No debería haber preguntado eso. A ella no debería importarle qué hago con mi vida o con quién. Nicodemus es el vampiro más poderoso que conozco. Si eliminó los recuerdos de Celine con un glamour, debería ser imposible que ella se preocupara por nada que tenga que ver conmigo.

¿Cómo ha desafiado esta chica mortal la voluntad de una magia tan oscura?

Aunque estoy perdido en mis pensamientos, soy consciente de cómo me miran mis hermanos y hermanas, incluso desde la distancia, como si fuera un barril de pólvora a punto de explotar. De vez en cuando, Arjun u Hortense miran en mi dirección. Odette se cierne cerca de mí como una avispa vestida con elegancia, Jae un paso detrás de ella. Madeleine observa en silencio, la lástima de su mirada solo alimenta el dolor de mi interior.

Sé lo que están haciendo. Están esperando a que reaccione. Esperando a que me enfurezca. A que ataque, lanzando veneno a cualquiera que tenga cerca.

Hace unas semanas, eso fue justo lo que hice. Pero me niego a dejar que la ira sea mi dueña.

No sucumbiré al demonio que hay dentro de mí.

No es ira lo que siento. Es una angustia fría e implacable. El tipo de angustia que experimenté de niño, cuando me di cuenta de que mi madre no estaría allí para darme los buenos días a la mañana siguiente o para cantarme hasta que me durmiera esa noche. Cuando entendí que mi padre había elegido el poder inmortal, arriesgándose a la locura, por encima de una única vida humana con su hijo. Cuando supe que mi hermana nunca regresaría, que su cuerpo había quedado reducido a cenizas en un incendio que yo mismo había iniciado sin darme cuenta.

Es esa sensación de estar completamente solo. De no ser nada para nadie, excepto una molestia.

Sé que les importo a los que me rodean. Pero no es lo mismo. Nunca será lo mismo. Aquí, todos sirven a mi tío desde una posición de responsabilidad. De lealtad hacia su creador. Quizás hayan aprendido a amarme a su manera, pero la elección nunca ha sido suya.

Celine me amaba porque quería amarme. Porque vio algo más que el evidente heredero de Nicodemus Saint Germain. Algo más allá del dinero, el poder o el misterio.

Ella me vio a *mí*.

La repugnancia que siento se disuelve en dolor. Fueron ese mismo valor y convicción los que dieron a Celine la fuerza para alejarse. Para elegir una vida lejos de este mundo de magia negra y criaturas peligrosas.

No. No siento rabia. Mi desesperación es demasiado grande para la rabia.

Deseo poder alejarme de esta vida. Pero es demasiado tarde para mí.

—Siempre te he respetado, Kassamir —dice Nicodemus, su voz se vuelve suave. Una advertencia tácita—. Has sido un gran amigo para mí durante muchos años. Tú fuiste quien hizo posible todo esto. —Levanta una de sus manos, indicando la totalidad del edificio—. Si no me hubieras guiado a través de las complejidades del hombre moderno, mis negocios aquí no habrían florecido como lo han hecho. —Da otro paso adelante—. Sé que sufriste de niño, como resultado del pecado más grande de este país. Ojalá pudiera traer de vuelta a tus padres o devolverte tu infancia perdida. Pero los asuntos de los Caídos no son cosa tuya. Procura no interferir. —Sus ojos dorados brillan con furia.

—Me importan un carajo los asuntos de los Caídos o la Hermandad, Nicodemus. Nunca me han importado. —Kassamir no titubea—. Pero me preocupo por Bastien. Y mientras quede aliento en mi cuerpo mortal, lucharé para que él conserve su humanidad. No importa cuánto quieras negarlo, necesita a esa joven. Debe aprender lo que significa vivir.

—Sébastien es inmortal. —Nicodemus se endereza hasta alcanzar su altura completa—. La vida se da por sentada para una criatura con semejante don.

Un largo suspiro escapa de los labios de Kassamir.

—La vida no es algo que ninguno de nosotros pueda dar por sentado. El amor, tampoco. Cien mil años no te han enseñado esa verdad. Debes aceptarla por ti mismo. —Se vuelve hacia mí—. Lo que eres no tiene nada que ver con en quién puedes convertirte, Sébastien. Hombre o demonio, eso depende totalmente de ti. Nunca es demasiado tarde para procurar ser la mejor versión de ti mismo. —Sin esperar una respuesta, Kassamir baja las escaleras.

Aunque mi tío permanece inmóvil, puedo sentir su furia. Tiene los dientes apretados, igual que los míos. Las espirales de su cabello oscuro brillan cuando mira en mi dirección, el mango de su bastón agarrado con fuerza con el puño.

Nicodemus se enfrenta a todos los presentes, su atención fija en los inmortales que han formado un anillo protector a mi alrededor. Todavía no he logrado decir una palabra. Me siento demasiado atormentado por las cosas que ha dicho Celine. Por las verdades tan duras que ha revelado Kassamir.

Lo que soy no tiene nada que ver con en quien puedo convertirme. Es el tipo de cosa que a Celine le hubiera gustado debatir.

Casi sonrío ante ese pensamiento.

Sin previo aviso, Nicodemus lanza una mesa de té cercana por los aires, tirando todo lo que descansaba sobre su superficie. Unos gritos apagados siguen al sonido de los cristales rotos y la porcelana rota.

—¿Crees que esto es un juego? —pregunta mi tío, sus ojos negros, sus colmillos sobresaliéndole de la boca. Con otro movimiento de un brazo, tira un jarrón Ming de valor incalculable de su pedestal y observa cómo mortales e inmortales por igual se encogen ante su furia—. ¿Cuánto tiempo piensas desperdiciar el regalo que se te ha otorgado, Sébastien? ¿Cuánto tiempo piensas penar como un niño mimado?

Como espera una respuesta, me quedo en silencio.

De repente, Nicodemus se endereza. Sonríe. Intensifica el tono rico de su voz. Cuando habla, el peso de su magia se superpone a las palabras.

—Todos nuestros invitados olvidarán lo que ha ocurrido aquí en los últimos veinte minutos. Ni una palabra al respecto será pronunciada más allá de estos muros.

El murmullo de su orden me atraviesa los huesos. Veo suavizarse las expresiones de etéreos, duendes, brujas y mestizos presentes y convertirse en miradas de suma tranquilidad. Al instante siguiente, reanudan las risas y la conversación como si no hubiera ocurrido nada importante.

Es una magia poderosa. Del tipo al que una chica mortal como Celine no debería ser capaz de resistirse.

Nicodemus me mira.

—¿Esto? —Echa un vistazo a la habitación, frunciendo el ceño al ver la absenta y el opio, la carne desnuda retorciéndose en las sombras—. Esto termina esta noche —susurra—. Tu época rebelde ha terminado. Te prohíbo que te entierres en diversiones tan bajas. A partir de mañana, trabajarás conmigo para hacer realidad el futuro que imagino para ti. —Me agarra por las solapas y me acerca más a él—. Desde que eras un niño, he esperado otorgarte una posición de poder en el mundo de los mortales. Como senador, tal vez. Como mínimo, alguien célebre. Tenía sueños para ti. Ibas a ser la culminación de mi trabajo en el plano mortal. Un hombre respetable con riquezas e influencia. A través de ti, iba a establecer una dinastía digna de su nombre. —Sus dedos retuercen la tela de lino de mi camisa—. Pensé que había perdido esa oportunidad cuando te convertiste en vampiro. No me la volverán a arrebatar. Harás lo que ordene tu creador y devolverás a nuestra familia al lugar que le corresponde en el trono enastado.

Considero negarme, sin otra razón que el placer que me produce desafiarlo. La oportunidad de mantener el control sobre algo de lo que pasa en mi vida. Una vida que no se debe dar por sentada, ni siquiera en el caso de un inmortal. Un amor que nunca correspondió a nadie tomar.

Lo que soy ahora no tiene nada que ver con lo que seré.

Esa convicción fluye por mi sangre mientras clavo la mirada en mi tío. Por primera vez desde que desperté como vampiro, un propósito fluye por mis venas. No tengo que ser el demonio que fui creado para ser. Puedo elegir mi propio camino. Construir mi propio futuro.

Un futuro que sería más fácil de construir si dejo de derrochar energía desafiando a Nicodemus.

Nunca es demasiado tarde para procurar ser la mejor versión de mí mismo.

Haré lo que pide mi tío, solo de palabra. Jugaré al juego en el que desea que participe. Lo dominaré con maestría. Y mientras tanto, me esforzaré por hacer realidad la vida que quiero. Aunque tenga que remover cielo y tierra, aunque tenga que desenterrar mi alma perdida de un inframundo traicionero, desharé lo que me han hecho. Lo que le han hecho a Celine.

Encontraré una forma de deshacer mi futuro.

Y una vez que Celine sepa la verdad, haré lo que me pida, incluso si me dice que me aleje y nunca vuelva a verla.

Esto es lo que significa vivir. Elegir un camino y afrontar las consecuencias.

—Lo siento, tío —digo, dejando que mi postura se convierta en una de resignación—. He dado por sentado el regalo que me diste. Mi ingratitud es vergonzosa. Dime lo que debo hacer y lo haré.

La sorpresa cruza el rostro de Nicodemus. Me suelta. Se vuelve a apoyar en los talones y asiente. Está a punto de responder, pero luego sus ojos se tornan negros, un siseo agresivo emana de su boca.

Me giro, un olor familiar se enrosca en mis fosas nasales. Acre, como a fruta demasiado madura.

Michael Grimaldi se encuentra en lo alto de las escaleras. Aunque no es un lobo, el olor de su sangre está teñido de magia. Me está mirando, una expresión insondable en su rostro.

—Tenía que volver a verlo por mí mismo —dice—. Yo… Creía que habías muerto, Sébastien. Todos dijeron que habías muerto.

Sonrío sin enseñar los dientes.

—¿Y te alegraste de oírlo?

—No. —Sus labios forman una línea apretada—. Pero no me sorprendió.

—Si hubiera muerto, Michael —digo arrastrando las palabras—, no esperaría nada menos que el desfile fúnebre más exagerado que esta ciudad haya visto jamás.

—Nadie ha sabido nada de ti en semanas. —Michael sacude la cabeza, sigue incrédulo.

—Y habría seguido siendo así, si no hubieras sido tan tonto como para traer a Celine Rousseau a este establecimiento —interviene Nicodemus.

—Está claro que no entiendes nada sobre Celine —le dice Michael a mi tío en un tono frío—. Una vez que decide algo, poco se puede hacer para disuadirla. —Me mira, con los ojos entrecerrados—. ¿De verdad creías que convertirte en vampiro era la solución?

Me encojo de hombros con frivolidad.

—No fue mi solución.

—Entonces permíteme proponer otra —dice Michael—. Aléjate de Celine. Ella no quería tener nada que ver con este mundo. Pidió olvidar. Por una vez en tu vida, sé desinteresado y escucha a los demás.

Mi risa es frágil.

—Me confundes con alguien a quien le importa una mierda lo que pienses.

—No es una petición, *sanguijuela*.

Jae aparece ante él en un borrón.

—Huye, pequeño cachorro. Mientras todavía tengas piernas que te sostengan. —Cada una de sus sílabas irradia amenaza.

—Si me pones un dedo encima, la Hermandad te devolverá el agravio, multiplicado por diez. —Hay que concederle a Michael Grimaldi que no retrocede ante la amenaza de Jae.

—No si no queda nada de ti que vengar. —La respuesta de Jae es más susurro que sonido.

Michael se gira hacia Nicodemus.

—Te das cuenta de lo que esto significa, ¿no?

Mi tío no dice nada.

—Prometiste a la Hermandad que no romperías el trato —dice Michael—. Hace diez años, juraste no traer nunca más a un vampiro a Nueva Orleans.

Nicodemus se aleja sin decir una palabra y desaparece en la oscuridad.

—Tal vez a tu tío no le preocupe cumplir o no sus promesas —me dice Michael—. Pero no hay razón para que yo le oculte a mi familia la verdad de en lo que te has convertido. Has destrozado esta paz, Bastien. —Tiene las manos cerradas en puños a los costados—. Lo que suceda a continuación será por tu culpa.

—¿Y qué sucederá si elegimos compartir tus secretos con la chica a la que amas? —pregunta Odette en voz baja—. ¿Qué sucederá si Celine descubre que no eres el héroe que te has propuesto ser? ¿Que tú también eres parte de este mundo que ella desea olvidar?

Michael no parpadea, aunque aprieta la mandíbula.

—Dejo las consecuencias a sus pies, señorita Valmont. —Su labio se curva—. Pero si le causa algún dolor a Celine, responderá ante mí.

Los siseos ondean a mi alrededor. Levanto una mano, deteniendo a mis hermanos y hermanas antes de que se dediquen a atacar. Nadie amenaza a Odette en nuestra presencia. Nadie.

—Entonces, Celine es tuya y tú debes protegerla —digo con una sonrisa maliciosa.

Él asiente.

—Pues hazlo —continúo en un tono suave—. Seguro que será una tarea fácil. —Me inclino hacia delante, con las manos en los bolsillos—. Dile que Bastien le manda saludos.

La ira desciende sobre su rostro como una nube de tormenta. Abre la boca para emitir una respuesta. Lo reconsidera. Luego corre escaleras abajo.

Madeleine acude a mi lado. Hasta el último músculo de mi cuerpo está tenso como la superficie de un tambor. No me muevo. No hablo.

—Sus recuerdos están regresando —murmura—. ¿Cómo es posible?

No digo nada. Porque yo me pregunto lo mismo.

BASTIEN

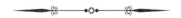

La noche siguiente, Arjun espera hasta el momento preciso en que los últimos rayos del sol se sumergen en el horizonte para llamar a la puerta de mi habitación.

No respondo, pero el etéreo acciona la manilla de latón y entra sin ser invitado.

—Vas a venir conmigo. No es una petición. —Su arrogante acento británico lo deja bastante claro.

Me incorporo. Le ofrezco un espectáculo mientras balanceo las piernas hasta el suelo por el lateral de mi cama y las cortinas de terciopelo ondean a mi alrededor. Luego coloco mi libro abierto junto a la única vela que hay en mi mesita de noche y arqueo una ceja en su dirección.

—Valeria Henri te está esperando en su tienda —dice Arjun al tiempo que se deja caer en una silla ornamentada ubicada en la esquina de la habitación. Enciende un cigarro y el humo azul se despliega sobre su cabeza—. Nicodemus dice que es hora de que te preparen el amuleto para que puedas moverte con libertad bajo el sol.

Me paso la mano izquierda por la nuca.

—Fue audaz por mi parte caminar a plena luz del día después de que Michael Grimaldi lanzara tales amenazas. Si les ha contado a los lobos que ya no soy mortal, Luca Grimaldi me arrancará la cabeza.

—Lo cual sucederá tanto si deambulas a plena luz del día como en mitad de la noche. Y es una razón más para proporcionarte todas las ventajas posibles. No querrás ser uno de esos inmortales estúpidos que mueren al sol. Es demasiado chistoso, incluso para ti.

—¿Sabes de lo que hablas o lo has leído en un libro?

Arjun resopla.

—Oí algunas historias en el Valle Silvano.

—Una ilusión, tal vez. Apuesto a que los del Valle adoran imaginar formas creativas de provocar la muerte de un bebedor de sangre.

Inclina la cabeza hacia el libro que reposa en mi mesita de noche.

—Hablando de ilusiones, ¿sigues investigando sobre el escurridizo Sunan, el Destructor Inmortal?

La sorpresa llamea a través de mi cuerpo, aunque me cuido de no demostrarlo.

—El tema ha despertado mi interés, nada más.

La risa retumba en su pecho. Exhala sendas columnas gemelas de humo por las fosas nasales.

—Lo cierto es que eres un vampiro terrible. Si vas a mentir, al menos que sea creíble. Todos sabemos lo que estás leyendo. Odette y Madeleine han estado vigilando cualquier pedido que haces, incluidos aquellos tan mundanos como los libros de la biblioteca.

Suelto un juramento por lo bajo, las palabras en español ruedan por mi lengua.

—No te preocupes demasiado por eso —continúa Arjun—. Tu madre y tu tía están tratando de asegurarse de que no te ahogas en literatura sobre la futilidad de la vida. La muerte no es el único resultado, viejo amigo.

—De hecho, lo es.

Más risas por lo bajo.

—¿Y el tal Sunan puede ayudarte en tu camino hacia la felicidad? —Se pone de pie. Ajusta el monóculo que lleva prendido en su chaleco de jacquard—. Deja de leer cuentos de hadas y recoge tus cosas. Pasemos una noche entre los vivos.

Mantengo la cabeza gacha mientras nos abrimos paso a través del *Vieux Carré*, mi sombrero Panamá calado sobre la frente. Mis ojos revolotean de un lado a otro. Desde que nos encontramos con Celine y Michael caminando por Royale la semana pasada, me he dado cuenta de mi propia imprudencia.

En cualquier momento, podría darse una confrontación con un miembro de la Hermandad.

Si pasara, ¿qué haría yo?

Correr como alma que lleva el diablo, supongo. Si me quedara, sería para defender a otra persona. Después de lo que pasó en el pantano con Cambion, no albergo ningún interés por ningún altercado de cualquier tipo. La violencia parece hacer aflorar mis peores inclinaciones.

—¿Sabes pelear? —le pregunto a Arjun cuando giramos en la última esquina hacia la Rue Dauphine.

—Boxeaba en la universidad —me informa—. Y soy bastante hábil con un bagh nakh.

—¿Y eso qué es?

—Si las cossa van muy lejos, ya lo verás.

Observo su inmaculado conjunto hecho a medida.

—¿Llevas encima algún arma? —Arqueo las cejas con incredulidad.

—Eso es lo que dicen las damas.

—Por dios —murmuro mientras él se ríe.

Un par de mujeres jóvenes pasean del brazo a nuestro lado. Cuando nos adelantan, nos detenemos ante una anodina puerta azul a nuestra derecha, cuyo letrero se mece gracias a una suave brisa. En su superficie, unas letras doradas forman una única palabra: PARFUM.

Una embriagadora variedad de aromas rodea el esbelto edificio: agua de rosas, oud, peonías, haba tonka, sándalo y vainilla. Otra capa de fragancia yace por debajo, a más profundidad; algo más embriagador, más especiado. Hierbas e incienso quemado. Cera derretida y un rastro de sangre.

La campana sobre la puerta azul repica cuando Arjun la empuja para abrirla.

La tienda en sí es larga y estrecha, como muchas de las pequeñas boticas en el corazón del Barrio Francés. A lo largo de la pared que queda a nuestra izquierda hay hileras interminables de estanterías, muchas de ellas cubiertas por diminutas botellas de perfume, seguidas de montones de jabones perfumados y bolsitas de flores secas. En un pequeño taburete a la izquierda, se sienta una joven con la piel del color de la porcelana, una sombrilla a juego dispuesta ingeniosamente junto a sus faldas floreadas. La parte interna de su antebrazo está expuesta para que una dependienta pueda probar las diferentes fragancias. Las venas de sus muñecas palpitan al ritmo de los latidos de su corazón.

Si tan solo supiera que, para un vampiro como yo, ese es el perfume más delicioso de todos.

Aparto la mirada y trago saliva. Después de casi dos meses, las ansias de sangre todavía triunfan sobre casi todo lo demás. Ha hecho que desconfíe de cazar sin el amortiguador de uno de mis hermanos.

—*Bonne nuit*, caballeros. —La dependienta que está llevando a cabo la prueba de fragancias se pone de pie—. ¿En qué puedo ayudarles?

Cuando me acerco a la lámpara de gas, el reconocimiento brilla en su rostro bruñido, y se forma una mueca alrededor de su boca.

—Sébastien Saint Germain —dice, con un surco grabado entre el delicado arco de sus cejas.

Me sorprendo.

—¿Eloise?

Se mueve hacia nosotros, con sus faldas estampadas en la mano. El intrincado pañuelo que le rodea la cabeza es del mismo estilo que el de su madre, con las puntas dobladas en triángulos.

Eloise hace un gesto con la barbilla, indicándonos que vayamos al fondo de la tienda. Nos deslizamos a través de las cortinas hacia la oscuridad, y ella gira sobre los talones, su irritación es evidente.

—¿Así que es verdad, entonces? —pregunta—. Te has convertido en lo mismo que mató a tu madre.

Algo brilla en los ojos color avellana de Arjun.

—¿Es eso realmente necesario?

—Cállate, chico hada —interrumpe Eloise—. Ahora estás en *mi* casa.

La irritación me inunda el pecho, pero obligo a una mueca de diversión a instalarse en su lugar.

—Veo que no has cambiado mucho desde que éramos niños, Ellie.

—No me llames así. —Se gira hacia mí—. Perdiste la oportunidad de llamarme así cuando tu familia dejó de relacionarse con nosotras hace diez años, a pesar de todo lo que hemos hecho por los de tu clase en todas estas décadas.

Doy un paso atrás, inquieto por su hostilidad.

—Tenía la impresión de que los de mi clase serían bienvenidos aquí esta noche. Si ese no es el caso, entonces…

—No tengo problemas con los de tu clase. Mi disputa es solo contigo. Que mi madre te dé la bienvenida no significa que me complazca ver tu ridícula cara. —La repugnancia curva el labio superior de Eloise.

—¿Tanto desprecias verme?

—*Claro*, aunque eres aún más hermoso ahora que cuando eras niño. Es francamente repugnante. Ningún hombre debería tener unas pestañas así. Es obsceno.

Arjun se ríe y Eloise dirige su ira hacia él.

—Debería darte vergüenza —dice, cruzando los brazos—. ¿No vienes del Valle Silvano? ¿Qué haces trabajando al servicio de un Saint Germain?

El etéreo palidece ante su acusación. Es raro ver una emoción no controlada en el rostro de Arjun.

—Me gusta su estilo —dice.

—Lo cual significa que paga bien. Y supongo…

—Eloise —otra voz emana de la escalera situada cerca de la esquina más alejada de ese espacio mal iluminado—. Ya es suficiente.

—Sí, *mamá* —responde Eloise sin darse la vuelta.

Valeria Henri se acerca deslizándose, su mano derecha roza el hombro de su hija en un gesto tranquilizador. Huele a hierbas y verduras recién cortadas, su piel oscura resplandece en la penumbra.

—Me alegro de verte después de tantos años, Sébas.

Solo Valeria y mi madre me llamaban Sébas. Escucharlo es como encajar un golpe en el pecho.

Con una sonrisa, Valeria mira a su hija.

—Y ten por seguro que una parte de Eloise también está encantada de verte.

Eloise gruñe.

—Te pareces a tu padre incluso más que cuando eras niño —dice Valeria. Entonces mira hacia Arjun—. ¿Y quién es tu amigo? —Entrecierra los ojos castaños mientras lo evalúa—. ¿Un mestizo del Valle? Muy interesante.

Arjun se endereza.

—Bueno, yo caracterizaría nuestra asociación más como…

—Sí —interrumpo—. Es mi amigo.

Valeria asiente.

—Mantén cerca a tus amigos —dice—, porque nunca sabes cuándo te los quitarán, como a mí me quitaron a tu madre. —Su voz se apaga, perdida en los recuerdos—. *Sígueme.* —Se vuelve hacia las escaleras y nos hace un gesto para que la sigamos. Con una mirada furibunda, Eloise se dirige al frente de la tienda para terminar de ayudar a su clienta a seleccionar una fragancia.

En el segundo piso del edificio hay una habitación que no he visto en diez años. La cocina en el centro de este espacio abierto no ha cambiado mucho desde entonces. Ramitas de tomillo, romero, lavanda y orégano cuelgan sobre una larga mesa de madera estropeada por multitud de muescas y rasguños profundos. Las ollas y sartenes están apiladas en estantes de roble a lo largo de la pared del fondo, debajo de una fila de libros antiguos, cuyos lomos prácticamente se están desmoronando. Aquí el aire parece más fresco y libre, como en el segundo piso de Jacques'. Imbuido de magia invisible.

—Tu tío me ha informado de que necesitas un amuleto —dice Valeria mientras se coloca detrás de la larga mesa de madera y empieza a limpiar la superficie.

Asiento con la cabeza.

Ella frunce los labios.

—Han pasado más de siete semanas desde que te convirtieron. ¿Por qué has esperado tanto para venir a verme?

Su forma directa de hablar me recuerda a mi madre. Es parte de la razón por la que la evité después de perder a mi familia. Me perturbaba estar cerca de alguien parecido mi madre, como si estuviera buscando una sustituta para la real.

Valeria Henri y Philomène Saint Germain crecieron juntas en el corazón del *Vieux Carré*. Cuando eran niñas, aprendieron a practicar la santería con la tía de Valeria y asistían juntas a misa todos los miércoles y domingos. Fue Valeria quien presentó a mi madre y a mi padre. Teniendo en cuenta lo que pasó, me pregunto si se arrepiente.

Después de que mi hermana, Émilie, muriera en un incendio, mi tío encontró huellas de patas en las cenizas detrás de la estructura carbonizada del edificio. Aunque confesé ser la causa del incendio involuntario, nadie me escuchó. Nicodemus y el resto de mi familia estaban ansiosos por culpar a los lobos de la muerte de mi hermana. Por culpa del deseo de venganza, mi madre exigió que mi tío la convirtiera en vampiresa para poder luchar en la guerra que se avecinaba. El cambio la llevó a la locura. Pronto se obsesionó con encontrar una cura. Con ser deshecha. Salió al sol menos de seis meses después.

Mi padre se consumió de pena poco después de eso. Cuando Nicodemus se negó a convertirlo, mi padre me llevó a Haití en busca de otro vampiro. Superado por la pérdida y borracho de sangre de inocentes, corrió la misma suerte que mi madre al año siguiente.

—Otra vez perdido en tus pensamientos, ¿verdad, Sébas? Como cuando eras un niño. —Valeria se ríe—. Reflexiona un poco más, pero espero una respuesta a mi pregunta anterior. Me duele en el alma que no hayas venido a visitarme ni una vez en diez años. Tu madre se sentiría avergonzada.

Quiero decir algo conmovedor. Algo que diría Odette. Alguna frase con un giro poético que excuse una década de cobardía. Pero estoy seguro de que Valeria se daría cuenta, como siempre lo hacía mi madre.

—No estaba listo —me limito a decir.

—*Claro.* —Asiente—. Siempre habrá dolor por lo que has perdido, y es un peso convertirte en lo que te has convertido. —Valeria extiende la mano derecha—. ¿Qué planeas usar como talismán?

Sin una palabra, me quito el anillo de sello del dedo meñique de la mano izquierda. En su superficie está grabado el símbolo de *La Cour des Lions*: una flor de lis en la boca de un león rugiente.

Valeria me lo quita. Lo inspecciona. Cierra los ojos.

—Este objeto contiene una gran cantidad de emociones —dice, mientras roza las marcas con el pulgar—. Cariño, lealtad… furia. —Abre los ojos—. Siento a tu tío en este anillo. —Por primera vez, un deje de molestia tiñe sus palabras—. El objeto que elijas como amuleto te seguirá por toda la eternidad. Será la única forma de que puedas caminar bajo la luz del sol. Si lo pierdes o lo extravías, nunca podrás tener otro.

—Lo entiendo —digo.

—¿Y sigues sin querer elegir otra cosa? ¿Algo… *un poco menos maldito*?

—Creo que un anillo maldito es una elección apropiada, dado su propósito.

—Muy bien. —Un pequeño suspiro escapa de los labios de Valeria. Uno de resignación. Luego mete la mano en la manga y saca una fina hoja de plata maciza.

Reacciono como lo haría cualquier vampiro en presencia de ese tipo de arma. Del tipo que puede causarnos daño corporal. Retrocedo con un siseo bajo.

Valeria resopla.

—Cuando dejas que el miedo gobierne tus acciones, me recuerdas mucho a tu padre. ¿Qué decía Rafa? Actúa primero y discúlpate después. —Pone los ojos en blanco mientras levanta la cabeza.

Aprieto los dientes, luchando contra el impulso de demostrar que lo que ha dicho es cierto. Contra el deseo de dejar que lo peor de mi naturaleza gobierne mis acciones. Arjun tenía razón. En realidad, el miedo y la ira son dos caras de la misma moneda.

—¿No? —Valeria niega con la cabeza y chasquea la lengua—. Quizás te parezcas a Rafael Ferrer menos de lo que pensaba. —Gira el mango del cuchillo hacia mí al mismo tiempo que desliza un cuenco de cerámica vacío sobre la mesa de madera mellada—. Necesito nueve gotas de sangre fresca. Ni una más. Ni una menos.

La piel me arde cuando me abro la punta del dedo índice. Debido a que la hoja es de plata maciza, el corte no sana de inmediato, la sangre fluye y cae de la herida, conducida por la misma magia oscura que la mueve a través de mi cuerpo. Cuento nueve gotas, dejo que se acumulen en el centro del recipiente de cristal. Valeria lo retira a toda prisa y nos da la espalda mientras trabaja.

—Muérdete la lengua y presiónala contra la herida —indica por encima del hombro—. Se curará más rápido.

Arjun observa fascinado cómo se me cierra el corte del dedo, el sonido es como el de un pincel sobre un lienzo. Aunque adopta una postura indiferente, es obvio lo cautivado que se siente al presenciar el trabajo de Valeria. Una hechicera como ella, una con sangre feérica antigua en las venas, es una rareza en el mundo de los mortales. La antepasada de Valeria en el Valle Silvano practicaba magia elemental, sus dones le fueron otorgados por la tierra misma.

—Lamento que este haya sido tu destino, Sébas —dice Valeria mientras vierte otra tintura en el cuenco de cerámica. Un humo negro sale en espiral de su interior y saltan chispas cuando tritura varias hojas secas en la mezcla con un mortero de granito—. Tu madre…

—Soy consciente de que ella se habría sentido disgustada —interrumpo—. Sin embargo, dada la situación, no estoy seguro de que hubiera elegido mi muerte. —La ironía de lo que digo me impacta. Hace solo unas semanas, le dije a Odette que hubiera preferido experimentar la muerte definitiva a convertirme en vampiro.

Valeria resopla.

—Ella hubiera querido que fueras feliz.

—¿Eso es todo? —bromeo en tono malhumorado.

Con los ojos cerrados, Valeria inhala con cuidado. Cuando exhala, un montón de palabras ininteligibles inundan el aire fresco de la noche. Luego deja caer mi anillo de sello en el cuenco y lo apoya en el alféizar de la ventana, donde un rayo de luz de luna brilla sobre la pluma de humo negro que se enrosca en su centro.

Arjun se acerca más, claramente interesado.

—Nunca he visto hacer magia a una hechicera terrestre.

—Esta no es la magia del Valle Silvano —dice Valeria mientras vierte agua de una jarra en un recipiente y se lava las manos—. Esta es la magia del pueblo de mi madre. No nacemos con ella. Debe ser enseñada y una debe tener fe para controlarla. —Lleva un plato cubierto hacia el centro de la mesa larga y lo deja junto a una pila de verduras picadas.

A continuación, Valeria comienza a rebozar carne cruda en un tazón de harina.

A pesar de su curiosidad, Arjun retrocede al ver los pedazos de carne rosácea.

—La clave para un gumbo perfecto —dice Valeria—, es sazonar y dorar ligeramente el caimán primero. Si no se sazona bien, serás como un puritano que sirve un plato de arena. —Se ríe con su propio chiste—. Y bueno, los hugonotes… por lo menos sabían preparar una buena salsa. —Con movimientos hábiles, continúa enharinando las finas rodajas de carne de caimán—. Amigo de Sébas… ¿Tienes nombre?

—Arjun. —Se aclara la garganta—. Arjun Desai.

—¿Y tu nombre tiene algún significado? —pregunta Valeria.

Una llamarada de timidez enciende en su rostro.

—Significa «señor resplandeciente».

—Tu madre debía de esperar grandes cosas de ti.

—El nombre me lo puso mi padre.

Valeria gruñe, divertida.

—*Claro.* —Se ríe—. ¿Y nuestro resplandeciente señor sabe lo que es la Trinidad?

—El Padre, el Hijo y el Espíritu Santo —responde Arjun.

—Error —dice Valeria—. Nuestra trinidad la forman la cebolla, el apio y el pimentón. —Con una floritura, enciende la llama de una estufa de hierro cercana y procede a derretir un montón de mantequilla en una sartén—. Sé que estos alimentos no atraen a los de tu especie, Sébas, pero espero que tú y tu amigo compartáis una comida con nosotras. La comida es una de las celebraciones de la vida. Cuanto más nos alejamos de los vivos, más arraiga la oscuridad. —Mira a Arjun mientras espolvorea unas cucharadas de harina sobre la mantequilla derretida para espesarla—. Me han dicho que los etéreos del Valle disfrutan de la comida, incluso en el mundo de los mortales.

—La comida es, de hecho, una de las cosas que me apasionan en la vida —dice Arjun.

—Bien. Probarás un poco de mi gumbo.

—Eh… —Arjun se aclara la garganta de nuevo—. Yo no, mmm, no como carne.

Valeria deja de revolver. Parpadea una vez. Dos veces.

—Entonces, ¿qué comes?

—Verduras. Frijoles. Legumbres. Mucho arroz. Queso.

—Interesante. ¿Y cómo preparas esos platos?

Él sonríe.

—De forma parecida al gumbo, en realidad. Mi padre cocinaba cualquier plato con al menos ocho especias diferentes.

—¿Y tú sabes cómo hacerlo? —Valeria arquea las cejas en señal de aprobación.

Arjun inclina la cabeza de lado a lado como si estuviera considerándolo.

—Más o menos —dice.

—Entonces, me enseñarás. —Valeria asiente con satisfacción—. A cambio, te enseñaré a hacer un sencillo hechizo de tierra de tu elección.

—Hecho —acepta Arjun con una sonrisa.

Ella le devuelve la sonrisa.

—Ahora, Sébas, es hora de que te disculpes por no venir a verme ni una sola vez en diez años.

Casi me río. Entonces me doy cuenta de que habla en serio. Su mirada es certera e impávida.

Me aclaro la garganta.

—*Lo siento, tía Valeria.*

—Visito la cripta de tu madre todos los años por su cumpleaños. Le dejo flores y le cuento mi vida. A veces, me acompaña Eloise. —Valeria revuelve el *roux*, esperando que se oscurezca y adquiera un color marrón intenso—. Nunca te he visto por allí. Ni una sola vez.

—Es porque nunca voy. —No tiene sentido mentirle. Cualquier incomodidad que pueda sentir es culpa mía.

—¿Por qué?

No contesto.

—El cuadragésimo séptimo cumpleaños de Philomène es dentro de unos meses. Este año, vendrás conmigo. —Hace una pausa—. A tu madre le gustaban las gardenias. Lleva un ramo.

Asiento con la cabeza.

—Prometo que lo haré.

—Bien. Las promesas significan algo para los de tu clase. —Asiente en dirección a Arjun—. Espero que el mestizo te obligue a cumplirla. Ahora ya está hecha, y no volveremos a hablar del tema.

El olor a nuez de la mantequilla dorada y la harina impregna el aire. Aunque la comida mortal no me atrae demasiado, no puedo evitar apreciar la fragancia. Los recuerdos que despierta. Cuando echo un vistazo a mi alrededor, mi mirada recae en la hilera de libros antiguos apilados sobre las cacerolas a lo largo de la pared.

Un pensamiento toma forma en mi mente.

—¿Tía Valeria? —pregunto.

—¿Sí?

—¿Alguna vez has leído sobre alguien llamado Sunan?

A mi lado, escucho a Arjun gemir.

Ella deja de remover unos instantes, y su expresión se torna cautelosa.

—¿Por qué lo preguntas?

Frunzo la boca, reflexionando sobre mi respuesta mientras miro a Arjun.

—Es un nombre con el que me he topado hace poco en mis lecturas.

—Ay, eres un mentiroso terrible. —Valeria resopla—. Tienes que aprender a mentir mejor.

—Yo le he dicho lo mismo —la informa Arjun—. Esa puñetera serpiente miente mejor que él.

Comparten una risa mientras yo les frunzo el ceño.

—¿Qué es lo que realmente deseas saber, Sébas? —pregunta Valeria—. ¿Estás preguntando quién es Sunan o qué puede hacer?

Él. Sunan es un hombre. Un detalle que no poseía antes de esta noche.

—¿Existe siquiera? —la presiono.

Valeria mezcla la Trinidad con el *roux* y continúa removiendo.

—Hasta donde yo sé, vive en lo profundo de los bosques de hielo de la Espesura Silvana, donde reside desde hace ochocientos años.

—Y —lucho por contener mi entusiasmo—, ¿qué tipo de magia puede realizar Sunan?

El rostro de Valeria refleja simpatía.

—Estás preguntando si puede deshacerte.

Es inútil que lo niegue. Asiento una vez.

—¿Por qué deseas ser deshecho? —pregunta—. ¿Es en beneficio propio o en beneficio de alguien más? Y no me mientas, muchacho. Lo sabré.

Sin embargo, quiero mentir. Pero tengo aún más ganas de conocer la verdad.

—Ambas cosas —admito—. Perdí a alguien a quien amaba al convertirme en vampiro.

—¿Tienes miedo de estar solo?

—No. —Pienso en las cosas que me dijo Kassamir esa noche en Jacques'—. Temo una vida sin sentido.

—¿Crees que Sunan te ayudará a encontrarlo?

—Yo… no lo sé —respondo con sinceridad—. Pero si existe la posibilidad de recuperar una parte de mi humanidad, creo que tengo que intentarlo.

Ella emite un ruidito comprensivo.

—No sé si Sunan de la Espesura todavía existe o si las historias sobre su poder para deshacer inmortales son ciertas. Por desgracia, debes formular tu solicitud ante él en persona. No ha cruzado un portal hacia el mundo humano en más de medio siglo.

Mi emoción se desvanece como la llama de una vela apagada.

—Los vampiros tienen prohibido usar una tara como esa para entrar en la corte invernal de la Espesura Silvana.

—Cierto —coincide Valeria—. Pero no existe la misma ley contra viajar a la corte estival del Valle. —Hace una pausa para crear efecto—. Y lo que hagas una vez que hayas entrado en el reino de las hadas depende de ti. Con suficiente poder e influencia, con suficiente dominio sobre los que poseen el control, un vampiro puede llegar lejos, según me han dicho.

—¿Y cómo sugerirías que lleve a cabo tal hazaña?

Valeria mira a Arjun.

—Sería mejor preguntárselo a tu amigo, el resplandeciente señor del Valle.

Los ojos color avellana de Arjun están tan redondos como los de un búho.

—Estáis locos. No puedo llevar un puñetero vampiro a la corte estival.

—Has viajado entre mundos, ¿no es así? —pregunta Valeria—. ¿Sabes qué tara te llevará al Valle Silvano?

—Sí. —Duda—. Pero sería el colmo de la estupidez ir acompañado de un vampiro.

—No soy su enemigo —digo—. No albergo ningún deseo de causar ningún problema a los del Valle.

La risa de Arjun es oscura y seca.

—Eres descendiente directo de Nicodemus Saint Germain. Fue tu familia la que lideró la carga contra las hechiceras del Valle. Te olerán en el momento en que cruces.

Mi mente examina otras posibilidades.

—¿Y si les hago una promesa? ¿Si les ofrezco algo de valor?

—Hablas como tu tío. —Las mejillas de Arjun se hunden—. Y ninguno de los dos tiene la más mínima comprensión del Valle Silvano. ¿Crees que los vampiros son crueles? ¿Que los lobos se precipitan a la hora de empezar una pelea? Al menos sabes quiénes son tus enemigos, viejo amigo. Mi madre es una cazadora. Una de las pocas elegidas de entre la nobleza para servir directamente a la Dama del Valle. El Valle Silvano es el tipo de lugar donde una ninfa acuática sonriente te ofrece un puñado de oro

181

con una mano y te corta la garganta con la otra. Donde un trasgo te da de comer un mendrugo de pan que te convierte en polvo a sus pies… sobre el cual luego danzará con deleite.

—¿No eres bienvenido allí, como uno de los suyos? —pregunta Valeria.

Arjun frunce el ceño antes de responder.

—No puedo fingir que alguna vez fui bienvenido entre la clase de mi madre. Ellos… toleran a los etéreos porque somos los únicos mestizos que conservan la inmortalidad, como resultado de descender de nobles feéricos de sangre pura y sus parejas humanas. En el Valle, muchos de nosotros nos convertimos en juguetes de la corte. Es una vida parecida a la de los mestizos en el reino de los mortales, que a menudo buscan la protección de un vampiro, un lobo o un brujo para seguir con vida. —Toma una bocanada profunda de aire—. No es el tipo de vida que le desearía a alguien a quien ame. Por eso nunca tendré hijos propios.

Valeria chasquea la lengua.

—Al menos tienes la opción de engendrar hijos. Al menos el corazón todavía te late en el pecho. —Suspira—. Para mí, esos son los castigos más crueles impuestos a los bebedores de sangre. Que el corazón de un vampiro ya no lata. Que la única forma de poder crear más de los suyos sea arrebatarle la vida a otro. —Sus palabras se desvanecen en el silencio mientras sirve caldo sobre el sofrito de verduras.

Son asuntos que nunca he considerado. Durante mi vida mortal, nunca hubo un tiempo en el que reflexionara sobre tener hijos propios. Esas preocupaciones no son urgentes para la mayoría de los muchachos de dieciocho años que conozco. Ahora que ya no es una opción… No sé si es algo que hubiera querido.

No digo nada mientras Arjun me estudia de reojo. Puedo sentir su aprensión. Le preocupa que me enfade con él por negarse a llevarme al Valle. Quizás piense que seguiré comportándome como mi tío, lanzando amenazas ante cualquier problema que detecte.

En una cosa tiene razón. Estoy enfadado. Siempre estoy enfadado. Pero mi ira no va dirigida contra él.

Y Arjun no es el único etéreo que existe.

Valeria se vuelve hacia nosotros, con las manos en las caderas.

—¿Nuestro señor resplandeciente no ayudará a su amigo a llegar al Valle, entonces?

—No. —Arjun hace una pausa—. No lo haré.

Valeria asiente.

—Es tu decisión. Y debemos aceptar las elecciones de nuestros amigos, Sébas —me dice—. Un amigo en verdad no está ahí para servirte, a pesar de lo que tu tío pueda decir al respecto.

—Nunca supe cuánto te desagradaba Nicodemus —digo.

—¿Qué hay que me pueda gustar? —se mofa—. Es el peor tipo de hombre y un inmortal aún peor.

Aprieto los labios.

—A pesar de todo su poder, Nicodemus es pequeño y mezquino. Ni una sola vez lo he visto disculparse por nada —aclara—. Un hombre que no se hace responsable de sus acciones no es un hombre al que desee conocer. —Su mirada se clava en la mía—. Cuídate de no seguir sus pasos.

No digo nada. Me limito a escuchar. Es la segunda noche que he visto a alguien digno de respeto reprender a mi tío. Primero Kassamir. Ahora Valeria. Durante muchos años, lo único que he querido era ser como él. Tener ese tipo de poder e influencia.

Por primera vez en mi vida, me pregunto si me he equivocado al valorar esas cosas. Tal vez, el tipo de poder de mi tío no sea poder real en absoluto. Y si eso es cierto, ¿qué debería haber apreciado en los que me rodean?

¿Qué es lo que distingue a un buen hombre?

Valeria alcanza el cuenco de cerámica que ha dejado en el alféizar de la ventana. El anillo que saca del interior emite un resplandor suave, como si hubiera absorbido la luz de la luna. Antes de entregármelo, le da la vuelta en la palma de la mano, con expresión sombría.

—Tu amuleto funcionará a partir de mañana. Te protegerá a ti y solo a ti. Mantenlo a salvo. —Cuando lo alcanzo, ella retrocede—. Espero que honres los deseos de aquellos que se preocupan por ti, Sébas. Ya no se tolerará que evites el pasado. Tu madre entendía la diferencia entre la lealtad y el amor. La próxima vez que nos veamos, quiero que me cuentes si tú la has aprendido. —Con una sonrisa ladina, se inclina más cerca—. Y tu próxima disculpa será mejor que la anterior.

Asiento con la cabeza mientras tomo el amuleto de sus manos. El oro me resulta fresco al tacto.

—Protege y sé protegido —dice Valeria.

—Gracias, tía Valeria. —Envuelvo sus manos con las mías—. Me esforzaré por hacerlo mejor.

—Sí, Sébas. Creo que lo harás.

BASTIEN

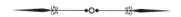

Salimos de la tienda de Valeria pasada ya la medianoche. Es tan tarde que la mayoría de las calles del *Vieux Carré* están desiertas, y el cielo sobre nuestras cabezas proyecta tonos índigo y ébano sobre el mundo.

Atravesamos las calles empedradas en silencio. A pesar de sus muchas protestas, Arjun lleva un paquete de pan y gumbo envuelto en un trapo de lino.

Lo blande con exasperación.

—Me asombra lo difícil que os resulta a los yanquis entender que no como carne. Es como si pensarais que estoy cometiendo un pecado capital. Déjame preguntarte una cosa: ¿de verdad esas rodajas de carne de caimán te atrajeron en algún momento? —Se estremece—. Es un animal muerto, por el amor de Dios.

Me rio.

—Si Valeria te oyera llamarla yanqui, desencajaría la mandíbula y te tragaría entero.

Arjun se queda con la boca abierta.

—Dime que no apoyó la causa rebelde.

—Por supuesto no. Pero no es que a ningún yanqui le preocupe conceder a una mujer como ella los mismos derechos que tienen los hombres.

Arjun gruñe su acuerdo.

—Dios salve a la reina —dice en tono sarcástico.

Miro hacia arriba. Un vellón de nubes envuelve la luna, oscureciendo el camino ante nosotros. Todavía siento que estoy viendo las cosas con total claridad por primera vez. Toda mi vida, he creído que todos veneraban a mi tío. Se movía en todo tipo de círculos como si hubiera nacido para gobernar. Siempre que había un problema, parecía tener una solución. Me ofreció la guía de un padre y la sabiduría de un anciano mientras presidía una corte de poderosos inmortales. Nicodemus era todo lo que yo quería ser.

Es inquietante darme cuenta de que quienes me rodean no comparten la imagen que tengo de su grandeza. Mi corazón muerto se siente extraño ante esta revelación. Sospecho que tiene algo que ver con Valeria Henri. Su cercanía ha encendido recuerdos en mi interior. Recuerdos en los que no he pensado durante muchos años. El sonido de la risa de mi madre. Ver a alguien prepararme una comida. Escuchar cantar a mi padre. Pelear con la obstinada de mi hermana.

Ser amado sin exigencias ni motivos ulteriores.

Percibo que Arjun me mira.

—¿Qué pasa? —pregunto.

—Confieso que he vivido con miedo las últimas dos horas.

—¿Por qué?

—No puedo creer que no me hayas abordado por negarme a llevarte al Valle Silvano.

Es aleccionador escuchar algo así de un supuesto amigo.

—¿Qué creías que haría? ¿Arrancarte el corazón y dárselo a Toussaint?

—Lo normal. —Arjun limpia su monóculo y se lo guarda en un pequeño bolsillo del chaleco—. Ofrecerme riquezas inconmensurables. Engañarme. Y luego empezar el proceso de intimidación hasta que me someta.

Arrugo la frente.

—Eso suena bastante poco caritativo.

—Es lo que tu tío habría hecho.

—También yo lo habría hecho —admito.

—¿Y qué ha cambiado?

—No lo sé. —Suspiro—. Pero en aras de mi propia educación, ¿habría alguna diferencia si te ofreciera dinero?

—Es posible —dice con una sonrisa.

—¿De verdad?

—De ninguna manera. Mi madre me mataría si llevara un vampiro a la corte estival. No hay mucho que un hombre muerto pueda hacer con un montón de dinero.

—¿Siempre has tenido tanto miedo de tu madre?

—¿Tú no tenías miedo de la tuya?

Hago un mohín con los labios mientras pienso.

—No recuerdo que me asustara. Recuerdo querer hacerla sonreír. Querer oír sus alabanzas. Pero no le tenía miedo.

—¿A quién le tenías miedo?

—A mi hermana y a mi tío.

Él ríe.

—Por supuesto.

—Es revelador que eligieras trabajar para el enemigo jurado de la corte de tu madre.

—Como ya he dicho en otras ocasiones, prefiero tu especie a la mía. Al menos, no existe ninguna disputa sobre a quién o qué odias. Al menos, sé cuál es mi posición entre los vampiros. —Arjun hace una pausa—. Sin mencionar que le prometí a tu tío que trabajaría para *La Cour des Lions* por un período de no menos de cinco años, con un atractivo incentivo financiero tanto durante como después de mi servicio. Las promesas significan algo para nosotros, la gente del Valle. No deben hacerse a la ligera. Si no honramos una, ya no podremos poner un pie en la tierra de las hadas.

Caminamos media calle más antes de que responda.

—¿Has prometido no llevar nunca a un vampiro al Valle?

—No.

—Entonces, técnicamente no está prohibido.

—No te llevaré a la corte estival, Bastien. —Arjun se detiene y se gira hacia mí—. ¿Por qué deseas tanto volver a ser humano? ¿No es mejor no tener que preocuparte por morir? Ahora eres más fuerte y más rápido de lo que nunca has sido. Eres prácticamente indestructible. ¿Por qué deseas renunciar a esas ventajas?

—¿*Tú* tienes miedo de morir? —pregunto.

—Nunca he pensado en eso. Soy joven y costaría mucho matar a alguien como yo.

—Yo creo que un hombre valiente teme a la muerte. Es lo que lo hace valiente.

—¿Así que estás buscando la gloria en el campo de batalla? —Enarca una ceja—. ¿La oportunidad de ser un héroe?

—No. —Me froto la nuca—. Para serte sincero, no tengo una buena respuesta para tu pregunta. Todavía no.

—Avísame cuando la tengas.

Me río.

—Eso será lo primero… —Me detengo en seco, un olor extraño acaba de asaltarme las fosas nasales.

Arjun se detiene a mi lado.

—¿Qué…?

Mi sangre inmortal se apresura a inundar mis extremidades, la energía corre por mis venas.

—Corre —murmuro—. Y no mires atrás.

Un gruñido bajo resuena detrás de nosotros. Otro a nuestra derecha. Aunque no puedo verlos, percibo a varios lobos merodeando en la oscuridad, a la vuelta de la esquina. Unos cuantos más se acercan por la izquierda. Huelen a fruta demasiado madura y a pelo húmedo. Es un olor empalagoso.

Arjun deja caer su paquete de comida y saca un juego de garras plateadas del interior del bolsillo del pecho. Agarra las armas con ambos puños y asume una posición de combate.

—Te he dicho que corrieras, maldito seas —digo con los dientes apretados, mi revólver en la cadera. Se me alargan los colmillos, un silbido bajo emana de mi garganta.

—Correré cuando tú lo hagas, Saint Germain —responde Arjun—. Y no dispares ese pequeño cañón. Despertarás a toda la ciudad.

—Que le zurzan a toda la ciudad. —Amartillo el arma.

De las sombras emerge un lobo inmenso, al menos dos veces más grande que cualquiera que haya visto antes. Se agacha como un depredador a punto de saltar, moviéndose con una lentitud calculada. Con el conocimiento de quién soy y de qué es él.

De por qué estamos aquí.

Más miembros de la manada se materializan desde las sombras. La saliva gotea de sus bocas, sus largos dientes relucen bajo la luz azul de la luna. Al menos ocho de ellos nos rodean en un semicírculo cada vez más pequeño, sus intenciones están claras.

Nos superan en número a Arjun y a mí. Si peleamos, como siento la inclinación de hacer, uno de nosotros podría resultar herido. Yo podría lograr escapar ileso, pero Arjun es medio mortal. A él no le irá tan bien. No es un riesgo que esté dispuesto a correr.

Agarro a Arjun por el hombro y hago que giremos en la dirección opuesta. Él no vacila mientras corremos por las calles desiertas del Barrio Francés. Los lobos gruñen y nos lanzan dentelladas a los talones, su furia atraviesa el aire de la noche. Un aullido resuena a mi derecha, y tres juegos adicionales de patas se unen a las primeras ocho, corriendo hacia nosotros desde una calle lateral.

Tienen la intención de arrinconarnos en una esquina.

Giro a la izquierda en Rue Rampart, Arjun me sigue de cerca. Escaneo los edificios inquietantemente silenciosos que nos rodean, buscando una forma de escapar. No hay lugar donde esconderse a menos que abramos una puerta cerrada. Considero escalar una pared de ladrillos hacia una azotea abierta. Al menos eso nos proporcionaría la ventaja de un terreno más alto.

Pero cualquier paso en falso podría empeorar nuestra situación. Y no me salvaré a expensas de Arjun. Él está aquí por mi culpa. Aunque no sea un vampiro, es uno de nosotros. No dejaré atrás a mi hermano.

Atravieso las vías del tranvía de un salto y me dirijo hacia la entrada con paredes altas del antiguo cementerio a las afueras del barrio. En un estallido de velocidad, atravieso la puerta de hierro y le grito a Arjun que me siga. En el momento en que cruza a terreno consagrado, cierro la puerta de golpe y retuerzo las barras de hierro alrededor de sí mismas para que los lobos no puedan seguirnos.

El pecho se me agita por la ira que se acumula en mi sangre. No estoy diseñado para huir de una pelea. Los músculos de los brazos me tiemblan mientras mis puños buscan algo que destruir. Me giro hacia el muro cuando el lobo más grande choca contra la puerta.

Resiste, aunque las bisagras gimen.

En este momento, me siento más como un animal que como un hombre. El olor nauseabundo de los lobos se esparce por el aire mientras se amontonan justo al otro lado de la puerta de hierro y caminan de un lado al otro, con sus ojos amarillos brillando en la oscuridad.

Quiero destrozarlos. Escuchar cómo se les rompen los huesos. Disfrutar de sus gemidos agonizantes.

Otro aullido perfora el aire de la noche. Al instante siguiente, el lobo más grande, sin duda el líder de su manada, salta a la parte superior de la pared de piedra encalada. Nos mira fijamente.

Juro que está sonriendo.

Tan rápido como un relámpago, empujo a Arjun hacia delante y salgo disparado hacia el centro del cementerio para dirigirme a una de las tumbas más grandes. Una repleta de tallas intrincadas y pilares imponentes difíciles de escalar para las criaturas de cuatro patas.

—Ahí —grita Arjun, inclinándose hacia un monolito de mármol recién terminado. El lugar de descanso final de cuarenta de las familias italianas más ricas de la ciudad.

Estamos a menos de tres metros de la base de la tumba cuando el lobo ataca. Salta de las sombras y nos derriba a ambos. Me pongo de pie, enseñando los colmillos. Arjun blande sus garras plateadas y clava un juego de cuchillas en la inmensa mandíbula del lobo.

Aparecen tres cortes, la sangre como metal salado gotea por debajo de la oreja del lobo. Indignado, solo tarda un segundo en decidir a cuál de nosotros atacar primero.

Arjun grita cuando el lobo cierra la mandíbula alrededor de su antebrazo y tira hacia atrás, sacudiéndolo como un muñeco de trapo hasta que las garras se le caen de las manos.

Disparo mi revólver. La bala de plata roza una de las patas traseras del lobo, pero lo único que hace es enfurecer aún más a la criatura. Embisto el costado herido del lobo con toda la fuerza de mi peso justo cuando otro miembro de su manada se lanza a mis pies. Antes de tener la oportunidad de darme la vuelta, el segundo lobo aúlla y desaparece de la vista. Un crujido de huesos rotos resuena entre una hilera de criptas.

Mi sonrisa es pura amenaza.

Mis hermanos y hermanas han llegado.

El siseo de los vampiros al acecho se mezcla con los gruñidos de los lobos. En un estallido de movimiento fluido, mis hermanos vampiros aparecen entre un parpadeo y el siguiente en medio de los monumentos de granito y mármol, atacando y defendiendo en igual medida. Los lobos se las arreglan para defenderse. Están bien organizados. Bien entrenados. Bien dirigidos.

Por el rabillo del ojo, veo a Jae lanzar por los aires a un lobo de lomo gris. Este grita cuando su columna vertebral rompe un obelisco de piedra. Otro lobo intenta empalar a Hortense con las púas de una cerca baja de hierro, pero ella logra zafarse con un brillo de deleite en la mirada. Otro movimiento borroso y al lobo en cuestión le falta un ojo.

Boone provoca un rechinido en mitad de la oscuridad mientras aleja a dos lobos de la manada.

No veo a Jae, pero oigo el daño que causa. El chasquido de las extremidades lupinas y los aullidos de dolor. El silencio mortal que sigue.

191

Huelo al lobo que me ataca antes de verlo. Se mueve más deprisa que cualquiera de los otros. Debe de ser el líder de esta manada, el primero que ha salido antes de entre las sombras. Si tuviera que adivinarlo, diría que me enfrento a un miembro de la familia Grimaldi. No puedo estar seguro de si es Luca, pero no dispongo del lujo de preocuparme por lo que eso podría significar.

Le doy un puñetazo al lobo en un lado de la cara, justo sobre la zona por la que Arjun ha arrastrado sus garras plateadas. Una ira no mitigada arde en los ojos inyectados en sangre del lobo. Ataca, luego cierra sus poderosas mandíbulas alrededor de mi muñeca y muerde con la suficiente fuerza como para estar a punto de separarme la mano del cuerpo.

Arjun salta sobre la espalda del lobo y rodea el cuello de la criatura con los brazos hasta que me suelta. No pierde ni un instante antes de rodar sobre las piedras y atrapar a Arjun debajo de su pesado cuerpo.

A continuación, el lobo le hunde los dientes en la garganta.

Sin pensarlo dos veces, agarro el cráneo del lobo con mi mano ilesa, luego llevo los dedos ensangrentados a su hocico y lo desgarro en la dirección opuesta. La mandíbula del animal se separa de su cabeza con un chasquido repugnante. Como el sonido de un plato al estamparse contra la piedra.

El lobo se derrumba en el suelo, sin vida.

Los gruñidos recorren la manada. Los dientes rechinan con furia. La visión de su líder vencido los ha vuelto aún más locos.

Boone, Jae y Hortense nos rodean a Arjun y a mí en un círculo protector, dándose la espalda los unos a los otros. Me pongo de pie, con un brazo goteando sangre, mi visión más nítida. La fuerza corre por mis venas. Es diferente de cualquier cosa que haya experimentado en la vida o en la muerte. Como si todo lo que hay a mi alrededor se hubiera juntado y convergiera en un solo punto.

Destruir o ser destruido.

Soy un Saint Germain. Elijo destruir. Tal vez no sea una elección en absoluto.

Según mis cálculos, los lobos han perdido un tercio de sus efectivos. Al menos cuatro más están heridos de gravedad, uno de ellos parcialmente ciego. Llegan a la misma conclusión que yo al instante siguiente. Recogen a sus muertos mientras gruñen y juran venganza sin palabras y se escabullen en la oscuridad.

Permanecemos en silencio durante al menos un minuto, esperando a ver si regresan.

Una risa áspera escapa de la garganta de Hortense, su hermoso rostro se llena de alegría mientras inhala el aire de la noche a grandes bocanadas. Está en su elemento, su rostro cubierto de sangre, sus colmillos teñidos de carmesí.

Boone se ríe con ella, con los brazos manchados hasta los codos como los de un carnicero.

Jae no se ha movido en los últimos dos minutos. Está de pie como una estatua, su mirada fija en el sendero que hay ante él, sumido en una meditación morbosa.

Con mi brazo bueno, me agacho para ayudar a Arjun a ponerse de pie. Cuando el etéreo tiene problemas para incorporarse, me quito la chaqueta rota de los hombros y presiono la tela contra las heridas goteantes que tiene en el cuello para detener el flujo.

Su sonrisa es débil, su postura, inestable.

—He retrasado tu huida. Deberías haberme dejado atrás. Yo te hubiera dejado atrás.

—Mentiroso de mierda —murmuro mientras lo sostengo en posición vertical.

—No es una mentira —asegura Arjun con expresión grave—. A los etéreos se les enseña a valerse por sí mismos desde la más tierna infancia.

—Como le he dicho a Valeria, eres mi amigo. Parte de nuestra familia. Nunca te dejaría atrás.

Él no responde nada, pero vacila mientras trata de dar un paso adelante por su cuenta.

—Arjun está muy malherido —les digo a Hortense, Jae y Boone—. ¿Dónde está Madeleine? Es la mejor sanadora de todos nosotros.

—En el pasado, a *le Pacte* le gustaba tender trampas —dice Hortense, usando el nombre francés de la Hermandad—. Así que mi hermana y Odette se han quedado atrás para proteger a Nicodemus. —Se lame la sangre de las yemas de los dedos mientras se gira hacia mí.

—Llevaré a Arjun a casa —dice Boone, agarrando el brazo ileso del etéreo.

—Y una mierda —gruñe Arjun, con el rostro pálido—. Me llevaré solo, muchas gracias.

—No seas un idiota rematado, hermanito feérico. —Boone sonríe—. Además, no me importa derramar un poco de sangre del Valle. —Empiezan a salir del cementerio, las protestas de Arjun se desvanecen con cada paso.

Cuando me mira por encima del hombro, su sonrisa es de gratitud. Llena de promesas.

Permanezco en sus sombras alargadas y me detengo para mirarme las manos. Las marcas de pinchazos alrededor de la muñeca se han curado, aunque la piel está más clara de lo normal. A mi alrededor hay signos de una lucha feroz, la sangre salpica las piedras bajo mis pies y las losas de mármol a mi espalda.

La emoción de la batalla comienza a desvanecerse y mi expresión se torna sombría. Hortense se detiene a mi lado. Apoya una palma en mi hombro.

—¿Estás listo para esta guerra, Sébastien? —pregunta.

Niego con la cabeza.

—La evitaría si pudiera.

Ella frunce el ceño.

—¿De veras?

—La sangre trae más sangre. No me gusta la idea de que alguien a quien quiero sufra daño.

Sus labios se convierten en una línea fina, su disgusto es evidente.

Tomo su mano y me doy cuenta de que busca tranquilidad, no resignación.

—Pero si estos lobos quieren una guerra, la tendrán. Eso puedo prometérselo. Y a ti.

Una sonrisa se dibuja en el rostro de Hortense.

—*Precisément*.

CELINE

La mansión Devereux se alzaba sobre la avenida Saint Charles, una de las calles más adineradas del distrito de los jardines de Nueva Orleans. La semana anterior, apenas un día después de que Philippa Montrose aceptara la propuesta de matrimonio de Phoebus Devereux, el exterior de ladrillo había sido blanqueado y las contraventanas pintadas de un moderno tono verde oscuro. Varios porches encerraban los tres elegantes pisos de la casa, retallados por una celosía blanca y un intrincado hierro forjado. Enredaderas de glicina azul serpenteaban por un lateral del impresionante edificio. Varias llamas bailaban en las hileras de pequeñas antorchas de hierro que serpenteaban alrededor del camino que conducía a la entrada de la casa.

Era una tarde de primavera perfecta para una fiesta de compromiso.

Pippa estaba radiante, llevaba un hermoso vestido de fina organza y su faja azul hacía juego con el fuego azul de sus ojos. Llevaba su cabello rubio recogido en lo alto de la cabeza, y unos rizos recatados enmarcaban su rostro en forma de corazón como un halo dorado. Iba del brazo de un joven de aspecto bastante estudioso, cuyos anteojos manchados se le deslizaban por la nariz, y que se había puesto un llamativo pañuelo de cuello que destacaba más que un rostro por lo demás anodino.

—Se la ve feliz —le dijo Celine a Michael mientras subían por la calle hasta el inmenso jardín trasero de la mansión, donde había dos mesas largas con porcelana de Limoges, mantelería planchada, cristalería reluciente y velas encendidas en candelabros de latón.

—Es un momento feliz en la vida —respondió él al tiempo que entrelazaba el brazo con el de ella—. Ha encontrado a su pareja.

Celine puso una mueca.

—¿No estás de acuerdo? —Michael bajó la voz.

Sacudió la cabeza.

—Pippa siempre decía lo importante que era para ella encontrar marido.

—¿Te disgusta su elección?

Celine reflexionó un momento antes de responder.

—Phoebus es un hombre amable que la cuidará bien. Yo solo… desearía que pensara más en sí misma. Podría ser mucho más que la esposa de un hombre rico. Es inteligente, capaz e ingeniosa. Odio que piense que la única aspiración adecuada para una chica como ella es la de novia.

—Es importante ver el mérito en sus sueños, incluso si no estás de acuerdo con ellos. ¿No es eso lo que hace una amiga? —Michael llevó a Celine a una de las mesas largas y le retiró la silla antes de sentarse en la suya.

—No estoy en desacuerdo con sus sueños —dijo Celine—. Simplemente… me frustra su simplicidad. Una esposa siempre está en segundo lugar, siempre después de su esposo, y no veo el mérito de conformarse con el segundo lugar.

Michael se inclinó hacia delante, con un brillo divertido en su mirada pálida.

—Estoy de acuerdo. Pero tal vez una fiesta de compromiso no sea el mejor lugar para tener esta conversación.

A Celine le ardieron las orejas. No estaba segura de si era por lo que había dicho Michael o por su proximidad. Un deje a manzana teñía su aliento, el olor era bastante agradable.

197

—Me he excedido, ¿no? —preguntó Michael en tono plano—. Nonna me dijo que no debería ser tan directo con mis opiniones. Hace que a la gente le guste menos.

—No. —Celine negó con la cabeza—. Prefiero que seas directo con tus opiniones. Y a mí me gustas tal como eres.

Michael tomó su mano entre las suyas, su toque era ferviente. Inconfundible en su afecto. Algo revoloteó en el estómago de Celine. ¿Eran las mariposas sobre las que había leído en los libros o sobre las que había oído susurrar en privado a otras mujeres jóvenes? Se sentía… extraña, pero no era desagradable. El dedo meñique de él se curvó alrededor del de ella. Celine sonrió y fue recompensada con una sonrisa que hizo que él entrecerrara los ojos y que suavizó la expresión severa de sus labios.

A Celine la asaltó la idea de que debería besar a Michael. Que ese beso le ofrecería la claridad que buscaba con tanta desesperación. En los cuentos de hadas, un beso era algo poderoso. Si lo besaba, sería mágico. La neblina que cubría su mente se disiparía. Su memoria quedaría restaurada. Se despertaría como si hubiera dormido sin soñar.

Y simplemente… lo sabría.

De repente, otra imagen adquirió un relieve nítido en un estallido. La imagen de los labios de otro joven a un milímetro de los de ella. De cómo se había quedado despierta por la noche y se los había imaginado rozando su piel, su toque suave y duro a la vez. Pidiendo y ofreciendo a partes iguales.

Bastien. Ese chico condenadamente atractivo que la había perseguido en sueños desde aquella noche en Jacques' hacía menos de una semana.

Había sido necesario un gran control para capear los efectos de ese altercado. Celine había hablado largo y tendido al respecto con su médico. Él le había asegurado que momentos como esos no eran inusuales para las personas que habían sufrido lesiones cerebrales. De hecho, hacía poco había leído acerca de un filósofo francés con una teoría en desarrollo sobre el tema. Lo llamaba «la sensation de *déjà-vu*». La sensación de experimentar algo por segunda vez. Ese fenómeno explicaría por qué Celine se había sentido así en presencia del chico llamado Bastien. Como si lo hubiera conocido en una vida diferente, aunque la misma idea resultara absurda.

Tal vez todo pudiera atribuirse a sus heridas, que era en lo que todos insistían.

O tal vez todos le estuvieran mintiendo.

Era un pensamiento desconcertante. ¿Le mentiría Michael? ¿O *mademoiselle* Valmont, que había regresado de Charleston la semana pasada, estaría de acuerdo en perpetuar tales mentiras? ¿Lo haría Pippa, su amiga más querida en el mundo?

Un sirviente se apresuró hacia su extremo de la mesa con una cesta de brioche esponjoso. Le ofreció un panecillo a Celine, y ella alcanzó la mantequilla, las puntas de sus dedos rozaron el gran cuchillo de plata a su derecha. Una sensación discordante onduló a través de sus huesos. Una de reconocimiento y conciencia. Inclinó la cabeza y tomó el cuchillo de la cena. Envolvió el mango adornado con la mano y la hoja destelló a la luz de la llama de una vela cercana.

Cuando Celine vio su rostro sorprendido en el reflejo, los dedos le empezaron a temblar. Michael estaba siendo presentado al anciano sentado a su lado y aún no se había percatado de su angustia.

Celine agarró el mango con fuerza en un intento de ocultar su temblor. Se sintió abrumada por la repentina necesidad de guardar el cuchillo. No con el propósito de robarlo, sino para protegerse.

¿Protegerse de quién? ¿Qué le pasaba?

Celine miró a su alrededor, luchando contra una oleada de pánico sin sentido. El caballero que estaba sentado junto a Michael le dio una palmada en la espalda al joven detective y lo elogió con entusiasmo por sus recientes logros. Michael compuso una mueca, pero aceptó las amables palabras con un murmullo por respuesta.

Con los ojos revoloteando de un lado a otro, Celine se llevó el cuchillo al regazo. Cuando levantó la vista una vez más, parecía que nadie había notado su extraño comportamiento. Habían pasado menos de diez segundos desde que había tocado por primera vez el cuchillo de la cena.

Sonriendo como si no pasara nada, Celine se guardó el cuchillo en el bolsillo de la falda con un movimiento diestro.

Su temblor cesó de inmediato. Su cuerpo se relajó, sus hombros se destensaron. Tomó el bollo de brioche y clavó la mirada en Odette Valmont, la generosa benefactora de su tienda. Aunque la elegante joven estaba sentada muy lejos, su expresión dejaba claro que había visto todo lo que había hecho Celine.

El pánico se arremolinó una vez más en el pecho de Celine. Por supuesto, Pippa había pedido a *mademoiselle* Valmont que acudiera a su fiesta de compromiso. Tres días antes, su benefactora había ido a la tienda para encargar un vestido hecho a medida siguiendo la reciente moda del polisón parisino. Era probable que Pippa le hubiera extendido la invitación en aquel momento.

Y ahora, allí estaba sentada *mademoiselle* Valmont, estudiando a Celine en un silencio subrepticio, sus ojos negros conocedores de la verdad, sus labios arqueados apretados.

Celine se levantó al instante siguiente.

Michael se sobresaltó, la preocupación dibujó una línea en su frente.

—¿Celine?

Se obligó a sí misma a sonreír.

—Voy a dar un paseo por el jardín.

—Creo que servirán la cena en breve.

—Regresaré en un momento.

—¿Deseas compañía?

Celine negó con la cabeza.

—Necesito un momento para mí. —Dejó la servilleta de lino y se alejó de la mesa, tomando grandes bocanadas del perfume a rosas que flotaba en el aire. Con la energía latiéndole en las venas, se acercó a un enrejado adornado con vides, tratando en vano de calmarse.

—¿Va todo bien, *mon amie*? —preguntó una voz suave a su espalda.

Celine se dio la vuelta. Odette Valmont estaba allí de pie, su cabello castaño lustroso, su batista de seda como un atuendo enjoyado alrededor de su cuello. Un camafeo familiar, rodeado por un halo de rubíes rojo sangre, destellaba cerca de la base de su garganta.

—Estoy bien. —Celine tragó antes de sonreír con alegría.

Odette elevó una de las comisuras de la boca. Se acercó a ella.

—No te molestes en mentir. Te he visto robar parte de la plata de la familia Devereux.

El horror se apoderó de Celine, una ola gélida descendió por su espalda.

—Yo… No lo he robado. Solo tenía intención de tomarlo prestado.

—*Pour quelle raison?* —Odette ladeó la cabeza—. *Et pourquoi?*

—No lo sé —admitió Celine, derrotada—. Es solo que me he sentido… más segura con él.

Los ojos de Odette se convirtieron en rendijas.

—¿Has recibido alguna amenaza, *mon amie*?

—No. En absoluto. —Celine dio un paso atrás—. Debes de pensar que estoy loca.

Una expresión pensativa dominó el rostro de Odette.

—No creo que estés loca en absoluto. Yo… —Se detuvo a mitad de la frase, la tensión se apoderó de su frente.

—¿Celine? —dijo una voz masculina detrás de ella, desbaratando su ya desgastada compostura.

Reaccionó por instinto. Celine sacó el cuchillo de su bolsillo y lo sostuvo en alto, el corazón le latía con fuerza en el pecho. Un horrible recuerdo asaltó su mente. Una imagen fugaz de ser acosada. Un hombre que la atacaba mientras estaba desprevenida.

No tener nada más que un cuchillo de plata con el que defenderse.

La conmoción inundó la mirada de Michael. Se llevó las manos a ambos lados de la cara y dio un paso hacia atrás.

—Lo siento —dijo—. No era mi intención asustarte.

—No pasa nada, Celine —dijo una voz familiar—. Aquí estás a salvo. Lo prometo. Nada ni nadie te hará daño. —Una mano pequeña alcanzó la de ella, un roce tierno. Celine parpadeó y el hermoso rostro de Pippa apareció enfocado ante ella. Pippa entrelazó sus dedos con los de ella y llevó a Celine hacia la casa, al interior de un pequeño salón de paneles de fresno con estantes repletos de libros encuadernados en cuero.

—Lo lamento mucho —comenzó Celine en un susurro ronco—. He montado una escena en tu fiesta. Debería irme antes de que alguien más se dé cuenta.

—Por supuesto que no has montado una escena —dijo Pippa con una sonrisa amable—. Además, quiero que te quedes. Sin ti, no sería una celebración. —Hizo un gesto hacia una silla de damasco colocada cerca de la chimenea de mármol negro—. Por favor, siéntate, querida.

Celine se acomodó en la silla, sus faldas de seda color caléndula crujieron, su mano derecha aún empuñaba el cuchillo de plata.

Pippa miró alrededor de la habitación bien equipada.

—Todavía me resulta un poco extraño que un día vaya a llamar hogar a un lugar tan grandioso como este. Es más de lo que esperaba tener.

—Es encantador —coincidió Celine—. Y te mereces una vida repleta de amor y comodidad.

—¿No nos la merecemos todos? —preguntó Pippa.

—Algunos son más merecedores que otros.

—No estoy segura de eso. —Pippa se sentó en el diván que quedaba frente a Celine—. Para serte sincera, sigo esperando que algo salga mal. —Una risa suave burbujeó en sus labios—. Quizás

Phoebus oculte algún secreto terrible. Puede que torture abejas o se convierta en una cabra con la luna llena. —Sonrió.

—Pero nada de eso importaría si fueras feliz.

—¿Nada de eso? —Los ojos de Pippa destellaron—. ¿Ni siquiera lo de las abejas? ¡Solo un monstruo torturaría a una abejita inocente! ¿Te lo puedes imaginar?

Era tan absurdo que Celine no pudo evitar reírse.

La sonrisa de Pippa se ensanchó.

—*Soy* feliz, Celine. Voy a casarme con un buen hombre. Phoebus es gentil y amable. Su madre ha sido muy atenta. Su padre —vaciló— tiene buenas intenciones, aunque es un poco autoritario.

El agarre de Celine sobre el cuchillo se aflojó.

—¿Su padre te trata mal?

—No de forma abierta. —Pippa negó con la cabeza—. Pero los cortes más profundos pueden provenir de la hoja más pequeña. —Suspiró—. Phoebus no es lo que su padre quería que fuera. Pero, en mi opinión, es un hombre mucho mejor. No anhela que los que lo rodean se encojan de miedo. No valora la lealtad por encima de todo.

Celine asintió, el cuchillo cayó en su regazo. Ya había comenzado a respirar mejor. Ya se sentía más relajada. ¿Cómo era posible que Pippa siempre pareciera saber qué hacer?

—Ha funcionado —dijo Celine en tono irónico.

—¿El qué?

—Tu distracción.

—Si ha funcionado, ¿cómo es que todavía pareces tan preocupada?

Celine sostuvo la mirada de los ojos azules preocupados de Pippa.

—Odio ser así. No soy… yo. Siento que me he perdido a mí misma.

—Has pasado por una prueba terrible.

—*Lo sé.* —Celine reprimió un acceso de irritación—. Lo sé.

—¿Quieres contarme qué ha pasado esta tarde?

—Ojalá pudiera —dijo Celine mientras miraba el cuchillo en su regazo—. Simplemente me he sentido… amenazada. Como si necesitara algo para defenderme.

—¿Te había sucedido antes? —preguntó Pippa—. ¿Desde tu estancia en el hospital?

—No. Pero ya sabes desde hace algún tiempo que tengo unos —Celine buscó las palabras adecuadas— sueños vívidos. A menudo no recuerdo lo que pasa en ellos, pero siempre recuerdo cómo me sentía.

—¿Atemorizada?

Celine negó con la cabeza.

—Poderosa. Como si pudiera destruir cualquier cosa a mi paso. —Vaciló—. Este tipo de sueños se han vuelto más frecuentes desde que Michael y yo fuimos a cenar a Jacques' la semana pasada.

La alarma hizo acto de presencia en el puente de la nariz de Pippa.

—Cielos, ¿por qué te llevaría allí, de entre todos los lugares? —soltó ella. Su mano voló hasta su boca, como para atrapar las palabras antes de que pudieran derramarse.

Otra prueba más de que Pippa ocultaba algo. Que aquellos que rodeaban a Celine le estaban ocultando una verdad importante.

—¿Se supone que no debería ir a Jacques'?

Pippa exhaló despacio. Se mordió el labio inferior.

—Había un chico en el segundo piso —la presionó Celine, mirándola con intensidad—. Me conocía. Estoy segura de ello. Y yo lo conocía a él, aunque no recuerdo de dónde ni de cuándo.

Pippa permaneció en silencio.

—Pippa, cuéntamelo, por favor. Si sabes algo, te pido que lo compartas conmigo. Siento que me estoy volviendo loca. Como si el mundo a mi alrededor estuviera conspirando para ocultarme la verdad. Necesito saber cuál es. —Se acercó al borde de su asiento—. ¿Conozco a ese chico llamado Bastien? Dímelo de una vez por todas.

Pippa se colocó un rizo rubio suelto detrás de una oreja, el conflicto era palpable en su expresión.

—Sí. Lo conoces.

—¿Es alguien a quien debería recordar? ¿Es importante?

Otra vacilación.

—No. No deberías recordarlo. Él no es… bueno para ti, querida.

—¿Sabe lo que me pasó? —la interrogó Celine—. Si se lo pregunto, ¿podrá decirme…?

Pippa se puso de pie a toda prisa.

—No. Él es la razón por la que casi mueres, Celine. Por favor. Te lo ruego. Mantente alejada de él. No es adecuado para ti. Conocerlo no te trajo más que dolor. Hay multitud de jóvenes caballeros adecuados por ahí. ¡Elige! El detective Grimaldi ha movido cielo y tierra para asegurarse de que estés a salvo. Si tan solo le dieras…

—¿«Jóvenes caballeros adecuados»? —se burló Celine—. Hablas de hombres como Phoebus.

Pippa retrocedió.

—¿No lo encuentras adecuado?

—No es eso. Es solo que no entiendo por qué te casas con alguien a quien no amas.

Fue una crueldad decir algo así. Celine lo supo en el instante en que vio la sangre huir del rostro de Pippa. Pero Celine estaba enfadada. Muy enfadada. Como sospechaba, todo el mundo le había mentido.

Pippa le había estado mintiendo todo aquel tiempo.

—El amor real no es como en los cuentos de hadas, Celine —dijo Pippa en tono cortante—. No es una fuerza arrolladora que te deja ciega a la razón. El amor real es una elección. Y yo elijo amar a Phoebus, aunque no sea un caballero de brillante armadura o un príncipe oscuro en un inframundo sombrío. No necesito esos sueños infantiles para ser feliz. Ya no soy una niña.

Fue como si le diera una bofetada a Celine. Pippa nunca la había juzgado así. Celine se levantó, el cuchillo robado cayó al suelo alfombrado.

—Me niego a creer que *Phoebus Devereux* sea la pareja ideal para ti. Creo que te aterra estar sola y le has dicho que sí al primer niño rico que te lo ha pedido. Como una cobarde, has dejado que el miedo tomara las decisiones por ti, Philippa Montrose —soltó, furiosa—. Y el amor real podrá ser una elección, pero yo planeo elegir a alguien que me robe el aliento y me persiga en mis sueños. Ese es el único tipo de amor que merece la pena.

Dos manchas florecieron en las mejillas de Pippa, comenzaron a temblarle los hombros.

—No importa lo que tú pienses —le espetó—. Phoebus nunca me pondría en peligro. No puedo decir lo mismo de Sébastien Saint Germain. Casi mueres, Celine. Si Michael no hubiera estado allí, Dios sabe lo que habría pasado. ¿Cómo puedes ser tan tonta, incluso ahora? ¿Es que no has aprendido nada?

—¿Cómo puedo aprender algo si todo el mundo sigue mintiéndome? —se enfureció Celine—. Y prefiero ser una tonta que conformarme con un tonto.

Los ojos de Pippa comenzaron a brillar. Le temblaba el labio inferior. Al segundo siguiente, las lágrimas comenzaron a deslizarse por sus mejillas, un sollozo escapó de sus labios.

El nudo en la garganta de Celine le apretó como un garrote. Tragó saliva, pero su vista comenzó a humedecerse en respuesta. Ella y Pippa estaban *discutiendo*. Había hecho llorar a su amiga más querida en su propia fiesta de compromiso. ¿Qué tipo de persona era?

Celine dio dos largas zancadas y envolvió a su amiga en un abrazo.

—Lo lamento. Lo lamento mucho. Eso ha estado fuera de lugar. No tengo excusa para mi comportamiento. Por favor, perdóname.

Pippa sollozó más fuerte, pero envolvió la cintura de Celine con los brazos.

—Lo siento, Pippa —susurró Celine—. No sé lo que me pasa. Ya no sé quién soy.

—Me… me gustaría poder ayudar —dijo Pippa entre lágrimas—. Casi te pierdo una vez. No puedo volver a pasar por eso.

—Lo sé —susurró Celine—. Pero tengo que encontrar una forma de darle sentido a todo este caos.

Pippa asintió.

—Lo entiendo. Pero, por favor, Celine —miró hacia arriba, con el rostro sonrojado y la voz temblorosa—, por favor, no te pongas en peligro otra vez. Mantente alejada de Bastien. De Jacques'. De ese mundo maldito.

Celine no dijo nada.

—Prométemelo —suplicó Pippa.

—Lo prometo. —Celine secó las lágrimas de las mejillas de Pippa mientras le mentía a su amiga más cercana.

Y planeaba seguir mintiendo, hasta que supiera la verdad.

CELINE

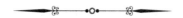

Aquello era el colmo de la estupidez. Se merecía cualquier desgracia que le sucediera.

Menos de tres horas después de prometerle a Pippa que se mantendría alejada de Sébastien Saint Germain, Celine se detuvo frente a Jacques', buscando el momento oportuno para irrumpir en el local y exigir una audiencia. No importaba cuánto tiempo le llevara. Celine no tenía intención de irse hasta que obtuviera respuestas.

¿Quién era Bastien para ella? ¿Qué sabía él de sus recuerdos perdidos? ¿La ayudaría?

Al principio pensó en hacerle una petición al mismo caballero imponente con el pendiente que la había dejado subir las escaleras la semana pasada. Pero algo le decía que él no se mostraría tan complaciente en esa ocasión.

Después de que Celine desperdiciara media hora dando vueltas y dudando sobre la mejor forma de proceder, reforzó su determinación y atravesó las estrechas puertas dobles con el mentón bien alto.

El establecimiento había empezado los preparativos para el cierre de la velada. Los camareros pulían bandejas de plata y limpiaban copas de cristal, apilándolas después para que estuvieran preparadas para el día siguiente. Una chica joven barría los relucientes suelos de madera mientras otros dos chicos colocaban sillas sobre las mesas vacías.

—*Mademoiselle*, ¿puedo ayudarla? —preguntó la chica de la escoba, con un acento criollo rítmico.

—Deseo hablar con Sébastien Saint Germain —dijo Celine.

La chica retrocedió, sorprendida. Luego le hizo una reverencia.

—*Un moment, s'il vous plaît.*

Pasó un minuto antes de que el caballero de piel oscura con el arete se acercara desde detrás de una puerta batiente.

—*Mademoiselle* Rousseau —dijo sin preámbulos—. No es adecuado que esté aquí a una hora tan tardía. —Miró a su alrededor—. ¿Ha venido sola? —Sus espesas cejas salieron disparadas hacia arriba.

—Sí —dijo ella, desafiante—. Estoy cansada de permitir que la sociedad dicte mi comportamiento.

Él casi sonrió.

—Sea como fuere, yo…

—Perdone la interrupción, señor, pero no tengo intención de irme hasta que haya hablado con Sébastien.

—Bastien no está aquí.

—Creo que me está mintiendo, señor. Y ya he tenido suficientes mentiras para toda la vida. —Celine agarró una silla y se sentó, tomándose un momento para acomodar sus faldas color caléndula—. Esperaré aquí hasta que Bastien venga a hablar conmigo.

En ese momento, el caballero le ofreció una sonrisa afectuosa.

—Me disculpo, *mademoiselle*, pero cerraremos pronto las puertas. Lo que pide es simplemente imposible.

—Improbable, tal vez. Pero no imposible. Esperaré fuera toda la noche si es necesario. Es triste que una chica deba recurrir a amenazas para recibir la atención que merece. —Entrelazó las manos sin guantes sobre el regazo—. Si paso fuera toda la noche, espero que pese sobre su conciencia.

—Eso es bastante inflexible por su parte, *mademoiselle* —dijo.

—Mmm. Apostaría a que es más bien como mirarse en el espejo.

La risa de él fue intensa. Inesperada. Familiar.

Celine parpadeó. Se puso de pie.

—¿Sé quién es usted, señor?

—Por supuesto. —Asintió—. Soy Kassamir.

Apretó los dientes por culpa de la frustración. ¿Cuánto había perdido? ¿Cuánto daría para que le devolvieran esos fragmentos perdidos?

—Me disculpo por no reconocerte, Kassamir. Hace poco, he…

—Lo sé, *mademoiselle*. —Su simpatía era inconfundible—. Estoy al tanto de sus problemas.

—Kassamir —repitió ella, sus rasgos retorcidos por la estela de su amabilidad—. Yo… No puedo seguir así, con agujeros tan evidentes en mi memoria. Me has ayudado en el pasado. Por favor, ayúdame de nuevo.

Él respiró hondo.

—¿Desea mi ayuda a pesar de que puede que no le brinde la paz que busca?

—No importa. Yo… necesito saber la verdad.

Kassamir asintió de nuevo.

—Espere aquí un momento.

Pasaron cinco minutos. La chica de la escoba le indicó a Celine que se pusiera cómoda. Celine aceptó la oferta y volvió a su asiento. Después de que pasaran otros quince minutos, los trabajadores restantes casi habían completado sus tareas nocturnas. Celine los vio apagar las lámparas de gas y correr las cortinas para cerrarlas, su molestia iba en aumento, golpeaba los suelos recién barridos con el pie.

Pronto se quedó sola en la gran sala, casi envuelta en la oscuridad. Celine consideró irse, pero si no podía esperar durante una mísera hora después de amenazar con merodear por allí toda la noche, nunca podría volver a dar la cara en Jacques'.

—¿Qué estás haciendo aquí? —preguntó una voz profunda y sonora, cuyo eco bajó arrastrándose desde el techo. Celine forzó la vista hasta que casi pudo ver una figura que parecía una sombra viviente deslizándose por las escaleras.

—Es… Esperaba que tú me lo dijeras. —Celine odiaba haber tartamudeado. Odiaba haberse traicionado a sí misma de una forma tan simple. Se puso de pie, sus faldas de seda ondularon con el movimiento.

—¿Y si te dijera que este no es el lugar adecuado para tener esperanza? —continuó él.

—Te diría que te fueras al infierno.

Él hizo una pausa en su lento descenso y ella consiguió enfocar su silueta.

—¿Y si…?

—Lo juro por Dios, si dices que ya estás en el infierno, gritaré.

—¿Qué harás después de eso?

—Empezar a romper cosas.

La risa retumbó en su pecho. Incluso a aquella distancia, provocó un escalofrío entre los omóplatos de Celine.

—Por supuesto que lo harías —murmuró, su voz como un pecado sedoso.

Bastien avanzó hasta detenerse frente a ella, moviéndose como el humo de la llama de una vela, una serpiente gigante se deslizaba sobre su sombra. No llevaba corbata ni chaqueta. Su chaleco estaba confeccionado con una seda sencilla de color carbón, llevaba la camisa blanca desabrochada en la garganta, las mangas arremangadas hasta los codos. Cuando metió las manos en los bolsillos de los pantalones, fue como ver una estatua cobrar vida. Por el pecho de Celine se extendió una sensación de dolor. Incluso con poca luz, era impresionante. Lo bastante hermoso como para causarle dolor.

Celine dio un paso atrás cuando la serpiente que le pisaba los talones siseó antes de desaparecer en la oscuridad de debajo de la escalera de caracol.

—¿Qué deseas, *mademoiselle* Rousseau? —preguntó Bastien.

Ella se aclaró la garganta.

—He venido porque todo el mundo me está mintiendo y me he hartado.

Él bajó la cabeza. La miró a través de sus negras pestañas.

—¿Y esperas que yo te diga la verdad?

—Puede que no me la digas, pero la sabré de todos modos.

—En contra de mi buen juicio, me siento intrigado. ¿Cómo vas a saberlo?

—Porque tus ojos no coinciden con tus palabras.

Bastien se apoyó en los talones.

—¿Y qué dicen mis ojos, *mademoiselle* Rousseau?

Celine tragó saliva. Era como mirar por el cañón de un arma.

—Puedes decir que quieres que me vaya. Pero tus ojos me ruegan que me quede.

Podría jurar por su alma que un destello de consternación cruzó el rostro de él. Luego, su expresión se endureció y se transformó en hielo.

—Vete a casa. Duerme en tu cálida cama. Sueña tus ridículos sueños. —Se dio la vuelta para irse.

La desesperación hizo que Celine se acercara más.

—No te gustarían mis sueños.

Él se detuvo y la miró por encima del hombro.

—¿Y eso por qué?

—Te me apareces en ellos. —Dio otro paso—. Me persigues.

—Qué adecuado. Mi familia solía llamarme el Fantasma. —Hizo una reverencia—. Si me disculpas.

—Bastien. —La voz de Celine tembló—. Por favor. No te alejes de mí.

Él se detuvo en seco, de espaldas a ella, con los dedos flexionados a los costados.

—Por favor —repitió en un susurro entrecortado—. Ayúdame.

—No puedo ayudarte.

—Sí puedes. Puedes contarme lo que pasó.

Bastien se dio la vuelta; su mirada, encapotada, su expresión, indiferente.

—No necesitas que nadie te cuente lo que pasó. Ya lo sabes. Fuiste atacada por un loco. Casi mueres. Lo máximo que puedo ofrecerte más allá de eso es lo siguiente: el hombre que te atacó lo hizo porque me odiaba. —Habló como si estuviera recitando un diagnóstico médico, completamente desprovisto de emoción—. Fue culpa mía que casi murieras. Aprende de tus errores del pasado y no los vuelvas a cometer. —Empezó a irse.

—No. —La desesperación se apoderó del corazón de Celine. Bastien no iba a ayudarla. No iba a ofrecerle una forma de recuperar lo que había perdido. A pesar de lo que ella sospechaba, su dolor no parecía importarle—. Si eres la razón por la que casi muero, entonces me debes una explicación —exigió.

—No te debo nada.

—Quiero recuperar mis recuerdos.

Él hizo una mueca que hizo sobresalir sus labios, como para burlarse de ella.

—Tus recuerdos no son míos, no puedo entregártelos.

—Al menos, responde a mis preguntas. Es lo mínimo que puedes hacer por mí.

Bastien esperó en un silencio gélido.

—Yo… ¿te amaba? —preguntó Celine.

No le dio ninguna respuesta. El latido del corazón le retumbaba en los oídos.

—¿Me amabas? —lo presionó, odiando lo mucho que anhelaba la respuesta.

—Estás haciendo las preguntas equivocadas.

Sus dedos traicioneros le dolían por culpa de la necesidad de tocarlo.

—No importa lo que pregunte, ya que te niegas a responderme. —Retorció los pliegues de sus faldas entre las manos.

—Si quieres una respuesta, haz una pregunta mejor.

—No quiero jugar a estos juegos contigo. —Era un riesgo, pero Celine recorrió la distancia que quedaba entre ellos sin previo aviso, acercándose mucho más de lo que dictaba el decoro. En respuesta, Bastien retrocedió medio paso antes de detenerse.

—Si no quieres jugar, ¿qué es esto? —preguntó, mirando hacia abajo.

Ella se mantuvo erguida. Firme.

—Una prueba.

—Odio las pruebas. —Él la imitó, y quedaron cara a cara.

Una parte de Celine sabía que habían llevado a cabo aquel baile antes. Sabía cuánto despreciaba Bastien ceder terreno ante cualquiera.

Cuando él la miró de aquella forma, Celine pensó que podría estallar en llamas. Bastien se inclinó más cerca, como si fuera a besarla. Se detuvo a un centímetro de su cara.

—Vete a casa, Celine —susurró, sus palabras, un roce frío en su oído—. No regreses aquí de nuevo.

Celine atrapó su antebrazo antes de que pudiera irse. El contacto de su piel desnuda con la de él envió una sacudida a través de su cuerpo. Bastien se soltó como si lo hubieran escaldado. Casi tropezó antes de recomponerse. Como si fuera él quien debía tenerle miedo.

Como si ella también se le hubiera estado apareciendo todo aquel tiempo.

La boca de Celine se abrió por el asombro. Antes, se había equivocado. Ella *sí* le importaba. Le importaba más de lo que se atrevería a admitir.

—Es culpa, ¿no? —preguntó—. Estás *atormentado* por la culpa.

Él no dijo nada. Solo clavó la vista en ella, su pecho subía y bajaba al ritmo de su pulso.

—Te absolveré de tu culpa —dijo—. Haré lo que me pidas y no volveré nunca por aquí.

—¿Qué deseas a cambio?

—Solo una cosa.

Bastien guardó silencio.

—No te costará ni un centavo, ni involucrará a nadie más que a ti —continuó Celine—. Y se puede conceder en un momento.

Frunció los labios mientras lo consideraba.

—¿No piensas decirme qué es?

—No antes de que aceptes hacer lo que te pido.

—Tendrás que jurar que no volverás a buscarme nunca más.

Ella asintió.

—¿Aceptas?

Pasó otro instante, en un silencio pesado. Luego, él asintió.

Celine no perdió el tiempo.

—Quiero que me beses.

Esperaba que se enfadara. Que se negara en redondo. En vez de eso, inspiró con cuidado, como si estuviera haciendo un estudio del aire a su alrededor. Una emoción que Celine no pudo identificar atravesó su rostro. Entonces, Bastien le tomó la barbilla con la mano y se inclinó hacia delante.

Cuanto más se acercaba, más se le aceleraba el pulso. Olía a cuero y bergamota, mezclados con algo extraño. Algo frío y tonificante, como una helada invernal. La quietud se incrementó a su alrededor, el silencio se convirtió en un murmullo bajo. Cerró los ojos e inclinó la cara hacia la de él.

Bastien depositó un casto beso en su frente.

Mientras se apartaba, Celine le echó los brazos al cuello y acercó sus labios a los de él.

No fue como ella esperaba. Sus recuerdos no regresaron de forma automática, como si hubiera despertado de un sueño reparador. Aquel no era ese tipo de cuento de hadas.

Pero Celine lo *supo*, en el mismo instante en que se besaron.

Había querido librarse de las cadenas que rodeaban su mente. En vez de eso, aquel beso la abrió en canal, cuerpo y alma.

Bastien se rindió cuando Celine se derritió contra él. Al instante siguiente, sus manos enmarcaron ambos lados de la cara de ella. Él no podía romper el beso más de lo que ella podía.

Era tan inevitable como la muerte.

—Celine —susurró Bastien contra su piel, enviando un delicioso escalofrío por su espina dorsal. Sus dedos se enredaron en su cabello, sus rizos quedaron sueltos bajo sus caricias. Celine le rozó el labio inferior con la lengua y Bastien profundizó el beso, deslizando una de sus manos por la parte baja de su espalda. Celine no se dio cuenta de que se habían movido hasta que chocaron con el borde de una mesa.

Bastien la levantó y la depositó sobre el roble pulido, dejando un rastro de besos por el lateral de su cuello. Celine sabía que él podía sentir la forma en que el pulso le corría por las venas. La forma en que se inclinaba ante su toque. Él se estremeció cuando ella lo acercó aún más y movió los dedos hacia los botones de su camisa.

Celine giró la cabeza y se arqueó hacia Bastien. Él intensificó el agarre sobre sus caderas mientras se colocaba entre sus muslos.

Luego dejó de moverse, con la cara enterrada en su clavícula y unas respiraciones irregulares escapando de su boca.

—¿Bastien? —preguntó Celine.

Él no se movió.

—¿Qué ocurre? —preguntó ella, sin aliento.

Se apartó en un movimiento borroso, más rápido de lo que tardaría ella en parpadear. Celine tardó un momento en recuperar el sentido. En darse cuenta de lo cerca que habían estado de la indecencia más absoluta. Tenía el corpiño torcido, sus pechos sobresalían por la parte superior de su vestido de seda. Una vez que sus pies tocaron el suelo, Celine se vio sostenida por unas piernas inestables.

—¿Bastien? —repitió—. ¿Qué ocurre?

Él no se dio la vuelta.

—Te he dado lo que querías —dijo—. No vuelvas nunca.

Luego subió las escaleras sin mirar atrás ni una sola vez.

PIPPA

Aquello era un error espantoso. El tipo de error digno de un cuento con moraleja.

Aquí yace Philippa Montrose, una chica que sabía que hacía lo incorrecto.

Sin duda, era de mala educación que una mujer comprometida estuviera en un callejón desierto detrás de un restaurante. Pero no era solo el dónde lo que importaba. Era el por qué. El quién. Y el cómo.

Horas después de asistir a su propia fiesta de compromiso, Pippa se detuvo en la oscuridad del exterior de Jacques', con la esperanza de hablar con un joven. Un joven que no era su prometido.

En lo que a Pippa se refería, no tenía elección alguna en el asunto. Su amiga estaba en peligro. Cuando Pippa había regresado hacía menos de media hora al *pied-à-terre* que compartía con Celine, no había encontrado a su amiga por ninguna parte.

Así que Pippa se había dirigido a Jacques' con la esperanza de hablar con Sébastien Saint Germain. Para rogarle que hiciera algo para que Celine estuviera a salvo. Para mantenerla alejada de aquellas… extrañas criaturas. Porque si Pippa estaba segura de una cosa, era de que no eran humanos.

Había descubierto esa verdad en los días posteriores al ataque de Celine. Pippa no la había presionado ni una sola vez para obtener respuestas, pero había visto lo suficiente como para saber que no eran lo que parecían ser. Los seres humanos no se movían como ellos, como si estuvieran envueltos en humo. En toda su vida, nunca se había topado con tantos hombres y mujeres de atractivo impecable. Por último, nunca parecían comer o necesitar descansar, ni parecían cansados en lo más mínimo. A menudo parpadeaban como si dicho movimiento fuera una ocurrencia tardía.

Pippa se sentía inquieta, y se estrujó las manos como si las hubiera empapado la lluvia.

Si Sébastien Saint Germain se negaba a hablar con ella esa noche, tendría que buscar a su tío, y esa idea la atemorizaba. Su tío aterraba a Pippa. Cualquiera que fuera la magia oscura que manejaba (el poder que usaba para proteger a Celine de sus peores recuerdos), no funcionaba. Ya no.

Aún más apremiante era el hecho de que Pippa ya no podía sostener aquella farsa. Ya había sido bastante agotador ocultarle la verdad a su mejor amiga, pero Pippa había creído en todo momento que era lo mejor. Nadie debería verse obligado a revivir los detalles de semejante calvario. Pippa lo sabía muy bien. Le había costado años encontrar un poco de paz después de todo lo que había sufrido de niña en Yorkshire.

Esas últimas semanas, muchas preocupaciones habían mantenido despierta a Pippa por la noche. Escuchaba a Celine gritar en sueños y daba vueltas y más vueltas en su propia cama, pensando que podría haber cometido un error. ¿Era correcto arrebatarle los recuerdos a alguien, incluso si así le ahorraba dolor a esa persona?

Pippa había experimentado mucho dolor en el pasado. Se podría argumentar que el dolor le había enseñado lecciones muy valiosas. Endureció la expresión. No quería que Celine sufriera para aprender sobre la vida. Nadie que quisiera a alguien como ella quería a Celine desearía esos recuerdos a otro.

La puerta que Pippa tenía a su espalda se abrió con un crujido. Giró sobre los talones, las palabras a medio formar ya en su lengua, solo para morir al instante siguiente.

—¿Qué hace aquí? —preguntó de inmediato, consciente de lo malhumorada que sonaba.

Arjun Desai, el zalamero abogado de La Corte de los Leones, le sonrió sin mostrar los dientes.

—¿No se alegra ni un poco de verme?

Pippa se cruzó de brazos.

—He pedido hablar con Bastien.

—Bastien está… indispuesto en estos momentos. Me ha enviado en su lugar. —Arjun también se cruzó de brazos, burlándose de ella con cada movimiento—. ¿En qué puedo ayudarla esta noche, señorita Montrose? —Inclinó la cabeza hacia un lado—. ¿No era esta la noche de su fiesta de compromiso? —Hizo como si buscara algo en los bolsillos, luego se pasó los dedos por su rebelde cabello negro—. Maldita sea, he olvidado el sombrero. De lo contrario, me lo quitaría para desearle una vida de felicidad.

—Es usted grosero y engreído, señor —dijo Pippa en tono frío—. Y esta conversación ha durado demasiado. Si Bastien no está disponible, me gustaría hablar con —hizo una mueca— su tío.

Arjun se rio.

—Realmente habla en serio, ¿no es así, mascotita?

—No soy ni he sido nunca su mascota, señor Desai. Si se niega a ayudarme, entonces…

Él levantó el brazo para evitar que se fuera.

—Nicodemus no va a hablar con usted. Su mejor opción es decirme lo que quiere.

Pippa carraspeó. Luego comenzó a jugar con la cruz de oro que llevaba al cuello.

—He venido a decirle que Celine está empezando a recordar. Y que ya no puedo guardar sus secretos.

—No tengo la menor idea de lo que está hablando. —Arjun se quitó el monóculo y empezó a limpiar la lente con un pañuelo de seda.

—Entonces, ¿por qué estoy hablando con usted, señor? —Pippa apoyó los puños en las caderas—. Nunca debí acceder a ocultarle la verdad a Celine esa noche en el hospital, aunque todos pensáramos que era la mejor forma de protegerla. He mentido repetidamente a alguien a quien quiero, y ha sido un error por mi parte, un error por parte de todos, ser cómplices de lo que sucedió con sus recuerdos.

—Ella pidió que le quitaran esos recuerdos, Philippa —intervino Arjun con suavidad.

—Sin embargo, estuvo mal que el conde Saint Germain se los arrebatara. —Resopló—. Y no me llame Philippa nunca.

—¿Por qué?

—Así me llamaba mi madre.

—Tendrá que contarme esa historia en algún momento.

—Jamás, señor Desai. —Pippa se recogió las faldas con una mano—. Ya he dicho lo que había venido a decir. Por favor, entregue mi mensaje a quien necesite escucharlo.

Arjun le ofreció una breve reverencia.

—Como desee.

Pippa vaciló.

—Desearía creer que hará lo que le he pedido.

—Ojalá los deseos fueran hadas.

—Entonces, como mínimo, mantendrían sus promesas. —Pippa se mordió el labio inferior—. Estamos… jugando con la vida de la gente, ¿sabe? Fue un error creer que una mentira, por bien intencionada que fuera, era mejor que la verdad.

—A veces, una mentira es lo único que tenemos —dijo Arjun—. Y prometo entregarle su mensaje a Bastien.

—¿Puedo tomarle la palabra?

—*Mademoiselle*, soy el único hombre en este sitio a quien se le puede tomar la palabra. —Sonrió—. Felicidades por su compromiso.

—Suena como si estuviera ofreciéndome sus condolencias por la muerte de mi gato.

—¿Tiene un gato? —La diversión tironeó de sus rasgos—. Y el matrimonio es una muerte, ¿no es así? Muerte de la libertad, muerte de los sueños, muerte de…

—Es usted insufrible. Buenas noches, señor Desai.

—Buenas noches, señorita Montrose.

Bastien

Hago una pausa, mi pie derecho flota sobre el rellano de la escalera. Por primera vez desde que me comprometí con este rumbo, el temor se asienta en mi piel.

—En caso de que olvide decírtelo más tarde, o por si... sucede algo desafortunado, gracias por cambiar de opinión y acceder a llevarme al Valle —digo en voz baja. Luego sigo a Arjun escaleras arriba.

—Te debo la vida. Y aborrezco estar en deuda con nadie —me dice por encima del hombro—. Pero no me des las gracias todavía. Aún no has conocido a mi madre.

Casi me rio. El sentido del humor del etéreo es afilado, como de costumbre. Abandonamos el segundo rellano del edificio hacia la siguiente escalera. Detrás de la puerta más cercana, escucho los murmullos furiosos de una anciana.

—No hagas caso a la honorable señora Buncombe —dice Arjun—. Su vida y la de su única amiga se ven obstaculizadas por el gran resentimiento que les causan —baja la voz hasta convertirla en un susurro— los extranjeros y sus formas blasfemas. —Saluda a la puerta cerrada con llave—. ¡Buenas tardes, señora Buncombe! —grita mientras sigue subiendo las escaleras.

Sonrío para mis adentros ante el sonido del balbuceo indignado de la anciana. Nos detenemos ante la entrada del *pied-à-terre* del cuarto piso, un espacio que Arjun comparte con Jae desde la llegada del primero a Nueva Orleans hace poco más de un año. Cuando me apoyo contra la jamba de la puerta, el débil resplandor de las protecciones hechizadas en el marco de madera parpadea dos veces y cierta sensación de ardor se extiende por mi piel. Me alejo antes de que la magia protectora tenga la oportunidad de echar raíces en mis huesos. Estas protecciones son casi tan intrincadas como las que rodean la habitación privada de mi tío en el ático del Hotel Dumaine. Lo más probable es que sean del brujo favorito de Nicodemus en Baton Rouge.

—¿Estás seguro de que quieres hacer esto? —pregunta Arjun por quinta vez esta tarde—. Podría terminar bastante mal.

Una vez más, la inquietud me recorre.

—Agradezco tu preocupación por mi bienestar. —Aprieto la mandíbula—. Pero no tengo intención de cambiar de opinión.

—La preocupación es por *mí mismo*, ya que, de hecho, soy un poco más… frágil que tú. —Arjun me lanza una mirada cáustica mientras abre la puerta, pero detecto un toque de humor en su expresión—. Sigo sin entender por qué te has obsesionado con hacer este viaje. Es posible que el tal Sunan ni siquiera exista. A decir verdad, no me importa que seas un vampiro. Las primeras semanas fuiste un desastre, pero ahora que parece que te has calmado un poco, no estás tan mal.

—Muchas gracias por ese voto de confianza.

—No hay que darlas. Como dicen, hasta un reloj roto da la hora dos veces al día.

Lo sigo al interior de un espacio pequeño y bien decorado. A lo largo de una pared de yeso cuelgan tapices y rollos de caligrafía en blanco y negro, que rinden homenaje a la herencia maharashtriana de Arjun y a la infancia de Jae en Hanseong. En el centro de la sala principal, hay una sencilla mesa de madera con dos sillas y una estantería situada cerca. Lo único que parece no encajar es el gran espejo colocado contra la pared del fondo, cerca de la parte trasera del piso. Es viejo y está deslustrado, el marco está hecho con latón ornamentado.

Arjun se detiene a mi lado, con la mirada fija en el extraño espejo en cuestión.

—Fue un golpe de suerte que la profesión de Jae requiriera uno hechizado. Son bastante poco comunes y extraordinariamente caros. También son la mejor forma de viajar a través del reino terrenal.

Recuerdo nuestra conversación de hace varias noches con Valeria Henri.

—¿No es esto una tara? —Debería haber hecho esta pregunta entonces, pero el orgullo es una bestia difícil de dominar. En especial, el orgullo de un Saint Germain.

Arjun niega con la cabeza.

—Una tara es un portal directo al Otro Mundo. Esto es simplemente un trampolín. —Se gira hacia mí—. ¿Le has contado a tu tío lo que piensas hacer?

Me dirijo al espejo para ganar algo de tiempo.

—Durante la mayor parte de mi vida, he admirado a mi tío, incluso cuando no estaba de acuerdo con él. Pero siempre he sabido que esta vida, una vida inmortal, no es lo que mi madre quería para mí. Esa es la razón por la que mi tío se negó a convertir a mi hermana, incluso después de que ella le rogara que lo hiciera. Antes de que mi madre sucumbiera a la sed de sangre, solía decir que se nos concede una vida. En esa vida, tenemos innumerables oportunidades de convertirnos en la mejor versión de nosotros mismos. Cada día es una nueva oportunidad. —Observo mi reflejo en la superficie manchada.

Arjun se cruza de brazos, el movimiento arranca un reflejo a su monóculo.

—Supongo que eso significa que no.

—No le he contado a Nicodemus lo que pretendía hacer. —Me encojo de hombros—. Lo lamento.

Él suspira.

—No, no lo haces. —Se pasa la mano derecha por el pelo.

—Nicodemus ha vivido muchas vidas. Me pregunto si alguna vez ha sentido que se había convertido en una mejor versión de sí mismo. O si eso es siquiera posible cuando el tiempo no es una preocupación. —Me giro hacia Arjun—. No hace mucho, me preguntaste por qué quería hacer esto. Tengo parte de una respuesta. Quiero encontrar a Sunan porque deseo convertirme en una versión mejor de mí mismo y creo que regresar a mi forma mortal lo hará posible. ¿Te parece una respuesta lo bastante buena?

—No —dice Arjun con voz cansada—. Pero supongo que tendrá que bastar. —Viene a mi lado—. Debo advertírtelo: este espejo no está destinado a transportar a los de tu especie. No sé cómo reaccionará ante ti o cómo reaccionarás tú.

—¿No te has enterado? —Alzo la mano izquierda. Mi amuleto destella en mi meñique—. Ya ni el sol puede dañarme.

Arjun niega con la cabeza.

—Si a ti no te preocupa, entonces a mí tampoco. —Cierra los ojos y presiona la palma derecha contra la superficie plateada. Unas ondas pulsan alrededor de las yemas de sus dedos, como pequeñas olas que se extienden por un estanque. Una vez que llegan al marco de latón, el espejo entero se estremece, las ondas reverberan sobre sí mismas. Por un momento, Arjun mantiene los ojos cerrados, mueve los labios en silencio como si estuviera rezando.

El espejo se queda inmóvil de golpe.

—Allá vamos —dice Arjun, y atraviesa la superficie líquida sin mirar atrás.

Otro pinchazo de aprensión me atraviesa, tan punzante como una hoja recién afilada. Pero enderezo los hombros y obligo a mi pie izquierdo a traspasar la superficie. La sensación que experimento es curiosa. Sorprendentemente fría, en especial porque ya no me afectan esas cosas. El frío cala en mi ropa hasta alcanzar la piel antes de que me empiece a quemar como ácido. A toda prisa, antes de cambiar de opinión, lo atravieso. El espejo se me resiste por un momento, aunque se ha tragado a Arjun como un estanque de agua tibia. Casi con la misma rapidez, me escupe al otro lado, como si le disgustara mi sabor.

Cuando aterrizo, es contra un montículo de arena caliente. Granos sedosos se deslizan por mi piel y dejan un rastro de residuos brillantes donde me rozan. Siento ráfagas de aire caliente a mi alrededor, seguidas de una avalancha de olor y sonido. Para mi sensibilidad vampírica, es casi demasiado. Como si hubiera pasado de la dicha del silencio total a un mundo de caos total.

—Elegante, como siempre —bromea Arjun desde donde se alza sobre mí, queda claro que le parece divertido.

Me incorporo y empiezo a mirar alrededor.

El espejo nos ha transportado a un desierto de sombras. Un cielo azul resplandeciente se extiende sobre nosotros, el horizonte a mi espalda ondula por el calor como un espejismo. Nos encontramos en mitad de una calle bulliciosa. Los gritos de los niños, los trueques de la gente del pueblo y el sonido ocasional de un cencerro reverberan a mi alrededor. A mi derecha, un hombre vestido con una túnica larga aviva un pequeño fuego debajo de una inmensa olla redondeada. Echa aceite en el centro y empieza a llamar a quienes tiene cerca, que lo rodean como abejas atraídas por la miel.

Me sacudo la arena de la levita antes de quitármela por completo. Arjun ya ha empezado a enrollarse las mangas de la camisa. El alboroto estalla a nuestro alrededor en ráfagas, pero no parece molestar a las masas de personas que se arremolinan cerca de nosotros. Una cacofonía de sonidos (retazos de un idioma que nunca había oído) se mezcla con los balidos de las cabras y el estruendo de los palanquines, junto con los gritos de otros vendedores ambulantes y las advertencias de los que están cerca.

A mi alrededor, revolotean los colores brillantes. Mujeres de piel lustrosa llevan inmensos paquetes sobre sus cabezas y equilibran sus cargas como por arte de magia mientras se abren paso entre la multitud, con los extremos de sus chales finos colgando detrás de ellas. El olor a té especiado emana de un trío de ancianos sentados en cajas de madera alrededor de una mesa improvisada.

Cuando un niño pasa corriendo junto a Arjun, tropieza por las prisas y casi cae al suelo, Arjun lo sujeta. El niño grita indignado, a lo que Arjun responde en la misma lengua. Intercambian palabras, sílabas cortantes y rápidas. El niño empieza a sonreír a mitad de la discusión, su expresión se torna avergonzada.

De repente, me doy cuenta, aunque a estas alturas ya no debería sorprenderme nada en la vida o en la muerte.

—¿Estamos en las Indias Orientales? —grito por encima del estruendo, mi inglés resuena entre la multitud como una sirena de niebla.

Arjun se ríe.

—Bienvenido a Rajastán. Específicamente, a una zona justo a las afueras de Jaipur.

—¿Y hablas este idioma?

—Hablo hindi y un poco de marwari. Es suficiente para apañármelas mientras estoy aquí. En las ciudades importantes, resulta más sencillo encontrar gente que hable inglés. Eso hay que agradecérselo a la corona británica —bromea sin humor. Empieza a avanzar entre la multitud con determinación, abriéndose paso en espacios reducidos a un ritmo tranquilo.

Mis sentidos se ven sobrepasados. Me cuesta mucho esfuerzo dominar mi necesidad de reaccionar, de evitar moverme demasiado rápido o de mirar en todas direcciones. Lo que más me llama la atención es el olor de la comida y las especias. Es quizás incluso más intrincado y tiene más capas que la cocina de Nueva Orleans.

Arjun se detiene junto a un vendedor ambulante, quien le entrega un cono de papel lleno de un líquido espeso teñido de un tono naranja pálido. Me acerco para evitar que me atropelle un burro que tira de un carro mientras Arjun toma un largo sorbo.

Respira hondo.

—Ha pasado demasiado tiempo desde la última vez que estuve aquí. —El olor distintivo del azafrán impregna el aire a su alrededor.

—¿Y por qué, cuando es tan fácil como atravesar un espejo?

—No es tan fácil, amigo mío —reflexiona—. Nunca me resulta fácil hacer este viaje. —Toma otro largo trago de su bebida—. ¿Te gustaría probar un poco?

—¿Qué es?

—Es un lassi de azafrán. Lo elaboran con yogur fresco y miel. Viene de perlas en un día caluroso.

—Ojalá esas cosas todavía me atrajeran. —Observo su bebida con nostalgia.

—He oído que a algunos vampiros aún les atrae. De vez en cuando, Odette pide algo de fruta. Sus favoritas son las granadas y los mangos. ¿Hay algo que te siga apeteciendo?

—La sangre que gotea de un bistec crudo.

Se ríe.

—No puedo ayudarte con eso. Sobre todo, aquí. Las vacas son sagradas en esta parte del mundo. Si se te ocurre insultar a una o te interpones en su camino, ten cuidado. —Aunque su tono es alegre, su atención vuela a mi espalda por un instante, y aparecen arrugas alrededor de sus ojos.

Alguien, o algo, lo está incomodando. Sería una tontería por mi parte sacar a relucir el asunto.

—¿Por qué te resulta difícil estar aquí? —pregunto, mis palabras igual de alegres y mis sentidos alerta.

Baja la voz hasta que apenas es un susurro, su sonrisa permanece tranquila.

—Las últimas tres veces que viajé a Rajastán, me acosaron menos de una hora después de pasar por el espejo. Será solo cuestión de tiempo que intenten detenerme.

—¿Quién? —Me acerco.

Agita la mano derecha como si estuviera aburrido. Luego da un último trago a su bebida y aplasta el cono de papel en el puño.

—Así pues, no hay que desperdiciar ni un solo momento. —Tras dar una palmada con ambas manos, echa a andar a paso rápido en la dirección opuesta.

Lo sigo con paso inquieto.

—¿Estamos huyendo? —pregunto con los dientes apretados.

—¿Entra eso en conflicto con tu sensibilidad de Saint Germain? —pregunta con una sonrisa.

—Si hay alguien aquí que te esté amenazando, deseo ponerle fin.

Alarga las zancadas.

—No me gusta relacionarme con esos mequetrefes, si puedo evitarlo. Los círculos feéricos son reducidos, especialmente en el Valle. Uno nunca sabe cuándo podría estar peleándose con alguien de su propia familia. Y si se trata de mi familia, *entonces* serías acusado de golpear a un miembro de la nobleza. No merece la pena meterse en tantos problemas. —Acelera el ritmo cuando atraviesa una plaza pequeña con un pozo en el centro y una cola que lo rodea, formada por personas que esperan su turno para rellenar una jarra, un barril o una madeja de tela encerada. A mi derecha, alcanzo a ver una figura que lleva una capa gris con capucha.

Continuamos avanzando a paso ligero durante varias calles más hasta que llegamos a una zona de la ciudad menos transitada. Detrás de los muros de piedra se hallan estructuras más grandes e intrincadas de varios pisos de altura. Las señales de riqueza son evidentes en los jardines cuidados y las paredes decoradas con ladrillos tallados y volutas imponentes.

Los pasos de Arjun vacilan cuando doblamos una curva junto a una fuente decorada, rodeada por una verja de hierro forjado con una puerta.

—Impresionante —digo.

Arjun murmura:

—Nadie la vigila. La puerta está abierta de par en par.

—¿Eso supone un problema?

—Por lo general, está vigilada. —Se acerca más. En ese mismo instante, unos borrones de movimiento nos rodean por ambos lados—. ¿Te puedes creer que esta fuente en realidad funciona gracias a la corriente de un río cercano? —comenta.

Arqueo una ceja.

—Fascinante. —Se me eriza el vello de los brazos, tenso los músculos de la mandíbula.

Nos están siguiendo. Rodeando. Arrinconado.

—Lo es, ¿verdad? —Arjun sonríe con alegría y luego dirige su mirada hacia la fuente con una intencionalidad inequívoca.

Parpadeo. ¿Espera que nosotros…?

—¡Ahora! —Arjun echa a correr, directo hacia la puerta abierta, hacia el centro de la fuente. A mi alrededor convergen formas encapuchadas. Me dirijo hacia el agua y me resisto por un instante cuando veo a Arjun sumergirse bajo su superficie sin la menor vacilación. Como no tengo ni idea de lo que podría pasar si me retraso, respiro hondo por instinto y salto de cabeza.

El agua está tibia. Tan cálida como el aire que nos rodea. Es la primera vez desde que me convertí en vampiro que tengo la oportunidad de nadar. Siento tensión en los pulmones, que se aferran a los vestigios de su humanidad, pero ya no necesito aire. Abro los ojos y me doy cuenta de que la fuente es mucho más profunda de lo que parecía a primera vista. Puede que unos seis metros. Arjun está a mitad de camino, nadando como un tiburón hacia el fondo. Lo sigo y me maravillo de lo bien que mis instintos se adaptan a un ambiente sin aire. Me acerco a Arjun, que me espera antes de extender la mano derecha hacia el suelo fangoso. En el momento en que lo hace, la arena parece atraerlo. No parece molesto en lo más mínimo, así que alcanzo el limo con mis propios dedos.

En el momento en que tocan la arena, mi amuleto empieza a deslizárseme por el dedo. Cierro la mano en un puño, el pánico se apodera de mi columna. Fuera, estamos a plena luz del día. Incluso en lo profundo de estas aguas, los rayos del sol logran filtrarse sin obstáculos. Sin el anillo, no tengo ninguna posibilidad de encontrar refugio antes de estallar en llamas.

Tanto mi madre como mi padre ardieron a la luz del sol, mi padre como pago por sus pecados, mi madre, porque creía que no había otra opción. Cuando salió a encontrarse con el sol, mi tío no me dejó mirar. Me atrajo hacia él y se negó a soltarme, aunque grité contra su chaleco, exigiendo que me liberara.

No tengo ningún deseo de morir como lo hicieron mis padres.

Las arenas movedizas me atrapan hasta el hombro. Por instinto, me resisto cuando se me cierran alrededor del pecho y la garganta. Pero observo a Arjun, que deja que la arena se lo lleve y se lo trague por completo. Una llamarada de duda me cierra la garganta. ¿Qué pasa si todo este tiempo me ha estado conduciendo a mi inevitable muerte? ¿Qué pasa si lo sigo y me arrancan el amuleto de la mano por completo y mi muerte será una certeza una vez que caiga al otro lado?

¿Qué encontraré en ese otro lado?

Cierro los ojos y dejo que la magia se apodere de mí. La oscuridad me rodea en el segundo en que las arenas movedizas rodean mi rostro. Es como ser arrastrado a un vacío sin fin.

Al instante siguiente, caigo en un lugar donde la luz solar es más brillante que cualquiera que haya presenciado antes. Permanezco cegado durante el lapso de una respiración, elevo el brazo para protegerme la cara.

Hemos aterrizado en una orilla resplandeciente, las olas lamen nuestros pies. Me lleno los pulmones de este aire extraño. Huele cálido y espeso. Como a té caliente mezclado con melaza y anís. Rastrillo la arena compactada con las manos mojadas. Cuando me pongo de pie, la piel me brilla como si me hubiera aplicado polvo de diamante.

Arjun me espera, su cabello ondulado, goteando, sus facciones, serenas.

—No des un paso más, asquerosa sanguijuela —grita una voz a nuestra espalda.

Cuando me limpio el agua salada de los ojos, la furia me invade.

Una mujer preciosa espera en la playa prístina, su largo vestido blanco contrasta con la arboleda de palmeras que se mecen a su espalda, las hojas de un tono azul oscuro antinatural, la corteza se asemeja a fragmentos de cobre afilado. Alrededor de la frente lleva una corona de perlas. A lo lejos, detrás de ella, el sol brilla en lo alto, sus rayos blancos relucen de una forma amenazadoramente angelical.

—Reuníos —dice en voz baja.

Un semicírculo de guerreras con capas grises, que portan lanzas de alabastro reluciente, dan un paso adelante, blandiendo sus armas, apuntándome al corazón con sus hojas.

Bastien

Se repite lo mismo de siempre.

Cada vez que la furia más absoluta arraiga en mí, la sangre se me convierte en hielo. Si estas cabronas quieren matarme, no caeré sin luchar. Avanzo con los dedos acabados en garras a los costados mientras los colmillos empiezan a alargárseme. Aunque me veo superado por más de diez de estas soldados de capa gris, no esperaré a que den el primer paso.

Una risa melódica repica en el aire.

—Relájate, Sébastien —dice ella—. Aquí nadie va a hacerte daño.

Me detengo, pero no bajo la guardia.

—Perdón por haberlo malinterpretado. —Cada una de mis palabras gotea sarcasmo—. Pero nunca he sido acorralado por doce guerreras feéricas que visten corazas de plata maciza y blanden lanzas de alabastro.

—Uy, no lo has malinterpretado. —Sus preciosos ojos centellean—. Quería que tuvieras miedo. Esas armas no están hechas solo de alabastro.

—No tengo miedo. —Miro las hojas. La punta es de plata, además. Destinadas a asestar un golpe letal.

Su sonrisa se asemeja a una guadaña.

—Entonces, eres un tonto.

Durante unos instantes, no digo nada. Sin previo aviso, me lanzo hacia delante, atrapo a la más pequeña de las guerreras de

233

capa gris y la arrastro hacia atrás, con los colmillos al descubierto sobre la piel de su cuello. Le retuerzo la muñeca hasta que la lanza cae de sus dedos a la arena brillante.

—Dejadnos pasar, o le destrozo la garganta —digo con calma.

—Dios mío, hombre, ¿qué estás…? —balbucea Arjun.

Otra risa que recuerda al tañido de las campanas emana de la mujer vestida con capas de seda de araña blanca.

—Lo dudo. Ese no es el temple del que estás hecho, Sébastien Saint Germain.

La ira corre por mis venas. Si sabe quién soy, entonces también debería saber mejor cómo tratarme. La miro, inclino el cuello de la guerrera hacia un lado y le hundo las puntas de los colmillos justo debajo de la piel de la oreja. Ella se tensa por instinto, las demás guerreras de capa gris dan un paso adelante, indignadas.

Paladeo la sangre de la guerrera con la lengua. Es dulce. Más dulce que cualquier sangre que haya probado. Llena de añoranza y destellos de recuerdos impregnados de sol. Durante un instante, lo único que quiero es beber de ella hasta dejarla seca. Para demostrar mi temple. Mi valor como Saint Germain.

Una fina ceja negra se arquea en la frente de la mujer de blanco, que levanta una mano para detener a sus guerreras. Ya no está sonriendo.

Igual que hace mi tío, me está poniendo a prueba.

Sé lo que haría Nicodemus. Mataría a la guerrera. Convertiría su muerte en un espectáculo, y al infierno con las consecuencias.

En lugar de eso, retrocedo, tras tomar solo un trago.

—Relajaos —digo en voz baja, haciéndome eco de la orden anterior de la mujer de blanco. Puede que lo que he hecho sea imprudente. Pero ella quería imponer su control. En mi corto tiempo como inmortal he aprendido que es mejor combatir el control con caos.

Ahora se lo pensará dos veces antes de ponerme a prueba.

La mujer feérica da un paso adelante, y el aire a su alrededor brilla. Es imposible adivinar su edad, igual que pasa con Ifan, el guerrero feérico de pura sangre que protege la entrada a las habitaciones de mi tío en el Hotel Dumaine. Podría tener veinte años. Podría tener dos mil. Sus rasgos son similares a los de Jae, tiene la piel pálida, el cabello le cuelga más allá de la cintura en ondas del negro más oscuro. Todos los dedos de sus manos y pies están festoneados con finas cadenas de plata engastadas con perlas. Lleva los labios pintados del color de la sangre seca. La forma en que camina, la forma en que las guerreras encapuchadas restantes se mueven a su alrededor, sus miradas atentas, me dice que es importante.

No despega la mirada de mí.

—Libera a mi guardia, y tienes mi palabra de que ninguno de vosotros sufrirá ningún daño. Por el momento.

Vacilo un instante. Luego empujo a la guerrera feérica hacia delante. Ella gira sobre los talones, con los puños apretados a los costados, las fosas nasales dilatadas. Más rápida que un rayo, toma su lanza y la hace girar en el aire con la gracia de una maestra, antes de nivelar la punta con mi cara.

Una declaración y una promesa. Esta guerrera *ha elegido* no resistirse.

—¿Por qué has traído a este bebedor de sangre a nuestras costas, Arjun Desai? —pregunta la mujer de blanco, con rostro inexpresivo.

—Porque me pidió que lo trajera, con pleno conocimiento del riesgo para sí mismo. —Puedo escuchar el corazón de Arjun latiéndole en el pecho, pero no titubea al dar su respuesta.

Ella inclina la cabeza en su dirección.

—¿Tienes por costumbre recibir órdenes de un miembro de los Caídos? —Chasquea la lengua—. Riya odiaría enterarse de eso. Nuestra especie no elige una posición de subordinación cuando se trata de los habitantes de la noche.

—Cierto, pero los habitantes de la noche poseen una gran riqueza. —Arjun esboza una sonrisa, pero no le llega a los ojos—. Y puede que mi madre se sintiera menos inclinada a emitir juicios si supiera que me estoy llevando un buen pellizco.

Esa misma sonrisa en forma de guadaña dibuja una curva en el rostro de la mujer. Es inquietante de contemplar, porque es una sonrisa que oculta una amenaza.

—Aun así. —Extiende los dedos y el aire a su alrededor ondula. Una mano invisible toma a Arjun por la barbilla, acercándolo más a ella y haciendo que sus pies floten sobre la arena. Cuando me muevo para interceder, Arjun me detiene con una sola mirada—. Tú sabes tan bien como cualquiera, hijo de Riya, cuánto... me disgusta encontrarte en compañía de una sanguijuela. —Toma su mandíbula entre el pulgar y el índice mientras lo deja en el suelo—. Y un bebedor de sangre como él no tiene nada que hacer en el Valle.

Arjun traga saliva, veo subir y bajar su nuez. Vuelvo a sentirme aturdido por el peso de mi egoísmo. Tal como dijo, se ha puesto a sí mismo en gran peligro al traerme aquí. Y ni una sola vez he considerado la gravedad de sus acciones. Solo he pensado en lo que quería yo. En triunfar a toda costa.

Si esta es la mejor versión de mí mismo, ¿qué clase de joven era yo antes?

Doy otro paso adelante, retraigo los colmillos. Cuatro de las guardias encapuchadas se interponen entre Arjun y yo, me apuntan al pecho con sus lanzas.

—Puedo explicarlo, si me dejáis...

—Bastien. —Arjun me frunce el ceño—. Muérdete la lengua, por una vez. —Le ofrece a la mujer de blanco una sonrisa tímida—. Mi señora —dice—, estamos aquí porque mi socio desea viajar a través del Valle hasta las fronteras de la Espesura. Como bien sabéis, en la Espesura no hay ninguna tara al reino de los mortales de la que pueda valerse un bebedor de sangre. Se me ocurrió traerlo aquí y rogar por vuestra inagotable generosidad. —Hace una inclinación—. Solicitamos permiso humildemente para cruzar la frontera del Valle y llegar a nuestro destino deseado, el páramo invernal de la Espesura.

La mujer arquea sus finas cejas en lo alto de la frente y abre los ojos color ónice como platos. Se echa a reír. Crea una melodía que desprende un toque familiar. Un sonido que me atraviesa el centro del cuerpo.

Conozco esa risa. La oía a menudo en mis sueños mortales. Es un sonido que anhelé escuchar incluso en la muerte. Doy otro paso para acercarme más, sin hacer caso de las armas que apuntan en mi dirección. Recorro con los ojos a la eterna mujer de blanco. Me descubre estudiándola. Inclina un poco la cabeza y detecto un brillo de complicidad en su mirada.

Es así, en este instante, cuando veo la verdad. Las palabras huyen de mi lengua.

Es la Dama del Valle. También es la madre de Celine. Celine es una etérea. Hija de la realeza feérica.

Su sonrisa se ensancha.

—Soy *lady* Silla del Valle —me dice—, y has entrado en mis dominios, lo cual te deja a mi merced. Si deseo que te cortes la nariz y me la presentes como regalo, lo harás sin dudarlo. Y si deseas atravesar mis fronteras libremente, pagarás un precio.

—Decidnos el precio, mi señora. —Arjun ejecuta otra reverencia seca y oigo la sangre correr por sus venas—. Y tened por seguro que nuestras narices son vuestras, solo tenéis que pedirlas. Aunque sí diré que la de mi socio es bastante elegante. Más bien aguileña. Definitivamente, preferible a la mía.

Una de las guardias tose para ocultar su diversión. *Lady* Silla arquea una ceja en su dirección.

Hago lo que Arjun me ha pedido y guardo silencio. La única hada de pura sangre con la que he tenido contacto antes es Ifan, que fue designado guerrero de la corte estival del Valle Silvano antes de ser exiliado por enamorarse de una bebedora de sangre. De Ifan aprendí a no establecer nunca un acuerdo vinculante con ninguna criatura del Otro Mundo en el que los términos no se articulen de antemano.

¿No debería un etéreo como Arjun ser más consciente de este hecho? ¿Dónde está el astuto abogado que he conocido durante el último año? ¿El que ha negociado con notable habilidad tantos tratos con personas mágicas y no mágicas por igual? Un nudo de duda me atenaza el estómago.

¿Está Arjun intentando traicionarme?

Una sensación inquietante se instala en mis extremidades. Nigel nos traicionó a todos hace menos de tres meses. Y fue miembro de mi familia durante mucho más tiempo que Arjun. ¿Se volvería contra nosotros el etéreo, después de todo?

Lady Silla ordena a sus guardias que se retiren. En un solo movimiento fluido, apuntan sus lanzas hacia el cielo y retroceden.

—No temas, Sébastien Saint Germain. Te permitiré viajar a través del esplendor estival del Valle hacia los páramos helados de la Espesura. Solo tengo una condición. Una simple, que no tiene por qué causarte muchas molestias.

Casi me río. Hace cinco días, fui engañado exactamente de esta misma forma, por la hija de esta mujer. La chica a la que amaba cuando estaba vivo. La chica cuya risa me perseguía en sueños. Celine deseaba que le diera respuestas la noche en que me pidió que la besara. Y ahora poseo la respuesta a una pregunta que debe de haberla atormentado desde la infancia.

Sé quién es su madre. Sé por qué el glamour que Nicodemus puso en su mente se está desvaneciendo.

Celine siempre ha sido parte de este mundo maldito, desde el día de su nacimiento.

—Tráeme a la chica aquí, al Valle, Sébastien. Que venga por voluntad propia. —Los ojos negros de *lady* Silla me atraviesan—. Tráela y podrás viajar por mis tierras sin impedimentos. Aunque no puedo hablar por los peligros que encontrarás en la anárquica Espesura.

Arjun me mira, luego vuelve a mirar a la Dama del Valle.

—¿Chica? ¿Qué chica? ¿Jessamine? ¿Qué ha hecho ahora?

—¿Tenemos un trato? —me pregunta, ignorando a Arjun por completo.

Aprieto los labios, los pensamientos me zumban en la cabeza como los engranajes de un reloj. Quiero preguntarle a la Dama del Valle si hará daño a Celine. Pero algo me dice que la sola pregunta sería un insulto. No alcanzo a entender por qué querría ver a su hija ahora, después de haber permanecido alejada de ella durante todos estos años.

—No permitiré que nadie la ponga en peligro.

—¿A quién, maldita sea? —exige saber Arjun.

—Yo tampoco —dice *lady* Silla, mientras se le forma un surco entre las cejas—. Y sabes bien por qué. Es muy preciada para mí. —La Dama del Valle se desliza en mi dirección y se acerca más, dejando atrás a un Arjun que no deja de protestar—. Si te niegas, será intrascendente. Tendré lo que quiero a su debido tiempo. Pronto enviaré a otros al reino de los mortales para recuperarla. Pero prefiero que seas tú, sobre todo por ella. A ti te creerá. Confiará en ti. La mantendrás a salvo. A donde vayas, ella irá sin dudarlo. —Una sonrisa florece en su rostro—. Al igual que, a donde ella vaya, tú la seguirás sin dudar. —Entrelaza los dedos en un céfiro de viento, que se inclina ante su toque—. ¿Y no sería preferible para todos los involucrados que la acompañaras, en lugar de los miembros de mi guardia, a quienes ella no conoce y en quienes no confía?

La ira me inunda las venas. Se me atasca en la garganta, el sabor es tan amargo como la bilis. Desprecio su lógica. Pero no tanto como me odio a mí mismo por poner en marcha las ruedas de este tren.

La Dama del Valle quiere que traiga a su hija aquí. Por su propia voluntad. La opción que me está dando es la mejor entre lo peor.

—Sí —accedo mientras el odio zumba por mi piel—. Prefiero ser yo.

—Me figuraba que verías las cosas a mi manera, Sébastien —responde *lady* Silla con un asentimiento de satisfacción.

—Maldita sea, ¿de qué estáis hablando? —grita Arjun—. ¿Qué chica? ¿A quién eres preferible?

Detrás de nosotros, el agua salada comienza a subir, las olas golpean la playa resplandeciente. El mar hechizado nos envuelve los tobillos y se apodera de nosotros como si quisiera hundirnos. Cuando nos llega al nivel de la cintura, ya no podemos luchar contra la corriente mágica. Es imposible mantenerse erguido.

—Pregúntale al dueño de la plata, Arjun Desai —dice *lady* Silla por encima del romper de las olas, con una expresión de deleite—. Dile que su dama le envía saludos. Y que desea que venga a verla pronto, tal como prometió.

Su última palabra flota en el aire como una pluma en una brisa pasajera. Aterriza en mi pecho como un yunque, su peso me aplasta por dentro y por fuera.

Prometió. El dueño de la plata hizo una promesa a la Dama del Valle.

Antes de tener la oportunidad de hablar, el agua nos traga a Arjun y a mí y nos escupe a través de la fuente a toda velocidad, tras lo que aterrizamos sin contemplaciones en la arena resplandeciente de una calle elegante a las afueras de Jaipur.

Me siento en el suelo, con la ropa chorreando agua y la mente inundada por la traición.

No debería haber temido una traición de Arjun. Sino de Jae.

CELINE

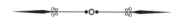

Celine observó a Michael mientras paseaban por Jackson Square poco después de la puesta del sol. La pérdida nunca había sido un tema fácil para ella. Era como hurgar en una herida que se negaba a sanar. Buscó las palabras adecuadas para ofrecer sus condolencias y luego decidió que era mejor decir lo que sentía de corazón.

—¿Hay algo que pueda hacer por tu familia? ¿Algo que pueda ayudar con vuestro dolor, aunque sea mínimamente?

Michael negó con la cabeza.

—Ojalá lo hubiera. La muerte de Antonio les ha hecho el mismo daño que un ariete. —Inhaló y luego entrelazó las manos detrás de su espalda—. No había visto a Nonna tan alterada desde que el padre de Luca, mi tío, murió hace diez años.

—Estoy segura de que todos están conmocionados. ¿Cuántos años tenía tu primo Antonio?

—Veinticuatro.

—Era muy joven —comentó Celine.

En los labios de él se instaló una sonrisa amarga.

—¿Te he contado que luchó en una de las últimas batallas de la guerra?

—No, no me lo habías dicho.

Michael asintió.

—Fue el mismo día en que Lee se rindió en Appomattox, hace siete años. En la batalla por el fuerte Blakeley, justo a las afueras de Mobile. Antonio solo tenía diecisiete años, pero desafió los deseos de sus padres y fue a luchar contra las fuerzas rebeldes de todos modos.

—Parece un joven valiente.

—Lo era. —Michael sonrió al recordar—. También era escandaloso, descarado y desagradable. Él y Luca se llevaban muy bien cuando eran niños.

Continuaron avanzando sobre los adoquines a un ritmo pausado. La cálida brisa de abril mecía las palmeras enanas. El olor a lluvia flotaba en el aire, con un deje a metal y a tierra.

—¿Has logrado detener a la persona responsable de su muerte? —Celine se mordió el interior de la mejilla—. ¿Hay alguna pista sobre la identidad del culpable?

—Todavía no lo hemos atrapado. —Algo oscuro brilló en la mirada helada de Michael—. Pero lo haremos.

—Lo siento mucho, Michael.

—Gracias, Celine.

Ella esperó unos instantes.

—He preguntado por tu familia, pero… ¿Hay algo que pueda hacer por ti?

Él la miró de reojo. Vaciló un momento. Luego la tomó de la mano.

—Es suficiente con que estés aquí conmigo. Antonio se acercaba más a Luca en edad y experiencia. Por eso, no lo conocía bien, pero sentía cierta afinidad con él porque sirvió en la fuerza policial de Baton Rouge. Recuerdo cuando le dije a Antonio que quería ser policía. Escribió a la academia en mi nombre y estuvo allí el día que recibí mi cargo. —Una oleada de tristeza recorrió su rostro.

Celine le apretó la mano.

—Si necesitas algo, no dudes en hacérmelo saber, incluso si es solo para aliviar tu carga durante un rato. La tristeza puede ser un peso insoportable.

—No estoy triste. Estoy furioso.

Celine asintió. Michael entrelazó los dedos con los de ella mientras la atraía hacia su lado. Por un segundo, dudó antes de envolver la mano de él entre las suyas.

Era hora de que Celine tomara una decisión.

Aunque le dolía admitirlo, Pippa había tenido razón en muchas cosas. Michael Grimaldi era un buen hombre que a todas luces se preocupaba mucho por ella. Sería una tontería por parte de Celine ignorar ese hecho. Pippa había dicho que el amor era una elección. Una joven sabia elegiría amar a un hombre como Michael.

Pero Celine no podía desembarazarse del recuerdo de ese beso que había compartido con Bastien. Durante largos días y largas noches, había tratado de olvidarlo. Había intentado ignorar la forma en que le habían temblado las manos. El calor que se había acumulado en su vientre. El roce de los labios de él contra su piel.

Una avalancha de emociones se había apoderado de Celine en los cinco días que habían pasado. Estaba enfadada por todas las mentiras. Se había sentido frustrada al darse cuenta de que todos se habían negado a ayudarla a recuperar sus recuerdos.

Pero más que nada, lo que Celine sentía con más intensidad era el peso de su tristeza.

Había perdido mucho. Más de lo que podía empezar a imaginar. Hacía dos noches, había jugado con la idea de romper la promesa que le había hecho a Bastien. Había ido tan lejos como para ponerse un vestido sencillo y botas de paseo, con la intención de ir a Jacques' una vez más y exigir… algo de él. Cualquier cosa que no fuera esa gélida distancia.

Por fortuna, Celine había recuperado la sensatez antes de abandonar su apartamento. Necesitaba olvidarse de Sébastien Saint Germain. Le había dejado claro que no quería tener nada que ver con ella. No se degradaría suplicando la atención de ningún hombre, y mucho menos, la de uno como él.

Bastien era el tipo de joven que, ante todo, se preocupaba por sí mismo. Cierto, sentía remordimientos. Pero no los suficientes como para asumir la responsabilidad por el dolor que había causado o para elegir un camino diferente. Michael Grimaldi era resuelto y directo. Celine nunca podría dudar de su afecto o sus intenciones. Un joven como aquel merecía ser amado.

Michael merecía el amor de Celine.

No importaba que oyera una voz en la parte posterior de su cabeza, una que parecía no poder silenciar y que le decía que aquello no estaba del todo bien.

Michael y Celine continuaron su paseo, más allá de las púas de las cercas negras de hierro forjado, hasta el camino pavimentado frente a la catedral de Saint Louis. En el transcurso de los últimos meses, Jackson Square se había convertido en uno de los lugares favoritos de Celine en Nueva Orleans. Era extraño, por lo tanto, que le resultara indiferente la estructura de su centro: la iglesia de tres agujas con su famosa torre del reloj. La última vez que había asistido a misa allí, se había sentido mareada y aturdida, una sensación inquietante se había extendido por su estómago. Pippa la había escoltado fuera de la nave al segundo siguiente y le había prometido que podían asistir a misa en otro lugar en el futuro.

—La violencia nos ha quitado mucho a los dos —reflexionó Celine.

—Ojalá pudiera haberte ahorrado tanto sufrimiento.

—Todo el mundo me repite lo afortunada que soy de no recordar la mayor parte. —Sus labios se curvaron hacia un lado—. A veces, me siento inclinada a estar de acuerdo.

—¿Solo a veces? —La preocupación brilló en el rostro de Michael—. ¿Es que hay momentos en los que desearías poder recordar, incluso si eso significara revivir el horror?

Celine se planteó contarle cuánto despreciaba que la protegieran de la verdad, sin importar cuán oscura pudiera ser. Pero no sabía si Michael lo entendería. No parecía el tipo de hombre que encuentra belleza en la oscuridad, como solía pasarle a Celine. Parecía del tipo que siempre miraba hacia la luz.

—Siento que estoy perdiendo una gran parte de mí misma —dijo—. Me hace sentir… rota. Como si nunca pudiera volver a estar completa, sin importar lo que haga.

Michael dejó de caminar. Se giró hacia ella y le tomó las manos entre las suyas. Despacio, con cuidado, se llevó su mano derecha a los labios y se la besó con suavidad.

—No estás rota, Celine. En absoluto. —Hizo una pausa—. Y si para ti es importante recordar todo lo que sucedió, tal vez deberíamos hablar con alguien al respecto.

—¿Con otro médico?

—Haré algunas preguntas. —Una expresión decidida adornó la frente de Michael, como si ya tuviera en mente la persona adecuada a la que preguntar.

Aunque dudaba de que fuera a marcar ninguna diferencia, su convicción resolvió parte de la agitación persistente de Celine. Michael había hecho aquello mismo por ella desde el día en que había despertado en el hospital hacía más de dos meses. Su sensación de recelo estaba siempre presente pero, al menos, cuando Michael estaba con ella, no se sentía tan perdida.

Una parte de ella quería retroceder ante aquel sentimiento. No siempre había sido así. No siempre había necesitado a alguien a su lado para sentirse segura. Después de perder a su madre a una edad temprana, Celine había aprendido el valor de la autosuficiencia. Ahora le molestaba su pérdida.

—Ojalá ambos tuviéramos respuestas —murmuró Celine sobre sus manos unidas—. Ojalá pudiera descubrir la verdad de lo que le sucedió a tu primo.

—Y yo desearía que lo que te pasó a ti no hubiera sucedido —dijo Michael—. Desearía poder borrar su verdad.

Cuando Celine levantó la cabeza, él la miraba con un nuevo tipo de ternura. Había sido muy cuidadoso durante las últimas semanas. Michael nunca la había presionado para que le devolviera su evidente afecto ni la había hecho sentir incómoda.

Pero algo había cambiado esa noche. Celine se dio cuenta por la forma en que él la miraba. En sus ojos claros había una chispa de algo que nunca había visto ahí.

Con la mirada fija en la de ella, Michael se inclinó hacia delante.

—Espero poder estar siempre ahí para mantenerte a salvo. Es decir… si me aceptas.

Celine tragó saliva. Cualquier mujer joven debería sentirse encantada de tener a Michael Grimaldi compitiendo por su afecto. Si el amor real era una elección, tal vez Celine pudiera elegir amarlo como Pippa había elegido amar a Phoebus.

Quizás *debería* mantener los cuentos de hadas en el lugar que les correspondía, en los libros.

Michael le dio un beso en la frente. Luego en la punta de la nariz. Luego, siempre un caballero, se tomó su tiempo mientras se acercaba, para darle a Celine todas las oportunidades que quisiera para evitar que hiciera lo que sabía que él llevaba queriendo hacer desde hacía mucho tiempo.

Ella no dijo que no. No había ninguna razón para decir que no.

Michael la besó, con los ojos cerrados. Sus labios eran suaves. Cálidos. Gentiles. Celine se inclinó hacia su beso. Esperó a que sus ojos se cerraran. No lo hicieron. Podía sentir que su cerebro seguía funcionando, incluso cuando Michael la rodeó con los brazos y la atrajo hacia él en un abrazo.

El beso pareció durar mucho tiempo.

Una imagen espontánea pasó al frente del pensamiento de Celine. De otro beso. Uno en el que el tiempo había parecido detenerse, solo para acelerar de repente. Como si un único beso fuera a la vez un momento y toda una vida. Un para siempre contenido en un instante.

Se obligó a cerrar los ojos justo antes de que Michael se alejara. Él depositó un último beso ligero en sus labios antes de dar un paso atrás. Celine le sonrió, con la cabeza hecha un lío.

Como si los agujeros de su memoria se vieran reflejados en los agujeros de su corazón.

BASTIEN

En una noche típica, hinco los dientes en el cuello de mi víctima y nada más importa. Durante un instante, es como si el resto del mundo se desvaneciera en el olvido. Ya no soy una criatura de la oscuridad que añora su humanidad perdida. No existe la Hermandad. No existe Nigel.

No existe Jae.

Pero esta no es una velada típica. Los planes que he puesto en marcha desde que conocí a la Dama del Valle hace dos días están lejos de ser ordinarios. Hemos tendido la trampa. El objetivo es uno de los nuestros.

Esta no será una victoria celebrada.

Sigo bebiendo y los pensamientos de mi víctima me invaden la mente como una secuencia de litografías que se ponen en movimiento. Tal como sospechaba, este hombre ha llevado una vida sórdida. Precisamente por eso lo elegí ayer cuando lo vi, poco después del anochecer. Lo seguí durante horas, esperando a ver si podía redimirse ante mis ojos.

Cuanto más rápido pasan sus recuerdos por mi mente, más convencido estoy de que he elegido bien.

Durante años, mi víctima ha estado guiando a niños huérfanos y golfillos callejeros hacia un destino perverso. Los marineros del muelle lo denominan «ser shanghaieado». Ofrece a sus víctimas comida y bebida, en las que mezcla láudano. Espera hasta que caen víctimas de un sueño inducido por las drogas. Cuando los niños despiertan, ya están mar adentro. Obligados a trabajar en las jarcias y limpiar cubiertas hasta que ya no son de ninguna utilidad, todo mientras él se embolsa los beneficios de su servidumbre.

Muchos argumentarían que se trata de otra forma de esclavitud. No puedo opinar al respecto. He vivido una vida afortunada y favorecida, a pesar del color de mi piel. Las conversaciones que he compartido con Kassamir, quien hace treinta años, cuando era un niño, fue arrancado de los brazos de sus padres y vendido a otra plantación a las afueras de Nueva Orleans, simplemente arañan la superficie de su dolor.

Kassamir nunca volvió a ver a sus padres, ni siquiera tras el fin de la guerra.

Pienso en ello mientras continúo bebiendo, agarrando a mi víctima por los hombros. Pienso en todos esos niños y niñas que es probable que nunca vuelvan a ver sus hogares o a sus familias. No es relevante que algunos de ellos fueran huérfanos. Todo niño merece un refugio. Un lugar donde sentirse seguro.

Cuanto más bebo, más distorsionadas se vuelven las imágenes. Se oscurecen como si una sombra hubiera caído frente a ellas. Mientras veo cómo se desarrolla la perversa vida de este hombre, aprieto más. Muevo las manos desde sus hombros hasta ambos lados de su cabeza. Siento que los latidos de su corazón comienzan a disminuir.

—Bastien —dice Boone a mi espalda, con una nota de advertencia en la voz—. Se está muriendo.

Lo ignoro. Bebo más. Las manos del hombre, que han estado colgando sin fuerzas a sus costados durante los últimos minutos, comienzan a agitarse. Intenta golpearme, pero yo me estoy ahogando. Ahogándome en toda la violencia que ha cometido. Ahogándome en su salvación.

—Sébastien. —Esta amonestación proviene de Jae, quien aparece a mi lado en un borrón de movimiento y me apoya una mano en el hombro—. Es suficiente. —Me clava los dedos en el brazo.

Retrocedo. Luego, en el momento exacto en que Jae relaja su agarre, giro las manos en direcciones opuestas y le rompo el cuello a mi víctima.

La sangre me gotea por la barbilla. Le sostengo la mirada a Jae. Mi expresión queda reflejada en la suya. Parezco un asesino. Un demonio. El blanco de mis ojos ha desaparecido. Mis orejas se han afilado hasta acabar en punta. Mis colmillos están manchados y relucientes.

Una parte oscura de mí, la parte sin alma, lo disfruta.

Sin una sola palabra, Jae me indica que lo siga. Cargo con el cuerpo de mi víctima por los tejados de mi ciudad hasta llegar a un cementerio de pobres, donde lo dejo para que se ase durante varios meses en una cámara vacía bajo el sofocante sol de Luisiana.

El nivel freático de nuestra ciudad es alto. Demasiado alto para enterrar a nuestros muertos en el suelo. Fue una lección que aprendieron los primeros imperialistas cuando los ataúdes de los muertos surgieron de la tierra tras una fuerte tormenta y los cadáveres en descomposición obstruyeron las calles de la ciudad. Después de que la Iglesia Católica se apoderara de Nueva Orleans, había que hacer algo. La Santa Sede no permitía quemar a sus muertos.

Pero otorgaron una dispensa especial a la Ciudad de la Luna Creciente. Los ataúdes de nuestros muertos se depositan en mausoleos de ladrillo en la superficie. Con el calor tropical, esos espacios se convierten en hornos. En el transcurso de un año, los cuerpos arden despacio, hasta que no queda nada más que cenizas. Un año y un día después, se retiran los ladrillos de la entrada y las cenizas de sus antiguos ocupantes se trasladan a una bóveda en la base de la cripta. De esta forma, generaciones enteras de familias comparten el mismo espacio funerario.

Nunca hubo un lugar mejor para que un asesino escondiera un cuerpo. Nunca hubo un lugar mejor para preparar el escenario para una trampa.

—Todavía no sé por qué le guardas tanto cariño a este lugar —le digo a Boone.

Él, Jae y yo estamos juntos en la pasarela que hay frente a uno de los burdeles más infames de Nueva Orleans. La fachada de estuco es sencilla. Sin adornos. Incluso el exterior está pintado de un tono gris poco inspirador. Inusual en una calle salpicada de estructuras rosa claro, verde brillante y azul pálido.

Jae frunce el ceño cuando Boone llama a la puerta siguiendo un patrón específico.

—No tengo intención de acompañarte al interior de este tipo de establecimiento.

—Siempre portándote como un monje —bromea Boone, en tono frívolo.

Está interpretando bien su papel. Pero no esperaba menos. Por eso fue el elegido.

—Tampoco veo razón para pagar por el favor de ninguna mujer —continúa Jae.

—Y, sin embargo, ¿no es eso lo que sucede todo el tiempo? —Boone arquea una ceja—. Un chico necesita una esposa. Su madre y su padre quieren que su matrimonio aporte más riquezas e influencia a la familia. Así que encuentran a una chica en posesión de una dote importante o una herencia. —Chasquea los dedos—. ¿O solo objetas cuando es la mujer quien decide los términos?

—Si crees que todas las mujeres de este establecimiento han tenido algo que decir en lo referente a su suerte en la vida, me como el sombrero —intervengo—. Tomar una decisión a punta de pistola no es elegir en absoluto.

—Tal vez tengas razón —coincide Boone. Su sonrisa es amplia. Desdentada—. Pero no cargaré con el peso de privarlas de su sustento. —Guiña un ojo—. Tomen una copa conmigo, caballeros. Prometo comportarme… durante al menos una hora.

El ceño de Jae se hace más profundo. En este momento, aprecio a Boone más de lo que se puede expresar con palabras. Es como si tuviera en las manos el guion de un dramaturgo. Una artimaña necesaria al tratarse de un inmortal como Shin Jaehyuk. Es probable que huela nuestra trampa a varios kilómetros de distancia.

No se puede evitar. Tales intrigas son necesarias. Necesitamos atrapar a Jae desprevenido mientras estamos en la ciudad, lejos de la familiaridad de Jacques' o del santuario que constituye su morada fuertemente protegida.

—No. Como de costumbre, no participaré en tus celebraciones nocturnas. —Jae me mira—. Si te apetece quedarte con Boone, no me opondré.

Niego con la cabeza, con expresión hundida.

—Esta noche he tomado una vida, a pesar de todos mis esfuerzos. Mi velada ya ha sido lo bastante intensa. —Inclino mi sombrero Panamá hacia Boone—. Saluda a las damas de mi parte, Casanova.

—Puedes estar seguro de que lo haré. —Boone asiente y nos dedica un guiño diabólico.

Como era de esperar, Jae y yo nos quedamos solos.

Nos marchamos y paseamos por Rampart hacia el paseo marítimo, más cerca tanto de Jacques' como del piso que Jae comparte con Arjun. Cuando estamos cerca de torcer hacia Royale, me detengo como si de repente hubiera recordado algo.

Jae se detiene a mi lado y mira en mi dirección.

—Maldición —murmuro.

Él espera a que se lo explique antes de reaccionar, al estilo típico de Jae.

Suspiro.

—No te concierne. Tampoco deseo cargar mis problemas sobre tus hombros. —Jae es a la vez un hombre simple y un vampiro complicado. Se puede confiar en que su curiosidad pueda con él.

La mayoría de las batallas se ganan o se pierden antes de iniciar la pelea siquiera.

—¿Qué sucede? —pregunta.

—Carece de importancia. —Doy un paso como si planeara retomar nuestro camino anterior—. Me encargaré de ello mañana, si todavía hay tiempo.

Jae se mantiene firme.

—Sébastien.

Giro sobre mí mismo.

—Nicodemus quería que revisara un envío de cebada malteada con destino a una destilería de Kentucky. Le prometí que le llevaría pruebas de su llegada antes del amanecer. —Me encojo de hombros—. Puedo encargarme más tarde, justo antes del amanecer.

—No es seguro que vayas solo a ningún lugar de esta ciudad. No con la Hermandad al acecho. —Jae gira hacia los muelles—. Iré allí contigo.

Resoplo.

—Dudo que alguno de nuestros amigos peludos esté al acecho en caso de que decida dar un paseo nocturno junto al cobertizo del azúcar. No te preocupes. Mañana puedo llevarme a Odette. Ya sabes cuánto le gusta ver salir el sol.

—No es ninguna molestia. —Cuando Jae avanza en dirección a los cobertizos de azúcar, tomo una respiración medida y sigo sus pasos.

Jaque mate.

Cuatro calles más adelante, llegamos al alargado edificio de madera que alberga muchos tipos diferentes de azúcar refinado y melaza antes de que sigan su camino por el Misisipi hacia el interior.

—¿Qué almacén? —pregunta Jae.

Meto las manos en los bolsillos de los pantalones.

—Cuarenta y siete.

Nos internamos en el lugar y nos detenemos ante una serie de puertas corredizas de madera, parecidas a las de un inmenso granero. Un gato maúlla cuando abro una de ellas.

Jae no entra. Se detiene en el umbral, el cabello negro le cae sobre el rostro.

Aunque entiendo su reticencia, finjo ignorancia.

—¿Jae?

—No hay nadie vigilando la mercancía.

Una risa oscura emana de los sacos de arpillera llenos de azúcar.

—Hay una razón por la que eres el mejor de todos nosotros —dice Madeleine mientras sale de las sombras.

No es casualidad que le haya pedido a Madeleine que sea la que tienda esta trampa. Ella desata a Jae, como lleva décadas haciendo. Sea cual sea el pasado que comparten, hace que Jae dude de su presente.

Y aprovecharse de la duda es la clave para atrapar a un depredador.

—¿Qué estás haciendo aquí? —pregunta Jae en tono áspero, al que se le tensan los tendones del cuello cuando lo comprende.

—Es hora de que tengamos una pequeña charla, Jaehyuk-*ah* —dice Madeleine en voz baja.

Él gira sobre los talones. Pero la distracción de Madeleine ha cumplido su propósito. Antes de que Jae tenga oportunidad de huir, Arjun lo agarra por la muñeca y deja inmóvil al asesino.

Justo como habíamos planeado.

JAE

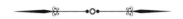

En el instante en que la mano de Arjun tocó la muñeca de Jae, este supo que estaba todo perdido.

La última vez que lo habían vencido así había sido hacía mucho tiempo, en la provincia de Hunan, cuando el brujo Mo Gwai lo había torturado durante un mes en una caverna a mucha profundidad. Jae portaría las cicatrices de esa terrible experiencia durante el resto de su vida inmortal. En cierto modo, se sentía agradecido por ellas. Servían como un recordatorio constante de su mayor fracaso.

Ese tiempo en la caverna había sido el principio del fin para Jae. Las noches más oscuras que recordaba. Un tiempo en el que la venganza lo había consumido como las llamas hacen con la yesca. No fue hasta que el humo se hubo disipado cuando Jae se dio cuenta de la enormidad de su fracaso.

El verdadero precio de las represalias.

Para hacer posible su venganza, Jae había llegado a un acuerdo con la Dama del Valle. Las consecuencias no le importaban. Solo el resultado. Y ahora esas consecuencias habían asomado la cabeza en su casa.

Un final apropiado para una cadena de acontecimientos puesta en marcha hacía tanto tiempo.

Jae miró a la familia que había encontrado. Aquellos a los que había llegado a valorar más que a la vida misma. A pesar de que el contacto con Arjun había dejado inmóvil a Jae, todavía estaba en posesión de sus facultades. Podía ver, oír, saborear y oler con los sentidos agudizados de un vampiro. Por lo general, los humanos quedaban completamente inconscientes cuando Arjun empleaba su don. Quizás, dadas las circunstancias, Jae hubiera preferido eso.

No. Se merecía su ira. Su desconsuelo. Su juicio.

—Deprisa —dijo Arjun, sus ojos color avellana muy abiertos, la mandíbula tensa—. Jae es fuerte. No permanecerá inmóvil mucho tiempo. Y preferiría no estar aquí cuando se libere.

La desesperación ahogó a Jae como si la bilis le obstruyera la garganta. Tan pronto como la magia se desvaneciera, sus hermanos y hermanas esperaban enfrentarse a toda la amplitud de su furia. Sin duda, contaban con ello. Las emociones debilitaban incluso al mejor guerrero. Los hacía incapaces de ver más allá de sus propios deseos.

Jae conocía esa verdad mejor que la mayoría. La venganza lo había dejado ciego a todo lo demás. Incluso después de castigar a Mo Gwai, incluso después de disfrutar de los gritos finales de su enemigo, había sido una victoria vacía. La paz que Jae había luchado por alcanzar no era más que una ilusión, desaparecida junto con el fruto de su oscuro propósito.

Madeleine entró en su línea de visión, con angustia en sus ojos marrones y expresión hundida. Jae deseaba poder alejarse de ese rostro por encima de todo. No podía mirarla. No quería mirarla. El dolor que sentía en el pecho era demasiado grande, como si se estuviera hundiendo bajo el peso de mil mundos.

Un siglo atrás, Jae habría dado cualquier cosa por ver la luz de sus ojos. La forma en que su sonrisa resaltaba el resto de sus rasgos cuando los inclinaba hacia el cielo. Jae deseó que Madeleine desviara la mirada. Pero era Madeleine. Ella nunca haría lo que él quería. Solo lo que necesitaba.

Bastien se movió junto a ella, con expresión indiferente.

—¿Creías que no descubriríamos tu alianza con la Dama del Valle? —Su voz era como el hielo que se desprende de una montaña—. ¿Creías que no descubriríamos el alcance tu falsedad? Supongo que ya no debería sorprenderme semejante traición, especialmente después de la de Nigel.

—Responderás por esto, Shin Jaehyuk. —Madeleine tropezó con las palabras, le temblaba el labio inferior. Algo muy poco característico en ella—. *Comment as-tu pu faire cela?*

¿Cómo has podido hacerlo?

Durante años, Jae había albergado la creencia de que Madeleine podría comprenderlo. Después de todo, ella lo había entregado todo por el bien de Hortense, quien habría muerto de una enfermedad si Nicodemus se hubiera negado a convertirla. Por el bien de su familia, Madeleine había renunciado a su afecto por Jae. Nicodemus no había querido que su mejor asesino estableciera un vínculo mundano.

Así que ella había renunciado a su amor. Jae no había protestado. Debería haber luchado por ella. Debería haberse enfrentado a Nicodemus. Pero la venganza lo había consumido tanto que ni siquiera Madeleine había importado. Para cuando se había dado cuenta de lo erróneo del camino que había tomado, ya era demasiado tarde.

La sensibilidad retornó a las puntas de los dedos de las manos y los pies de Jae, pero no se movió. Todavía no.

Sus hermanos y hermanas no eran los únicos capaces de tender una trampa.

Arjun estaba detrás de él, listo para inmovilizar a Jae una vez más en caso de que atacara. Esperaban que Jae atacara con su rapidez habitual. Incluso Jae tuvo que admitir que era la mejor estrategia para escapar. Un ataque fuerte, rápido y que acertara de lleno en la diana. Si hería a uno de ellos lo suficiente como para distraer a los demás, conseguiría una oportunidad de huir hacia la noche y regresar al espejo de su apartamento. Desde allí, podría viajar hasta *lady* Silla e informarla sobre los acontecimientos recientes.

El lado racional de Jae sabía que aquel era el mejor curso de acción. De hecho, ya había elegido a cuál de ellos heriría. No lo suficiente como para causar un daño permanente, pero lo bastante como para provocar la respuesta necesaria. Para que una oleada de confusión atravesara sus filas.

Pero Jae no podía hacerlo. No iba a atacarlos. En vez de eso, huiría. Desaparecer en la noche brumosa. Ya lo había hecho antes. Podía hacerlo de nuevo. No dejaría que pesara sobre su conciencia el haber lastimado a algún miembro de su familia.

Todo se reduciría a un instante. Menos de un instante.

En el momento en que la sensibilidad volvió a las rodillas de Jae, se desplazó a toda velocidad en la oscuridad del almacén de azúcar y se arrodilló en las sombras, con la intención de ocupar la menor cantidad de espacio. Gritos de frustración surgieron a su paso. A su alrededor, el olor a azúcar impregnaba el aire, su polvo flotaba en los rayos de luz de luna que se filtraba entre los listones de madera.

Jae inhaló una sola vez, absorbiendo el conjunto de olores a su alrededor. Dejó que sus oídos entrenados absorbieran cualquier señal de movimiento, rastreando a sus hermanos y hermanas como si fueran sus próximos objetivos. Bastien era el que más le preocupaba. Era joven. Fuerte. Impredecible. Jae no había olvidado cómo le había roto el cráneo a Boone, como si se tratara de un huevo, la noche que había renacido como vampiro.

Una vez que Jae hubo valorado el entorno, se metió en un rincón y luego se desvaneció hacia el techo, buscando un terreno más alto. Se agarró a una viga expuesta y observó cómo se desarrollaba la escena debajo de él mientras las astillas saltaban bajo su agarre.

—Jae —dijo Bastien.

Esa única sílaba reverberó en las cuatro esquinas del cavernoso almacén.

Bastien continuó.

—No luches contra nosotros.

Las siluetas se desdibujaron entre los sacos de azúcar apilados, lo que provocó que más polvo dulce se enroscara en el aire de la noche. Jae permaneció en silencio. Inmóvil. Esperando a que se despejara algún camino hacia la salida. Explorando el techo en busca de una posible salida.

—Solo deseo saber qué quiere *lady* Silla de Celine —dijo Bastien—. Por favor, hermano. Ayúdame.

La tensión se apoderó de los brazos de Jae. *Lady* Silla debía de haber revelado algo más que la traición de Jae. Debía de haber confesado que Celine era su hija. Jae no entendía por qué lo había hecho. Estaba claro que sus hermanos y hermanas sabían que trabajaba al servicio de la Dama del Valle. Pero ¿conocían los términos de su acuerdo? ¿Les había contado que Jae había llegado a un acuerdo con ella para conseguir la ubicación de la guarida oculta de Mo Gwai?

Jae esperó. Escuchó con todos los músculos de su cuerpo tensos.

Había renunciado a mucho en su vida. Pero había recibido mucho a cambio. Quizás sería suficiente que se rindiera en aquel momento y aceptara su destino. Había sabido que aquel día acabaría llegando.

Jae detectó movimiento por el rabillo del ojo.

—Está en el techo —dijo Madeleine—. Ahí es donde yo iría primero. —Dio un paso hacia un rayo de luz de luna menguante—. En los rincones. Preferiblemente en el más oscuro.

Los colmillos de Jae empezaron a alargarse. Lo conocía demasiado bien.

Dos vampiros y un etéreo comenzaron a acercarse a Jae.

Con cada momento que pasaba, sus opciones quedaban reducidas. Aunque detestaba la idea de hacer daño a cualquier miembro de su familia, no podía permitir que lo capturaran. Dudaba de que alguna vez recurrieran a algo como la tortura para vengarse. Pero Nicodemus sí lo haría.

Y Jae había jurado hacía años que no volvería a sufrir la agonía de la tortura.

Se fijó en Arjun mientras el medio feérico se acercaba. Era injusto, pero el padre mortal de Arjun lo dejaba en clara desventaja. No era tan fuerte. No era tan rápido. Y el mestizo era, después de todo, quien tenía el poder de inmovilizarlo. Mejor eliminar esa posibilidad.

Jae se contuvo. Había pasado una edad desde que había usado ese epíteto en particular, incluso en su cabeza. Lo llevó de regreso al tiempo que había pasado en el Valle, compitiendo por la atención de *lady* Silla. Las hadas de la corte estival siempre habían estado obsesionadas con la sangre pura y el linaje. El propio Jae había visto el tipo de tormento que infligían a los etéreos que habitaban entre ellos. La forma en que se burlaban de los llamados mestizos, burlándose de su dolor. Burlándose de su incapacidad para curarse tan rápido o correr tan deprisa.

Sin embargo, Arjun era a quien Jae atacaría primero.

Moviéndose sin hacer ruido, Jae extrajo una de las pequeñas dagas plateadas del interior de la manga de su camisa. Se centró en Arjun Desai. Y se deslizó desde las sombras, moviéndose más rápido que un relámpago a través del cielo.

Los vampiros no ven el mundo con los ojos torpes de un humano. Lo ven con todo detalle, como si tuvieran una pequeña eternidad para examinarlo. Un vampiro centrado es la criatura más mortífera conocida por hombre o bestia.

Incluso así, Jae estuvo a punto de perderse lo que pasó después.

Madeleine se interpuso en su camino, anticipándose a sus movimientos, como siempre. Jae cambió de táctica, pero Madeleine estaba allí, intentando desarmarlo. Forcejearon, las manos de ella se cerraron alrededor de las muñecas de él. Jae trató de retroceder, pero Arjun saltó hacia ellos, con una mano extendida para inmovilizar a Jae.

Jae se apartó y el cuchillo que tenía en la mano quedó en un ángulo extraño. Bastien gritó, pero ya era demasiado tarde. La hoja de plata maciza se incrustó en el cuerpo de Madeleine como un cuchillo caliente que atraviesa la mantequilla. El tiempo se detuvo. Algo se sacudió en el pecho de Jae. Algo que llevaba silenciado casi un siglo.

Era el sonido de su corazón muerto al romperse.

Madeleine se arrancó la hoja de la piel con una mueca. Su sangre goteó por el borde plateado de la daga hacia el mango de marfil. Le manchó la parte delantera del vestido antes de que la herida intentara cerrarse. No lo consiguió, y la sangre comenzó a brotar de su pecho en un torrente, impulsada por la magia oscura que la había hecho inmortal hacía tantos años.

Ella le ofreció una sonrisa débil mientras un hilo carmesí goteaba de su boca.

Luego, Madeleine se derrumbó en brazos de Jae.

BASTIEN

Jae se rinde sin protestar. Entrega todas sus armas a la vez. No intenta luchar. Ni pronuncia una sola palabra para defenderse.

Puesto que Boone es el más veloz de todos nosotros, carga con Madeleine por las calles del *Vieux Carré*, desplazándose a una velocidad que supera a la del sonido. Cuando Jae, Arjun y yo llegamos a Jacques', el segundo piso es un caos.

En cuanto Hortense ve a Jae, ataca.

—*Fils de pute* —grita mientras le desgarra el rostro con los dedos y le hace sangre con las uñas—. ¡Te arrancaré ese corazón muerto y se lo daré de comer a los cerdos! Me daré un festín contigo —chilla—. Beberé de ti hasta dejarte seco y que te arrugues como una cáscara a mis pies. —Es necesaria la fuerza de tres vampiros para evitar que haga pedazos a Jae. Y Jae sigue sin intentar defenderse.

Me preparo para la prueba que se avecina. A pesar de todos mis esfuerzos, no hay forma de que Nicodemus no se entere de lo que ha ocurrido esta noche. Durante los últimos dos días, he intentado ocultarle a mi tío la traición de Jae. Por eso he tratado de evitar a toda costa una confrontación en Jacques'. Nuestro creador no esperará para hacer preguntas. Destruirá antes de poder ser destruido, como hizo con Nigel.

A pesar de lo que ha hecho Jae, siento que le debemos más que eso.

Dado que ahora el hecho de que Nicodemus descubra la verdad constituye una certeza, alguien llama a Ifan. El guerrero feérico llega poco después, con un pequeño maletín de cuero. A las hadas de la corte estival del Valle la plata no las debilita como sí hace con las de la Espesura invernal; en vez de eso, están a merced del hierro puro. Como guerrero del Valle, Ifan aprendió a explotar la mayor debilidad de su enemigo. Cómo causar dolor a un bebedor de sangre usando armas de plata, solo para curar la herida y empezar de nuevo. Después de que Ifan fuera exiliado del Valle por el crimen de enamorarse de una vampiresa, acudió a mi tío en busca de refugio en el mundo mortal. Durante casi medio siglo, Ifan ha estado atado a Nicodemus por una promesa.

Madeleine está tumbada boca arriba en la mesa más larga de la habitación. La misma mesa sobre la que me colocaron a mí mientras sufría el cambio. Odette sostiene una compresa contra su pecho. La sangre se acumula a su alrededor, gotea por los extremos de la mesa de caoba hasta la alfombra de incalculable valor.

Ifan abre su maletín y examina la herida de Madeleine.

—Ha tenido suerte —reflexiona mientras se aparta mechones de pelo de la larga coleta de color castaño rojizo que baja por su espalda.

—¿Suerte? —farfulla Hortense desde la esquina, donde Boone y yo continuamos sujetándola.

—Sí, vampiresa —responde Ifan—. Tu hermana tiene suerte de que no le clavaran la hoja en el centro del pecho. Si la plata maciza rompe el esternón o separa la cabeza del cuello, la herida es imposible de curar. —Gruñe—. El arma no le ha perforado el esternón por poco.

—¿Cómo sabes que no ha acertado? —pregunto.

—Porque todavía sangra. Si hubiera sido certero, la magia de sus venas dejaría de mover su sangre y se convertiría en un cascarón vacío. —Mientras habla, Ifan saca una cataplasma de una bolsa que lleva escondida en el torso, junto con un pequeño frasco de líquido verde oscuro.

—Puedo curarla, pero no será barato —dice.

Boone resopla, con expresión incrédula.

—Trabajas al servicio de Nicodemus, guerrero del Valle. Haz lo que te ordena su descendencia.

—Nicodemus no ha sido quien me ha convocado —dice Ifan en tono suave—. Y dudo de que tenga conocimiento de lo ocurrido aquí esta noche, o sería él quien se estaría dirigiendo a mí, no tú. —Su sonrisa es despiadada, como si disfrutara de nuestro desasosiego—. No te sirvo a *ti*, sanguijuela. —Me mira.

—Pagaré el precio que sea —digo—. Ahora, cúrala.

—Hay una hoja feérica en la bóveda de los Saint Germain —dice Ifan, sin ninguna inflexión en la voz—. Es de plata, repujada con diamantes. La fabricó hace un milenio uno de los orfebres más célebres del Valle. La quiero.

—Es tuya.

—Entonces tenemos un trato. —Ifan asiente.

—¿Es que todo es un maldito trato con los de tu clase? —pregunta Odette, cuyos dedos están teñidos de carmesí.

—Sí —responde Arjun—. Lo es.

Ifan saca un puñado de hierbas secas del interior de la bolsa.

—Tendréis que sujetarla —nos dice—. Esto no va a ser agradable. —La sonrisa no se ha desvanecido de su rostro.

—Si le haces daño a mi hermana —dice Hortense—, te juro que …

Arjun la congela sin una palabra.

Yo suspiro.

—Boone, por favor, lleva a Hortense al tejado y quédate allí con ella durante la próxima hora.

Una hora más tarde, el sangrado del pecho de Madeleine se ha reducido a un goteo. Aunque permanece inconsciente, Ifan nos asegura que se curará por completo una vez que se haya alimentado.

Odette va en busca de sangre y yo me siento con Arjun, Boone y Hortense en la oscuridad, nuestras ropas tiesas por las manchas de color óxido, nuestras expresiones, pétreas.

Hemos atado a Jae a una silla con cadenas de plata. No dice nada, pero su rostro cuenta una historia diferente. La forma en la que observa a Madeleine es puro tormento.

Unas líneas rodean la boca de Boone. Se sienta y entierra el rostro entre las manos.

—No puedo volver a pasar por esto —dice—. No puedo sufrir otra traición. —Se pone de pie y se desplaza en un borrón hacia Jae, sus movimientos son erráticos—. ¿Por qué nos has mentido todo este tiempo? —susurra—. Vi a un hermano en ti. ¿Cómo, cómo has podido traicionarnos así? —Se le quiebra la voz.

—Os he traicionado —dice Jae—. Pero nunca he mentido. Todo lo que he dicho o hecho, ha sido de verdad. Esta familia —hace una pausa— es mi vida.

Lo escucho. Antes de la revelación de *lady* Silla, creía que Jae era incapaz de subterfugios o engaños. Siempre ha sido el más honesto de todos nosotros. Ni una sola vez ha rehuido las verdades dolorosas. Pero ahora, todo aquello en lo que siempre he creído está en tela de duda.

Nigel nos traicionó. Después de años de reír, sonreír y vivir entre nosotros, fue cuestión de un momento que nos apuñalara por la espalda. Sería una tontería por mi parte creer que no podría volver a suceder.

Cuando te preocupas por alguien, esa persona puede hacerte daño y traicionarte.

Observo a Hortense rodear a su hermana mayor con los brazos y cantarle en francés. Es inusual ver a Hortense ofreciendo consuelo a Madeleine. Por lo general, es al revés.

Jae me mira a los ojos.

—¿Qué piensas hacer conmigo?

Por un momento, pienso en mi tío. Nicodemus trataría a Jae sin piedad, tal como hizo con Nigel. No le daría a Jae la oportunidad de explicarse.

Si hubiera podido ser yo quien decidiera, ¿habría escuchado lo que Nigel tenía que decir?

Siento cierta pesadez en el corazón cuando me doy cuenta de que no me hubiera importado. Las acciones de Nigel provocaron que yo lo perdiera todo. Si me hubieran preguntado en aquel momento, habría estado de acuerdo con todo lo que sucedió. Tal vez yo mismo habría despedazado a Nigel miembro por miembro.

Me criaron para creer que un traidor merece la muerte de un traidor.

Es posible que hubiera aceptado aún más violencia. Tal vez la tortura. Pienso en Ifan y en las habilidades que posee. Herir y sanar a partes iguales. Me pregunto con qué frecuencia las ha usado mi tío en su beneficio. Mientras miro a Jae y las innumerables cicatrices a lo largo de su rostro y cuello, pienso en lo que eso significa.

Habría apoyado causar dolor a alguien en una posición indefensa. Habría saboreado ese dolor, creyendo que era lo correcto. Pero sé lo que debo hacer, a pesar de que mi sangre Saint Germain exige un tipo de justicia más retorcida.

Cuando te preocupas por alguien, esa persona puede hacerte daño. Pero es elección de cada uno devolver el favor.

—¿Por qué nos has traicionado? —pregunto—. Cuéntamelo todo. Juro que te escucharé.

Los hombros de Jae caen hacia delante, su largo cabello le tapa el rostro.

—¿Por qué te importa lo que tenga que decir? Haz lo que tengas pensado hacer y ya está, Sébastien.

Considero la posibilidad de volver a atacarlo. De dejar que triunfe el deseo de mezquindad. Pero eso sería una debilidad. Pienso en la fuerza que debió de necesitar Celine para luchar por mi vida cuando nadie más lo hizo.

—Porque te quiero. Has sido mi hermano durante años. Nos debo ese mínimo.

Jae parpadea una vez.

—He sido desleal. ¿Por qué no hacer lo que dicta tu Dios? Ojo por ojo. Todos los dioses del mundo estarían de acuerdo en que lo merezco.

—Eso tendría sentido, ¿no? —digo—. Sería fácil. Pero la vida, incluso para un inmortal, no es fácil. —Pienso en lo que me dijo Valeria—. El amor y la lealtad no siempre son lo mismo. La lealtad es fácil. El amor es hacer lo correcto, incluso cuando es difícil.

Me mira, y detecto una extraña luz en su mirada. Luego se recuesta en su silla y hace una mueca cuando las cadenas de plata le rozan la piel desnuda.

—Incluso cuando era un niño mortal, sabía que había algo diferente en mí. En la primavera de mi sexto año, vi un dokkaebi por primera vez. Era de noche en Busan. El olor a mar lo impregnaba todo. El duende vino a mí desde el agua. Parecía un niño de mi edad, con el pelo del color de la luna y la piel del color del cielo de verano. Me sonrió. Lo seguí hasta el agua y casi me ahogo en las olas.

»Cuando le conté a mi madre lo que había pasado, no me creyó. Dijo que nunca debería volver a hablar de esas cosas, o la gente pensaría que estaba poseído por un demonio. A partir de esa noche, las hadas nunca me dejaron solo. Continuaron haciéndome señas para que me acercara. Me obsesioné con seguir a una hasta su hogar, para poder atraparla y hacer que cumpliera mis órdenes. Había leído en alguna parte que había ciertos tipos de criaturas mágicas que podían conceder deseos. —Sus ojos no se despegan de la alfombra del suelo. Incluso Hortense escucha, con expresión absorta—. Pero siempre se desvanecían en la niebla, a través de grietas en el mundo que nunca pude ver.

»Un día, en la víspera de mi undécimo año —continúa Jae—, iba paseando solo por la playa cuando un chollima galopó hacia mí, con las alas más blancas que una nube. Sus pezuñas levantaban polvo dorado. No dije nada, pero supe que debía agarrarme a su crin y subirme a su lomo. Me llevó al Valle Silvano. No os podéis imaginar lo que vi y experimenté. Fruta con néctar más dulce que la miel, recogida en un bosque de ortigas y espinos. Un mundo cuyos límites brillaban. Flores que florecían ante mis ojos, sus centros eran como zafiros amarillos tallados, estaban listas para abrirte la piel al primer roce.

»Esa fue la vez que conocí a *lady* Silla. A partir de entonces, el chollima acudía a buscarme una vez al año, en mi cumpleaños, y pasaba una tarde con las hadas. Fue en el Valle Silvano donde descubrí por primera vez mi habilidad con las armas. Fue allí donde comencé a entrenarme para convertirme en un asesino. Pasó el tiempo, y yo envejecía cada año, mientras que aquellos que vivían entre las hadas seguían siendo los mismos. Cuando cumplí dieciséis, le rogué a *lady* Silla que me concediera el poder de permanecer joven para siempre. Rechazó mi petición. Le juré lealtad. Le pregunté qué era lo que quería. Me dijo que no había nada que pudiera desear de un simple mortal. Pero seguí preguntando, una y otra vez. Dos años más tarde, dijo que deseaba poner fin a la enemistad entre la gente del Valle Silvano y la de la Espesura Silvana. Le pregunté qué era la Espesura y me dijo que era el contrapunto del Valle. La oscuridad sostenida contra la luz. La sombra proyectada por el sol. Recordé que mi madre me había explicado la diferencia entre el yin y el yang, el equilibrio necesario entre ambas cosas, y pensé que lo entendía. Aunque nunca había estado allí, pensé que la Espesura era un mundo plagado de monstruos sedientos de sangre, mariposas venenosas de alas de cristal y gigantes tallados en hielo que arrancaban los árboles de raíz.

Jae hace una pausa como si estuviera reflexionando sobre sus próximas palabras.

—Me creí todo lo que me dijeron los del Valle. Todo lo que me dijo *lady* Silla. No vacilé en decir que haría todo lo posible para lograr la paz entre la corte estival del Valle y la corte invernal de la Espesura. Ella me informó de dónde podría encontrar a Nicodemus, que era descendiente directo del último señor de la Espesura. Me ordenaron volverme útil para él. Convertirme en una herramienta valiosa, con la esperanza de que algún día confiara en mí.

—En su rostro se dibuja una amarga sonrisa—. Lo hice aún mejor que eso. Después de varios años de demostrar que era indispensable, lo convencí para que me convirtiera en uno de sus hijos. Por fin obtuve lo que quería: la oportunidad de ser inmortal. —Su expresión es serena—. Fui un idiota, porque no entendí el precio que pagaría.

Desvía la mirada.

—Nicodemus fue quien me envió a buscar a Mo Gwai, un poderoso brujo de Hunan que había sido su enemigo durante más de tres décadas. Viajé allí y busqué en vano su refugio escondido. Pero fue Mo Gwai quien me encontró primero. Me quitó mi amuleto y me torturó para obtener información sobre cómo vencer a Nicodemus. Para librar al mundo de los vampiros de una vez por todas. No capitulé ni una sola vez. Pronto, Mo Gwai empezó a hacerme daño simplemente por deporte. Porque le complacía verme arder por culpa de sus dagas de plata. Cuando por fin logré escapar, me derrumbé en las montañas a menos de una legua de su guarida. Si las Capas Grises de lady Silla no me hubieran encontrado, habría ardido a la luz del sol.

—*Une punition appropriée* —murmura Hortense entre dientes.

—*Lady* Silla me salvó la vida —dice Jae—. En mi delirio, mientras me curaba en el Valle, pedí una forma de vengarme de Mo Gwai. Me dijo que pronto llegaría el momento de mi venganza. Una vez que pude moverme, *lady* Silla me envió de vuelta con Nicodemus. Me prometió que me diría dónde encontrar tanto a Mo Gwai como mi amuleto, cuando fuera el momento adecuado. —Respira hondo—. Hice lo que me dijo. Regresé a Nueva Orleans, con la venganza siempre presente en mi mente. —Sus palabras se vuelven vacilantes—. Esa obsesión me consumió tanto que no protesté cuando me quitaron a mi amor. No luché por ello. No luché por ella, como debería haber hecho. —Jae traga saliva, con los ojos cerrados con fuerza, las manos cerradas en puños—. Pero a pesar de todo, nunca olvidaré cómo mis hermanos y hermanas vampiros estuvieron a mi lado. Cómo todos ellos, incluso mi antiguo amor, juraron ayudarme a buscar mi venganza. Juré incendiar el mundo para recuperar mi honor. —Jae deja de hablar. Yo miro a mi alrededor, al resto de nuestra familia. Hortense mira fijamente a la nada. Lágrimas silenciosas corren por el rostro de Odette. Boone tiene los ojos cerrados, los labios apretados.

Todos están perdidos en los recuerdos de un tiempo pasado.

—*Lady* Silla acudió a mí menos de un año después —continúa Jae en voz baja—. Prometió decirme lo que deseaba saber a cambio de una promesa vinculante propia. Una que ya le había ofrecido en numerosas ocasiones. —Me mira—. Me pidió que le jurara lealtad hasta el fin de mis días.

—Y lo hiciste —digo.

Él asiente.

—Sin dudarlo. Ella fue quien me salvó cuando Nicodemus me envió solo a la caverna de Mo Gwai. —Jae apoya los codos en las rodillas—. Fui un tonto al no considerar lo que eso significaba. Durante años, pensé que me ordenaría atacar a Nicodemus. Pero no lo hizo. En los últimos tiempos, nuestra comunicación ha sido tan poco frecuente que hay momentos en los que me engaño y creo que se ha olvidado de mi promesa.

Me preparo para la respuesta a mi próxima pregunta. Porque sé que experimentaré un temor inevitable a continuación.

—¿Por qué quiere *lady* Silla que llevemos a Celine al Valle por su propia voluntad?

Odette se yergue, sus ojos negros muy abiertos por la alarma. Hortense sisea con furia.

—Ya sabes la respuesta a eso, Sébastien —dice Jae en tono ronco.

—No importa, quiero que lo digas.

—Celine Rousseau es una etérea. Es…

—La hija de *lady* Silla —termino.

Jae asiente una vez. A nuestro alrededor, todo permanece en silencio. Odette es quien habla primero.

—¿La madre de Celine... es un hada?

—No solo un hada —dice Jae—. Celine es la hija de la dama más poderosa de la corte estival. Un miembro de la nobleza.

Odette se cruza de brazos. Empieza a caminar, con el ceño fruncido por la incredulidad.

—¿Por qué ha estado Celine separada de su madre todos estos años?

—*Lady* Silla le prometió al padre mortal de Celine que nadie de su clase se acercaría a su hija hasta su decimoctavo cumpleaños —dice Jae.

Frunzo el ceño.

—Si ese es el caso, ¿por qué *lady* Silla ha violado ese acuerdo? Creía que los tratos eran sacrosantos en el Valle.

Una risa suave escapa de los labios de Arjun mientras me dedica una sonrisa triste.

Jae mira a Arjun y luego vuelve a centrar la atención en mí.

—Esa es la verdadera magia del Valle Silvano. Una vez que encuentran una forma de manipular el lenguaje de una promesa, pueden hacer lo que les plazca. Por eso *lady* Silla desea que lleves a Celine al Valle por su propia voluntad. Si Celine cruza al Otro Mundo por elección propia, entonces *lady* Silla no habrá violado la promesa que le hizo al padre de Celine.

Inteligente. Casi me río como lo ha hecho Arjun.

—Te lo dije —dice Arjun—. La gente del Valle es mucho más engañosa que la de la Espesura. No te dejes engañar por los cielos soleados, la comida fragante y las bebidas deliciosas. La muerte acecha en todos los rincones.

Me impulso para alejarme de los paneles de la pared y camino hacia Jae mientras la mente me zumba, a rebosar de preguntas. Cuando casi choco con Odette, que no ha dejado de pasearse desde que ha descubierto la verdad sobre la maternidad de Celine, se me ocurre una idea.

—Odette.

Se detiene en medio de un paso y se gira. En el instante en que ve mi cara, entiende lo que quiero preguntar.

—Sé que no te gusta contarle a la gente más cercana a ti cuál será su futuro —comienzo—, pero…

—Lo odio —interviene Odette, aunque sus palabras no son desagradables—. Pero después de lo que pasó con Nigel, no he podido quitarme de la cabeza la idea de que podría haberlo evitado, si no hubiera estado tan asustada.

—¿Asustada? —pregunta Hortense—. ¿Cuándo has tenido tú miedo de algo, *sorcière blanche*?

—Siempre le he tenido miedo a este poder —dice Odette con sencillez—. Lo que más temía era ser testigo de la muerte de alguien a quien amo y no poder evitarlo. Esa es la verdadera razón por la que no me molesto en mirar. Yo… no podía soportarlo.

—Sé que contemplaste el futuro de Celine la noche en que la conociste —le digo—. ¿No me dirás lo que viste?

—¿A pesar de que me pediste que no divulgara tu futuro?

—Esto no es por mi futuro —le digo—. Esto es por Celine.

Una risa oscura sale volando de los labios de Hortense.

—Eres tonto. Si eres incapaz de ver que vuestros destinos están vinculados, entonces todo ese dinero empleado en tu elegante educación fue un absoluto desperdicio.

—Dejemos eso de lado. ¿Qué viste? —presiono a Odette.

Odette suspira.

—Vi a Celine sentada en un trono en esta misma habitación. Junto a cada uno de sus pies yacían un león y un lobo domesticados.

—La domadora de bestias —digo al recordar. Ella asiente.

—¿Qué tipo de trono era? —pregunta Jae.

Odette parpadea y cierra los ojos como para reconstruir el recuerdo.

—Dorado, pero extraño. Como si estuviera cubierto de enredaderas que se retorcían hasta adquirir una forma siniestra cerca de la parte superior.

Arjun se mueve hacia ella.

—¿Recuerdas qué aspecto tenía la parte superior?

—Era como si tuviera… cuernos. No como el diablo, sino más como una cornamenta.

Jae gruñe.

—Entonces es exactamente como *lady* Silla desea que sea.

—¿Qué quieres decir? —Se forman líneas en la frente de Odette.

—La Dama del Valle lleva mucho tiempo anhelando unificar la corte estival y la corte invernal bajo un mismo estandarte, y parece que desea que su hija gobierne sobre ambas —dice Jae.

La risa escapa volando de los labios de Odette.

—¿Intentas hacer una broma? Te sugiero que lo intentes de nuevo.

—No es una broma —responde Jae—. Tan solo es una conclusión lógica.

—Bueno… eso es… absurdo —balbucea Odette. Apunta a Arjun con un dedo—. Siempre dices cuánto desprecian en la corte estival a los etéreos. ¿Y su señora desea instalar a una en el trono?

—¿*Lady* Silla no tiene más descendencia? —pregunto.

Arjun niega con la cabeza.

—Las hechiceras elementales han tenido problemas para reproducirse durante casi medio siglo. Por ese motivo, muchas de ellas toman amantes mortales. La sangre humana parece aumentar las posibilidades de que un niño sobreviva. Esa fue la razón de que mi propia madre buscara a mi padre. Un niño es algo precioso para cualquier miembro de la nobleza.

—*Si les enfants sont précieux*, entonces ¿por qué son tan crueles con los etéreos? —pregunta Hortense.

Arjun se encoge de hombros.

—Así es el Valle. Sospecho que están molestos con los etéreos por prosperar. Por poseer el don de la inmortalidad sin habérselo ganado. Tal vez deseen imponerse como nuestros amos con la última ventaja que les queda: su linaje puro.

Hortense escupe a la nada.

—Es la misma enfermedad que existe entre los mortales. Obsesión por la pureza. Recordad mis palabras, ese será su fin.

Escucho mientras los demás hablan. Aunque la noticia de la identidad de la madre de Celine no supone una sorpresa para mí, sigo sin saber qué hacer con ella. Tal vez debería limitarme a contarle la verdad a Celine y dejarle la decisión a ella. Pero otra parte más visceral de mí desea protegerla de todo esto. Mantenerla alejada de este mundo y sus peligros.

—El decimoctavo cumpleaños de Celine es dentro de menos de siete semanas —le digo a nadie en particular, con la vista clavada en la pared del fondo.

—Lo que significa que nada de lo que pudieras haber hecho o dicho podría haber evitado este resultado exacto —responde Odette. Se acerca a mí y posa los dedos sobre mi mano—. Deja de culparte por cada cosa mala que le ha pasado a Celine en la vida.

La miro de reojo.

—¿Tan mal está querer mantener a salvo a aquellos a los que amas?

—Lo es si les estás mintiendo —dice Jae desde su silla al otro lado de la habitación—. No le escondas la verdad a Celine para apaciguar tu propio ego, Sébastien.

Hortense lo mira fijamente, luego se vuelve hacia mí.

—Escucha al *chaton* traidor. Puede que a mis ojos sea carne de cañón, pero hay momentos en que dice la verdad. Cuéntale a Celine lo que sabes. Deja que sea ella quien tome la decisión. Es lo que haría un buen hombre. Alguien que confía en el corazón y la mente de la mujer a la que ama. —La intensidad chisporrotea en sus ricos ojos marrones—. No hagas que su historia gire a tu alrededor.

Sus últimas palabras son como un puñetazo en el estómago. Si Nicodemus estuviera aquí, eso es justo lo que haría. Su enfado por la traición de Jae eclipsaría todo lo demás. Haría que estas historias trataran sobre sí mismo.

No seré mi tío.

Miro a mi alrededor, a cada uno de mis hermanos y hermanas. Pienso en lo que valen. En lo que los convierte en quienes son. Lo que me hace ser a mí quien soy.

Y sé lo que debo hacer.

CELINE

Celine se había pasado todo el día en la tienda, en guerra consigo misma.

Había prometido no volver a buscar a Bastien nunca más. Había jurado dejar atrás su mundo y todos los problemas que venían con él. Pero las preguntas persistían: ¿le debía mantener esa promesa? ¿Le debía su lealtad? ¿O se trataba más bien de honor?

El honor no le había hecho muchos favores a Celine. Una joven honorable no habría huido de París después de cometer un asesinato, sin importar las circunstancias. Se habría enfrentado a la justicia y habría esperado que esta prevaleciera.

Ridículo. ¿Cuándo había prevalecido la justicia cuando se trataba de un joven rico y una joven de medios modestos?

Celine no le debía nada a ningún hombre. A media tarde, había decidido que el honor y la lealtad no tenían sentido si le impedían vivir la vida que deseaba vivir. Tan pronto como cerró la tienda, resolvió regresar a Jacques' y exigir hablar de nuevo con Bastien.

Una hora después, cambió de opinión. Por mucho que odiara admitirlo, Bastien tenía razón. Ya poseía toda la información que necesitaba. El lunático responsable de sus heridas estaba muerto. Estaba a salvo. A menos que ocurriera un milagro, había pocas posibilidades de ver restaurados sus recuerdos. Era hora de que reanudara su vida. Vivir en el presente y no en el pasado.

Elegir a Michael Grimaldi y construir un futuro con él a plena luz.

Durante el resto de la tarde, Celine se comportó como una bruta. Justo antes de la puesta del sol, cuando Antonia le pidió que repitiera lo que decía, Celine le frunció el ceño con toda la vitalidad de una colegiala indignada.

—Me gustaría saber —comentó Eloise en tono contemplativo—, cómo podríamos matar esa abeja que tienes en el sombrero.

El ceño de Celine se hizo más profundo.

—¿Qué abeja?

—¿Hay una… abeja? —Antonia se encogió sobre sí misma, su larga trenza morena se balanceó como un péndulo mientras sus ojos recorrían a toda velocidad las cuatro esquinas de la tienda.

Eloise frunció los labios.

—Si quieres que te pregunte qué es lo que te preocupa, entonces dilo y ya está. No tengo la paciencia o la inclinación para sonsacártelo con bromas, Celine. —Su sonrisa era tensa—. Después de todo, no soy Pippa.

La forma en que Eloise la miró hizo que Celine quisiera desaparecer o atacar. La corona de tela intrincadamente doblada que llevaba Eloise sobre la cabeza no ayudaba. Era como ser juzgada por la reina misma.

—¿Dónde está la abeja? —exigió saber Antonia, con su encantador acento transformado en un agudo.

—No hay abeja, querida —respondió Eloise—. Pero no me cabe la menor duda de que habrá algún tipo de enjambre si *mademoiselle* Rousseau no deja de criticar a todos los que le hacen una simple pregunta.

Tras la apropiada reprimenda, Celine decidió aislarse en la trastienda hasta el cierre, donde pasó el tiempo clasificando un nuevo envío de botones decorativos y adornos de encaje. Solo salió una vez, para desearles buenas noches a Antonia y a Eloise. Luego se apresuró a ordenar el local, mientras la guerra de su interior continuaba causando estragos invisibles. Media hora más tarde, todavía tenía que decidir si ignoraría toda sensatez y se dirigiría a Jacques'.

Después de apagar las lámparas de gas y asegurar el interior de la tienda, Celine salió por la puerta principal y sacó la llave del bolsillo lateral de su vestido a rayas azul marino.

Como diría Chaucer, ¿por qué le resultaba tan difícil no marear la perdiz?

Nunca entenderé la fascinación por el infinito. Todo tiene un final, también las cosas buenas.

Chaucer era un asno. Y el infinito nos cautiva porque nos permite creer que todo es posible. Que el verdadero amor puede perdurar más allá del tiempo.

Celine se detuvo en seco, con la llave de latón colgando de las yemas de los dedos.

El recuerdo que la inundó era rico en detalles. Podía ver la luz de la luna reflejada en la mirada de bronce de Bastien. Escuchar el tono de barítono de su voz. Sentir la forma en que la miraba en la oscuridad, el calor en sus ojos, inconfundible. Oler su cercanía, la bergamota especiada envolviéndola como seda cálida.

Había querido besarlo esa noche. Él había querido besarla. Estaba segura de ello.

Como un hilo que se desenreda, el recuerdo comenzó a desmoronarse, como si nunca hubiera existido.

La frustración subió por la garganta de Celine y la hizo querer gritar al vacío. Giró sobre los talones y captó los últimos rastros del sol cuando este comenzaba a desvanecerse por el horizonte. Se quedó inmóvil un momento y observó cómo los colores se derretían en el cielo.

Era precioso. Algo en lo que Celine podía confiar. De niña, cada vez que perdía la esperanza, su padre le decía que recordara que cada puesta de sol traía la promesa de un amanecer. Un mañana que podría cambiar el curso del presente.

Puede que Celine no supiera lo que le depararía el mañana. Pero sabía lo que podía hacer ese día.

Giró sobre sí misma y casi chocó con el joven de hombros anchos que estaba parado en la acera detrás de ella.

—*Putain de merde* —murmuró mientras dos manos fuertes se extendían para estabilizarla. Mientras el aroma familiar del cuero y la bergamota asaltaba sus fosas nasales.

—No era mi intención asustarte —dijo Bastien, cuyas manos abandonaron los brazos de Celine.

—Entonces, ¿por qué estás ahí parado, como una pantera lista para saltar? —exigió saber mientras se enderezaba la parte delantera del corpiño y hacía todo lo posible por ignorar el rubor traidor que subía por su cuello—. ¿Es que me parezco a tu próxima comida?

Una media sonrisa curvó un lado de su rostro.

—Siempre podías hacerme reír.

La forma en que Bastien la miró hizo que Celine quisiera estrangularlo.

—De nada —dijo ella—. Un día espero que me devuelvas el favor. Porque de momento, no te encuentro ni un poco divertido.

La expresión de él se volvió más seria. Retrocedió, con las manos en los bolsillos de los pantalones.

—¿Podemos hablar en privado?

—¿Por qué?

—Hay ciertas cosas que deseo decir.

—¿Me va a gustar lo que escuche? —Celine sabía que estaba actuando como una niña. Pero si todos insistían en tratarla como tal, se sentía feliz de complacerlos.

Él enarcó una ceja.

—¿Te suele gustar lo que escuchas?

—No, por lo general, no me gusta lo que escucho. Especialmente, cuando eres tú quien habla.

—Es poco probable que eso cambie pronto —admitió Bastien—. Pero he sido informado, por gente mucho más sabia que yo, de que mereces oír estas cosas y tomar tus propias decisiones.

La sospecha revoloteó en el estómago de Celine, haciendo que su cuerpo se tensara.

—¿Puedo preguntar sobre qué deseas hablar? ¿Tiene algo que ver con mis recuerdos perdidos?

—No del todo —dijo Bastien—. Pero poseo algunas respuestas sobre tu pasado. —Dio un paso más cerca, su presencia resultaba imponente. Casi protectora—. Y creo que deseas conocer la verdad, aunque te cause dolor. ¿Me equivoco?

Celine tragó saliva. Sacudió la cabeza. Y abrió la puerta de su tienda.

Durante la hora siguiente, Celine se mordió la lengua. Sobre todo, se dedicó a escuchar.

Pero algunas cosas eran demasiado ridículas para que las ignorara. En dos ocasiones, estuvo a punto de echar a Bastien de la tienda, con las manos temblándole y el pulso palpitándole dentro del cráneo.

¿Un mundo de… criaturas hadas? ¿Hechiceras? *¿Bebedores de sangre?*

Puede que de verdad se hubiera vuelto loca. Puede que las lesiones en la cabeza le hubieran causado un daño irreparable.

Por cuarta vez desde que Bastien había comenzado a hablar, Celine se pellizcó el brazo, segura de que eso la despertaría del sueño más extraño de su vida. En realidad, no se trataba de un sueño. Era más como una pesadilla. Con cada frase que Bastien pronunciaba, Celine tenía más problemas para dominar su incredulidad.

Bastien hizo una pausa, con expresión mansa. Esperando a que Celine reaccionara a su revelación más reciente.

—Así que… —comenzó Celine—, tú y todos los miembros de *La Cour des Lions* no sois —tragó saliva—, no sois humanos.

Él negó con la cabeza.

—Entonces, ¿qué sois? —susurró mientras retorcía los dedos alrededor de la llave de latón que aún sostenía en la mano.

—Arjun es mitad hada y mitad humano. Una especie de inmortal conocido como etéreo. —Observó a Celine mientras decía aquello—. El resto de nosotros bebemos sangre para vivir.

Celine agarró la llave con fuerza.

—Eres… ¿peligroso para mí?

—El mundo entero es peligroso para ti, Celine. Pero puedo prometerte algo: mi naturaleza vampírica es lo último que debería preocuparte.

Celine se mordió el carrillo y reflexionó sobre sus palabras. De vez en cuando miraba a Bastien como si fuera un rompecabezas que aún no había resuelto. Dos veces empezó a hablar y se detuvo. Si poseyera un mínimo de instinto de conservación, lo echaría de allí, como el lunático que obviamente era. Nada de lo que había dicho tenía un ápice de sentido. Nada de aquello era posible.

Y, sin embargo, se encontró a sí misma… queriendo creérselo. Como si la chica que amaba los cuentos de los hermanos Grimm por fin hubiera encontrado las respuestas a sus preguntas más ridículas.

—Por extraño que parezca —dijo Celine—, es un consuelo saber estas cosas. Has…

—Hay más —la interrumpió con suavidad.

Abrió los ojos como platos.

—¿Más que un mundo mágico de criaturas mortíferas sacadas de los cuentos de hadas?

Por primera vez esa noche, Celine vio vacilar a Bastien. Asintió una única vez.

—Tú… también eres parte de este mundo. Una etérea, de nacimiento.

Celine casi se rio. Era demasiado ridículo.

Él se inclinó hacia delante, con movimientos fluidos. Inhumanos.

—Tu madre es una hechicera llamada Silla. La Dama del Valle.

Una risa incrédula brotó de los labios de Celine.

—Eso es lo más... —El color desapareció de su rostro cuando la comprensión se apoderó de su pecho. *Es*. No *fue*. Tu madre *es* una hechicera.

Bastien era demasiado cuidadoso para cometer ese tipo de error.

Celine se puso en pie de un salto, la llave de latón repiqueteó contra el suelo alfombrado.

—¿Mi madre está *viva*? —Le temblaron las rodillas bajo las faldas, el descubrimiento provocó que le hormigueara la piel.

Bastien la miró. Asintió con la cabeza.

—¿La has...? ¿La has...? —tartamudeó—. ¿La has visto?

De nuevo, asintió.

Se envolvió la base del cuello con la mano derecha. El pulso le corría por las venas como un caballo asustado.

—¿Y ella...? —Celine se aclaró la garganta—. ¿Quiere verme?

Bastien se levantó.

—No importa si ella desea verte. Lo que me importa es si tú quieres verla a *ella*.

Celine casi tropezó cuando dio un paso atrás. Bastien se adelantó para ayudarla, pero ella levantó una mano para detener sus movimientos. Luego se hundió en la lujosa silla que tenía a su espalda.

—¿Por qué me cuentas esto ahora? —susurró, con los dedos todavía cerrados alrededor de la garganta, la palma rozando el encaje que le cubría la clavícula.

—Porque te respeto. Y no debería ser yo quien tome las decisiones por ti, a pesar de mis sentimientos al respecto. —La intensidad de su mirada hizo que Celine quisiera apartar la mirada. Pero no lo hizo.

—¿Tus sentimientos sobre el asunto? —preguntó—. ¿Te gustaría poder tomar esta decisión por mí?

Él hizo una mueca en la que sus labios sobresalieron.

—Sí. Más de lo que me gustaría admitir.

—Entonces, ¿por qué me has dado a elegir, en contra de esa inclinación?

—Porque no debería hacer mía tu historia. —El calor de su intensidad la dejó confusa. Bastien pareció cobrar vida en la oscuridad, los contornos de su cuerpo delineados con humo.

Había muchas cosas que Celine deseaba decir. Muchas preguntas para las que deseaba respuesta. Era de lo más extraño, sentir tantas emociones opuestas a la vez. Tristeza, alegría, ira, incertidumbre.

Si la madre de Celine estaba viva y deseaba verla ahora, significaba que durante catorce largos años se había mantenido alejada de forma deliberada. Cuando Celine era todavía una niña, a menudo soñaba con que su madre regresaba con su familia, solo para que su padre insistiera en que se resignara a la realidad. Su madre no volvería con ellos. Nunca.

Al parecer, tanto la madre como el padre de Celine le habían mentido. ¿Durante cuánto tiempo le habían ocultado tantas cosas de su vida? ¿Sabría alguna vez toda la verdad?

Retiró los dedos de la garganta.

—Si mi madre es una hechicera, ¿crees que podría ayudarme a recuperar la memoria?

Unos surcos aparecieron entre las cejas negras de Bastien.

—¿Es eso lo que más te preocupa?

—Sí. —Asintió, un movimiento frío. Casi indiferente. Por el momento, quizás fuera mejor no sentir nada. De lo contrario, tendría que sentirlo todo a la vez—. Me han robado pedazos de mi vida. Y los quiero de vuelta. Los quiero todos de vuelta.

—Lo comprendo. Lamento esa pérdida más de lo que imaginas.

—¿Por qué ibas a lamentarlo *tú*?

—Esos recuerdos te fueron arrebatados a petición tuya.

Celine se quedó petrificada en la silla y contuvo el aliento.

—¿Por qué iba a pedir que me quitaran mis recuerdos?

—Por amor —respondió Bastien—. Ofreciste tus recuerdos a cambio de la vida de alguien a quien amabas.

—Y… ¿Esa persona me correspondía?

Bastien exhaló.

—Sí, te correspondía.

—Pero ¿ya no? —Su voz se volvió suave, la última palabra casi quebradiza.

—No estaría bien que siguiera amándote. Te mereces algo mejor que un demonio de la noche como él. Mereces vivir una vida a la luz del sol, segura, cálida y amada.

Celine tragó saliva mientras sus pensamientos se desviaban hacia Michael. Justo así sería la vida con él. Rayos de sol. Calidez. Seguridad. Pero…

—¿Hay alguna posibilidad de que esa persona cambie de opinión? —susurró.

—No. No la hay.

A Celine se le formó un nudo en la garganta. Se esforzó por deshacerlo, negándose a permitir que Bastien viera cuánto la herían en el alma sus respuestas.

—Celine —dijo Bastien en un tono amable—, me pediste la verdad, aunque te dije que te dolería.

—Lo sé. —Se pasó los dedos por debajo de los ojos, tratando de eliminar el rastro de lágrimas. Qué ridiculez. Bastien acababa de decirle que su madre estaba viva. Eso debería ser un motivo de felicidad que superara con creces el dolor de su amable rechazo.

Pero Bastien… parecía mucho más real para Celine. Era alguien que podía creer que la había amado en algún momento. Su madre se había marchado cuando ella era una niña, por su propia voluntad. Ese rechazo en particular no era nuevo. Era uno que había revivido a diario durante los últimos catorce años. Puede que ya se hubiera acostumbrado a él.

¿Por qué iba alguien a abandonar a su propia hija? ¿Qué tipo de persona era la madre de Celine?

—Quiero conocerla —dijo—. ¿Puedes llevarme a ver a mi madre?

Bastien puso cara larga, su disgusto era obvio.

—Será peligroso.

—Lo entiendo. Ya me has dicho que este mundo es peligroso. Pero si va a ser mi mundo, entonces ya es hora de que me enfrente a ello. ¿Me llevarás? —repitió.

Inhaló por la nariz. Se inclinó hacia delante en su silla, la llama baja de la lámpara de gas que había junto a él parpadeó con el movimiento.

—Te llevaré. Si me haces una promesa.

Celine esperó a ver qué quería.

Bastien continuó.

—Prométeme que, si digo que estamos en peligro, no te arriesgarás por nadie. Que te preocuparás ante todo por tu propia seguridad.

—No soy una completa idiota —espetó ella, con los brazos cruzados—. ¿Por qué iba a protegerte, de todos modos? Parece que lo intenté una vez, y no salí muy beneficiada. Ni tú, para el caso.

Él abrió esos ojos grises como platos. Entonces, Bastien se rio. Esa melodía pilló a Celine con la guardia baja. Calentó algo alrededor de su corazón.

Celine tosió. Luego se puso de pie.

—Aprecio la franqueza, *monsieur* Saint Germain. Si haces los arreglos pertinentes, informaré a aquellos que puedan preocuparse de que haré un viaje corto para visitar a un pariente lejano en Atlanta.

Él se puso de pie con un movimiento ondulante lleno de gracia.

—Como desees, *mademoiselle*.

CELINE

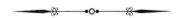

El corazón no había dejado de latirle con fuerza durante la última hora. El retumbar de su sangre hacía que le temblaran las manos y la obligaba a respirar de forma superficial. Sin embargo, Celine mantuvo la cabeza en alto, negándose a resistirse a la *magia*. Magia que, hacía apenas tres días, no había creído que existiera.

Esa mañana, ella, Arjun y Bastien habían viajado a través de un *espejo* a una tierra al otro lado del mundo. A un lugar que Celine nunca había creído que visitaría. Resultaba extraño que ese no hubiera sido el viaje más interesante del día. Después de serpentear por las calles de Jaipur, se habían sumergido en una fuente para ser transportados a *otro reino*.

Celine esperaba sucumbir a la locura más absoluta en cualquier momento. Era la única explicación para todo aquello. Lo único que parecía tener sentido.

Ahora estaban de pie en una playa reluciente, chorreando la misma agua salada que les lamía los pies. Todos los colores a su alrededor parecían realzados, como si los hubiera pintado un niño demasiado imaginativo. Lo que más impresionó a Celine, más allá de los tonos vívidos y el brillo antinatural del sol, fue el aroma. Era como se había imaginado de pequeña que olería la miel, antes de probarla por primera vez. Como gotas de luz solar derretida. Un toque cítrico combinado con un regusto a metal caliente.

Celine cerró las manos en puños a los costados. Lo que deseaba, más que nada, era mirar a Bastien en busca de tranquilidad. Pero eso sería un error, por más de una razón. Hacía tres noches, en su tienda, Bastien había dejado muy claro que, si bien una vez la había amado, no debía albergar expectativas respecto a él. No podía haber futuro entre la hija de una hechicera feérica y un demonio de la noche. Seres enfrentados entre sí durante milenios.

Por ese motivo, Celine había ido a ver a Michael el día anterior. Esa era la razón de que le hubiera dicho que quería que construyeran un futuro juntos una vez que regresara de Atlanta. Todavía podía sentir el calor de los brazos de él al envolverla. La forma en que su aliento le había acariciado la frente justo antes de que se besaran.

Celine había tomado su decisión. La seguridad del amor por encima de la emoción de lo desconocido.

Celine tomó aire con cuidado y echó un vistazo en dirección a Bastien. Sus ojos encontraron los de ella en menos de un instante. El calor se extendió por su piel. No la calidez de la seguridad, sino el destello de una conciencia absoluta. Una chispa que amenazaba con estallar en llamas. Cerró los ojos y se clavó las uñas en las palmas de las manos.

Un error. Uno que ya no podía permitirse el lujo de cometer.

Importaba demasiado. Para ambos.

Desde detrás de la arboleda de palmeras con hojas azules y corteza de cobre, varias figuras encapuchadas se acercaron, sus lanzas de alabastro destellaban bajo el sol resplandeciente. Celine dio un paso atrás, con los ojos verdes muy abiertos. Casi salvajes. Incluso desde la distancia, era capaz de distinguir que no eran del todo humanas. Sus orejas eran puntiagudas, sus facciones, angulosas. Afiladas. Se parecían a la representación de los elfos que había visto una vez en un libro. Todas, menos una, eran más altas que la mayoría de los hombres y mujeres. Aunque permanecieron inexpresivas, un aire de peligro acechaba a su alrededor. La sugerencia de una amenaza.

La más pequeña dio un paso adelante mientras su capucha gris le caía de la cabeza a los hombros, revelando a una mujer joven y delgada que parecía de una edad similar a la de Celine, con ojos y cabello del color del ébano y la piel bronceada por el sol.

A la derecha de Celine, Arjun suspiró aliviado. Como si hubiera estado esperando a otra persona y estuviera agradecido de ver a aquella joven en su lugar.

—Marceline Rousseau —dijo la guerrera de la capa gris, cuya voz sonó como un carillón de viento.

Celine dio un paso incierto hacia delante.

—Vendrás con nosotras —continuó la chica de gris.

De nuevo Celine miró hacia Bastien.

—¿Confías en ellas?

—No —respondió él sin volverse hacia ella, con los ojos brillantes.

La guerrera feérica resopló.

—Si no confías en mí, Marceline Rousseau, entonces confía en que el bebedor de sangre sufrirá la muerte definitiva antes de permitir que te suceda algo malo.

—Más allá de la confianza que tenga en los demás, confío en mí misma. —Celine se acercó a la líder de las guerreras reunidas allí—. Y no reaccionaré bien si alguien intenta engañarme.

Algo cambió en la fría mirada de la guerrera. Un destello de aprobación. Asintió y giró sobre sí misma, las que estaban detrás de ella esperaron a que pasara.

Celine se armó de valor antes de seguirla, con Arjun y Bastien flanqueándola. Casi tropezó cuando una enredadera que envolvía uno de los largos troncos cobrizos del árbol floreció y los centros de las flores emitieron una luz cálida, lo cual proyectó sombras nebulosas a su alrededor. Como si los rayos del sol hubieran sido sumergidos en oro fundido.

Emprendieron una penosa caminata a través del primer bosquecillo de palmeras altas. La arena que había ante ellos pronto dio paso al musgo, que amortiguaba sus pasos y daba vida a los sonidos del bosque floreciente. En el aire se podía detectar un rastro a tierra recién labrada mezclado con notas cítricas y metálicas.

Una de las guerreras de capa gris se giró para comprobar que estuvieran avanzando, y la punta de su lanza de alabastro rozó una rama baja. Las hojas susurraron, el sonido fue nítido y claro. En lo alto, el ruido de los insectos alados provocó que a Celine le zumbaran los oídos. Cuando una de esas criaturas voló más bajo, Celine soltó un jadeo. Era más grande que su cabeza, sus alas parecían de plata martillada, sus ojos eran de un verde iridiscente. Sobresaltada por aquella cosa parecida a una avispa, el pie de Celine acabó en un montón de marga y el dobladillo de sus faldas de color salmón levantó un polvo nacarado.

Llegaron ante una cortina de enredaderas resplandecientes, que se abrieron cuando la líder de las guerreras de capa gris se acercó a ellas. Mientras se abrían paso a través de un largo túnel de hojas rizadas, Celine miró a ambos lados y vio que las ramas se ondulaban y latían como si fueran parte de un corazón palpitante. En una ocasión, habría jurado que vio a un sátiro atrapado en su abrazo, con un grito ahogado en los labios. Pero antes de que pudiera parpadear, la imagen fue devorada una vez más por la madriguera de enredaderas móviles.

Celine tosió para evitar una nueva oleada de pánico. Parecía incapaz de deshacerse de la repentina opresión de la garganta. La sensación se intensificó con cada paso. Intentó tomar una profunda bocanada de aire. No lo consiguió. El terror se apoderó de su corazón cuando se dio cuenta de que le costaba respirar.

Bastien la alcanzó por detrás y cerró los dedos sobre su antebrazo. Por un momento, Celine resistió el impulso de recostarse contra él mientras su pecho subía y bajaba a un ritmo acelerado.

Arjun se acercó más.

—No puede respirar —informó a la líder de capa gris.

—¿Qué le estáis haciendo? —exigió saber Bastien en voz baja y en un tono repleto de amenaza.

—Esa sensación se le pasará pronto —dijo la líder de las guerreras feéricas—. Aquí, el aire es mucho más fino que en el reino de los mortales. Mejorará una vez que lleguemos a la corte de *lady* Silla. No hay nada de lo que preocuparse; se trata de un mero elemento disuasorio. Si un mortal no bienvenido quisiera colarse en la corte del Valle, esto les impediría cruzar nuestras fronteras.

Celine estuvo a punto de atragantarse. Parecía que las hadas estivales eran bastante inhóspitas.

Un minuto después, la sensación comenzó a desvanecerse. Una vez que llegaron al final del túnel, Arjun se inclinó hacia su oído como si quisiera contarle un secreto. No le dijo nada. Colocó una mano sobre el hombro de Bastien y la otra sobre el de Celine. Aunque el intercambio sin palabras no duró más que un abrir y cerrar de ojos, Celine entendió la advertencia.

Estaban entrando en un mundo de peligro. El mundo de la madre de Celine.

No podían permitirse el lujo de no permanecer unidos.

Cuando salieron del túnel de hojas, el fulgurante sol blanco golpeó con fuerza la piel de Celine. A su lado, Bastien retrocedió por instinto mientras apretaba con fuerza la mano izquierda, la que tenía el anillo de sello de oro.

La arboleda que tenían delante formaba un círculo inmenso, las ramas de arriba parecían una glorieta de hojas entrelazadas que creaban un dosel abovedado de treinta metros de altura. A Celine le recordó a una catedral, tanto en apariencia como en sentimiento. Coloridos pájaros cantores revoloteaban de un lado a otro. Una estrecha alfombra de tréboles esmeralda pavimentaba el camino que conducía a un trono de madera de abedul blanqueada. Había un rayo de sol descansando en su centro, tallado en un bloque de oro macizo.

Los pasos de Celine vacilaron cuando la esbelta mujer sentada en el trono se puso de pie con un movimiento ágil. Incluso desde la distancia, Celine sintió su inmenso poder. Alcanzó la mano de Bastien. Él entrelazó sus dedos con los de ella.

Un suave murmullo comenzó a recorrer la multitud allí reunida. Celine miró a su alrededor, la incertidumbre trastabillando en su pecho. Dondequiera que mirara, se enfrentaba a imágenes que desafiaban su sentido común. Figuras altas y esbeltas vestidas con sedas casi transparentes, con fajas de oro martillado y el cabello de una gran variedad de tonalidades cayéndoles por la espalda. Orejas puntiagudas. Apariencias frías. Pómulos afilados. Dedos enjoyados y copas inmensas. De vez en cuando, se fijaba en criaturas con cuernos, piel verde o alas transparentes.

Cuando una de las criaturas con cuernos gruñó a Bastien, mostrando los colmillos en señal de advertencia, Bastien soltó la mano de Celine. Fue entonces cuando se dio cuenta de que a la mayor parte de esa asamblea no le gustaba verla entrelazada con el alto bebedor de sangre que tenía al lado.

Solo por esa razón, Celine apretó con más fuerza los dedos de Bastien. Alzó la barbilla.

La esbelta figura de pie ante el trono dio un solo paso hacia abajo desde su tarima de mármol. Luego sonrió a Celine, su expresión era de una calidez flagrante. La belleza que irradiaba su rostro hizo que Celine se detuviera en seco.

El cabello de la mujer era negro y largo, no muy diferente del suyo. Lo llevaba recogido en una trenza suelta sobre un hombro, en la que había entrelazado enredaderas de hojas brillantes y diminutas. En la frente lucía una corona de perlas. Su vestido era plata líquida, una piel blanca de zorro adornaba sus hombros. Un artista había realzado su piel pálida con polvos brillantes y teñido sus labios de un rojo vibrante, similar al color de la sangre fresca.

Cuando la mujer se acercó, con los brazos extendidos, Celine jadeó al volverse nítidos en su mente ciertos recuerdos distantes.

Aquella era la Dama del Valle. La madre de Celine.

—Bienvenida, hija mía —dijo la mujer. Su voz era melodiosa. En lo alto, los pájaros trinaron en respuesta, y la luz del sol brilló con intensidad—. No sabes cuánto he anhelado verte.

Celine permaneció rígida sobre la alfombra de tréboles esmeralda, con Bastien a su lado. Un murmullo bajo comenzó a acumularse en el aire que la rodeaba. Su visión comenzó a distorsionarse. Luchó por encontrar algo razonable. Algo que tuviera sentido en ese mundo de luz solar abrasadora.

Lo que encontró fue… enfado. Una ira cruda e hirviente, de la que enmascara un dolor hueco.

A Celine le tembló el cuerpo.

—¿Es cierto, entonces? —exigió saber, sorprendida por la ira sin restricciones de su propio tono.

Los murmullos recorrieron la multitud de seres reunidos bajo el dosel vegetal. La falta de respeto de Celine no les sentó bien. Las inmensas avispas que revoloteaban en lo alto comenzaron a posarse en las ramas más bajas, con sus ojos iridiscentes destellando.

—¿El qué? —La sonrisa de la Dama del Valle se ensanchó, su expresión permaneció serena.

—¿Elegiste dejar a tu hija atrás en el mundo de los mortales? —continuó Celine sin inmutarse—. ¿La dejaste pensar que estabas muerta durante catorce años?

La majestuosa mujer bajó el último escalón para descender del estrado de mármol, cuyas vetas estaban salpicadas de motas doradas. Brillaron bajo el peso de sus pasos descalzos. Se acercó con movimientos deslizantes mientras estudiaba a Celine, su mirada revoloteó desde la cabeza de su hija hasta los pies.

Luego, en lugar de responder, se puso a cantar. Desde la primera nota, el temblor en las extremidades de Celine se intensificó. Separó los dedos de los de Bastien. Unas lágrimas le rodaron por las mejillas. Era una melodía que la había perseguido durante años. Una cantada en un idioma que nunca había sabido ubicar.

Familiar. Llena de un amor inconfundible.

La última nota resonó en el aire y se desplegó en las copas de los árboles.

—No quería dejarte —dijo con suavidad la Dama del Valle—. Me he arrepentido todos los días. —Se acercó, con los brazos extendidos una vez más—. Por favor… perdóname.

—¿Madre? —sollozó Celine, mientras en su pecho el corazón se le resquebrajaba como un dique a punto de estallar.

—Aga —respondió su madre, con las manos extendidas—. Mi niña.

Antes de que Celine pudiera detenerse a sí misma, corrió a los brazos de la Dama del Valle.

Fue como despertar de una pesadilla. La angustia seguía allí, pero más allá yacía la esperanza. La promesa de un amanecer. Celine sabía que esa esperanza no haría desaparecer su ira, ni silenciaría las preguntas que ardían en su interior. Pero el hecho de que ahora pudiera abrazar a su madre, de que su madre pudiera devolverle el abrazo, era un regalo en sí mismo.

Su madre pasó sus dedos largos y delgados por la mejilla de Celine para secarle las lágrimas. Mientras Celine consideraba los rasgos inhumanos de su madre (las orejas puntiagudas, los pómulos afilados, los ojos brillantes como el ónix), se dio cuenta de algo obvio. Un detalle que no había considerado a primera vista.

Si la madre de Celine estaba sentada en el trono, eso significaba que la Dama del Valle gobernaba aquella corte de hadas elegantes. Lo que significaba que Celine no era tan solo la hija de una hechicera. Era la hija de la realeza feérica.

¿Era esa…? ¿Era esa la razón del rechazo de Bastien?

¿Eran más que simples rivales de reinos en discordia?

—Ahora que estás aquí —dijo su madre en voz baja—, podemos pasar todo el tiempo que deseemos conociéndonos. Puedo responder a todas sus preguntas. —Pasó los dedos por el cabello de Celine—. ¿Por qué le hice a tu padre esa promesa equivocada de mantenerme alejada hasta que cumplieras dieciocho años? ¿Por qué creía que una infancia en el reino de los mortales era preferible a una aquí? —Una amable sonrisa curvó su rostro. Miró a la multitud reunida, el timbre de su voz cada vez más fuerte—.

Quizás todos podamos enmendar el pasado. —Algo brilló en sus ojos oscuros—. Y desear un futuro mejor para las hadas y los etéreos por igual.

Era todo lo que Celine nunca había sabido que necesitaba escuchar.

—Eso me gustaría —murmuró—. Mucho.

A continuación, su madre extendió la mano derecha hacia una de las dos figuras que permanecían en silencio detrás de Celine. Celine se volvió y vio a Bastien esperando allí, con las manos en los bolsillos y una expresión distante. Arjun no dijo nada, mantuvo una sonrisa fácil en el rostro y el ceño fruncido.

—Sébastien Saint Germain —comenzó la madre de Celine. En un remolino de faldas color marfil, se movió hacia delante y envolvió la mano de Celine en una de las suyas. La mano que Bastien había estado sosteniendo no hacía mucho—. Te agradezco que hayas honrado tu palabra y me hayas traído a mi hija por su propia voluntad.

¿Su... palabra?

Celine arrugó el ceño. ¿Había accedido a llevarla allí? ¿Por qué? Bastien no reaccionó, aunque los ojos de Arjun se abrieron con consternación. El medio hada dijo:

—Celine, lo que mi señora quiere decir es...

—De acuerdo con nuestro acuerdo anterior —interrumpió la madre de Celine, con una sonrisa de complicidad en el rostro—, Sébastien Saint Germain y Arjun Desai tienen mi permiso para viajar a través de las tierras estivales del Valle Silvano hacia el páramo invernal de la Espesura Silvana. Mi hija se quedará aquí conmigo.

¿Había Bastien... usado a Celine para obtener algo que quería de la Dama del Valle?

Desde luego, ese parecía ser el caso.

Celine miró a Bastien al tiempo que apretaba los labios. La tensión atravesó sus facciones, el sentimiento de traición tomó forma en su estómago. Su madre entrelazó los dedos con los de ella, y Celine le correspondió sin pensar. Con facilidad. Con demasiada facilidad.

La golpeó de repente, como si la hubieran rociado con un balde de agua fría. ¿Era una simple coincidencia que la madre de Celine hubiera hecho y dicho todo lo que Celine necesitaba escuchar? ¿A dónde había ido la ira de Celine? Al principio, había estado muy enfadada. Durante un corto periodo de tiempo, había sido lo único que había conocido.

La sospecha hizo que se le retorciera el pecho. Su madre era una hechicera. Tanto Bastien como Arjun habían dicho que aquel mundo era peligroso. Justo antes de que entraran en la corte, Arjun había recalcado algo: no debían dejar que los separaran.

Y una de las primeras cosas que la Dama del Valle deseaba hacer era justo eso.

Celine miró a Bastien desde donde estaba, ante el trono de su madre.

¿Utilizaría a Celine para su propio beneficio personal?

Él permaneció en silencio, su mirada fija en la de ella. No. No lo haría. Tampoco le diría cómo sentirse o qué hacer. Confiaba en que ella sabría qué era lo correcto. En que ella contaría su propia historia.

Durante demasiado tiempo, Celine había buscado respuestas en los demás. Era hora de mirar dentro de sí misma.

Estudió a la multitud allí reunida. A pesar de las palabras tranquilizadoras de su madre, Celine no se sentía bienvenida entre ellos. Sentía que la toleraban. Como si esa corte de hadas inmortales se limitara a soportar su presencia. No les importaría lo que ella quisiera o cómo se sintiera. Bastien respetaría sus elecciones. Arjun confiaría en que Celine supiera cuál era el mejor curso de acción para ella. Su madre no le había preguntado ni una sola vez qué quería hacer.

Sus ojos se encontraron con los de Bastien una vez más. La expresión de él se suavizó.

—Si Celine desea permanecer en el Valle, por supuesto que se quedará —dijo Bastien, sus palabras, claras. Firmes—. Pero si desea venir con nosotros, esa decisión le corresponde a ella y solo a ella.

La Dama del Valle apretó con más fuerza la mano de Celine.

—Me temo que no puedo permitir que mi hija salga de la seguridad del Valle.

Por primera vez desde su reencuentro, la madre de Celine había dicho algo incorrecto.

—No. —Celine no vaciló en su respuesta—. Iré a donde vayan Arjun y Bastien.

—Es demasiado peligroso, hija mía —protestó su madre, acercando aún más a Celine—. Los clanes de hielo corren descontrolados por la Espesura. Esa tierra sin ley no ha tenido un liderazgo adecuado durante casi cuatrocientos años humanos. Es un mundo de oscuridad perpetua, lleno de todo tipo de bestias sedientas de sangre.

—Lo entiendo —dijo Celine—. Pero no deseo separarme de mis amigos.

El dolor cruzó el hermoso rostro de la Dama del Valle.

—¿No deseas pasar tiempo en mi compañía después de todos estos años? Tenía la esperanza de mostrarte mi casa y aprender sobre aquello que te brinda alegría.

—Por supuesto que sí —dijo Celine en voz baja—. Pero necesito algo de tiempo para aclimatarme a este mundo. No podré hacerlo con libertad si me preocupa la seguridad de mis amigos.

Las fosas nasales de su madre se ensancharon, destacando lo inhumano de sus facciones afiladas.

—¿Y qué hay de tu seguridad, hija?

—Puedo prometer que la seguridad de Celine será mi principal preocupación, mi señora —intervino Arjun.

La Dama del Valle se volvió hacia Arjun con expresión gélida.

—¿Me harías esa promesa, hijo de Riya? —Hizo una pausa, un silencio cargado de significado—. ¿Jurarías por tu vida que evitarás que sufra daño? —Sus ojos oscuros relucieron—. Una advertencia: otro miembro de tu familia encontrada me hizo una promesa una vez. Me temo que a Shin Jaehyuk le costó su vida inmortal.

Arjun tragó saliva y luego asintió una vez. El resto de nobles empezaron a murmurar, las criaturas aladas revolotearon siguiendo patrones caóticos. La promesa de Arjun tenía un peso importante. No era en absoluto como las promesas hechas en el mundo de los mortales. Celine no necesitaba que nadie le explicara lo que resultaba tan evidente.

Arjun Desai había prometido que perdería la vida si algo le pasaba a Celine.

No podía permanecer de brazos cruzados ante eso.

—Me temo que debo insistir —dijo Celine a través del creciente estruendo—. Una vez que mis amigos hayan completado su viaje, regresaré al Valle. —Ofreció a su madre una sonrisa cándida, sus dedos se deshicieron del agarre de la Dama del Valle.

Celine esperaba enfrentarse a más protestas. Tal vez su madre le prohibiera irse directamente. Después de todo, parecía que la Dama del Valle dominaba aquellas tierras y a todos los que habitaban en ellas. Por un instante, Celine pensó que su madre llamaría a sus guerreras de capas grises.

Era imposible saber lo que estaba pensando la Dama del Valle. Pero Celine vio la guerra silenciosa que libraba en su interior.

Entonces, su madre se relajó. Sonrió.

—Debo admitir mi decepción —le dijo a Celine—. Esperaba que pudiéramos pasar tiempo juntas, después de todos estos años. No te puedes ni imaginar cuánto anhelaba esta oportunidad.

Un rastro de nostalgia cruzó el rostro de Celine.

—Por favor, créeme cuando te digo que lo entiendo. No puedes ni imaginar cuánto te echaba de menos de niña. Cuánto deseaba conocerte. —La determinación fortaleció su expresión—. Pero he hecho una promesa propia a mis amigos y no puedo romperla. Juré ayudar a Sébastien Saint Germain y Arjun Desai en su viaje hacia la Espesura invernal, y no permitiré que una de las primeras cosas que haga como hija tuya en el Valle sea ignorar una promesa que hice de buena fe.

Si las promesas tenían el peso que Celine sospechaba que tenían en la corte de su madre, entonces sería difícil que la Dama del Valle pasara por alto la admisión de Celine.

Una emoción inexplicable cruzó el rostro de su madre.

—Por supuesto. —Había acero en su respuesta. Celine no sabía si era furia o resolución—. Varias de mis Capas Grises te acompañarán hasta la frontera —continuó su madre—, pero una vez que cruces a la Espesura, ya no podré brindarte mi protección. —Levantó la mano derecha y la retorció en el aire vacío, como si estuviera girando el picaporte de una puerta invisible. Se juntaron unas chispas de luz que giraron hacia sus dedos, acercándose más unas a otras con cada movimiento, hasta que una bola de luz dorada se formó en su palma. La madre de Celine murmuró hacia ella en una lengua ininteligible, y la bola se condensó hasta transformarse en una esfera de oro macizo.

La Dama del Valle le entregó la chuchería dorada a Celine.

—En los momentos en los que la tristeza sea implacable, deja que esta sea tu luz. Es lo mejor que puedo ofrecerte como protección en un mundo de oscuridad perpetua. Una gota de puro sol. —Cuando Celine alargó el brazo para aceptar el presente, su madre envolvió la palma de Celine con ambas manos, la fruslería palpitó entre ellas—. Ten en cuenta que su poder disminuirá cuanto más permanezcas en la Espesura y cuanto más la uses. Guarda esta magia para cuando más la necesites, hija. Y vuelve a mí. —Pasó la mano derecha por la mejilla de Celine.

—Gracias, madre —respondió Celine, algo brillante en sus ojos.

—Algún día, espero que vuelvas a llamarme umma, como hacías cuando eras niña.

Celine asintió.

—Yo también lo espero. Pronto.

—Una advertencia, Sébastien Saint Germain —le dijo la Dama del Valle a Bastien, dulcificando su sonrisa—. Evita el Desierto Congelado a toda costa. Sabrás lo que es en el momento en que te acerques demasiado. Es un mundo sin color ni sonido, donde los que han traicionado a mi corte son enviados a cumplir sus condenas. Muchos de los que acaban allí pierden la cabeza. En el instante en que tus sentidos empiecen a acusar la confusión, corre. —Celine tragó saliva ante la forma en que la voz de su madre se convirtió en un susurro—. Y si algo le sucede a mi hija, responderás ante mí, heredero de Nicodemus.

Bastien

Es una sensación extraña cruzar del Valle Silvano a la Espesura Silvana. De una corte de sol perpetuo a una de noche perpetua.

La frontera no es una línea imaginaria que atraviese el terreno, sino un río. Una de las orillas está bañada en una calidez ocre. La otra está en sombras, las rocas que recorren la orilla están cubiertas de hielo azul.

Un puente solitario conecta las dos tierras, atravesando el ancho del agua, que fluye con rapidez. Esta escena es una representación adecuada de este mundo. Desde la distancia, parece tranquilo. De cerca, el agua se precipita sobre las piedras a una velocidad vertiginosa, el centro del río más negro que la brea.

A pesar de que estamos en la orilla iluminada por el sol, me siento agradecido por la oscuridad al otro lado. Hay honestidad en ella. A diferencia de la corte del Valle, la oscuridad no finge ser algo que no es. Y ya estoy harto de la luz.

La líder de las feéricas que nos acompañan, la pequeña guerrera a la que atrapé en la playa, se presenta como Yuri justo antes de que ella y diez de las Capas Grises bajo su mando nos dejen al comienzo del puente.

Se vuelve hacia mí, su rostro severo e implacable. Tallado en granito.

—Una última petición para que la hija de nuestra señora nos acompañe de regreso a la corte estival del Valle. Si os preocupa en lo más mínimo su seguridad —nos mira con ira a mí y a Arjun—, decidle que preste atención a este consejo. —No mira a Celine en ningún momento mientras habla.

Estoy seguro de que Celine es muy consciente de ello.

La risa escapa de los labios de Arjun.

—Lo cierto es que has llegado a dominar esa expresión —le dice a Yuri—. Podrías quemar las plumas de un chotacabras solo con la fuerza de tu mirada. Mi madre estaría orgullosa.

Yuri frunce el ceño.

—Al menos uno de nosotros puede afirmar que ha enorgullecido a la general. —Su trenza de cabello negro y lacio, que le llega hasta la cintura, le cuelga por encima de un hombro—. Si la general Riya estuviera aquí y te viera trabajando al servicio de los bebedores de sangre… —No hay malicia en su tono. Solo la fría verdad.

—Por fortuna, renuncié al deseo de enorgullecer a mi madre hace años —dice Arjun con una sonrisa—. ¿Te lo creerías si te dijera que elegí trabajar para Nicodemus Saint Germain solo para ver si le explotaría la cabeza? —Hace una pausa, sus palabras chorrean sarcasmo—. O tal vez solo fue por la alegría pura que sabía que le reportaría.

—El asesino de Nicodemus Saint Germain mató a la mejor amiga de tu madre —dice Yuri.

—No sufras —responde Arjun—. Shin Jaehyuk no es exactamente mi vampiro favorito en este momento.

Yuri se muerde los carrillos como si se hubiera tragado un limón. Luego dirige su mirada inflexible hacia mí.

—Espero que no seas tan tonto como él, *sanguijuela*. —Hace un mohín con los labios, su disgusto es evidente—. La hija de nuestra señora recurre a ti para algo más que orientación. Confía en lo que tienes que decir. Dile que se quede en el Valle, donde está a salvo.

Celine se interpone entre nosotros, sus cejas juntas en la frente.

—Sigo aquí, Yuri.

—Lo sé —dice Yuri sin parpadear—. También sé que no lograré persuadirte; por lo tanto, no vale la pena malgastar mi tiempo. —Se desplaza hacia mí—. ¿Qué dices, sanguijuela?

No respondo nada. En vez de eso, miro a Celine.

—¿Qué quieres hacer?

—No sé cómo se toman las decisiones en el Valle, Yuri —dice Celine—, pero deduzco que no fue fácil para ti alcanzar una posición tan elevada. Y creo que ni a ti ni a mi madre os agrada que ningún hombre, amigo o enemigo, os diga qué hacer.

Yuri vuelve a poner una mueca.

—Haré lo que me plazca y ni tú ni estos caballeros tomaréis esas decisiones por mí —finaliza Celine.

Yuri gruñe. Clava el asta de su lanza en el fragante suelo a sus pies.

—Al menos, en la Espesura —digo—, veré los monstruos que se crucen en nuestro camino y *sabré* que son monstruos. —Una parte de mí piensa que una declaración tan directa encenderá la ira de Yuri.

Pero ella parece apreciar la franqueza.

—No tienes ni idea de lo que hablas. —El tono de Yuri es sombrío—. Los monstruos de la Espesura atacan sin provocación. No necesitan una razón o un propósito para hacerte pedazos.

La inquietud se desplaza por mi columna vertebral. Lo que más deseo es hacer lo que pide Yuri y exigirle a Celine que permanezca en el Valle Silvano, bajo la protección de su madre.

Todavía no soy el hombre que quiero ser. Solo puedo esperar ser mejor hoy que ayer.

—Gracias por la advertencia —le digo a Yuri.

—Que pese sobre tus hombros, entonces, vampiro —responde Yuri. Mete la mano en su capa y saca dos dagas largas y un puñal corto. Es evidente que las tres hojas han sido fabricadas con plata maciza, sus vainas a juego están cubiertas de rubíes. Se vuelve hacia su segunda al mando, quien saca un arma muy parecida a una ballesta, pero más corta, con las flechas desafiladas y las puntas también plateadas.

—Nos han dicho que tienes cierta habilidad como tirador —me dice Yuri—. Un revólver llamará demasiado la atención en la Espesura. Es un arma demasiado rimbombante e incivilizada. Revela tu posición después del primer disparo. La falta de sutileza es muy propia de un vampiro —se burla—. Esta ballesta disparará diez proyectiles seguidos antes de que necesites recargarla. Supongo que tu alabada puntería será útil con al menos uno de ellos. —Chasquea los dedos y tres de las Capas Grises más cercanas a ella se quitan las capuchas y pasan una a Arjun, otra a Celine y otra a mí.

—Dado que es evidente que carecéis de toda sensatez, podéis usarlas, aunque no os salvarán de vuestra propia estupidez —dice Yuri—. Además, tú necesitarás guantes, sanguijuela. Estas armas fueron diseñadas para ser usadas contra ti, no por ti. —Me lanza un par de guantes de cuero suave—. Una última advertencia —termina—. Manteneos vigilantes dondequiera que vayáis. Hablad solo cuando sea necesario y nunca os quedéis demasiado tiempo en un mismo lugar. Si os emboscan, proteged a Celine. Si no lo hacéis, perderéis la vida. —Resopla—. Y a la Dama del Valle le gusta tomarse su tiempo cuando impone un castigo.

Casi sonrío. En otro tiempo y lugar, me habría gustado Yuri. Me recuerda a Odette.

Una sonrisa se dibuja en mis labios. Se odiarían la una a la otra.

Yuri hace un gesto hacia las demás Capas Grises, quienes forman una fila en su lado del puente y observan cómo Celine, Arjun y yo cruzamos.

El frío desciende sobre nosotros despacio, como la oscuridad de un crepúsculo invasor. Cuando alcanzamos la mitad del puente, se forman nubes de vapor alrededor de la boca de Celine y Arjun con cada exhalación. Hay un cambio en el viento, como el que se produce entre estaciones. Incluso el olor queda impregnado de escarcha, menta y algo más, diferente a todo lo que he encontrado en el plano mortal. Empiezan a caer copos de nieve ligeros, nuestras botas provocan crujidos en la gélida quietud. El único otro sonido que se oye es el de los esqueletos de los árboles y los carámbanos tintineando juntos como carillones invernales.

Acabamos de cruzar el puente y nos adentramos en los montículos de nieve en polvo que se alzan en la orilla del río. Cuando miro por encima del hombro, veo a las Capas Grises observándonos en la orilla opuesta, sus lanzas apuntando hacia el brillante cielo azul. Por última vez, considero pedirle a Celine que regrese con ellas. No hay necesidad de que se arriesgue en esta tierra de noche perpetua, persiguiendo el sueño de un tonto.

Pero miro en su dirección y me quedo en silencio.

—Las tierras fronterizas de la Espesura son conocidas por sus bosques laberínticos —dice Arjun. Su voz nos sobresalta, pues suena diferente en este lugar. Como si hubiera atravesado un largo túnel—. He oído que aquí hay árboles a los que les gusta la sangre mortal. —Frunce los labios—. Tal vez sean tus antepasados, Bastien.

—Encantador —responde Celine, envolviéndose más en su capa. Sopla una ráfaga de viento que esparce copos de nieve por nuestras caras. Al instante siguiente, aparece una piel de zorro en la capucha que le rodea la cabeza. Se extiende hasta formar un revestimiento interior por toda la capa. Celine murmura un agradecimiento—. Supongo que no todo en este lugar es tan terrible.

—Aférrate a eso —continúa Arjun en un tono divertido—. A partir de aquí está destinado a empeorar.

Avanzamos en completo silencio por el límite del bosque y bajo su dosel retorcido. Este bosque ofrece un marcado contraste con el de la corte estival. Donde allí brillaba el polvo dorado y plateado, aquí unas motas de hierro salpican el paisaje, brillando a la luz de la luna como diamantes negros. Un par de pájaros demacrados graznan a nuestra derecha mientras aletean lentamente entre las ramas desnudas antes de aterrizar juntos para mirarnos. Sus ojos son como el peltre deslustrado, sus picos, de hielo sólido. Me detengo para mirar al más pequeño, que gira la cabeza y luego se ríe antes de emprender el vuelo una vez más. Su pareja no tarda nada en seguir su estela.

Tengo los nervios de punta, se me eriza el vello de la nuca. Es como si pudiera sentir ojos sobre mí, aunque no oigo nada. Mis sentidos destellan cuando los lanzo hacia delante.

Es desorientador estar rodeado de tanto silencio. Como si me hubiera acostumbrado al zumbido constante de la vida a mi alrededor. Pero en lo más profundo de mi ser, sé que no estamos solos.

Estamos siendo observados. Apostaría mi vida inmortal. Me gustaría decírselo a Arjun y Celine, pero no serviría de nada informar a la criatura que nos acecha de que sé que está ahí. Así que, en lugar de decir nada, les hago un gesto a los dos y dejo que mis ojos vaguen a nuestro alrededor, hablando sin palabras.

No se mueven ni asienten ni dicen nada en respuesta. Pero sé que me entienden.

Durante un instante horroroso, toda la luz se desvanece a nuestro alrededor. Todavía puedo ver, pero siento la aprensión de Celine en su pulso acelerado y en su jadeo agudo. La oscuridad persiste cuando la luna pasa por detrás de la sombra de una nube. Luego, el cielo comienza a despejarse y un rayo de luz de luna emerge de entre las copas de los árboles esqueléticos.

Celine se detiene para mirar la luna justo cuando la última de las nubes se desplaza para revelar su luz fría en todo su esplendor. El bosque cubierto de nieve cobra vida, el suave azul de la escarcha se asemeja al de un pálido amanecer, los árboles quedan recortados contra un fondo blanco.

—Es… preciosa —dice ella.

—No puedo disentir —responde Arjun.

—La belleza a menudo enmascara la decadencia que hay debajo —murmura ella.

Es algo que mi tío ha dicho muchas veces en el pasado. Un recuerdo que Celine debería haber perdido.

—Un sentimiento apropiado para un lugar así —comento en tono informal mientras mis ojos escanean nuestro entorno—. ¿Dónde has oído ese dicho?

Celine frunce el ceño.

—No... no lo sé. —Niega con la cabeza y la capucha forrada de piel cae sobre sus hombros.

—¿Sabes? Si no fuera por esos horribles pájaros de ahí atrás, esto no me inquietaría —dice Arjun. Se estremece—. Parecían cuervos demoníacos listos para darse un festín con nuestros huesos.

—Puede que atrape uno y te lo regale como mascota. —Celine sonríe.

Arjun resopla. Veo cómo sus manos, como por casualidad, desaparecen en los pliegues de su capa, donde sé que ha escondido dos de las dagas que nos ha dado Yuri.

En respuesta, Celine mete una mano en el bolsillo de su falda, sus dedos envuelven la chuchería dorada de luz solar que le ha regalado su madre. Arjun continúa sonriendo mientras serpenteamos entre los árboles. Luego se detiene un momento, con la cabeza inclinada hacia un lado.

No pasa nada.

—¿Seguimos? —pregunta Celine, sus ojos verdes brillantes y alertas.

Asiento.

Ella grita justo cuando la criatura aterriza sobre mi espalda.

BASTIEN

Echo la mano hacia atrás y mis dedos enguantados agarran solo aire. Oigo un siseo junto a mi oído, algo afilado me roza un lado del cuello. Me quema la piel como si fuera fuego.

—A tu derecha —grita Celine, blandiendo su puñal plateado con una mano y la bola dorada con la otra.

Giro sobre mí mismo y la cosa que tengo en la espalda cae sobre la nieve. Cuando rueda para ponerse de pie, veo que es una colección de ramitas en forma de hombre. Su rostro no es más que dos agujeros donde deberían estar sus ojos. La criatura saca un arco rudimentario y apunta con una flecha en mi dirección, que esquivo.

—¡Cortadles la cabeza o las manos! —grita Arjun mientras sus dos dagas plateadas barren con gracia a su alrededor

Ahora, nos rodean al menos una docena de estos hombres hechos de ramitas. Lo único en lo que puedo pensar es en Celine. Me desplazo hasta quedar a su lado. Ella sostiene la chuchería en la palma de la mano, tiene los dedos blancos. La bola empieza a palpitar y a emitir calor.

—No la uses ahora. —Esquivo otra flecha—. Guárdala para cuando las circunstancias sean peores.

—Preocúpate por ti mismo —me responde.

Con una mano enguantada, aplasto el brazo extendido de una criatura arbórea que se lanza hacia nosotros. Cuando me giro para ver cómo le está yendo a Celine, no detecto el ataque junto a mi hombro. La flecha se me incrusta en el brazo y una sensación de ardor fluye por mi sangre, haciéndome gruñir y caer sobre una rodilla.

Aunque la herida prende fuego a todo mi costado derecho, acciono el gatillo de mi ballesta y una única flecha vuela hacia el hombre ramita más cercano a mí. La criatura delgada no es un buen objetivo para esta arma. Es como intentar disparar a un poste en movimiento. Intento arrancarme la flecha del brazo, pero solo logro romper el asta.

Con una maldición, me levanto de nuevo. Arjun grita y me lanza una de sus dagas cortas. La agarro por el mango, agradecido por mis reflejos agudizados.

Putain de merde. Nunca dediqué mucho tiempo a aprender esgrima. No tenía ningún sentido, dado que un revólver parecía mucho más civilizado y eficiente.

Quizás Yuri tuviera razón sobre nuestra dependencia de tales armas. Empiezo a balancear la hoja con la mano izquierda, mientras el costado derecho me sigue doliendo por culpa de la punta de la flecha, que sigue clavándoseme en la piel, la plata me envenena desde dentro. A Arjun le está yendo mucho mejor que a mí. Celine sostiene la chuchería palpitante como una amenaza silenciosa, y eso parece ser suficiente para mantener a raya a las criaturas ramita por el momento. El dobladillo de su capa está hecho jirones, y un poco de piel de zorro desgarrada le rodea los pies.

Vuelvo a blandir el arma y me las arreglo para cortarle la cabeza a una de las criaturas. Cuando lo hago, todo el bicho cae al suelo, descomponiéndose en una pila de madera astillada.

La lucha cesa cuando ambos bandos evalúan sus heridas. La mitad de las criaturas se han desmoronado a nuestro alrededor. La otra mitad parlamenta en silencio antes de tomar una decisión. Me preparo para el próximo combate, y luego los hombres ramita se escabullen hacia los árboles sin ni siquiera un susurro.

El dolor del brazo casi me está cegando.

—Bueno, eso no ha estado tan mal —comenta Arjun.

Celine frunce el ceño.

—Parecía que estaban jugando con nosotros. Ha sido un ataque a medias. Desestructurado.

—¿Tanteando el terreno, tal vez? —Arjun asiente—. Lo que significa que volverán pronto.

Caigo de rodillas, la hoja de plata que sostengo con la mano enguantada cae sobre la nieve.

—¡Bastien! —Celine se acerca y se agacha a mi lado.

—Tengo una flecha en el brazo —digo entre dientes—. Es de plata maciza, y cada vez que me muevo —hago una mueca— se me clava todavía más.

—Es de lo más ridículo del mundo —dice ella—. ¿Por qué no estabas prestando atención? ¿De qué sirven todas esas habilidades si no puedes esquivar una simple flecha?

La miro y no digo nada.

—No estaba prestando atención porque lo único que le importaba era mantenerte a salvo, princesa. —Arjun se arrodilla a mi lado y empieza a presionar alrededor de la herida para ver cómo sacar la punta de flecha.

Vuelvo a hacer una mueca, pero no por el dolor.

La consternación hace palidecer el rostro de Celine, pero se apresura a ocultarlo.

—Deberías prestar atención a tu propio consejo y protegerte a ti mismo, Bastien —dice ella en un tono práctico—. Si te hieren, te conviertes en un objetivo. Y entonces, no nos sirves de nada a ninguno.

Sé que me está regañando porque quiere ofrecerme consuelo y no puede. He dejado claro que no habrá futuro entre nosotros. Que los vampiros son los enemigos naturales de la corte de su madre.

La realidad es que Celine aún tiene que darse cuenta de lo profunda que es dicha enemistad. Que la sangre de la realeza vampírica corre por mis venas igual que la sangre de una hechicera del Valle corre por las suyas. Ha visto lo disgustados que estaban los nobles de la corte de su madre al vernos juntos, tomados de la mano. No es una cuestión de simple desaprobación.

Somos más que enemigos. Somos enemigos de sangre.

Me alejo de ella y ella me agarra del brazo, negándose a soltarlo.

—¿De verdad no vas a dejar que te ayude? —pregunta Celine, los ojos le brillan por la frustración.

Detrás de su máscara de irritación, veo cuánto le importa.

—No necesito tu ayuda —me quejo como un colegial.

Yo también llevo una máscara. Quiero decirle que no hay nada en el mundo que importe más que ella. Que sufriría una herida como esta todos los días de mi vida inmortal si eso significara que ella estaría ahí para regañarme.

—Todo esto es bastante conmovedor —interviene Arjun—, pero tenemos que encontrar la forma de quitarle la flecha del brazo a Bastien para que podamos salir de aquí antes de que los hombres ramita decidan regresar con un batallón de ramas. —Baja la voz hasta un susurro—. Es una tontería que nos quedemos en un mismo sitio durante tanto tiempo. —Entierra los dedos alrededor de mi herida mientras trata de determinar el ángulo de entrada, lo que hace que me estremezca—. La plata no parece haber llegado hasta el hueso —murmura—. Pero no creo que sacarla sea lo adecuado. Quizás sería más fácil si nos limitáramos a empujarla hasta que salga por el otro lado.

—¿Más fácil para quién? —pregunto en tono mordaz.

—No seas crío —dice Arjun, y chasquea la lengua—. Es impropio de un príncipe inmortal. Una vez que la plata haya salido, tu cuerpo sanará por sí solo, aunque no tan rápido como de costumbre. —Enarca una ceja—. Ahora sabes lo que se siente al ser yo. No tan fuerte. No tan rápido. Pero cabreado como un perro rabioso. —Me arranca el resto de la manga de la camisa—. ¿Crees que las heridas se te curan relativamente rápido? —le pregunta a

Celine—. Porque en toda mi vida, nunca he estado enfermo de verdad o terriblemente herido.

—Uy —se da cuenta Celine con un sobresalto—. Eres un etéreo, como yo. Perdóname por no establecer antes la conexión.

Él resopla.

—No soy como tú, princesa. No soy un descendiente directo de la Dama del Valle, ni puedo afirmar que tenga una gota de realeza feérica en la sangre.

Ella frunce el ceño, luego toma mi brazo herido mientras Arjun se prepara para empujar la punta de flecha hacia el otro lado.

—Lo cierto es que nunca había sufrido ninguna lesión antes de los acontecimientos de hace varios meses. —Su ceño se hace más profundo mientras me mira—. Y no recuerdo haberme sentido terriblemente enferma de niña.

Arjun sonríe.

—Apuesto a que eso te hace sentir aún más culpable —me dice.

—¿Siempre has sido tan idiota o...? —Mi insulto queda ahogado por un aullido de dolor cuando Arjun empuja la punta de flecha plateada a través de mi bíceps.

—Relájate, beta —canturrea con un acento que nunca antes le había oído usar—. O dejará cicatriz. —Un momento después, toda la punta de la flecha cae al suelo mientras varias gotas de sangre brillante se deslizan a su paso. Celine se pone a envolver la herida con restos de la manga de mi camisa.

—¿Por qué la plata no parece afectarnos como lo hace con Bastien? —le pregunta Celine a Arjun mientras trabaja.

—La plata es el arma del Valle contra las criaturas de la noche —explica Arjun—. La gente de la Espesura emplea el hierro para defenderse de los ataques del Valle, aunque ni la plata ni el hierro harán daño a un etéreo, debido a nuestra sangre mortal.

Celine asiente, con expresión pensativa

—¿Y qué pasaría si la realeza feérica del Valle se... enamorara de la realeza feérica de la Espesura?

Aunque a Arjun le sorprende la pregunta, se esfuerza por no demostrarlo.

—Eso no sucede —responde con suavidad—. Nunca lo permitirían. La nobleza ordinaria es exiliada por tal crimen. Son traidores a la sangre que quedan marcados para siempre.

Con un breve asentimiento, Celine termina de atar el último de los vendajes. No me ha mirado ni una sola vez durante este intercambio. Es un consuelo amargo saber que comprende todo el peso de la situación. La hija de *lady* Silla del Valle nunca tendrá permitido desarrollar un vínculo con el heredero inmortal de Nicodemus Saint Germain.

Me preparo antes de ponerme de pie. Luego tomo la palma de Celine para ayudarla a incorporarse.

—Deberíamos seguir moviéndonos antes de que regresen las criaturas ramita —digo.

—Sí —coincide Celine, con voz suave. Teñida de tristeza.

Arjun pone los ojos en blanco mientras se lava la sangre de los dedos con un puñado de nieve.

—He dicho eso hace diez minutos.

Celine arquea una ceja en su dirección.

—No es de extrañar que a Pippa no le gustes. Realmente eres un sabelotodo insoportable, Arjun Desai.

—¿Quién morirá feliz sabiendo que Philippa Montrose habla de mí a mis espaldas? —bromea Arjun.

Ella se ríe.

—Muérdete la lengua y abre la marcha.

ARJUN

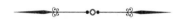

Estaban cerca. Arjun lo sabía. Había oído hablar de esa parte de la Espesura. Por eso supo dirigirlos hacia la silenciosa montaña cubierta de hielo en el corazón de aquel territorio invernal. La misma montaña que, años atrás, había provisto a los habitantes de la Espesura de una riqueza incalculable.

Aun así, Arjun no estaba preparado para las vistas.

El Palacio de Hielo surgió en un gran claro en lo profundo del bosque de árboles esqueléticos. Sus torretas azules reflejaban la luz de la luna, provocando que toda la estructura brillara. Hadas fantasmales deambulaban bajo sus parapetos cubiertas por harapos andrajosos, muchas de ellas con la esperanza de mendigar las sobras del señor de la guerra que estuviera al mando.

A medida que el trío se acercaba al edificio, comenzaron a apreciar los detalles. Muchos de los muros almenados del castillo estaban astillados cerca de la parte superior, donde los pájaros con picos de hielo los habían picoteado. Nadie montaba guardia junto al puente levadizo bajado, tendido sobre un río de hielo sólido, cuya superficie congelada estaba llena de carámbanos afilados que empalarían a cualquier criatura que tuviera la mala suerte de caer en él.

Desde la distancia, el castillo parecía grandioso. De cerca, era todo lo contrario. El descuido era evidente. Un marcado contraste con la calidez refinada de la corte estival del Valle Silvano.

Los tres mantuvieron las manos sobre las armas escondidas en sus capas mientras cruzaban el puente levadizo.

Celine ahogó un grito cuando entraron al patio. A la derecha, había una manada de chacales de hielo dándose un festín con el cadáver de un caballo negro con alas como las de un murciélago gigante. Su grito no se debió a la mera visión de la sangre y la carnicería o al olor a sal, hierro y entrañas trituradas.

Estaba claro que el caballo seguía vivo. Sus ojos rojos parpadeaban despacio, el aliento le salía en silbidos de la garganta.

Por un instante, los pensamientos de Arjun se dirigieron hacia Jae, quien había sido encerrado en una jaula de plata por orden de Nicodemus hacía dos noches. Fiel a su estilo, Nicodemus se había apresurado a pronunciar su sentencia: la muerte definitiva. Los hermanos de Jae habían protestado, Hortense con más vehemencia que nadie. Como resultado, Nicodemus había accedido a suspender la ejecución de Jae durante unos días para darles tiempo.

Aunque Arjun no se engañaba a sí mismo al pensar que la piedad tendría presencia en el futuro del antiguo asesino de La Corte de los Leones.

Sin una palabra, Celine se deslizó hacia delante y le ofreció al caballo oscuro la misericordia que tanto necesitaba, usando el puñal corto que tenía en la mano. Los chacales de hielo retrocedieron y comenzaron a ladrarle con furia. Sus ojos blancos destellaron, tenían las fauces cubiertas de sangre roja brillante.

Bastien la atrajo hacia sí mientras Arjun blandía la daga plateada en la mano.

—Tranquilos. Nadie quiere un charco en el patio del castillo. —Dio un paso atrás, ordenando a Bastien y Celine que se movieran a su sombra. Su pie rozó algo mientras se movía. Arjun alcanzó un hueso desechado y lo arrojó sobre el cadáver del caballo. Los chacales se abalanzaron sobre él y pronto se distrajeron con el frenesí que siguió.

—No vuelvas a hacer eso —dijo Arjun en voz baja a Celine—. Incluso aunque seas una princesa del Valle, no interfieras con nada de lo que veas que sucede aquí. Tu madre no tiene influencia en la Espesura Silvana. En este lugar, cualquier cosa te matará con el mismo esfuerzo que se necesita para mirarte. Y a los chollima como ese —hizo un gesto hacia el caballo muerto— les encanta darse un festín con la carne mortal. No te dejes engañar por su belleza.

Ella hizo una mueca.

—Lo siento. Es solo que… no podía dejar que sufriera.

—Lo sé —dijo Arjun—. Rezaremos una oración por él más tarde. Después de escapar de una pieza. —Miró por encima del hombro y vio a Bastien de pie a un lado, con los labios apretados y una expresión preocupada.

»No —dijo Arjun—. No tenemos tiempo para una de tus crisis de conciencia.

Celine se arrebujó en su capa.

—Y para empezar, todavía no sé por qué estamos aquí.

Arjun ladeó la cabeza como siempre hacía su padre cuando él decía algo ridículo.

—Porque no has preguntado.

—Estamos aquí porque quería conocer a Sunan de la Espesura —dijo Bastien en tono apagado.

—¿Por qué? —lo presionó Celine.

—Porque cree que el tal Sunan puede curarlo de su dolencia vampírica —finalizó Arjun. Luego palmeó a Bastien en la espalda—. No podía esperar toda la noche a que lo escupieras, viejo amigo.

Celine parpadeó.

—¿Eso es posible?

Solo un tonto podría ignorar la esperanza que tenían sus palabras. *Pobre princesita*, reflexionó Arjun. Tenía el resto de su larga vida para conocer la desilusión de aquel mundo. Arjun todavía estaba aprendiendo y se había sentido decepcionado desde la infancia.

—¿Sunan está aquí? —preguntó Celine, echando la cabeza hacia atrás para contemplar el palacio de hielo que una vez había

315

sido el hogar de la nobleza de la Espesura Silvana. Un castillo construido para albergar a los bebedores de sangre más ricos.

Arjun levantó un hombro.

—Los que moran en este lugar son los que tienen más probabilidades de saber dónde está. —Cruzó hacia el nicho más grande, buscando la entrada al salón principal—. Busquemos a alguien y salgamos de aquí antes de que nos ocurra otra desgracia. Llueva o truene, tengo la intención de devolver a Celine a *lady* Silla sana y salva. Porque, aunque no soporto a muchas criaturas en el Valle, es mi hogar, para bien o para mal. No tengo la intención de perderlo ni perder mi vida por no cumplir una promesa.

Bastien asintió.

—Sí —estuvo de acuerdo Celine—. Dinos qué hacer, y lo haremos.

Arjun puso los ojos en blanco.

—Ojalá creyera que eso es cierto.

Media hora más tarde, el trío pasó por debajo de un conjunto de puertas dobles rotas rematadas con hierro. Los candelabros interiores albergaban llamas cerúleas. Tres mesas largas enmarcaban tres paredes de la cavernosa estancia. Alrededor de cada mesa había criaturas festivas de todas las formas y tamaños. Las bestias de la Espesura Silvana. Tan absortas estaban en su comida que la mayoría de ellas no se interrumpió para fijarse en los tres extraños de pie en la entrada destruida de lo que sin duda había sido el Gran Salón del castillo.

—No mires lo que están comiendo —dijo Arjun en voz baja.

Celine gimió. Por encima de ellos, pequeños duendes alados y duendecillos hechos de hielo picado bailaban por todo el espacio, chillando y esperando para robar restos de comida. Había mariposas con alas de cristal en antorchas de hierro, sus cuerpos translúcidos sumergidos en tinta negra brillante.

316

—Esas son venenosas —advirtió Arjun—. No las toquéis ni dejéis que aterricen sobre vosotros. El icor de sus cuerpos arde como un demonio. —Centró la atención en la figura sentada a la cabecera de la mesa central, una copa con cuernos en una mano, una corona de hierro sobre la cabeza, una barba roja cubierta de pequeños carámbanos.

»Parece tan bien informado como cualquiera —dijo Arjun a Bastien y Celine por encima del hombro.

Celine se mordió el interior de la mejilla.

—¿Crees que podría querer hacernos daño?

—Sin duda. —Bastien echó a andar hacia el hombre barbudo de la corona de hierro.

Arjun le colocó una mano en el pecho para detenerlo.

—Es probable que la presencia de un bebedor de sangre provoque su ira. Déjame hablar a mí con él primero.

Mientras se movían entre las mesas que delineaban la estancia, susurros y gruñidos se arrastraron a su paso. Una bestia reptante similar a una serpiente, con el pelo mojado y dos huecos en lugar de ojos, se deslizó en su camino y se detuvo para mirarlos y lamerse los colmillos. Muchas de las criaturas ralentizaron la velocidad a la que se daban el festín para examinar a los recién llegados.

Si Arjun tuviera que hacer una suposición, estaban decidiendo a cuál de ellos comerse primero. El temor le recorrió la espina dorsal. Si él podía oler la escarcha, la menta y la magia de la Espesura en su piel, apostaría un barril lleno de oro a que ellos podían oler la luz del sol del Valle en él y en Celine.

Una bestia con orejas peludas y la boca llena de dientes agrietados chasqueó los labios con entusiasmo cuando Celine pasó a su lado. Un duende de piel verde y el puca de cabello blanco que estaba a su lado miraron a Bastien sin pestañear.

El hombre de la corona de hierro hizo un gesto a una horda de duendes con orejas de murciélago para que le llenaran la copa y le sirvieran más comida en el plato mientras sus ojos negros seguían fijos en Arjun. Un duende azul que llevaba una inmensa jarra de vino color sangre se acercó cojeando al último, con una expresión de dolor en el rostro.

—¿Qué habéis traído como sacrificio? —le preguntó a Arjun antes de que este pudiera siquiera abrir la boca.

Arjun sintió como si le hubieran asestado un puñetazo en el estómago. Debería haberse dado cuenta de que la gente de la Espesura seguiría adhiriéndose a las viejas costumbres. Sin embargo, hizo una profunda reverencia, con los brazos extendidos en una floritura.

—¿Qué desea el buen señor?

El hombre barbudo se sentó bien recto, los carámbanos a lo largo de su barbilla tintinearon con el movimiento. Fue entonces cuando Arjun se dio cuenta de que se estaba dirigiendo a uno de los legendarios enanos de la montaña. Su pequeña estatura y su semblante canoso lo delataban.

Luego, el rey enano barbudo miró al trío por encima de su plato y se echó a reír como si le hubieran contado un chiste fantástico.

—¿No me habéis traído nada? —resopló mientras la saliva salía volando de sus labios—. ¿No le habéis traído *nada* al rey de Kur? —Colocó su copa con brusquedad frente a la cara del diminuto duende azul que sostenía la jarra, quien se sobresaltó antes de volver a llenarla de inmediato. Después de vaciar su contenido, el enano se pasó la manga por la boca, con expresión divertida—. ¿Qué pasa con la chica? —dijo después de eructar—. Se la ve joven.

—La chica está aquí como invitada, no como regalo —dijo Bastien. Cuando habló, el sonido de su voz pareció llegar hasta las vigas, lo que provocó que las mariposas de alas de cristal dejaran de revolotear. Un silencio repentino descendió sobre la multitud.

—¿Y qué tenemos aquí? —dijo el rey de la corona de hierro—. ¿Hay un...? —Hizo una pausa para tomar una bocanada de aire—. ¿Hay un *bebedor de sangre* en nuestra puerta?

Todos los trasgos que estaban junto a él comenzaron a reírse, el duende con la boca llena de dientes partidos cacareó.

—¿No conoces las reglas, vampiro? —dijo el rey, y sacó una espada de plata con empuñadura de hierro de la vaina en su cinturón—. ¿No sabes que los de tu especie fueron desterrados de aquí hace más de cuatrocientos años humanos? —Se inclinó hacia delante, apuntando con el extremo de su hoja al pecho de Bastien—. Vuelve con tus amados mortales, traidor a la Espesura.

El alma de Arjun se encogió cuando Bastien dio un paso adelante.

—Sé lo que hicieron mis antepasados —dijo Bastien.

—¿Tus antepasados? —el rey enano barbudo arrastró las palabras—. Conoces las reglas, vampiro, así que ¿por qué te arriesgarías a venir aquí?

—¿Cuál es el castigo para un vampiro que cruza a la Espesura? —preguntó Bastien—. Nadie me ha dicho en ningún momento cuál era el castigo.

—Supongo que es… lo que sea… lo que sea que yo decida que sea —tartamudeó el rey, claramente reacio a reconocer su ignorancia. Arjun conocía el castigo, pero no tenía intención de divulgarlo ante aquel tirano barbudo. El rey enano dejó su copa con cuernos en la mesa con brusquedad, causando que el pequeño duende azul gritara de terror a su lado.

Brotaron risas de todos los rincones de la habitación.

—Admito que me siento intrigado por tu descaro. No todas las noches un vampiro y dos etéreos con la sangre del Valle visitan nuestra ilustre corte —dijo el rey enano—. ¿Qué os ha traído a las puertas del famoso Palacio de Hielo de Kur?

—Deseo hablar con Sunan el Destructor —dijo Bastien.

Todo movimiento cesó en la habitación. Incluso las criaturas chillonas que dormían en los aleros se quedaron en silencio.

—Ese es un nombre que llevaba mucho tiempo sin oír —respondió el rey enano—. Es una pena que ya no esté con nosotros.

Sunan habría disfrutado de tu historia, sin duda. A ese sabio vejestorio siempre le gustaron las historias.

—¿Dónde está? —preguntó Celine—. ¿Hay alguna forma de poder encontrarlo?

—Ya no existe —contestó el rey enano—. Sunan dejó la corte invernal hace mucho tiempo, incluso después de que le ofrecieran la corona de hierro. —Una risita voló de sus labios, la saliva se le congeló en la barba—. ¡El muy tonto se opuso tanto a la idea de un rey que rechazó la oportunidad de convertirse en uno!

De nuevo, la sala se llenó de risas groseras. Como era de esperar, Bastien se mantuvo en silencio. No es que Arjun lo culpara. En ese momento, el vampiro acababa de perder la razón por la que había viajado a la Espesura, por la que había asumido semejante riesgo.

—Malditos sean los reyes, solía decir. Porque nunca traen nada que no sea derramamiento de sangre y miseria para su pueblo —dijo el enano en tono burlón una vez más—. Tengo que estar en desacuerdo con eso. —Plantó su copa con cuernos en la cara del aterrorizado duende azul una vez más, esperando apenas lo suficiente para que volviera a estar llena.

Bastien siguió sin decir nada. No había ni respirado desde la revelación del rey.

El enano dejó de beber cuando su atención se posó una vez más en Celine.

—Esta chica me resulta familiar. Dime, niña, ¿qué miembro de la nobleza veraniega te concedió la inmortalidad?

Celine frunció el ceño. Dio un pequeñísimo paso hacia atrás. E hizo una reverencia.

—Me temo que no lo sé, su… majestad.

—¡Majestad! —canturreó el rey enano con alegría—. ¿Eres una etérea terrestre?

—Sí, su majestad.

—Me encanta. —Se rio—. De ahora en adelante, todos aquí me llamaréis «su majestad». Los humanos son muy divertidos. A

Sunan le hubieras gustado, niña. Solía hablar de una profecía en la que una criatura con sangre mortal sería la que domaría a las bestias y salvaría nuestro mundo. —Se rio sobre su copa, el vino le goteaba por la barbilla congelada—. A veces, lo echo de menos, aunque solo sea por lo divertido que era. —Después de vaciar el resto de su copa, golpeó con la otra mano la mesa que tenía delante—. Ahora bien, en cuanto al asunto del tributo. Habéis venido a mi corte sin nada de valor que ofrecerme. Mis chacales de hielo están esperando entre bastidores para cobrarse en sangre el precio por este insulto. —Sus pequeños ojos negros brillaron—. A menos que podáis ofrecerme algo que valga la pena.

Arjun palideció al oír aquello, recordando al chollima moribundo del patio. Era culpa suya no haber recordado que la Espesura era un lugar donde tal tributo era necesario. Si no le ofrecía al rey enano un tributo digno, era probable que sus secuaces sedientos de sangre les arrancaran un brazo o una pierna a cada uno de ellos, como mínimo.

Y si algo le sucediera a Celine, *lady* Silla no sería clemente, ni siquiera aunque Arjun fuera el hijo de su amiga y general.

—Tengo algo que vale la pena —dijo Arjun—. Puedo ofreceros un mes de servicio de un hijo del Valle, a comenzar después de la próxima luna de cosecha.

—¿El hijo de quién? —dijo el rey enano, con los dedos entrelazados por delante.

—El hijo de la general Riya, líder de las Capas Grises. —El estrépito volvió a surgir ante la mención del nombre. Arjun no se sorprendió. Su madre era infame en todo el país. Amada y odiada en igual medida. La mejor cazadora del Valle. La mejor asesina de las bestias salvajes que se atrevían a cruzar a las tierras del verano.

Bastien agarró a Arjun por el hombro. Pero Arjun no se inmutó.

—Un año —negoció el rey.

—Un mes —respondió Arjun.

—Seis meses.

—Seis *semanas*.

El rey se rio.

—Haz la promesa, hijo de la general Riya. Y te exigiré que la cumplas, ya que los de tu especie nunca fallan a la hora de cumplir una promesa.

—A cambio de nuestro paso seguro desde el Palacio de Hielo de Kur y sus alrededores inmediatos, yo, Arjun Desai, hijo de la general Riya, prometo regresar al servicio del señor del Palacio de Hielo por un período de no más de seis semanas mortales después de la siguiente luna de cosecha.

El rey enano se rio más fuerte que nunca antes.

—Ahora marchaos antes de que cambie de opinión.

Tan pronto como el extraño trío de recién llegados abandonó el castillo, el rey enano y su corte de secuaces comenzaron a desdibujarse y cambiar. Tras una repentina ráfaga de viento, desaparecieron, dejando atrás a dos duendes solitarios, entre ellos, el más pequeño, con la cara azul y la jarra de vino. El duende azul se subió a la silla de hierro y contempló los acontecimientos recientes.

—¿Crees que volverán? —preguntó el otro, con los ojos amarillos muy abiertos.

—Con toda seguridad. Están lejos de terminar con la Espesura. Y el hijo de la general Riya ha hecho una promesa.

El otro duende suspiró.

—Tal vez sea él quien nos salve a todos.

—O tal vez sea la chica —respondió el duende azul con una sonrisa de complicidad.

—¿Es una broma, Sunan? —lo presionó el duende de los ojos amarillos.

—Nunca, Suli. Nunca bromeo sobre el futuro.

BASTIEN

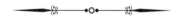

No he hablado en casi cinco kilómetros.

La ira y la decepción se arremolinan dentro de mi pecho. Temo que, si les doy vida, atacaré a los que me rodean. Mis acciones de hoy han propiciado que dos personas que me importan acaben en un mundo peligroso de noche perpetua, poblado por monstruos sedientos de sangre. ¿Y para qué?

Para nada, al parecer.

Debería haber sido más prudente y no haberme obsesionado con un sueño tan descabellado. Pero no puedo evitar que la pena se me instale en el pecho. Que un puño helado apriete mi corazón muerto.

¿Y si Sunan todavía existiera? ¿Y si pudiera deshacerme?

¿Qué hubiera hecho yo entonces? ¿Qué precio habría pagado?

Pienso en todo lo que he aprendido sobre mí desde la noche en que me desperté en la mesa de Jacques' siendo inmortal. Si no hubiera muerto y me hubiera convertido en vampiro, ¿habría seguido viendo el mundo como siempre lo había hecho, o habría abierto los ojos?

Mi madre dijo una vez que es fácil para un hombre ser amable y generoso en tiempos de bonanza. La verdadera medida de un hombre es lo que hace y dice en tiempos de dificultad.

Mi vida mortal fue una vida llena de abundancia. Una en la que rara vez me detuve a considerar algo que no formara parte de mi esfera inmediata. Tenía la vista puesta en el futuro ante mí. Un futuro que mi tío había trazado desde mi nacimiento.

Mientras camino detrás de Arjun y Celine, mi mente se desplaza al día en que me expulsaron de West Point por atacar a otro cadete, que había provocado la muerte accidental de un amigo. Me sentí más que feliz de abandonar la academia militar. Creía que mis acciones estaban justificadas. Recuerdo haberle dicho a mi tío que si los que estaban en el poder se negaban a castigar a alguien por haber hecho algo malo, era mi responsabilidad hacerlo en su lugar. No me arrepiento de haber vengado a mi amigo. Pero me arrepiento de la forma en que lo hice.

Antes de convertirme en un bebedor de sangre, no me detuve ni una sola vez a reflexionar sobre ese momento de mi vida. Si no me hubieran convertido en vampiro, nunca habría buscado a Valeria Henri. Tal vez hubiera seguido por el mismo camino, hacia el mismo futuro. Uno de poder, riqueza e influencia en la ciudad que adoraba.

Sería quien siempre fui. Sébastien Saint Germain. Heredero de la mayor fortuna de Nueva Orleans. Un niño rico y con privilegios que se convirtió en un hombre rico y con privilegios.

Lo que eres no tiene nada que ver con en quién puedes convertirte. Kassamir me dijo eso hace varias semanas. Pienso a menudo en esa noche.

Tal vez no importe qué soy. Quizás importe quién soy.

Miro hacia delante, hacia donde Arjun y Celine caminan por el bosque oscuro y la nieve cruje bajo sus pies. Mi hermano etéreo, que ha ofrecido sus servicios a un rey enano loco para salvar nuestras vidas, y la chica a la que amo, que no estaría en este páramo helado de no ser por mí.

¿Por qué creía que Sunan me ofrecería la salvación?

Resulta apropiado haber descubierto que mi sueño no era más que un espejismo en el desierto.

He aprendido mucho en las últimas semanas. He llegado lejos, pero me queda un largo camino por recorrer.

¿Poseo la fortaleza para perseguir la mejor versión de mí mismo, incluso si esa mejor versión no es humana?

—El silencio me está volviendo loco —anuncia Arjun mientras seguimos caminando hacia el puente en la frontera entre el Valle y la Espesura. Una niebla tenue se ha acumulado en las afueras del bosque, cerca de nuestros pies y a lo largo del río.

Celine no dice nada mientras reduce la velocidad para caminar a mi lado.

—¿No te está volviendo loca su silencio? —le pregunta Arjun a Celine.

—Un poco, supongo. Pero yo siempre necesito un momento para reflexionar después de enfrentarme a una decepción. —Le lanza una mirada severa—. Y no creas que tengo pensado ignorar lo que has hecho.

Arjun hace una pausa para asestar una patada a un remolino de niebla espesa.

—¿Disculpa?

—No sé si debería gritarte o besarte por lo que has hecho en el palacio —dice ella.

—Siempre deberías besarme, princesa. —Arjun le guiña un ojo.

Celine frunce el ceño.

—¿No te preocupa lo que te hará hacer durante las seis semanas que estarás a su servicio?

—Eh. —Arjun levanta un hombro—. Será predecible. Lo más probable es que disfrute de la oportunidad de vengarse de mi madre por...

Celine grita cuando Arjun es arrancado del suelo y tragado por una mancha de niebla creciente.

Saco la ballesta de mi capa justo cuando Celine blande su puñal.

—¡Arjun! —chilla Celine.

—Quedaos atrás —grita Arjun—. Son lamias. —Un sonido rasga la oscuridad, seguido de un gemido de lamento. Con un grito ahogado, Arjun se tambalea hacia nosotros, su espada plateada cubierta de sangre espesa y una herida abierta cerca de la clavícula.

—¿Qué son las lamias? —exijo saber mientras nos juntamos, nuestras armas brillando blancas a la luz de la luna.

—Bebedoras de sangre descerebradas —dice con los dientes apretados—. Como si un vampiro hubiera sido reducido a su aspecto más básico. Estad alerta. Nunca se mueven solas.

De repente, un par de ojos brillantes, del color del interior de una llama, relucen en la oscuridad. Celine chilla cuando una criatura pálida vestida con harapos grises y sucios avanza pesadamente hacia nosotros. Tiene las uñas largas y el cabello le cuelga por la espalda en una maraña. Su rostro ha sido arrancado de las páginas de una pesadilla infantil, sus ojos, hundidos y vacíos, sus mejillas, demacradas. De la boca le sobresalen unos colmillos astillados.

Otra lamia se lanza en picado a través del cielo nocturno, siseando en el aire. Agarra a Celine por la capucha e intenta llevársela. Tanto Arjun como yo nos movemos hacia ella y le rebanamos la garganta. Dos criaturas más me derriban y caigo al suelo. Un sonido de chasquido de dientes sale volando de una de sus bocas, y cuatro más saltan desde la niebla hacia nosotros, sus uñas largas y astilladas curvadas como garras.

Me arrancan la capa cuando levanto la ballesta y disparo dos proyectiles a una de ellas.

—Apunta al centro del pecho —me instruye Arjun.

Disparo otra flecha y el monstruo sale volando. La lamia más cercana a mí intenta arrebatarme la ballesta de las manos y yo la empujo hacia la nieve. Tres más me aterrizan en la espalda. Miro hacia arriba mientras me esfuerzo por ponerme de pie y me arranco a una de ellas del hombro mientras otra me clava las garras en el brazo, justo por encima de la herida de flecha infligida por los hombres ramita.

La nieve vuela a mi alrededor, oscureciéndome la visión. En la boca, los colmillos se me han alargado, noto la visión agudizada por la furia. Por el rabillo del ojo, veo a Arjun alejar a Celine de un ataque mientras ella gira su daga y hunde la punta en el pecho de la criatura que tiene más cerca, quien retrocede con un chillido ensordecedor y se lleva el arma con ella.

No puedo detener el ataque de la lamia que desciende sobre nosotros. No intentan beber de mí, como si supieran que soy como ellas, pero ese conocimiento también me identifica como su enemigo. Me atacan con ahínco, impidiéndome acudir en ayuda de Arjun o Celine.

Arjun cae sobre la nieve, vencido por dos lamias, mientras otra agarra a Celine por detrás.

Grito e intento ponerme en pie.

Algo empieza a brillar en la mano de Celine. Con un grito, blande la esfera de luz solar en el aire, por encima de su cabeza. Esta empieza a arder con intensidad. Ella jadea, y veo que sus dedos han empezado a brillar como si se hubieran incendiado. Con ambas manos, levanta la chuchería en alto. Las lamias chillan, la piel les empieza a arder. Las que están lo bastante lejos intentan arrastrarse hacia la oscuridad, pero muchas de ellas arden y estallan en llamas, y sus ropas se convierten en cenizas.

Celine espera hasta que la última de las criaturas no es más que un zarcillo de humo. Las lágrimas brotan de sus ojos, el olor a carne quemada flota en el aire invernal.

Se derrumba en la nieve, con las manos y los brazos llenos de ampollas.

CELINE

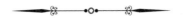

Cuando Celine se incorporó, el pánico comenzó a apoderarse de ella. El mismo pánico que había sentido en el hospital después de ser atacada en la catedral de Saint Louis la noche del Mardi Gras.

Lo primero de lo que se percató fue de la luz. A pesar de que el anochecer parecía haberse asentado a su alrededor, el sol aún brillaba más allá de la ventana, con una luz tenue y cálida. Unas pequeñas esferas revoloteaban por toda la habitación, multiplicándose a medida que se acercaban a los altos techos abovedados. Su cama era la más grande que había visto en su vida. Parecía estar hecha de enredaderas retorcidas talladas en un árbol pálido que olía a cedro y especias. La colcha resultaba tan suave al tacto como una nube. Un leve aroma a madreselva y cítricos inundaba el espacio.

Incluso de un vistazo, Celine supo que aquel no era el tipo de estancia que uno encuentra en el mundo de los mortales. De repente, los acontecimientos recientes pasaron por su mente. Tragó saliva ante el recuerdo de la lamia acercándose a ella, el eco chirriante de su grito mortal. El perfume de la gélida niebla de la Espesura parecía enroscarse en sus fosas nasales y ondear por su columna.

Temblando, Celine tiró de la colcha parecida a una nube hasta la barbilla.

Un zumbido resonó en su oído derecho y la sobresaltó. Una pequeña hada alada pasó veloz ante ella, inspeccionándola mientras murmuraba en un idioma que Celine no podía entender. Luego desapareció por una ventana abierta, sin duda para entregar un mensaje.

Estaba en el Valle. La luz del sol por sí sola le comunicó esa verdad. Estaba a salvo y caliente. Ninguna criatura de la noche saldría disparada de las sombras con la intención de causarle daño.

Celine se dejó caer contra su pila de almohadas y suspiró. Con un sobresalto, recordó la forma en que la fruslería dorada le había quemado al tacto. Se incorporó para examinarse a sí misma. Sus manos y antebrazos deberían tener quemaduras horribles. Sin embargo, no pudo encontrar una sola marca en ninguna parte. El olor a hierbas trituradas perduraba en las yemas de sus dedos, como si le hubieran aplicado algún tipo de tintura en las heridas. Estiró las extremidades, esperando sentir una punzada de dolor.

No la perturbó nada en absoluto. Era como si se hubiera despertado de un sueño curativo.

Un golpe resonó en la puerta.

—Adelante —dijo Celine después de tirar de la colcha una vez más.

Bastien entró. Solo.

Celine agarró la colcha con más fuerza. Él era la última persona a la que deseaba ver. La única persona a la que deseaba ver. Se sentía en conflicto. Le había pasado lo mismo en la Espesura, cada vez que Bastien se le había acercado. Quería alejarlo o acercarlo para poder respirar el aroma a bergamota en su piel.

Era exasperante.

Bastien aguardó al pie de la inmensa cama, vestido con pantalones holgados y una túnica larga sin cuello de seda pura. Lo veía… extraño. La ropa del Valle no le sentaba bien. No era lo bastante esbelto. Sus hombros eran demasiado anchos. Pero se necesitaría mucho más que prendas que no le quedaban bien para que un joven como Bastien pareciera menos que guapísimo. Tal vez fuera su tez. Quizás fuera ese contraste del dorado suave con el gris helado de sus ojos.

Las mejillas de Celine se tiñeron de rosa. Se había pasado el último minuto mirándolo como una tonta enamorada. Se aclaró la garganta y frunció los labios.

—¿Te sientes bien? —preguntó Bastien.

Celine asintió.

—Es un poco impactante cómo… de bien me siento.

Él arqueó una ceja.

—Es la segunda vez que arriesgas tu vida para salvar la mía.

—No podría dejarte morir sin más. —Celine se cruzó de brazos, dejando que la irritación fluyera por sus venas. Era mejor sentirse irritada con él. Mejor avivar aquel agravio que verse consumida por el deseo—. No otra vez, al menos. La primera vez, fue horrible. Todavía escucho el eco de mis gritos resonando en mis oídos. En realidad, te salvé por mí.

Bastien se quedó inmóvil. No parecía estar respirando.

—¿Tú…? ¿Recuerdas la noche en que morí?

—Gracias a ti, ya no puedo poner un pie en la catedral de Saint Louis —espetó—. Fue uno de los tres peores momentos de mi vida, y yo… —La voz de Celine se apagó cuando se dio cuenta de lo que acababa de decir. Lo que había recordado. Sus manos volaron a su boca mientras el color desaparecía de su rostro—. Oh —susurró—. Ohhhhh.

Todo volvió a ella de repente. Todas las respuestas que había buscado durante tanto tiempo. Todas las esperanzas, sentimientos y sueños que había anhelado volver a conocer. Los ojos le ardieron con lágrimas no derramadas mientras miraba a Bastien. Mientras él la observaba recuperar sus recuerdos perdidos. Sobre sus hombros cayó un peso que la hizo doblarse y envolverse el estómago con los brazos. Los recuerdos de lo que había visto, lo que había hecho, lo que había sentido, inundaron su mente.

Y lo supo. Lo supo. No porque sus recuerdos le hubieran sido devueltos. Sino porque Celine entendió que nunca se trataba de buscar la verdad en los demás. Se trataba de encontrarla dentro de sí misma.

—Bastien —susurró ella.

Él estuvo a su lado antes de que pudiera parpadear.

—Estoy aquí. —Celine hundió la cara en su pecho y dejó caer las lágrimas.

Bastien la abrazó. No le ofreció palabras de cariño ni promesas de que el sol brillaría siempre sobre ella. Era como si supiera lo que necesitaba. Un lugar donde sentirse segura. Un lugar al que llamar hogar. Un lugar donde ser ella misma.

Eso era lo que Bastien le había ofrecido siempre. Daba igual si Celine vivía en la oscuridad o disfrutaba de la luz, siempre que pudiera ser quien era, para bien o para mal.

—Esta ropa —dijo contra su pecho, sus palabras amortiguadas—, no te queda bien.

La risa baja de él retumbó contra su oído.

—Una pena, porque es bastante cómoda.

—A Arjun le quedaría mucho mejor.

—¿Debería sentirme insultado?

—Sí. Siempre debes sentirte insultado. Me gustas más cuando te sientes menospreciado.

Bastien le levantó la barbilla.

—¿Y estás segura de que no necesitas que mande a buscar a ese duende cuya piel es como la corteza de un árbol? A mí me dio una bebida espantosa que me ayudó bastante a recuperarme.

Celine negó con la cabeza.

—No. No necesito a nadie ni a nada más. —Y en ese momento, era lo más auténtico que se le ocurría que podía decir.

Él hizo un mohín con los labios. Y empezó a alejarse. Celine lo retuvo allí, se aferró con los dedos a su túnica de seda.

—Quédate.

—No puedo. Deberías descansar.

—¿Cuánto tiempo he estado dormida? —preguntó ella.

Bastien le colocó un rizo color ébano detrás de la oreja.

—Dos días.

—Entonces, no hay razón para que te vayas. —Lo acercó más, y le trazó la mandíbula con los dedos.

—¿No tienes hambre?

Se mordió el labio inferior.

—Sí. Estoy bastante hambrienta —murmuró, con los ojos brillantes.

—Celine, no creo...

—Me amas. Y yo te amo. Basta ya de tonterías.

—No es ninguna tontería —argumentó Bastien—. Por segunda vez este año, te he visto ponerte en peligro para salvarme. Procedemos de mundos opuestos, Celine. Los de mi especie y los de la tuya... nos matamos unos a otros. Después del tiempo que hemos pasado en la Espesura, creía que lo habías entendido. ¿Qué parte de que estemos juntos tiene sentido? —Hizo una pausa y apretó los dedos alrededor de los de ella—. Somos enemigos de sangre, Celine. Mi tío y tu madre... llevan generaciones conspirando para destruir al otro. Eso no se acabará pronto. En especial, puesto que tu madre quiere que tú...

—Cuando se trata de nosotros, no me importa en absoluto lo que quiera mi madre. Lo único que importa es lo que queremos nosotros. —Celine se incorporó hasta quedar sentada—. Todo esto que estás diciendo ahora es una excusa. Nunca pensé que serías tan cobarde, Sébastien Saint Germain. Este también es mi mundo. Si voy a estar en peligro de todos modos, preferiría estar en peligro contigo.

—Tu madre nunca lo permitirá —dijo en voz baja.

—Mi madre no es mi guardiana.

—Nicodemus...

—Yo me encargaré de Nicodemus. Te prometo que no dejaré que te haga daño.

Bastien se rio y dejó que su palma descansara en la mejilla de ella.

—Aprendí algo en el momento en que perdí de vista mis recuerdos —dijo Celine—. No debería buscar en otros para descubrir mi verdad, sin importar cuán oscura o retorcida pueda ser. Solo necesito mirar dentro de mí. Todo lo que necesito está aquí. —Se puso la mano sobre el pecho, sobre el corazón—. Ahora, solo hay una pregunta que importe. ¿Quieres estar conmigo, Bastien?

—Sí.

—Entonces, quédate conmigo. —Celine lo atrajo hacia sí y presionó sus labios contra los de él en un beso suave. Bastien le resiguió la clavícula con la mano izquierda. Cuando entrelazó los dedos en los rizos de su nuca, Celine lo arrastró hacia la cama, disfrutando de la sensación de su cuerpo contra el de ella. Disfrutando de la forma en que el cobertor hecho de nubes parecía engullirlos enteros.

Se le levantó el dobladillo del camisón cuando envolvió las piernas alrededor Bastien. Entonces, Celine lo agarró por los hombros y rodó hasta que quedó encima de él, con las rodillas a cada lado de sus caderas.

Antes de que Celine tuviera la oportunidad de pensar, se quitó el vestido por la cabeza. Sabía lo que quería y no tenía pensado ser tímida al respecto.

Celine le sostuvo la mirada a Bastien mientras arrastraba los dedos por su pecho. Despacio. Con habilidad. Él respiró de forma entrecortada y sus ojos grises se oscurecieron hasta asemejarse a gotas de tinta negra. Los colmillos empezaron a alargársele, y cerró los ojos, como para protegerla de la verdad de aquello en lo que se había convertido.

—No —dijo Celine al tiempo que apoyaba una mano en la mandíbula—. No apartes la mirada de mí. No escondas lo que eres. Junto al río, cuando fuimos atacados por las lamias, no me dio miedo ver lo que eres. Lo que más importa es quién eres. Te he visto en tu mejor y en tu peor momento. Y me pareces precioso bajo cualquier luz.

Él se incorporó de inmediato, con una emoción descontrolada en su mirada.

—Gracias. —Sus palabras fueron un susurro. Cuando Celine lo besó, fue gentil, le rozó los colmillos con la punta de la lengua en la más suave de las caricias. Bastien se estremeció y la atrajo más cerca de él, sus brazos la envolvieron en un abrazo.

—Bastien —le susurró Celine al oído—. Hazme el amor.

En respuesta, él se quitó la túnica por la cabeza. La sensación de su piel contra la de ella hizo que una chispa de deliciosa calidez le recorriera el cuerpo. Esa misma chispa que había sentido durante semanas en su presencia. Quizás no fuera seguro. El fuego rara vez era seguro. Pero la hacía sentir viva. Y ella no era una damisela en apuros esperando a ser rescatada por un caballero sobre un caballo blanco.

Era Celine Rousseau. Hija de un profesor de lingüística y de la Dama del Valle. La chica que había defendido su propio honor y luchado para proteger a quien amaba.

Realeza feérica por derecho propio.

Las manos de Bastien rozaron su caja torácica desnuda mientras subían hacia su pecho.

—Dime cómo quieres que te toque —dijo—. Enséñamelo.

Celine pensó que se sentiría avergonzada o cohibida. Pero no se sintió así. En absoluto. Se trataba de Bastien, después de todo. Él le había preguntado, sin orgullo ni planes. Y lo amaba todavía más por ello. Tomó las manos de él y le mostró cómo hacerlo. Le mostró dónde. Cuando Celine jadeó y echó la cabeza hacia atrás, con el corazón zumbándole en el pecho como un pájaro que anhela ser liberado, el blanco de los ojos de Bastien se desvaneció en sendos remolinos de deliciosa oscuridad.

Sintiendo los miembros maravillosamente pesados, Celine empezó a tocarlo como él la había tocado a ella. Lo empujó hacia atrás, contra la cama, y arrastró las palmas a través de los planos esculpidos de su pecho y los músculos cincelados de su estómago.

—Dime lo que te gusta —murmuró.

—Si te lo digo, esto terminará demasiado pronto —respondió él con una sonrisa maliciosa.

Celine se movió, consciente de dónde se tocaban sus cuerpos.

Bastien se incorporó otra vez, hasta que sus ojos estuvieron al mismo nivel. La levantó por las caderas y esperó a que se moviera.

Celine los unió deslizándose con cuidado, jadeando ante la punzada de dolor y la repentina plenitud. Luego presionó los labios contra los de él y giró las caderas hacia delante. El resto del mundo se desvaneció, y todo lo que quedó fue tacto, sonido y sensación.

Solo estaban ellos dos. Aquel beso que era un instante y toda una vida.

Celine se dejó caer contra la colcha, agarrándole los brazos con los dedos. Cuando abrió los ojos, las luces parpadeantes sobre ella refulgieron como estrellas. Se perdió en el ascenso y descenso de los hombros de Bastien. En la forma en que el ritmo de su cuerpo coincidía con el de él. En la sensación de sus manos fuertes mientras las entrelazaba con las de ella.

Una calidez exuberante tomó forma dentro de ella y se extendió por su cuerpo hasta que jadeó su nombre, agarró las enredaderas talladas a lo largo de la cabecera y dejó que la luz de las estrellas sobre sus cabezas se desvaneciera en el olvido.

Más tarde, con los brazos y las piernas entrelazados, y los dedos de Bastien arrastrándose por su columna, él se giró hacia ella, con una mirada suave en sus ojos metálicos.

—Te he amado en mis dos vidas. Te amaré en todo lo que esté por venir.

Y Celine durmió y soñó.

Al día siguiente, entraron en la corte estival tomados de la mano.

Celine esperaba ver desaprobación en el rostro de su madre. Después de todo, estaba claro que la hija de la Dama del Valle se había enamorado de su enemigo de sangre. Un vampiro maldito. Y no cualquier vampiro, sino el heredero inmortal de Nicodemus Saint Germain.

No importaba. Celine ya había decidido desafiar a las estrellas. Y las desafiaría una y otra vez si eso significaba que podía conservar aquello que quería cerca de su corazón.

Los nobles de la corte de su madre fruncieron el ceño y susurraron tapándose la boca con las manos, su disgusto era evidente. Uno de ellos —un hombre con largo cabello plateado y ojos del color del cuarzo oscuro— dio un paso adelante como si fuera a protestar abiertamente, pero un hombre delgado que estaba de pie a su izquierda lo hizo retroceder y miró a Celine con una expresión calculada.

Un hombre cuyo rostro anguloso no olvidaría pronto.

La Dama del Valle se levantó de su trono resplandeciente y dio la bienvenida a Celine y Bastien con los brazos abiertos.

—Te agradezco que me hayas devuelto a mi hija —le dijo *lady* Silla a Bastien. Su risa era alegre, sus facciones, amables—. Aunque me siento un poco molesta de que no regresara a la corte estival sana y salva, como prometió Arjun.

—Por favor —dijo Celine—. No fue culpa suya. Arjun casi entregó su vida para salvarme del daño. Tal como estaban las cosas, hizo un trato con una criatura en la Espesura para que pudiéramos avanzar con seguridad a través de lo que queda de la corte invernal.

La madre de Celine volvió a su trono, sus elegantes dedos se curvaron bajo su mentón puntiagudo, sus largas uñas brillaban como la superficie de un espejo. Sonrió con indulgencia, una mirada suave en sus ojos de ébano. Como el terciopelo más exquisito. Las ondas de su largo cabello colgaban por encima de sus hombros y le caían hasta la cintura como una capa brillante.

—No te preocupes por Arjun. También estoy agradecida por él.

Celine respiró hondo y dio un paso adelante, mientras soltaba los dedos de Bastien.

—¿Puedo hacer una petición?

—Por supuesto que puedes, hija mía.

—Quiero quedarme en el Valle contigo por un tiempo. Pero primero, hay gente en Nueva Orleans a la que debo una explicación. Asuntos que deseo poner en orden. ¿Nos darás permiso para realizar el viaje de vuelta si prometo regresar?

Lady Silla hizo repiquetear una uña plateada contra el brazo curvo de su trono dorado, otra sonrisa serena se asentó en su rostro.

—Sabes que aquí las promesas no se hacen a la ligera, hija mía.

—Lo sé. —Celine asintió—. Y te prometo que volveré. Como dijiste, me gustaría pasar tiempo en este mundo. Más importante aún, quiero saber quién es mi madre. —Ella le ofreció una sonrisa—. Quiero conocer las cosas que le traen alegría y las cosas que le provocan tristeza.

Los ojos aterciopelados de su madre se desplazaron sobre Celine, luego giraron hacia Bastien, sus esquinas en forma de endrina se estrecharon al considerarlo. Celine no estaba segura de lo que estaba pensando su madre, pero sospechaba que la Dama del Valle no albergaba mucho amor en su corazón en lo que se refería al apuesto bebedor de sangre que ahora estaba frente a ella.

Conteniendo la respiración, Celine permaneció en silencio, esperando la decisión de su madre.

Entonces, *lady* Silla se puso de pie, su largo vestido marfil ondeó mientras se deslizaba hacia Celine.

—Por supuesto, aga. Tienes una vida en el mundo mortal. Es lógico que tengas asuntos que desees resolver primero. Nos tomaremos nuestro tiempo para aprender sobre la otra cuando regreses. No hay nada que desee más. —Apoyó su mano pálida en la mejilla de Celine—. ¿Todavía tienes el regalo que te di?

Celine metió la mano en su bolsillo y sacó la esfera dorada, que ya no conservaba su brillo anterior. La Dama del Valle la rodeó con la palma de la mano y apretó. Cuando volvió a abrir la mano, un anillo de oro con una gran piedra amarilla en forma de rectángulo era lo único que quedaba de la fruslería.

Su madre le entregó el anillo a Celine.

—En cuanto quieras regresar, gira la gema que hay en el centro del anillo tres veces hacia la derecha y tres veces hacia la izquierda. Se formará una tara que te traerá directamente a esta corte. Después de todo —sonrió con afecto abierto—, tu lugar está aquí.

Celine se colocó el anillo en el dedo. Luego abrazó a su madre.

—Gracias, umma.

La sorpresa brilló en el hermoso rostro de la Dama del Valle. Pero tomó a su hija en sus brazos y la atrajo hacia sí.

—Nunca olvides cuánto te quiere tu umma.

—Regresaré pronto —dijo Celine—. Lo prometo.

—Sé que lo harás.

La Dama del Valle

Tan pronto como su hija y el maldito bebedor de sangre abandonaron su corte, escoltados por Yuri, *lady* Silla llamó a Riya. Indicó a su general que se acercara, hasta que su cazadora de mayor confianza fue la única que escuchó lo que tenía que decir.

La líder de las Capas Grises asintió. Cuando dio un paso atrás para llevar a cabo las órdenes de su señora, una fría sonrisa tironeó de las comisuras de la boca de *lady* Silla.

Al fin y al cabo, no había alcanzado la cima del poder de la corte estival con nada menos que pura astucia. Y no perdería aquel poder por culpa de nadie. Mucho menos por culpa del heredero del vampiro al que más odiaba en el mundo. El vampiro que le había arrebatado más que cualquier otro enemigo que aún existiera.

Lady Silla lo sabía bien.

Todos sus otros enemigos habían perecido por sus propias manos.

BASTIEN

Volvemos a un mundo de cenizas y humo. Un mundo de fuego.

Es junio en Nueva Orleans. Aunque hemos llegado a la puesta del sol, el aire a nuestro alrededor resulta sofocante, el olor del mar es intenso. Han transcurrido casi dos meses de tiempo mortal en los cinco días que hemos pasado en el Otro Mundo. Aunque Arjun ya nos advirtió de que esto sucedería, todavía me resulta difícil de creer.

Pero no tan difícil de comprender como la vista que tengo ante mí ahora.

Jacques', el lugar al que he llamado hogar durante diez años, ha ardido hasta los cimientos, junto con otros dos edificios de la misma calle. Lo único que queda son montones de escombros humeantes. Media chimenea. Pilas de ladrillos rotos. El destello ocasional del latón fundido. Restos del juego de ajedrez de mármol de mi tío.

Deambulo por los restos de mi hogar mientras Celine permanece en silencio a mi lado y el sol desciende a su espalda. Los transeúntes se detienen para contemplar la escena, con la boca abierta, y chasquean la lengua contra el paladar.

Es una pena. Sus susurros recorren el aire, nítidos como la campana de una iglesia. A veces me siento agradecido por mis sentidos agudizados. Esta noche no es una de esas ocasiones.

Celine esquiva un montón de ladrillos rojos y se coloca a mi lado. Echa un vistazo a su alrededor, con los ojos verdes brillantes. Como faros esmeraldas que brillan en la oscuridad.

—¿Sabes quién ha podido hacer esto? —susurra mientras toma mi mano.

—Tengo una… —gruño cuando un movimiento resuena en la oscuridad, detrás de nosotros. Una pila de ladrillos se derrumba en una nube de humo. Coloco a Celine detrás de mí, un silbido bajo emana de mi garganta.

—Bastien.

Dejo caer los hombros de inmediato. De detrás de la chimenea ennegrecida emerge Odette, con el rostro desprovisto de emoción. Va vestida como un hombre de luto. En la mano lleva un sombrero de copa de fieltro. En su cintura veo la cadena del reloj de bolsillo de oro que una vez perteneció a mi padre. Debe de haberlo salvado del fuego para mí.

Tomo su mano y tiro de ella para abrazarla. Celine se acerca a los dos. En nuestros brazos, el cuerpo de Odette se derrumba. Escucho un único sollozo.

—¿Ha sido la Hermandad? —pregunto. Odette asiente contra mi hombro.

—¿Hay algún herido? —pregunta Celine.

Odette se aparta, se limpia las lágrimas de sangre que le corren por las mejillas con una mano enguantada. Niega con la cabeza.

—Nicodemus no estaba aquí. Estaba en Nueva York. El resto de nosotros, incluidos todos los mortales que trabajaban aquí, logramos escapar antes de que las llamas consumieran el edificio. —Su sonrisa es sombría—. Incluso Toussaint salió ileso, aunque la pobre serpiente se niega a salir a la luz, sin importar cómo se la tiente.

La ira me recorre, ardiente y veloz. De repente, se convierte en hielo en mis venas. Pienso en el incendio que se llevó a mi hermana, Émilie, de mi lado. La Hermandad debería saber que es mejor no hacerle tal cosa a mi familia.

—¿Y Jae? —pregunto con suavidad.

—Madeleine lo liberó de su prisión de plata. —Su sonrisa triste se ensancha, su mirada es trémula—. No lo hemos visto desde entonces, aunque sospecho que todavía está en la ciudad. Nuestra familia se ha refugiado en el Hotel Dumaine. Ifan se ha asegurado de que nadie tenga permitido el acceso, excepto nosotros.

—¿Por qué haría semejante cosa la Hermandad? —pregunta Celine con la voz quebrada.

—Durante la última década, tanto los Caídos como la Hermandad han estado buscando una razón para atacarse unos a otros —digo—. Si no hubiera sido esto, habría sido otra cosa. —Me deslizo hacia delante, pateo un ladrillo y observo cómo la mitad se desintegra en polvo. La determinación arraiga en mis huesos. Me mantengo erguido, mi mirada arde—. Lo único que importa es que ningún miembro de nuestra familia ha resultado herido. Jacques' se puede reconstruir. Pero me niego a perder a nadie más a quien quiero.

Odette asiente y desliza sus manos enguantadas en los bolsillos, las yemas de los dedos manchadas de rosa con lágrimas de sangre.

—Vengo aquí todas las noches. Tal vez sea porque sigo esperando encontrar algo entre los escombros. —Se sorbe la nariz—. O tal vez sea simplemente una excusa.

—¿Y la Hermandad?

Odette mira a su alrededor.

—Deben de ver esto como una represalia por la muerte de Antonio Grimaldi aquella noche en el cementerio.

—¿Han atacado desde entonces? —la presiono.

Niega con la cabeza.

—Ningún miembro de sus filas ha sido visto desde el incendio. —Ensancha las fosas nasales—. Créeme, hemos buscado.

Mis ojos examinan los escombros, tomando nota de cualquier cosa inusual. Pero lo único que veo son los tapices quemados, los montones de lino ennegrecidos por el humo, los fragmentos de cristal que brillan bajo la luna crepuscular.

Celine se detiene ante los restos de una araña de cristal, el latón parcialmente derretido, los cristales cubiertos de hollín. Su sonrisa es melancólica.

—La primera vez que vi este lugar, pensé que era mágico.

—¿Qué quieres decir? —pregunto.

—Sentí como si hubiera cruzado a otro mundo.

Odette apoya la cabeza en el hombro de Celine, su cabello negro brilla.

—Y lo hiciste, *mon amie* —dice—. Y me hace feliz ver que tus recuerdos han regresado. —Mira en mi dirección y extiende el brazo derecho. En la mano tiene el reloj de bolsillo de oro de mi padre.

—Gracias, Odette —le digo mientras lo acepto—. Habría lamentado su pérdida.

—No fui yo quien volvió a por él —dice Odette—. Fue Jae. Lo dejó en la recepción del Hotel Dumaine.

Asiento una vez, se me forma un nudo en la garganta. A pesar de lo que ha hecho, Jae siempre será mi hermano. Hago una pausa para abrir la tapa del reloj con el pulgar. Hace mucho que nadie le da cuerda. En los últimos años, lo he usado en pocas ocasiones y como un mero adorno. En el interior, se lee la inscripción:

Il y a toujours du temps pour l'amour.

—Philomène

Siempre hay tiempo para el amor.

Mi madre le regaló esto a mi padre el día de su boda. Cierro el reloj y me lo guardo en el bolsillo del pantalón, el nudo que siento en la garganta se tensa aún más.

—Es imperdonable que os marcharais tanto tiempo —dice Odette, con los dedos entrelazados con los de Celine.

Me acerco a ellas, mis ojos continúan escaneando las cenizas de nuestro antiguo hogar. Por un instante, me parece escuchar los susurros del tintineo del cristal y percibo el destello de platos del servicio de plata. Kassamir dando una palmada, los camareros en posición de firmes, como soldados.

—Si pudieras hacerlo de nuevo —le digo a Celine—, sabiendo lo que sabes ahora, ¿habrías cruzado el umbral de Jacques'?

Ella toma una bocanada de aire.

—Una mujer sabia diría que no. Pero no puedo arrepentirme, porque esta es la vida que he elegido. Es mía y de nadie más.

—Aunque Celine no hubiera cruzado ese umbral —dice Odette—, creo que habría acabado por encontrar el camino hacia nosotros. Era tan inevitable como el amanecer.

Respiro el aire teñido de hollín. El calor de una tarde de verano de Nueva Orleans ha empezado a espesarse a nuestro alrededor, las cigarras estridulan en los árboles. Cuando paso por encima de otro montón de escombros, rozo con el pie una montaña de papeles desechados.

—Lejos de… —Me detengo en seco y el aire abandona mis pulmones.

—¿Bastien? —Odette se desplaza hacia mí en un borrón de movimiento, sus ojos son como dagas afiladas.

No digo nada mientras contemplo el suelo. Los fajos dispersos de papel, con las esquinas curvadas hacia arriba. La hoja intacta en el centro, anclada por una torre de mármol blanco.

Una pieza del juego de ajedrez de mi tío.

La torre en forma de cuervo. Un pájaro carroñero que se alimenta de los muertos. En inglés, una palabra que es sinónimo de estafa.

Celine alcanza el inmaculado pedazo de papel. No hago nada mientras se incorpora, con expresión perpleja. Despliega la nota.

—«*Mon petit lion*» —lee—, «nuestra familia dejó que ardiera. Considéralo un favor devuelto». —Hace una pausa, con los ojos abiertos como platos—. «Si alguna vez deseas volver a ver a nuestro tío, nos encontrarás en *La joya de la corona del Misisipi*. Tuya en la vida y en la muerte, Émilie». —La conmoción se asienta en su rostro—. ¿Émilie? —susurra—. ¿Esa no era tu…?

—Hermana —le digo, mientras el mundo comienza a girar a mi alrededor. Le arrebato la carta a Celine, la sangre ruge por todo mi cuerpo—. Mi hermana —murmuro mientras releo la nota—. Mi hermana.

Mon petit lion. Mi pequeño león. Odiaba ese apodo. Solo Émilie me llamaba así.

A Odette le tiemblan los hombros por la incredulidad.

—*Comment est-ce possible?*

Observo los restos de mi casa devastada por el fuego y una ráfaga de imágenes se alinean en mi mente. Todo lo que nos ha pasado en los últimos meses cambia. Nada parece aleatorio. Todo tenía un propósito. Los asesinatos en los muelles cercanos a Jacques', atribuidos a Nigel. El ataque a Celine en la catedral de Saint Louis. A todos nos sorprendió saber que nuestro hermano larguirucho y amante de las cartas, Nigel Fitzroy, había sido el cerebro detrás de todo.

Tal vez no fuera sorpresa. Tal vez fuera incredulidad.

La torre. Un pájaro carroñero y estafador.

—A mi tío le encanta el ajedrez —digo, las palabras me saben a ceniza en la lengua—. Es un juego que ha estudiado durante siglos.

—Me lo contó una vez —dice Celine—, en el baile de máscaras.

—Nunca juego con él, y él nunca me pide que sea su oponente. Era algo que hacía con Émilie. Ella era un prodigio, incluso a una edad temprana. Pero, aun así, solo lo venció una vez. Fue la semana antes de que muriera… —Mi voz se desvanece en el silencio.

Las manos de Odette vuelan hasta su boca.

—*Mon Dieu* —susurra. Y sé que lo entiende.

—Bastien, ¿qué pasó? —pregunta Celine—. Nunca me has contado cómo murió.

—Fue culpa mía —respondo, con voz hueca—. De niño, me gustaba jugar con la luz del sol. Crear prismas con los cristales que encontraba por toda la casa. Coleccionaba pedazos de cristal, incluso de las lámparas de araña. En el abrasador calor de la tarde, los apilaba hasta que se formaba un arcoíris a lo largo de la pared. Mi padre me echaba la bronca. No dejaba de decirme que algún día provocaría un incendio. Pero no le hacía caso, y nadie me obligaba a cumplir las reglas. Incluso de niño, me mimaban y me daban todo lo que podía desear.

»Esa tarde, dejé mi colección de cristales sobre mi cama, en el último piso, después de disponerlos de esa forma. Luego bajé a la cocina para molestar a Émilie. Cuando regresé a mi habitación, había una manta en la esquina que echaba humo. Se había iniciado un pequeño fuego. Yo era joven y tenía miedo de meterme en problemas, así que guardé la manta humeante en mi armario y cerré la puerta. No te costará adivinar lo que sucedió después de eso. No podía ver nada. Estaba asustado. Así que corrí hasta un armario del pasillo y me escondí. —Cierro los ojos, recordando cómo empecé a ahogarme. Lo mucho que me había esforzado para ver o llamar a alguien—. Émilie fue quien subió corriendo las escaleras, atravesando el incendio. Cuando me encontró, el fuego había consumido el rellano del segundo piso. —Me detengo, sintiéndome casi humano al recordar ese momento. Ese sentimiento de impotencia—. No recuerdo mucho de lo que sucedió después. Me dijeron que me envolvió en una manta y me lanzó por la ventana para que pudiera caer en el centro de una sábana que sostenía el cuerpo de bomberos. Ella nunca logró salir.

No digo nada durante un rato, y luego una oscura explosión de risa sale volando de mis labios.

—Nunca encontraron su cadáver. El cuerpo de bomberos dijo que era probable que el calor del incendio hubiera consumido todo rastro de mi hermana. Durante semanas, esperé que alguien la hubiera rescatado. Que la hubiera encontrado. Rogué a mi tío y a mis padres que comprobaran todos los hospitales. Que preguntaran a todos los médicos. No me creía que estuviera muerta. Me daba la sensación de que, si lo estuviera, yo lo sabría. Que habría algún tipo de prueba. Un cadáver, un sentimiento de pérdida. Estaba completamente seguro de que seguía viva. Lo único que hicieron mis padres fue recoger todas nuestras pertenencias y mudarnos al otro lado de la ciudad. Sabían, aunque nadie me lo dijo, que estábamos siendo atacados por los enemigos de Nicodemus. No mucho después de eso, mi madre se convirtió en vampiresa. Ese incendio, el que provoqué ese día, fue el principio del fin para mi familia.

—*Ce n'est pas possible* —murmura Odette para sí misma—. ¿Émilie… está viva?

La angustia tira de las comisuras de la boca de Celine.

—Si está viva, ¿por qué se volvería contra su propia familia?

—No lo sé. Parece creer que Nicodemus dejó que muriera, aunque no puedo imaginar qué la habrá llevado a pensar eso. —Mi expresión se endurece—. Pero tengo la intención de preguntárselo.

Odette me agarra por la muñeca.

—Y no estarás solo cuando lo hagas.

Asiento y arrugo la nota de mi hermana en el puño.

MICHAEL

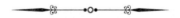

Al otro lado de la calle, en el segundo piso de un *pied-à-terre*, Michael Grimaldi vio al trío alejarse de las ruinas carbonizadas de Jacques'. Esperó hasta que se perdieron de vista. Luego se levantó de su silla, con el corazón latiéndole al ritmo de un tambor.

Esperaba ver a Odette Valmont. Acudía cada noche justo después de la puesta del sol. Solo para irse después de patear los escombros, como si esperara descubrir algo que hubiera pasado por alto los días anteriores.

Pero Michael no esperaba ver a la chica a la que amaba… con el amigo de la infancia que lo había traicionado hacía tantos años.

Sébastien Saint Germain.

Michael reprimió el sabor amargo que sintió en la boca, le temblaban los brazos. Bastien y Celine habían desaparecido hacía más de siete semanas. No habían sido vistos ni una sola vez en los días transcurridos desde entonces. La mayoría de los demás agentes de la Policía Metropolitana de Nueva Orleans creían que los dos jóvenes amantes habían abandonado la ciudad para fugarse.

Solo Michael les discutía aquello. Había insistido en que los agentes continuaran estacionados alrededor de Jacques' y el Hotel Dumaine. Ni una sola vez había pensado que sería posible que Celine hiciera algo parecido a marcharse sin decir una palabra. El día antes de desaparecer, le había dicho a Michael que quería que construyeran una vida juntos. Que quería estar con él. Lo había dicho en serio. De eso, Michael estaba seguro.

Si le había pasado algo a Celine, había sucedido en contra de su voluntad.

Al principio, los superiores de Michael le habían seguido la corriente. Le habían permitido colocar agentes en todos los establecimientos frecuentados por los miembros de *La Cour des Lions*. Tras un mes sin avistamientos ni nuevas pistas, retiraron sus recursos silenciosamente, en contra de las renovadas protestas de Michael.

Incluso después del incendio en Jacques' de la semana anterior, Michael no había podido convencer a sus compañeros de que algo estaba pasando. No tan en privado, muchos de sus colegas habían afirmado que no era más que un amante abandonado, incapaz de aceptar el hecho evidente de que la chica a la que amaba se había enamorado de otro hombre.

Michael había creído que podría volverse loco.

Si Luca estuviera allí, le habría creído. El primo de Michael regresaría de su luna de miel europea en cualquier momento. Y el hecho de que Celine apareciera viva y a salvo en compañía de Sébastien Saint Germain no significaba que le hubiera dado la espalda a Michael. Era posible que Odette Valmont hubiera ayudado a mantenerla cautiva todo ese tiempo. Quizás Celine todavía fuera su prisionera y anhelara ser liberada.

Cerró las manos en puños a los costados. Costara lo que costara, limpiaría su nombre de aquella mancha tan despreciable. No era un amante abandonado. Tampoco era un tonto cornudo. Si Bastien se hubiera llevado a Celine en contra de su voluntad, el muy demonio lo pagaría. Y si… si Celine había elegido a aquel bastardo sediento de sangre por encima de Michael, no pondría la otra mejilla y esperaría la siguiente bofetada.

No. Sería él quien decidiría qué pasaría después.

Michael salió de las sombras del piso abandonado y salió a la calle oscura. Echó a caminar con prisa hacia la jefatura de policía de Jackson Square. Necesitaba que mandaran a un recluta a seguir a Bastien, Celine y Odette al Hotel Dumaine, donde acechaba el resto de su corte de vampiros caídos.

Después de todo, había una razón por la que Michael Grimaldi había sido nombrado el detective de policía más joven de la ciudad. Y no permitiría que sus instintos fueran ignorados por más tiempo.

II

En la esquina de una calle cercana, un caballero con bombín vio a Celine Rousseau, Sébastien Saint Germain y una joven no identificada abandonar el edificio destruido que una vez había albergado el restaurante más conocido de la ciudad. Hizo crujir los nudillos y se alisó el bigote inmaculado. Luego sacó su cuaderno. Anotó sus observaciones. Y echó a andar hacia el Hotel Dumaine.

Pronto tendría toda la información que su cliente necesitaba.

Pronto podría impartir justicia en un caso de asesinato.

ÉMILIE

É milie había soñado a menudo con lo que tenía delante en
aquellos momentos. Alrededor de la cubierta de la barcaza, se
hallaban sus hermanos y hermanas lobos de Texas, Arkansas,
Kansas, Oklahoma, Georgia y las Carolinas. Estaban todos allí,
listos para escuchar. Listos para aprender.

Listos para unirse.

Se mezclaron, esperando a que el sol saliera sobre sus hombros. A que su luz se filtrara en el cielo y tomara el lugar de la
noche. El barco se agitaba a sus espaldas, la gigantesca rueda roja
arrojaba un chorro constante de agua, las orillas del Misisipi lo
guiaban hacia delante. Unas modernas linternas eléctricas resplandecían con intensidad, colgadas a lo largo de las vigas de
madera, bañando las cubiertas de madera pulida con un suave
resplandor.

La cerveza, el alcohol ilegal y el vino de mesa corrían en abundancia. Dondequiera que mirara, Émilie veía a hombres y mujeres
riéndose juntos. De vez en cuando, los niños correteaban entre
ellos, zigzagueando entre la multitud como el patrón de un cesto.

Todo era muy diferente del mundo en el que Émilie se había
criado. Allí, entre los lobos, nadie fingía. A los hombres no se les
otorgaba autoridad ilimitada y a las mujeres no se las relegaba a
roles de sumisión. Incluso a los niños se les permitía sentarse en
la mesa, sus voces eran valoradas.

Entre los vampiros, entre los de la calaña de Nicodemus, el decoro había sido sacrosanto. Su tío esperaba que todos sus hijos, tanto mortales como inmortales, se inclinaran ante él. En ese mundo, no había lugar para Émilie. Todos los ojos habían estado puestos en su hermano menor, Bastien, el descendiente de la familia Saint Germain.

Émilie respiró hondo por la nariz y cerró los ojos.

Su tío pagaría por aquello. Había esperado aquel amanecer durante diez años. Cuando el sol abandonara su lecho, Nicodemus estaría allí para el ajuste de cuentas que merecía.

Émilie llamó la atención de otra loba joven. Una chica con el pelo del color de la linaza. La joven sonrió a Émilie y sus ojos marrones parpadearon en la oscuridad, atrapados en un rayo de luz de estrellas. En su cálida mirada dorada, Émilie vio infinitas posibilidades. Un futuro en el que podría ser quien quisiera ser y amar a quien quisiera amar.

—¿Estás contenta? —preguntó Luca detrás de Émilie mientras sus grandes manos tiraban de ella para acercarla.

Émilie asintió.

—Esto es lo que siempre he soñado. Un mundo en el que todos estemos unidos.

—Entonces, me siento complacido.

Ella se volvió hacia él, con los brazos alrededor del cuello de su marido mientras se ponía de puntillas. Siempre había sido alto. Más alto y más fuerte que cualquier otro lobo en toda Luisiana.

—Deberías estar más que complacido. Esta noche has hecho realidad mi mayor sueño.

Luca la rodeó con los brazos. En sus labios se formó una sonrisa.

—¿Estás lista para hacer realidad mis sueños a cambio?

—Por supuesto. —Le dio un beso en la barbilla—. Después de todo, me salvaste.

Era verdad, en cierto modo. Mientras Luca la abrazaba con fuerza y un suspiro de satisfacción hacía retumbar su pecho, la mente de Émilie retrocedió al día de su muerte humana, a la edad de quince años. Cómo había pasado la mañana jugando con Sébastien y luego lo había dejado solo para poder leer un libro. Émilie se había asegurado de dejarlo en su habitación, bastante cerca. Podría haber leído en la habitación con él, pero la luz era mejor en su escondrijo del piso de abajo y Émilie quería disfrutar de *Le Vicomte de Bragelonne* sin distracciones.

Los transeúntes habían detectado el fuego desde el exterior. Una doncella criolla había gritado mientras corría hacia las escaleras, seguida de Émilie.

El fuego ya se había extendido al primer rellano. Sin que nadie lo supiera, Bastien se había escondido en un armario del pasillo. Nadie había sido capaz de encontrarlo antes de salir corriendo por las puertas, ahogándose con el humo acre.

Émilie sabía que sería demasiado tarde.

Había subido los escalones de dos en dos, con el fuego azotándole las faldas, chamuscándole las medias. Ahogó un grito y rodó por el suelo para apagar las llamas del dobladillo de su vestido de muselina. Había emprendido aquello sin pensar. Sin considerar el riesgo que representaba para ella misma. Su hermanito estaba atrapado y ella preferiría morir antes que verlo quemarse. Después de todo, solo era un niño de seis años.

—¿Bastien? —lo había llamado Émilie con voz calmada—. Tienes que venir abajo conmigo.

—¡No! —había gritado él desde el armario del pasillo—. El fuego me quemará. Si me quedo aquí, me dejará en paz.

—Si no nos marchamos ahora, nos hará todavía más daño.

Él no dijo nada durante un rato. El humo había comenzado a asfixiar el aire alrededor de Émilie.

—¿Bastien? —Probó el pomo y lo encontró bloqueado, el metal estaba caliente contra su palma.

—Lo siento, Émilie —dijo en voz tan baja que ella apenas pudo oírlo—. Es mi culpa. Todo es culpa mía.

—Tú abre la puerta, *mon amour*, y te lo perdonaremos todo.

Bastien giró el pomo y Émilie nunca olvidaría la mirada cruda de sus ojos grises. Como si hubiera envejecido una década en cuestión de unos breves instantes. Lo levantó en brazos y se giró hacia las escaleras.

Con un grito que se le atascó en la garganta, se detuvo en seco. Ya no había forma de usar las escaleras. El fuego se había propagado a lo largo de la balaustrada y había comenzado a lamer el carísimo empapelado. Ya estaba alcanzando la moldura de corona alrededor del techo, la pintura empezaba a burbujear.

Émilie sabía que no podía ceder ante el pánico frente a su hermano pequeño. Así que corrió hacia la parte trasera de la casa y lo dejó en el suelo.

—Quédate aquí —ordenó mientras abría el marco de una ventana.

Otro error. Una brisa atravesó la ventana abierta y avivó las llamas. El humo empezó a elevarse hacia lo alto, el fuego se acercaba cada vez más a ellos.

Aun así, Émilie se negó a dejarse intimidar. Empezó a gritar y a agitar los brazos.

Había sido la misericordia divina lo que había atraído a la brigada de bomberos hacia ellos. Eso había proporcionado a los hombres los medios para crear un espacio de aterrizaje improvisado debajo, dos ventanas más allá. Émilie había visto a su tío mirándolos desde la multitud, con una expresión sombría en el rostro, como si se hubiera resignado a su muerte.

Al infierno con su resignación. Émilie se negaba a rendirse.

Sin dejar de toser en todo momento, rasgó un trozo de sus enaguas y lo arrojó sobre la cabeza de un Bastien quejicoso. Justo a tiempo, se las arregló para tirarlo por la ventana, y observó, con el corazón en la garganta, cómo aterrizaba en el centro de la manta, entre los vítores de la multitud. En los brazos de su tío, que lo esperaba. Tan pronto como Nicodemus levantó a Bastien del centro de la sábana, dio la espalda al fuego. Le dio la espalda a ella.

Un ataque de tos se apoderó de Émilie en ese momento. Hizo que los ojos se le humedecieran y el cuerpo se le doblara sobre sí mismo. Retrocedió, agarrándose la garganta con ambas manos, sintiendo que el calor hacía arder sus pulmones. Cuando recuperó la orientación, había perdido varios momentos preciosos.

La ventana ya no era una opción.

El fuego la rodeaba por todos lados.

Un nuevo torrente de lágrimas corrió por sus mejillas. Se agachó hacia el suelo, en busca de aire limpio, y se dio cuenta de que las llamas pronto se cerrarían sobre ella. Tuvo la esperanza de que el humo la ahogara antes de que el fuego le quemara la piel.

Algo crujió entre las llamas. Un borrón de movimiento que procedía de arriba y descendía como si viniera del ático.

Un instante antes de que Émilie sucumbiera al humo y la desesperación, un par de ojos claros e inhumanos —dos pupilas negras hinchadas rodeadas de ocre— la miraron fijamente mientras unas manos fuertes la agarraban a través del humo.

Cuando despertó, los pulmones le ardían. Tenía chamuscada la piel de la mano derecha y el lateral derecho del cuello. Tardó solo un momento en aceptar sus términos. Aceptar servir a quien la había salvado. Honrar a quien juraba poner fin a su dolor. Quien juraba que nunca le daría la espalda.

Con cada promesa, Émilie recordó la visión de su tío contemplando su casa mientras ardía. El alivio en sus ojos cuando Sébastien aterrizó en el centro de la brigada de bomberos. Cómo se alejó del edificio en llamas. Cómo se alejó de ella.

En vida, Nicodemus nunca se había preocupado mucho por su bienestar. Al morir, había dejado que Émilie ardiera. Lo quemaría todo hasta los cimientos si eso significara salvar su legado.

Por eso, Émilie se lo había arrebatado. Por eso, Émilie había mentido a todos. Incluso a los que afirmaba amar.

Sonrió a Luca Grimaldi.

Todo aquello por lo que Émilie había trabajado todos esos años estaba a punto de suceder. Ya había hecho realidad una parte de los sueños de Luca. Se había casado con él. A instancias de ella, se habían fugado y viajado a Europa para pasar la luna de miel. Una en la que Émilie había pasado una cantidad excesiva de tiempo hablando con algunos de los lobos ancianos de los archivos griegos. La siguiente parte del sueño de Luca nunca se cumpliría, aunque él no lo sabía.

Émilie no tenía ningún interés en ser madre. Nunca lo había sentido. Y la idea de que debía hacerlo simplemente para tener valor como mujer siempre había irritado su sensibilidad.

Una de las lecciones más duraderas que le había enseñado su tío era lo débil que te hacía el amor. Era algo de lo que Émilie se había maravillado a lo largo de la última década. Muchos de los hombres, mujeres, vampiros, hombres lobo y otras criaturas feéricas con las que se encontraba eran seres capaces de un gran mal. Curiosamente, también eran capaces de un gran amor.

Y muchos de ellos amaban a sus familias con una ferocidad desmesurada. Sus seres queridos eran a menudo su mayor debilidad. Sus familias eran la motivación detrás de las peores cosas que hacían.

A Émilie no le interesaba ese tipo de debilidad. Ese tipo de excusa.

Luchaba por sí misma y solo por sí misma. La familia que tenía ahora, la tenía por supervivencia. Los quería porque le proporcionaban la fuerza de los números. Pero su amor era condicional. Y siempre se aseguraba de que se cumplieran sus condiciones.

—Las sanguijuelas ya casi están aquí —anunció una voz a través del estruendo.

Émilie se abstuvo de acercarse al borde de la cubierta para observar lo que había anhelado ver durante tantos años. En vez de eso, se encaminó hacia la proa, hacia el estrado reservado para los músicos. Las linternas eléctricas brillaban a sus pies. A lo largo del horizonte, una luz tenue comenzó a sangrar en el cielo nocturno. Las primeras señales del amanecer.

Luca se acercó a ella. Le dio la mano. Émilie entrelazó los dedos con los de él. Algo rugió en su interior con la fuerza de una tormenta de verano cuando su hermano pasó por encima de la barandilla, con una expresión en blanco en su rostro.

Sébastien se parecía mucho a su padre. Guapo. Cincelado. Fuerte.

Émilie casi se estremeció.

Una mentira. Al final, Rafael Ferrer había sido débil. Muy débil.

Cuando Bastien la vio, se detuvo, con una mirada de sorpresa y disgusto en el rostro. En un abrir y cerrar de ojos, transformó su expresión en una de calculada ambivalencia. Una parte de Émilie quedó impresionada. El hermanito que recordaba se dejaba gobernar mucho más por las mareas de la emoción. Extendió la mano a su espalda para ofrecerle la mano a la joven que lo acompañaba.

Celine Rousseau, que hizo caso omiso de la ayuda de su hermano y sostuvo en alto el dobladillo de sus largas faldas antes de plantar los pies calzados con botas en la cubierta. Émilie entrecerró los ojos. Odette Valmont, Shin Jaehyuk, Boone Ravenel y Madeleine de Morny se colocaron en posición mientras todos los lobos formaban un semicírculo protector alrededor de Émilie y Luca.

Émilie separó su mano de la de Luca y caminó hacia Bastien.

—Te agradezco que hayas respondido a mi invitación, *monsieur* Saint Germain. Aunque admito que esperaba tu llegada un poco antes —dijo Émilie en un tono agradable.

Bastien tomó aire, como si quisiera hablar, luego se detuvo. De nuevo, Émilie se encontró admirando su moderación.

—Estoy segura de que deseas preguntarme cómo he llegado aquí, *mon petit lion.* —Sonrió.

—Sí —respondió—. Pero ¿importa?

—Supongo que no.

—¿Dónde está Nicodemus?

—Vino a mí por propia voluntad, al igual que tú.

—No estoy aquí porque quiera estar aquí, Émilie. —Sus penetrantes ojos grises la atravesaron. En otra vida, podría haberse sentido intimidada—. Estoy aquí porque no se me ha ofrecido otra opción.

—Claro que tenías opción, Sébastien. Has elegido venir para salvar a nuestro tío, que no se lo merece, por razones que estoy segura que nunca entenderé —respondió ella—. Podrías haberlo abandonado a su suerte, una que merece más que la mayoría de los maleantes, sin duda.

Bastien hizo una pausa, como si estuviera pensando.

—Supongo que depende de cómo defina uno a un maleante, ¿no es así?

—Te pareces mucho a él —dijo Émilie, sus palabras se burlaban de él—. Qué orgulloso debe de estar de ti.

—No me parezco en nada a Nicodemus. —Frunció el ceño y un músculo le palpitó en la mandíbula.

El deleite calentó el cuerpo de Émilie. Por fin se las había apañado para tocarle una fibra a su hermano pequeño. Antes de que Émilie tuviera la oportunidad de reaccionar, Celine Rousseau se acercó a ella con los ojos brillantes.

—Ya es suficiente. Le pediste a Bastien que viniera si deseaba volver a ver a su tío. ¿Qué quieres de nosotros?

Una oponente formidable, como había supuesto Émilie.

—Marceline Rousseau —murmuró, evaluándola lentamente—. Me alegra poder conocerte al fin.

—Viniste a mi tienda una vez. Recuerdo que le preguntaste a Pippa por un vestido de luto.

—En efecto. No pude contenerme. Dime… ¿Qué se siente al darte cuenta de que algún día destruirás al chico al que amas? ¿Qué se siente al saber que tu especie siempre conspirará para poner fin a la suya? —Émilie provocó a esa chica de forma deliberada. Quería ver qué podía hacer la medio hada. Qué tipo de magia del Valle fluía por sus venas.

—No sé qué esperas lograr provocándome —dijo Celine en voz baja—. Pero no funcionará. No me incitarás a sucumbir a la ira, aunque te lo merezcas. La ira que siento por ti es profunda y fuerte. Pero no dejaré que me controle como te ha controlado a ti. No permitiré que el odio defina mis acciones.

Émilie sintió un picor en la piel. Como si una manada de hormigas se arrastrase por su espalda. Se rio, dejando que el sonido se elevara hasta el cielo. A su alrededor, percibió que los lobos se agitaban, inquietos en las sombras. Ansiosos por ser desatados, igual que ella. Cuánto deseaba Émilie arrancar las palabras de Celine Rousseau de su bonita y pálida garganta. Ver a su hermano caer de rodillas al ver a su amor perdido.

Pero la muy desgraciada tenía razón. El odio de Émilie no debería definir sus acciones. Y Émilie tenía grandes planes para aquel día. Por el rabillo del ojo, vio que el resto de los vampiros cerraban más el círculo alrededor de Celine. Observó que Bastien no hizo ningún movimiento para silenciar a su mujer o evitar que ella se hiciera cargo, aunque se inclinó más cerca de ella, con un brillo característico en sus ojos grises.

La querían. Hasta la última de aquellas sanguijuelas caídas mataría por la hija medio hada de la Dama del Valle. Era casi suficiente para hacer reír aún más a Émilie.

Los lobos gruñeron mientras estrechaban su propio círculo. Serían menos poderosos a la luz del día. Émilie lo sabía, y aun así esperaba el amanecer. Como Émilie no podía controlar sus emociones frente a aquella miserable criatura medio hada, aquella chica que había robado el corazón de su hermano, se rio de nuevo.

—¿Dónde está Nicodemus, Émilie? —preguntó Bastien, con voz fría.

Émilie se volvió hacia el joven que solía ser su hermano.

Se tomó su tiempo, deseando saborear el momento. Los rayos de sol se alzaban cada vez más altos en el cielo. El amanecer se acercaba a toda velocidad.

Era el momento.

—Luca —dijo en voz baja—. Por favor, asegúrate de que nuestro estimado invitado sea escoltado a la cubierta del barco.

Bastien entrecerró los ojos cuando Luca Grimaldi hizo un gesto hacia las escaleras que conducían abajo. Su hermano echó los hombros hacia atrás mientras seguía la mirada anterior de Émilie hacia el horizonte. Entonces murmuró algo.

Como si supiera lo que Émilie pretendía hacer.

De inmediato, Jae dio un paso adelante, su chaqueta larga cayó de su espalda, su postura imitaba a la de un áspid enroscado.

—No te muevas —dijo Émilie en voz alta—. Si algún vampiro hace algún movimiento repentino, no moveré un dedo para salvarte a ti o a los tuyos, Sébastien.

—Y si le ocurre algo malo a Nicodemus, te hago la misma promesa —respondió Bastien sin perder ni un segundo.

Creía que ella era de la clase de persona que tiraba a una víctima encadenada y sin posibilidad de defenderse sobre la cubierta del barco y la veía arder. Por supuesto que lo creía. Aquel era el mundo elegante y brutal en el que se habían criado.

Así que, por supuesto, se detuvieron cuando Nicodemus subió las escaleras por su propia voluntad, sin cadenas ni ataduras. Lo flanqueaban dos hombres lobo. La única señal de que era algo menos que un invitado apreciado eran las largas lanzas con puntas de plata maciza que llevaban los lobos en la mano derecha.

Émilie vio que la confusión se reflejaba en el rostro de Bastien y que se apresuraba a remplazarla por una fría indiferencia. Nicodemus dedicó un asentimiento a su progenie con expresión ilegible. Caminó por la cubierta con determinación mientras los lobos seguían flanqueándolo. Se detuvo un instante ante Sébastien y el resto de sus hijos inmortales.

—Muchas gracias por venir —dijo con una pequeña sonrisa—. *Mademoiselle* Rousseau. —Le ofreció una reverencia a la chica.

Bastien asintió una vez a modo de reconocimiento. Nicodemus siguió su camino hacia Émilie. Una vez que dio la espalda a sus hijos, la seriedad transformó sus rasgos. Redujo el paso a medida que se acercaba a Émilie. A lo lejos, el sol había dado comienzo a su cuidadoso ascenso.

—Sabía que no me decepcionarías, tío —dijo ella con una sonrisa mordaz.

—¿Qué quieres para que podamos irnos con Nicodemus? —preguntó Bastien desde donde estaba.

—Eres libre de irte ahora —respondió Émilie, con una sonrisa cada vez más amplia.

Nicodemus clavó la vista en ella mientras hacía girar el anillo de sello que llevaba en la mano derecha.

—¿A qué estás jugando, Émilie? —preguntó Bastien.

—Le pedí a Nicodemus que viniera para que pudiéramos aclarar las cosas entre nosotros —respondió Émilie—. Él me complació. Durante nuestra conversación, creo que llegó a comprender mi forma de pensar —continuó—. Se ha dado plena cuenta de lo que se requiere para forjar una paz duradera entre los Caídos y la Hermandad.

Nicodemus no dejó de sostenerle la mirada, sin pestañear. Tomó aire como si quisiera hablar. Por encima de su hombro, vio que Bastien daba otro paso hacia ellos y que solo lo detuvo la mano de Celine en su brazo.

—Tiene razón, Sébastien —dijo Nicodemus sin darse la vuelta—. De hecho, hay una forma de evitar a todos los presentes el derramamiento de sangre de hace años.

—No —murmuró Odette—. No. —Negó con la cabeza mientras todos lo entendían. Bastien se puso en movimiento, Jae empezó a correr por un lado.

Nicodemus se quitó el anillo de sello y cerró los ojos. Las llamas prendieron su piel expuesta. Émilie lo vio hacer una mueca de agonía, aunque no emitió ningún sonido. Una punzada se desplegó alrededor de su corazón. En el pasado, lo había querido. Lo había visto como su protector.

Nicodemus Saint Germain. El vampiro más antiguo y poderoso del sur de Estados Unidos.

Su hermano gritó como un demonio poseído. Chillidos de indignación resonaron entre la multitud de vampiros presentes. Aun así, Émilie no le dio la espalda a la muerte de su tío. Lo vio caer de rodillas, el anillo de sello golpeó la cubierta con un ruido metálico.

Pronto no fue más que un montón de cenizas.

Émilie miró al joven que una vez había sido su hermano. Vio el odio en su rostro, sus dedos entrelazados con los de su amada medio hada. Oyó los gruñidos que sacudían el pecho de Boone Ravenel.

Una sonrisa tiró de las comisuras de la boca de Émilie. Miró a Celine.

—Vete ahora o enfréntate a tu…

El disparo que sonó a continuación la sorprendió. Casi tanto como la bala que le desgarró el hombro y no la derribó por poco. La quemadura resultante la hizo jadear de dolor. Las balas habituales no hacían eso.

Lo que significaba que aquella bala tenía la punta de plata y la había disparado alguien que sabía lo que eran.

MICHAEL

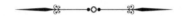

Había disparado a pesar de las consecuencias, preocupado como estaba por Celine. Aunque sabía que eso significaba que estaba disparando contra una de las suyas. Pero Michael Grimaldi llevaba observando suficiente rato. Había creído que lo satisfaría ser testigo del final de Nicodemus Saint Germain.

La realidad había sido todo lo contrario.

Al instante siguiente, Michael envió a sus compañeros de la Policía Metropolitana. Se encaramaron a la barandilla del barco fluvial mientras hacían sonar sus silbatos a la luz del amanecer. Por un instante, todos aquellos que estaban en cubierta, los hombres lobo que Michael conocía desde la infancia, su propio primo, los vampiros en La Corte de los Leones, se quedaron paralizados. Luego, estalló el caos.

Michael había creído que la presencia de la policía impediría que la violencia se intensificara.

Estaba equivocado.

Los lobos más poderosos, aquellos capaces de transformarse a la luz del día, cambiaron rápidamente de forma, sus ropas se hicieron pedazos y sus gruñidos atravesaron la multitud. Varios vampiros se desplazaron en un borrón a lo largo de los laterales de la cubierta. Era imposible saber quién había atacado primero, pero un lobo aulló, con la mandíbula arrancada de cuajo. Su cuerpo cayó sobre la cubierta, sin vida. Al instante siguiente, gritos de rabia cubrieron el cielo del amanecer.

Por un momento, los compañeros de la policía de Michael se quedaron petrificados, conmocionados, sin saber qué hacer.

¿Quién era el enemigo en aquella lucha?

Un silbido estridente resonó desde el extremo opuesto de la cubierta cuando un oficial disparó a un lobo que cargaba hacia él. Al instante siguiente, el resto de la fuerza policial apuntó, y dos de sus integrantes se desplazaron para proteger a Celine y las demás mujeres cercanas.

Aunque Michael llevaba un revólver cargado con balas de plata maciza, desenfundó la daga que llevaba al costado y se negó a disparar de nuevo contra uno de los suyos. Pero no dudó en disparar un tiro de advertencia a la cabeza de Jae cuando el vampiro se movió hacia Luca, quien luchaba espalda con espalda con su nueva esposa. Ninguno había pasado a su forma animal, aunque Michael sabía que Luca era lo bastante poderoso como para hacerlo en cualquier momento del día.

Los que no podían transformarse huyeron al otro extremo de la barcaza. El resto de los lobos atacaron al azar, su falta de organización era obvia. Luca gritó por encima del estruendo, haciendo todo lo posible para reunir a los que quedaban a su lado.

Bastien y Odette se colocaron frente a Celine, derribando a cualquier lobo que cargara contra ellos. Michael no pasó por alto que Bastien evitaba usar la fuerza letal. Cuando Celine gritó, Bastien se giró en el mismo momento en que dos lobos descendieron sobre Odette y la derribaron. Uno de ellos enterró los colmillos en la garganta de Odette.

Bastien se arrojó contra el costado del lobo y apartó al segundo animal que atacaba a Odette con un golpe de su brazo. Michael observó cómo el lobo se deslizaba hacia atrás y luego se movía para atacar a Celine, que sostenía una pistola y un cuchillo en cada una de sus manos. Disparó y el lobo esquivó el tiro justo cuando Boone acudía en su ayuda.

De la nada, la mujer lobo a la que Michael había disparado, la chica con la que Luca se había casado hacía poco, apareció en escena con expresión de triunfo.

—¡Celine! —gritó Bastien mientras Celine blandía su daga plateada, la lanzaba con todas sus fuerzas hacia la esposa de Luca y la hoja se hundía en el hombro de la mujer lobo. La chica le dedicó a Celine una sonrisa salvaje antes de agarrarla por el cuello.

Sin pensarlo dos veces, Michael empujó a un lado al oficial y al lobo que se interponían en su camino. Apoyó la pistola en el antebrazo y disparó a la novia de Luca. A diferencia de la primera vez, disparó a matar.

Su primo se interpuso entre ellos.

La bala de plata de Michael golpeó a Luca de lleno en el pecho.

BASTIEN

El grito de mi hermana atraviesa el caos. Su eco se eleva hasta un cielo en llamas, el sol está saliendo a su espalda.

Émilie cae de rodillas junto al cuerpo sin vida de Luca, la sangre se desliza por sus brazos de las heridas que tiene en el cuello y el hombro. Tiene el aspecto de su grito. El de una criatura herida. Un animal para el que lo único que importa es acabar con el dolor.

Siento su angustia. Doy un paso adelante, luego me detengo. Parece irreal estar viéndola una vez más, viva y de una pieza. ¿De verdad ha pasado solo una noche desde que recibí su nota? Después de años sin ella, a una parte de mí todavía le cuesta creer lo que tengo delante. El niño que hay en mí quiere correr hacia ella, abrazarla, hacer desaparecer las líneas de agonía de su frente, tal como ella hizo por mí en más de una ocasión.

Pero el hombre en el que me estoy convirtiendo sabe que no debe hacerlo.

Pienso en la directriz final de mi tío. Lo que Nicodemus ha compartido conmigo justo antes de encontrarse con el sol, sus palabras tácitas resuenan en mi cabeza, creador de un niño inmortal.

No dejes que ganen, Sébastien. Recupera el trono enastado. Arregla lo que se ha roto.

Sé mejor de lo que he sido yo.

Me quedo quieto, viendo a Émilie gritar a los que la rodean, las lágrimas le corren por las mejillas, sus brazos acunan la cabeza de Luca, la sangre de él empapa la parte delantera de su vestido, mezclándose con la de sus propias heridas. Por un momento, nadie a bordo se mueve, excepto por la agitación inquieta de aquellos que sucumben a sus propias heridas.

Entiendo el dolor de su pérdida. Es el tipo de dolor que conocí tras la muerte de nuestros padres. A raíz de la muerte de mi hermana. Y no hay nada que desee más que consolarla. Pero Émilie no es la hermana que conocí. La ira la ha llenado de odio. La ira ha marcado el curso de su vida. La ha hecho fuerte. Orgullosa. La ha dejado sola.

Se parece más a mi tío de lo que nunca sabrá.

Mi hermana capta mi mirada. Acuna la cabeza de Luca contra su pecho y levanta la barbilla.

—Ayúdame —suplica—. Hermano.

Doy un paso. Me detengo, inseguro una vez más. Desconfío de lo que veo. De lo que siento.

—Sébastien —implora—. Por favor.

Varios miembros de la manada de Luca avanzan. Antes de que pueda tomar una decisión, Odette se desliza hacia Émilie, con las manos levantadas, sus intenciones claras, solo para ayudar. Su rostro está pálido, su expresión, apagada. La herida que le recorre el cuello, la que le ha hecho el lobo que la ha atacado, apenas ha comenzado a sanar.

Hay mucha amabilidad en Odette. De todos nosotros, su corazón muerto es el que alberga sentimientos más intensos por los que la rodean. Es lo que la impulsa a luchar con tanta fiereza por los que ama. Conoció a Émilie cuando era niña. Hay tristeza en su rostro al ver a alguien a quien alguna vez quiso sufrir ante sus propios ojos.

Trago para intentar que la opresión que siento en la garganta remita. Para reunir el valor de ayudar, a pesar de mis dudas. Celine da un paso vacilante, con la cabeza inclinada en un ángulo inseguro. Odette se agacha junto a Émilie mientras mi hermana saca la daga de donde la tiene enterrada en el hombro. Con suma precaución, Odette se mueve para presionar la herida de Émilie con una mano, buscando algo con lo que hacer un torniquete.

No llega a ver la hoja en la mano de Émilie, que utiliza para rebanarle el lateral de su cuello lesionado. Un destello de metal. Un silencio atónito. Un grito de júbilo.

—¡Odette! —grita Celine.

Durante un instante pavoroso, no entiendo lo que ha sucedido. Solo veo a Odette caer sobre una rodilla, con una mirada de sorpresa en la cara. Luego se dobla sobre sí misma como un acordeón, con la garganta rajada hasta el hueso, y un torrente carmesí cae como una cascada junto a sus pies, sobre la cubierta calentada por el sol.

Me convierto en un borrón al moverme. Al instante siguiente, los dedos de mi mano derecha envuelven el cuello de mi hermana, mi mano izquierda le arranca la brillante hoja plateada. Ella me sostiene la mirada, su rostro desprovisto de emoción, sus ojos como pedazos de hielo.

Detrás de mí, escucho una ráfaga de movimiento. Escucho a Jae maldecir una vez y el lamento de Boone. Mientras, Madeleine aleja la figura desplomada de Odette de todos los demás. Sé sin necesidad de verlo que el cuerpo de Odette pronto comenzará a secarse como una cáscara y luego se dispersará como pedazos de papel en la brisa. Incluso aunque llamemos a Ifan ahora mismo y le prometamos un precio exorbitante, hay pocas posibilidades de que pueda salvarla. La indignación hace que me hierva la sangre y lo tiñe todo de tonos carmesíes. Intento reprimir mi furia. Intento silenciar mi necesidad de venganza. Ojo por ojo. Diente por diente.

—¿Por qué? —La visión me da vueltas. La voz me sale seca. Frágil.

—Porque podía —dice Émilie.

—No. Esa no es razón suficiente. ¿Por qué?

—Es la razón que elijo dar. —Me rodea la muñeca con sus dedos ensangrentados—. ¿Estás enfadado, *mon petit lion*?

No digo nada.

Una comisura de su boca se eleva.

—Haz lo que el tío Nico te enseñó a hacer.

Trago saliva, aprieto los dedos alrededor de su garganta.

—Cóbrate tu venganza, hermanito. Hoy te he arrebatado mucho. Toma esto. Te lo has ganado. —Su sonrisa se ensancha, tiene los dientes apretados y relucen como el marfil. De detrás de ella emanan gruñidos bajos, la manada espera unirse tras su nueva alfa.

La estudio en silencio, tratando de encontrar algo de sentido en medio de una bruma de tristeza. ¿Por qué quiere que la mate? ¿Es solo porque quiere asegurarse de que la rivalidad entre los Caídos y la Hermandad se encienda de nuevo?

Lo que sucede a continuación es sutil. De haber parpadeado, podría habérmelo perdido.

Émilie se estremece.

Mi rabia disminuye, una marea que se retira de la orilla.

—¿Arrepentimiento? —digo con suavidad—. ¿Por qué?

Curva el labio superior en el comienzo de un gruñido.

—El arrepentimiento es para los tontos. —Su risa es como hojas secas atrapadas en un torbellino de viento—. Hazlo. Ataca. Si no lo haces, destruiré todo lo que amas. —Émilie mira por encima de mi hombro. No necesito adivinar hacia dónde ha dirigido su atención—. La mestiza es la siguiente.

La rabia fluye hasta la punta de mis dedos una vez más. Puedo emplear el arma que tengo en la mano y separarle la cabeza del cuello, tal como ella ha hecho con Odette. Enterrar el cuchillo en su corazón, hasta la empuñadura, hundiéndolo a más profundidad aún que su traición. El demonio de mi interior se siente encantado con la perspectiva. Mi sed de sangre anhela esa satisfacción.

Unas lágrimas no derramadas brillan en los ojos de Émilie, pero las retiene con un parpadeo y me enseña los dientes.

—Bastien. —La voz de Celine suena a mi espalda—. No lo hagas.

No se trata de lo que soy. Sino de en quién espero convertirme. *Sé mejor de lo que he sido yo.*

Pienso en mi tío, que durante siglos usó la violencia para proteger a sus seres queridos. Pienso en Sunan y en la promesa que me hice a mí mismo, de encontrar una forma de deshacerme.

Tal vez esta sea la forma. No dejaré de ser un demonio para volver a ser un hombre. Pero puedo ser una mejor versión de mí mismo.

Dejo caer la mano de la garganta de Émilie y me hago a un lado.

No me interpondré en el camino de una fuerza imparable. Esa es la mejor receta para el desastre. El camino que lleva a la muerte. El poder no se basa en decidir quién vive o quién muere. Es tener la fortaleza de alejarse.

—Madeleine y Boone —digo con los dientes apretados—. Llevad a Odette con Ifan.

—Es demasiado tarde —dice Madeleine entre lágrimas—. Se ha ido, cariño. Tenemos que…

—Lleváosla. Ahora —ordeno, en tono cansado.

Cuando Émilie se abalanza sobre mí una vez más, Jae la retiene de inmediato. En las sombras, los lobos se agitan, preparándose para reanudar lo que han empezado, a pesar de sus pérdidas.

Siento su vacilación antes de verla. Sé que, sin un líder, tendrán dificultades para actuar unidos. Antes de que tengan la oportunidad de reagruparse, dejo que mi voz resuene por la cubierta.

—Haced un solo movimiento y me aseguraré de que la Hermandad muera aquí y ahora.

Los gruñidos se hacen más fuertes.

—Haced lo que os pido, y os dejaré enterrar a vuestros muertos y llorar —continúo—. Este —miro a mi alrededor— no es el camino a seguir.

Boone ensancha las fosas natales.

—Ha matado a Odette, Bastien. Alguien tiene que responder por ello. No podemos permitirnos volver a acogerla o que lidere a más miembros de su especie contra nosotros. Eso es una tontería.

Jae posa la atención en mí.

—Hay otra manera. Puedo llevarla con *lady* Silla y pedir que sea desterrada a los páramos.

Lo considero durante un momento antes de asentir con la cabeza.

—¿Y si logra escapar? ¿Y si busca otra forma de vengarse? —pregunta Madeleine.

Los ojos de Jae centellean.

—Sabes lo que hay que hacer. Un alfa que no puede liderar a su manada ya no es un alfa.

Una fuerte oleada de risas llena el aire.

—Recurren a ti, hermanito, para liderarlos en ausencia de nuestro tío. Da el ejemplo correcto —dice Émilie en tono burlón.

Respiro hondo. Luego asiento en dirección a Jae.

—Hazlo.

Al instante siguiente, Jae le corta la mano izquierda a Émilie a la altura de la muñeca.

BASTIEN

Celine y yo somos los últimos en regresar al Hotel Dumaine. Sé que ambos nos estamos retrasando a propósito. Ninguno de los dos desea cruzar el umbral y descubrir que hemos perdido a Odette para siempre.

—¿Crees que hay alguna posibilidad? —pregunta Celine mientras nos detenemos a media calle de la entrada del hotel.

Sé que no la hay. La pérdida de sangre ha sido demasiado grande, la herida, demasiado profunda.

—Tal vez —digo.

—A lo mejor puedo hablar con mi madre —dice Celine—. Hacerle una promesa.

—Si algo debemos aprender de nuestro tiempo en el Valle es el peligro de hacer demasiadas promesas. —Tomo su mano en la mía y la acerco a mí.

Su voz tiembla sobre mi hombro.

—Haré cualquier promesa si eso significa que Odette vivirá.

La abrazo con más fuerza. Entonces, la siento tensarse contra mí. Se me dilatan las fosas nasales cuando el viento trae consigo el olor de la pólvora. Me giro de inmediato.

Un hombre de bigote elegante se encuentra a varios pasos de distancia, con un bombín en la mano. Tiene los ojos entrecerrados y una postura muy recta. En un segundo detecto que debe de haber servido en el ejército.

—*Mademoiselle* Rousseau —dice, con un acento inconfundiblemente francés—. Soy el agente Boucher de la Gendarmería Nacional Francesa de París.

Me muevo para colocarme frente a ella y le sostengo la mirada al tipo.

—Represento al marqués de Fénelon —continúa.

Celine jadea a mi espalda, me clava los dedos en el hombro.

El agente Boucher aspira por la nariz.

—Está bastante seguro de que usted puede contarle lo que le pasó a su hijo, François. —Da un paso adelante—. Tengo en mi mano una notificación en la que pone que me acompañará de regreso a París para ser interrogada.

—No —susurra Celine. Le tiemblan las manos.

No necesito oír nada más. Con un movimiento ondulante, agarro al oficial de policía francés y lo arrastro al callejón que hay junto al hotel. Se resiste, pero cierro los brazos alrededor de su garganta, asfixiándolo.

—Bastien —dice Celine, con lágrimas corriendo por su rostro—. Por favor, no lo mates.

—Ha venido para llevarte a París. Te ahorcarán por asesinar a ese chico, Celine.

—Si lo matas, el marqués se limitará a mandar a alguien más. —Le tiembla la voz—. Necesito desaparecer. Tengo que esperar hasta que se dé por vencido.

Aprieto con más fuerza.

—Detente —grita Celine, sus dedos en mi brazo. Levanta la mano con el anillo de oro que le regaló su madre—. Regresaré al Valle Silvano. Déjalo aquí. Suéltalo.

La miro, mis colmillos se alargan. El demonio de mi interior está tomando el control.

—Ven conmigo —dice ella.

Epílogo

La familia Grimaldi tenía un pasado sangriento.

Desde el momento en que, seiscientos años atrás, el primer Antonio Grimaldi gobernara en su pueblo en el corazón de Sicilia hasta el momento en que el bisabuelo de Michael subió a bordo de un barco con destino al Nuevo Mundo, el suyo fue un camino lleno de cadáveres. Al igual que pasaba con sus archienemigos, los hombres lobo estaban hechos de sangre. La mordedura de un hombre lobo a menudo resultaba en la muerte, razón por la cual rara vez se ponía en práctica entre sus filas. El riesgo era demasiado grande. Los Grimaldi habían aprendido esa verdad de la forma más difícil. No era suficiente nacer en una familia de lobos. Había que forjarse un camino propio. Una forma segura de garantizar que el cambio se produjera de forma oscura: tomar la vida de uno de los tuyos. Un lobo por un lobo.

Como Michael le había quitado la vida a Luca. Aunque hubiera sido por error. El precio de la magia era claro.

Uno debe morir para que el otro pueda vivir.

Empezaba con el desplazamiento de las nubes.

Michael sabía lo que debía esperar. Sin embargo, la primera ondulación que le recorrió la columna vertebral le hizo rechinar los dientes. Una punzada se desplegó en su pecho. Inclinó la cabeza al notar la repentina aceleración de su pulso. La forma en que se estiraba cada tendón de sus brazos, cómo se le alargaba el cuello y la barbilla se alzaba hacia la luna.

Se la quedó mirando fijamente. Estudió su superficie moteada, su propia piel bañada en su luz fría. La sangre le corría por las venas a toda velocidad. Le ardía la cara. Aunque se resistió en un triste intento de aferrarse a los vestigios de su humanidad, Michael cayó de rodillas, sus manos alcanzaron la tierra blanda que tenía delante y sus dedos se enroscaron en el suelo.

Estaba cambiando. Se estaba convirtiendo. Nunca más volvería a ser lo que una vez había sido.

Esa verdad sacudió sus huesos. Gritó y no hubo nadie allí para escucharlo. Se había asegurado de eso al abrirse camino hacia el corazón del pantano, lejos de los suyos, sabiendo que emergería como un tipo de criatura completamente diferente.

Sus gritos se convirtieron en gruñidos. Sus dedos se convirtieron en garras afiladas. Las cuatro cámaras de su corazón estallaron en su pecho, sus venas se llenaron de fuego líquido. Recordaba ser un niño de diez años, celoso de Luca, que le había quitado la vida a su propio padre a instancias de él. Había sido un asesinato por piedad. El padre de Luca había resultado herido en la guerra de la Hermandad con los Caídos. Momentos antes de su propia muerte, le había dado a Luca una pistola. Le había dicho qué hacer.

Con lágrimas en los ojos, Luca había jurado vengarse de las sanguijuelas por lo que habían hecho.

Él, a su vez, también había dado su vida por ello.

El dolor que atravesaba el cuerpo de Michael alcanzó su punto álgido. Sabía qué esperar, pero eso no reducía su intensidad. Como si mil agujas le atravesaran los huesos. Gritó una vez más y el sonido se convirtió en un aullido.

No. No buscaría venganza por lo que había perdido. Esa era una lección para tontos.

Buscaría un propósito. Volvería a donde había empezado todo.

Y se aseguraría de que las generaciones venideras nunca conocieran aquel tipo de dolor.

Desde donde estaba sentada en el pantano, con las ranas croando a sus pies, Pippa escuchaba los gritos de Michael. Escuchaba la forma en que se le rompían los huesos, un sonido como el chasquido de las ramitas. Cuando sus gritos se volvieron inhumanos, se tapó los oídos y las lágrimas le rodaron por las mejillas. Se detuvo dos veces antes de salir de las sombras. Era una bendición que Michael estuviera distraído con su sufrimiento. Por suerte, ella era capaz de moverse con sigilo. Años de entrenamiento con su tutor de esgrima le habían enseñado a ser ligera.

¿Qué le estaba pasando a Michael? ¿Se había equivocado al seguirlo hasta el pantano? Cuando sus gritos se transformaron en los aullidos de un animal, Pippa se detuvo en seco, con el latido de su corazón retumbándole en los oídos.

Ella no sabía mucho. Quería ayudarlo.

Pero fuera lo que fuera aquello en lo que se había convertido, era peligroso.

Y no parecía que pudiera decirle a dónde habían ido Celine y Bastien.

Al instante siguiente, Pippa se movió de donde estaba agazapada en el pantano y comenzó a correr en dirección a casa.

Había demasiadas preguntas sin respuesta en torno a todos los relacionados con Jacques' y La Corte de los Leones. Pippa sabía que no eran en absoluto lo que parecían. En su casa de Yorkshire, había vivido una vida contaminada por los secretos, los que guardaba ella y los que le ocultaban.

Pippa despreciaba los secretos. Casi tanto como despreciaba que la dejaran a ciegas. Faltaba menos de un mes para su boda. En su mente, eso significaba que tenía poco más de tres semanas para averiguar a dónde había ido su mejor amiga. Qué tipo de secretos seguía guardando Celine.

Si Michael no la conducía hasta la verdad, Pippa empezaría a acosar a otra persona de Jacques'. Alguien que ya se había infiltrado en su círculo. Alguien a quien sin duda entendería, sobre todo porque habían viajado a Nueva Orleans desde el mismo país.

Sí. Arjun Desai sería su próximo objetivo.

AGRADECIMIENTOS

E scribí este libro en mitad de muchos cambios vitales, y me recordó mucho lo catártica que puede ser la expresión artística. Es fácil perder eso de vista con todos los plazos de entrega, las publicaciones en redes sociales y la energía frenética que requiere cada día que pasa. Escribir es un gran regalo, y es un regalo hecho posible gracias a muchos, incluidos todos y cada uno de mis lectores. Tengo los mejores lectores del mundo. Me hacéis reír y llorar y experimentar alegría y tristeza de la forma más plena. Para mí, eso es lo que hace que valga la pena vivir la vida.

A mi agente, Barbara: gracias por ser siempre el mástil del barco en cualquier tormenta.

A mi editora, Stacey: gracias por tener siempre las mejores preguntas y la mejor risa del mundo. El dueño de la casa del conde Saint Germain nunca volverá a ser el mismo después de cruzarse con nosotras.

Al incansable equipo de creadores de sueños de Penguin: gracias por querer y defender mis historias con ese entusiasmo sin frenos. Un agradecimiento especial a mi publicista, Olivia, por todo su increíble trabajo. A Tessa, por la planificación incansable y por los tacos de medianoche en mitad de la nada. Gracias a Caitlin Tutterow por su paciencia y profesionalidad. Muchas gracias a Carmela Iaria, Venessa Carson, Doni Kay, Felicia Frazier, Shanta Newlin, Christina Colangelo, a todo el equipo de *marketing* y a los maravillosos amantes de los libros de los colegios y las bibliotecas. Un reconocimiento especial a Kara Brammer y Felicity Vallence por ser Las Mejores™.

A Cindy y Anne por las notas y correcciones tan meticulosas y por mantener en orden los días de la semana. Anne, gracias por compartir tu amor y experiencia sobre nuestra ciudad favorita.

Para Carrie y Brendan: es un gran regalo teneros a ambos tan cerca. Sobre todo, me gusta el hecho de que en Cantina todos saben que tienen que dejarnos en paz. Durante horas. Mientras tengamos fichas.

A Jessica Khoury por el mapa. Nunca deja de maravillarme.

Para Alwyn, Rosh, JJ y Lemon: soy muy afortunada de teneros en mi vida. CMC para siempre.

Para Baa: esto no es solo amistad. Eres familia. Doy gracias por tenerte todos los días.

A Emily Williams: muchas gracias por ayudarme a no abandonar el camino correcto y encontrarle sentido al caos.

A todos los trabajadores de IGLA: gracias por todo lo que hacéis para que mi trabajo llegue a manos de los lectores de todo el mundo.

A Elaine: ¿no es un gran consuelo saber que nunca jamás te librarás de mí? ;-) Si hay algo mal en el español de este libro, diré a todo el mundo que te pidan cuentas a ti.

Para Erica, Chris, Ian e Izzy: me emociona mucho todo lo que nos depara el futuro. Ojalá haya mucho Disney. A umma, papá, mama Joon y baba Joon: gracias por todo vuestro amor y apoyo. A Omid, Julie, Navid, Jinda, Evelyn, Ella, Lily, Isabelle y Andrew: doy gracias por teneros a todos. A Mushu, por ser mi constante compañero de escritura y por todos los besos y caricias.

Y a Vic: creo que este próximo capítulo será nuestro mejor capítulo. No hay nadie más con quien preferiría escribir esta historia que contigo.